U0144359

桂冠世界文學名著 18

總策劃／吳潛誠

紀德

僞幣製造者

孟祥森・譯　阮若缺・導讀

紀德(André Gide, 1869～1951)

阿爾薩斯小學九年級之紀德。(1877～78，左上)

紀德像(Theo van Rysselberghe繪)。

《新法蘭西評論》(N.R.F.)之成員合影(1922)。
由左至右Jean Schlumberger, Jacques Rivière,
Roger Martin du Gard。

寫作中的紀德。

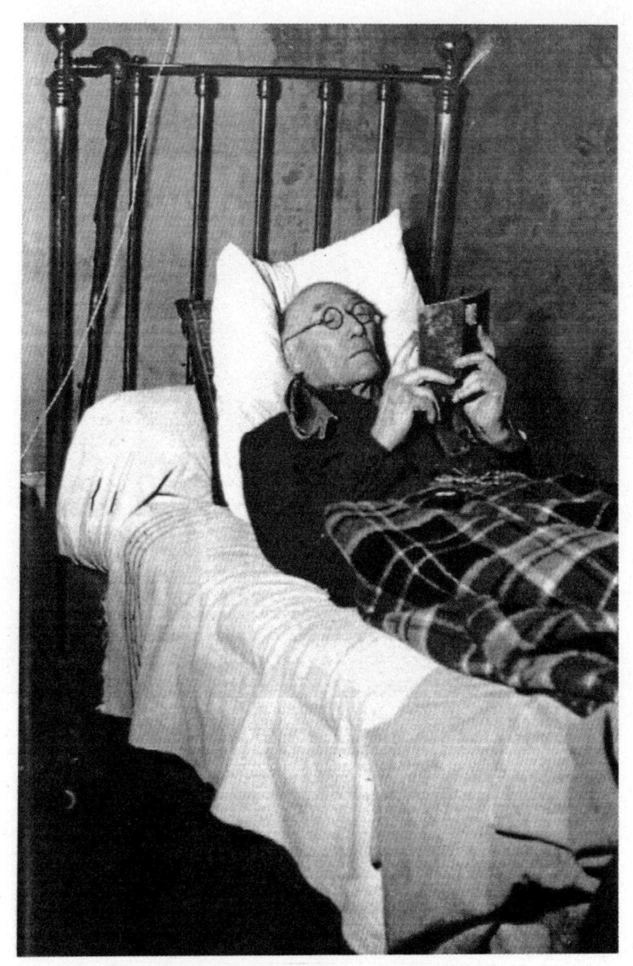

紀德鍾愛Virgile之作品，如他所言，
死而後已。(jusqu'aux portes de la mort)

觀覽寰球文學的七彩光譜

——《桂冠世界文學名著》彙編緣起

吳潛誠

早在一八二七年，大文豪歌德便在一次談話中，提到「世界文學」（Weltliteratur）一詞，並宣稱全球五大洲的文學融會成一體的時代已經來臨。他說：

我喜歡觀摩外國作品，也奉勸大家都這樣做。當今之世，談國家文學已經沒多大意義；世界文學紀元肇生的時代已經來臨了。現在，人人都應盡其本分，促其早日兌現。

歌德接著又強調：文學是世界性的普遍現象，而不是區域性的活動。因此，喜愛文學的人不宜劃地自限，侷促於單一的語言領域或孤立的地理環境中，譬如說，德國人不可只閱讀德國文學，英國人不應只欣賞英文作品；相反的，人人都應該從可以取得的最優秀作品中挑選材料，作爲自己的文學教育；而天下最優秀的作品自然未必全出自自己同胞之手。歌德心目中的世界文學不啻就是全球文學傑作的總匯，衆所公認的經典作家之代表作的文庫。

那麼，什麼是經典作家？或者，什麼是經典名著的認定標準呢？法國批評家聖・佩甫（Charles-Augustin Sainte-Beuve, 1804～1869）在〈什麼是經典〉一文中所作的界說可以代表傳統看法：

真正的經典作者豐富了人類心靈，擴充了心靈的寶藏，令心靈更往前邁進一步，發現了一些無可置疑的道德真理，或者在那似乎已經被徹底探測瞭解了的人心中再度掌握住某些永恒的熱情；他的思想、觀察、發現，無論以何種形式出現，必然開濶寬廣、精緻、通達、明斷而優美；他訴諸屬於全世界的個人獨特風格，對所有的人類說話，那種風格不依賴新詞彙而自然清爽，歷久彌新，與時並進。

諸如以上所引的頌辭，推崇經典作品「放諸四海而皆準，百世以俟聖人而不惑」，具有普遍而永恒的價值，在國內外都有悠久的歷史；但在後結構批評興起以後，卻受到強烈的質疑。概略而言，解構批評、新馬克思學派、女性主義批評、少數族裔論述、後殖民觀點等當前流行的批評理論，基本上都否認天下有任何客觀而且永恒不變的眞理或美學價值；傳統的典範標準和文學評鑑尺度也是一種文化產物，無非是特定的人群（例如強勢文化中的男性白人的精英份子），在特定的情境下，遵照特定的意識形態，爲了服效特定的目的，依據特定的判準所建構形成的；這些標準和尺度無可避免地必然漠視、壓抑其他文本——尤其是屬於女性、少數族群、被壓迫人民、低下階層的作品。因此，我們必須重新檢討傳統下的美學標準以及形成我們的評鑑和美感反應的那些基本假設和「偏見」。

沒錯，文學作品的確不會純粹因爲其內在價值而自動變成經典，而是批評者（包括閱讀大衆）和權力建制（諸如學術機構）使然。譬如說，現今被奉爲英國小說大家的喬治・艾略特（1819～80），直到一九三○年代仍很少被人提起；美國小說家梅爾維爾（1819～91）的作品曾經被忽略長達一甲子之久；浪漫詩人雪萊（1792～1822）在新批評當令的年代，評價一落千丈；布雷克（1757～1827）因爲大批評家傅萊的研究與推崇，在一九四○年代末期才躋入大詩人行列……

這是否意味著文學的品味和評鑑尺度永遠在更迭變動，毫無客觀準則可言呢？馬克思曾經頗感納悶：產生古希臘藝術的社會環境早已消逝很久了，爲什麼古希臘藝術的魅力仍歷久不衰？當代馬克思批評家伊格頓（Terry Eagleton）曾經嘗試爲此提供答案，他反問：「既然歷史尚未終結，我們怎麼知道古希臘藝術會永遠保有魅力呢？」

我們不妨假設伊格頓的質疑會有兌現的可能，那就是說，歷史的巨輪繼續往前推動，社會發生了劇烈改變，有一天，古希臘悲劇和莎士比亞終於顯得乖謬離奇，變成一堆無關緊要的思想和感覺方式，與方今習見的牆壁塗鴉沒啥分別。不過，我們是否更應該正視古希臘悲劇已經流傳了兩千年，在不同的畛域和不同的時代，一直受到歡迎的事實？

不僅古希臘悲劇，西洋文學史上還有不少作家，諸如但丁、喬叟、塞萬提斯、莎士比亞、密爾頓、莫里哀、歌德等等，長久以來一直廣受喜愛，這多少可以說明人類的品味有某種程度的共通性和持續性吧？再說，曾經長期被奉爲經典的作品，必已滲入廣大讀者的意識中，甚至轉化成集體潛意識，對於一國的文學和文化發展產生相當大的影響，欲深入瞭解該國之文學和文化，則不能不尋本溯源，探究其經典著作。例如，《詩經》對於漢民族的文學和文化的影響幾乎難以估計，不提《大學》、《中庸》、《論語》、《孟子》之類的儒家經典曾大量援引「詩云」以闡釋倫理道德；連我們今天所習見的橫匾題詞，甚至四字一句的「中華民國國歌」歌詞，（意欲傳達肅穆聯想）都可和《詩經》牽上關係。

退一步來說，儘管典範不可能純粹是世上現有的最佳作品之精選，而且有其不可避免的附帶弊端，但卻不失爲文學教育上有用的觀念。簡而言之，典律觀念肯定某些作品比其他作品更有價值，更值得仔細研讀，使一般讀者在面對從古到今所累積的有如恒河沙數的文學淤積物時，不致於茫茫然，不知如何篩選。早在十八世紀，法國大文豪伏爾泰（1694~1778）便曾提出警告：「浩瀚的書籍，正在使我們變得愚昧無知」，英國哲學家湯瑪斯・霍布斯（Thomas Hobbes, 1588~1679）也曾經詼諧地挖苦道：「如果我像他們讀那麼多書，我就會像他們那麼無知了。」喜歡閱讀而不重抉擇的讀者能不警惕乎？

那麼，什麼才是有價值的值得推薦的文學傑作？或者，名著必須符合什麼標準呢？文學的評鑑標準自來衆說紛云，因爲文學作品種類繁多，無法以一成不變的規範加以概括，有些作品甚至以打破傳統規範而傳世。我們勉強或可分成題材內容和表達技巧（形式）兩方面，嘗試提出幾則評鑑標準，以供參考：

西方文論自古以來一直視文學爲生命的摹仿或批評，推崇如實再現人生眞相的作品。當代批評則質疑再現（representation）論，認爲所謂的人生經驗其實也是語言建構下的產物，寫實主義充其量只可當做文學俗套的一端。然而，無論如何，以語文作爲表達媒體的文學藝術，其內涵必定多少與人生經驗有所關聯（不可能，也不必要像音樂或美術那樣追求純粹美感）。我們姑且假設人生的眞相是一束光譜，光譜的一端是純粹紀錄事實的紅外線，另一端則是純粹幻想的紫外線，當中紅、橙、黃、綠、藍、靛、紫等深淺不同的顏色代表寫實成分濃淡不同的文學作品。白色光呈現在各顏色之中，但各顏色只是白光的片斷而已。人生眞相或眞理就像普通光線一樣，尋常到處都有，但卻非肉眼所能看見。文學家透過虛構形式的三稜鏡，將光切斷，並析解成各種顏色，好讓讀者得以具體感受到光的存在。那就是說，無論使用什麼文學體式或表現手法，自然主義也好，象徵主義、表現主義、後現代主義也好，史詩也好，悲劇、喜劇、寓言、浪漫傳奇、科幻小說也好，愈能讓讀者感受到生命存在的基本脈動，便是愈有價值的上乘作品，而在刻劃或呈現方面，其深廣度、強烈度或繁複程度又有卓著表現者，殆可稱爲偉大文學。

舉例說，《哈姆雷特》一劇涉及人世不義、家庭倫理（夫妻、兄弟、母子關係）的悖逆、以及王位纂奪所導致的社會不安，多種因素互相牽動，同時兼具有道德、心理、政治方面的涵意，故宜列爲偉大著作。托爾斯泰的《戰爭與和平》以巨大的篇幅，刻劃諸多個性殊異的角色，躬逢拿破崙時代戰爭的轉變和短暫的和平，呈現了人生的基本韻律：少年與青年時期的愛情、追求個人幸福和功名方面的失足與失望、時代危機、以及歷經歲月熬鍊所獲致的樸實無華的幸福和心靈上的平靜，這部鴻篇鉅作當然也該列爲名著。

合乎上述標準的虛構作品，在閱讀之際，也許會讓人暫時逃離現實人生；但讀畢之後，必會使人更有智慧去看待不得不面對的人生。那也就是說，嚴肅的文學傑作必須具備教育啓發功能，擴大讀者的想像和見識空間，使他們感覺更敏銳、領受更深刻、思辨更清晰……但這並不意味著文學作品必須提供黑白分明的眞理教條；相反的，經得起時間考驗的佳構，往往以反諷的語調，揭示生命中的矛盾，告訴讀者：所謂的眞理或價值其實大多是局部的、不完美的，有賴其他眞理或價值的修正補充。例如，但丁的《神曲》表面上的確在肯定信仰，但細心的讀者不難發現它骨子裡隱含有反諷成分。

具備教誨功能的文學作品，對於社會文化必會產生深刻持久的效應，乃至於有助於形塑整個國族的集體意識，或徵顯所謂的「時代精神」，這一類作品理當歸入傳世的名著之林。例如，沙弗克力斯的《伊底帕斯王》、西班牙史詩《熙德之歌》便是。

評鑑文學作品當然不宜孤立地看題材／內容／意涵，而須一併考慮其表達技巧／形式／風格，唯有達到一定的美學效果，才有資格稱爲傑作。此外，在文學發展史上佔有承先啓後之功，不論是開啓文學運動或風潮，刷新文學體式，別出機杼，另闢蹊徑，手法戛戛獨造，技巧出神入化，形式完美無缺者，亦在特別考慮之列。例如法國象徵主義詩人馬拉美的詩篇，寫實主義的典範屠格涅夫的《獵人日記》、福婁拜爾的《包法利夫人》，心理分析小說的巨構《卡拉馬助夫的兄弟們》、把意識流敍述技巧發揮得淋漓盡致的《燈塔行》，首創魔幻寫實的波赫斯之代表作皆屬此類。

《桂冠世界文學名著》基本上是依據上述的評選標準來採擷世界文學花園中的精華（不包括中文著作），但也不敢宣稱已經網羅了寰球文苑的奇葩異草，因爲這套書所概括的範疇，時間方面上下縣延數千年，空間上橫貫全球五大洲，筆者自知學識有所不逮，雖曾廣泛參酌西方名家所編纂的書目，也設法徵詢各方意見，但亦難免因爲個人的偏見和品味，而有遺珠之憾；另一方面，由於必須配合出版作業上的考慮，先期推出的卷册，一仍旣往，依舊偏重歐、美、俄、日的古典和現代作品，希望將來陸續補充第三世界的代表作和當代的精品，以符合世界文學名著的全銜。

匯編這套以推廣文學暨文化教育爲宗旨的叢書，原則上自當愼重其事，講求品質；但同時也得衡量現實的條件：諸如譯介的人才和人力、社會讀書風氣、讀者的期待與反應等等，這也就是說，一套名著的出版，不純粹只是理念的產物，同時也是當前國內文化水平具體而微的表徵。一味好高騖遠，恐怕亦無濟於事。

這套重新編選的《桂冠世界文學名著》還有一個特色，那就是每本名著皆附有一篇五千字左右的導讀，撰述者儘可能邀請對該書素有研究的學者擔任；他們依據長期研究心得所寫的評析文字，相信必能幫助讀者增加對各名著的瞭解，同時增添整套叢書的內容和光彩。謹在此感謝這些共襄盛舉的學界朋輩和先進，以及無數熱心提供意見和幫助的朋友。最後，還請方家和讀者不吝指教，共同促進世界文學的閱讀與欣賞。

《僞幣製造者》導讀

阮若缺

紀德的作品與他個人的人生歷練密不可分。有關他的軼聞很多，在此不妨列舉一二，好讓讀者對這位作家有更進一步的瞭解。

紀德是出身在一個上層階級的基督教家庭，家教甚嚴，年僅十一歲即喪父，因此日後生活受家中女人們的影響很大。她們（母親、阿姨、女管家、表姊妹）給他極大的自由，充分予以表達意見的空間，而紀德的個人意識極強，也很具想像力。他十分熱愛大自然，女僕瑪莉常陪他長途散步，然後兩人抱著成堆的花朵欣然回家。綺麗的風光，倒啓發了作者日後不少智慧與情感。另外，好奇、喜求變也是紀德的特性。就如有一回爲了瞭解萬花筒的構造，而把它拆開。他對知識的渴求以及分析事物的熱切，源自他的基督教教養與在家女人之間所得到自由的冥想空間。

當紀德就讀阿爾薩斯學校時，他的朗誦技巧得到老師的稱讚，但卻引起同學的嫉妒和嘲弄，放學後還欺負他。有一次還遭辱罵和毆打，同學們甚至還把一隻死貓丟在他臉上揉搓，結果弄得他不想上學，於是常常裝病，尤其在天花康復期間，有時會頭暈，乾脆就故意摔倒。紀德不是因爲懦弱想逃學，而是害怕被送去那無情的環境受罪。後來又因自慰，被學校開除，家人著急之餘立即求醫，而醫生竟嚇唬他不許再犯，否則要把他閹了。

這一正一反的童年記憶，對紀德一生的影響十分重大，我們可從往後作品中看出端倪。

從學校回家後，將來要做什麼就成了問題。既然紀德喜好大自然，母親就建議他去林務局或類似的機構找工作，可是紀德不願意從事朝九晚五的工作，又一時摸不著眞正興趣所在。憑著個人唯美主義的傾向，又喜歡「與衆不同」，他天眞的想在人生扮演另一個角色，一種帶有神秘色彩的角色——宗教熱中者。這也符合母親對他的希求。不過，這只是短暫的意念。

同時，他也覺醒到性的神秘。由於從小家裏任其發展，他對慾念和渴望便不做任何抗拒，以致於自慰或跟同伴玩這禁忌的遊戲。在《如果麥子不死》中，紀德描寫跟門房兒子躲在家中桌子底下做此事的情況。他認爲，凡事應順性，別太認眞，且這遊戲最好在露天的地方玩才合乎自然。

在紀德二十歲時，對宗教的狂熱退了下來，並發覺自己是個唯美主義者，蠻以自我爲中心的。他愛獨處，卻也需要得到群衆的認同，後來認識皮耶・路易（Pierre Louis），介紹他與一些巴黎的文學前衛者做朋友，其中馬拉美（Mallarmé）有著與他類似的唯美思想，對音韻同樣的敏感，至少，紀德此時心靈上暫時得到慰藉，不再感到徬徨不安。然而，他生命中還有更爲熾熱、更爲個人的問題尚未解決，而這些問題是超乎同輩所能瞭解的範圍，因此有時難免苦悶和沮喪。

紀德一切都是自我指向的，作品中有極大部分採自白方式撰寫。他的第一本書《凡爾德手册》(1891)，除了含個人對愛情的表達，亦可說是作者自己少年時期的自傳。內容即是以阿姨馬蒂德·洪多發生婚外情，表妹馬德蓮發現這個秘密後很不開心，他很同情她，決定長大後娶表妹爲妻的故事做背景。從作品裏，我們不難發現紀德仍下意識的受清教徒嚴厲規範的約束。

此外，一八九三年十月，紀德與畫家洛朗斯 (Paul Albert Laurens) 的突尼西亞、阿爾及利亞與義大利之行，對作者而言，是他人生中的另一項突破和解放。這次旅行的目的本爲了多曬點太陽，透透氣，看是否對健康有些幫助。沒想到旅途中染了重感冒，又不願休息；他第一次的同性戀經驗是在同年十一月時發生的，且發覺開始對北非的阿拉伯男人特別感興趣。遊歷回法後，打算揚棄青少年時所受的清教徒式教育，覺得那些陳舊的規矩既乏味又閉塞，簡直就是他創作與思想的絆脚石。

一八九三年時，紀德出了一本小書《愛的嘗試》(*La Tentative Amoureuse*)，他在序文中曾提到：「我們的書從不是自己確切的生活實載，而只是我們任性的慾望，我們對那永遠否決於我們的其他生活方式之渴念。在此，我寫下的是一直困惱我心緒的夢，這個夢要求給它一席之地。而我的每本書，都是一個不同的誘惑。」

一八九五年，紀德又前往非洲旅行，並再度遇到王爾德，五、六月回來後，母親去世，除了倍感悲痛外，也覺得自己終於「自由」了，同年十月，旋即與馬德蓮結婚。兩年之後（1897年5

月），充滿詩意的《地糧》，更表現了作者從傳統中掙脫出來的愉悅、快感和自在。在這本書裏，他不再以嘲諷口吻暗示，而是正面的歌頌感官之美，不再以誘惑爲羞，而讚揚它的芬芳，它解放的力量，不再哀嘆而以讚美詩咏頌。

《地糧》雖代表了紀德的一個突破，但它眞正的改變卻在《背德者》（1902年）中較彰顯。這是作者個人故事赤裸的寫照，諷刺意味濃厚；他藉此自我省察，也自我掩藏，採用敍事的手法寫作，一反當時習尙，而那時候的讀者或藝文界，卻期望作者能繼續寫評論性文章。

在《背德者》中，紀德對性問題的探討，僅將之放在次要地位，到了《窄門》（1909年），才把這問題比較直接的提出來討論。透過阿麗莎和芥龍，作者表達了個人對道德義務的看法。他認爲，道德義務不但不能與幸福並存，而且排斥了眞誠，至少是壓抑了眞正情感。這本書雖影射了自己和表妹的童年生活，但仍以虛構成份居多。

而一九〇九年，一群志同道合的朋友組了一份刊物——《新法蘭西評論》（*La Nouvelle Critique Française*）成立了，紀德終於找到一個可令他天馬行空，發揮創造力的新園地，人也覺得自在多了。況且，透過這份雜誌，他率先將佛洛依德與杜斯妥也夫斯基的心理學理論引進法國文壇。

第一次世界大戰前夕，紀德的《梵蒂岡地窖》（1914年）出版了；其中作者眞正拋棄了枷鎖，陶醉於自由的氣息中，或許這是他最自由自在，最具傳奇性的作品，紀德將之稱爲"Sotie"——諷刺笑劇，而不是「小說」。這又是本批評宗教的書籍，他對宗教與道德僞善者，表達了明顯的不敬，也因此他與交往十五年的保羅・克勞岱爾（虔誠的天主教徒）就此絕交。

另一項對宗教的挑釁從一九一六年出版的《你也一樣》（*Numquid et tu*）這本書中可窺一、二。其中敍述的就是他和馬克・阿萊格特（Marc Allégret）的戀情。而一九一八年可說是紀德一生最悲傷的時刻之一：當時他和馬克在英國，馬德蓮憤而將紀德自青少年時代寫給她的信札全燒毀。他痛心的說：「我一生最珍貴的東西沒了……這簡直就像她殺了我們的孩子一樣……」幸而《田園交響曲》是於信件燒掉前三天大功告成的，它可算是作者除了一九三一年出版的《日記抄》外，最眞實最透徹的作品。其中他大加諷刺宗教信仰（主角爲牧師，卻情不自禁的愛上一位女子），對人性與道德做了一番剖析。

二○年代是紀德的顚峯時期，在《柯立冬》（*Corydon*）（1924）中，他大膽的闡述同性戀是件自然的事，但一九二五年的《僞幣製造者》則幾乎察覺不到受基督教影響的蛛絲馬跡。這本書爲歐洲新浪漫主義開拓了新天地。

紀德寫《僞幣製造者》的目的，是想打破讀者傳統的欣賞小說方式。基本上這是本具高難度的讀物，要有耐心品味或反覆閱讀，才能體會其中涵意，過去讀者被動式接受作品的態度，應得改變。他花了六年時間完成這本書，其中的一些主題、人物、插曲，早在腦海中醞釀了二十年。此外，紀德想把畢生的經歷融入這部小說裏，似乎要將它視爲臨終遺言似的。

本書的主題包括對家庭的反抗、代溝問題、同性戀情結、對宗教的省思、善惡之分野、藝文創作與生活的關係，我們因而從中認識各形各色的人物，對所有固有的價値觀，重新拿出來批判，它可說是最能代表紀德特色的著作：五十七歲的他，懷著顆年輕的心，對宗教道德與本國文化表示不滿，但卻醉心於異國風情，不願囿在狹隘的小圈子裏。

紀德並不是爲讀者提出上列問題的解決辦法，而是要刺激他們去思考問題，然後以適合個人的方式排憂解困。作者的寫作風格是信筆拈來，娓娓敍述，其中略帶浪漫的嘲諷，並玩一些文字遊戲，因爲與傳統的小說大異其趣，有人稱他爲「反小說」的前鋒，這也是某些所謂的前衛人士，特別鍾愛紀德作品的原由。

說起來這本小說的創作靈感，可追溯到一九一九年前兩樁社會新聞：一則是發生在一九〇六年一群出身良好的年輕人身上，他們組幫派、印假鈔，目的是救窮人；另一則是一九〇九年在克萊蒙費朗（Clémont-Ferrand），一名中學生被同學們用激將法搞到自殺的地步。除此之外，於一九一二年，他遇到一個偷書的年輕雅賊，也把這個人編進故事裏。還有，紀德的一位好友，也是位作家，馬丹・杜加（Martin du Gard），一直鼓勵他好好的寫這本書，而他們之間的書信內容也成了作者小說題材的一部分。自然，紀德當時的日記，也是他構思的泉源之一。因此，也有人稱這本小說是兩位作家合作的成果。

本書內容大致如下：伯納・波菲當狄厄（Bernard Profitendieu）得知自己是私生子，離家出走，去投靠一個朋友，歐立維，而不願再忍受長期生活在一個充滿欺騙的家庭環境。後來間接認識歐立維的叔叔，小說家愛德華。歐立維本身與藝文界也頗有接觸，尤其和巴沙旺時常來往。愛德華觀察人生百態的手記，以及伯納與歐立維之間的書信，都是本作品的骨架。次要插曲則包括歐立維弟弟涉及一起僞鈔案，愛德華最後終使姪兒歐立維不受巴沙旺的影響。經歷了這些，伯納也因對這個世界感到失望，還是決定重返家園。

其中還穿插了人物之間複雜的感情問題。愛德華愛上他的姪兒歐立維，蘿拉・維黛則鍾情於愛德華，他卻不予理會；負氣之下，她嫁給沒有感情基礎的杜維爾，後來成了文生・莫里尼耶的情婦，又被拋棄，只好回頭找愛德華，而伯納對她則產生柏拉圖式的愛；最後蘿拉還是不情願地回到她丈夫身邊。文生遺棄蘿拉後，愛上了貴婦葛利菲；另外伯納除了對蘿拉的柏拉圖式愛情外，和她的妹妹莎拉，卻發生肉體關係。

實際上，這本書的重點還是擺在紀德筆下的愛德華。他是個小說家，正準備寫的書就叫做《僞幣製造者》，值得順便一提的是，這類「小說中的小說」(le roman du roman)，著實還流行了一陣子。但究竟僞幣製造者所指的是誰？眞正意義何在？除了小說中實際印製假鈔的人外，指的就是那批假仁假義的僞善者，掛羊頭、賣狗肉，要衆人遵循道德法律的約束，自己卻背道而馳；所謂有學問的作家，也不過較懂得如何剽竊他人想法，然後將之重新包裝，據爲己有；還有盲目服從，不認清事實眞相的，也是「假人」。紀德在這部小說裏，眞是把人類這種文明病批評得體無完膚。

譬如，保琳的婚姻分明是一項錯誤；蘿拉則是爲了利益而結婚。總之，事後所帶來的只有互相輕視、誤解或仇恨。雙性戀的結局也很慘：波里和彭加純純的愛無法持久；文生的激情卻變爲怨恨；伯納則無法在互敬與性愛之間找到平衡點。只有愛德華和歐立維能幸福的過日子。

這本書的書名及其中多處對話，不僅是嘲諷這個社會，而且還點出文化解體的一些原因。眞理與價値觀往往是相對的，主觀因素足以左右個人的看法。小說中沒有一個人是贏家，年輕人終有一天會仿傚前輩從事類似的勾當，我們可藉此體會作者對這個世界的失望與無力感。所以又有人稱紀德的小說爲「反小說」(anti-roman)。藝文界的人多半能了解作者的想法，他們也曉得「僞幣製造者」(虛僞的人)是文明社會的產物，大家可以去批評它，卻無法去改善它。

《僞幣製造者》於一九二六年出版，卻直至一九四七年才獲得諾貝爾文學獎評審委員的肯定，原因何在？問題就出在紀德是個備受議論的作家；大家都承認，他那種令人不安的前衛性思想，確實具高度的原創性，他的作品亦具其藝術價値。然而，從某些角度來看，他作品中有若干不尋常的表達技巧，令人覺得「不雅」。不過，到第二次世界大戰結束後，這些看法已不再那麼駭人聽聞了。

在得諾貝爾獎之前，紀德曾於一九四五年接受法蘭克福市頒的歌德獎，一九四七年時，並曾親往牛津鎭領取榮譽博士學位。但他卻多次拒絕法國欲加諸他的種種殊榮，因爲作者不願被歸類，因而限制了他的創作空間，且認爲「學院派」這頂大帽子，更跟他不相稱。否則，說不定紀德早已成爲法蘭西學院的院士了。

卷一 巴黎

1 盧森堡公園

「是我該聽到走廊有脚步聲的時候了，」柏納對自己說。他抬頭聽。沒有聲音！他父親和哥哥都在法庭；他母親出門去了；他妹妹在音樂會；至於他的弟弟卡洛——最小的一個——則整個下午都安安全全的關在日校裏。柏納・普洛菲當杜呆在家裏，爲他的「渡船」❶臨時抱佛脚；他只剩下三個星期了。他的家人尊重他的孤獨——魔鬼却不！柏納儘管已經剝下了外套，却仍舊感到窒息。對着街道的窗戶是打開的，但進來的只有熱氣，沒有別的，他的額頭汗流不止。一滴從鼻尖落到他持着的信上。

「想裝做眼淚！」他想。「可是流汗畢竟比流淚好。」

不錯；日期爲他做了斷然的結論。除了他——柏納自己——以外，別人都不可能有問題。不容置疑。信是給他母親的——一封情書——十七年了，沒署名。

「這縮寫代表什麼呢？一個『v』，其實如果是個『N』也是一樣……問母親合適嗎？……我們一定要確信她，她的眼光是很高的。我可以放心的設想他是個王子。知道自己是個無賴的兒子並沒有什麼好處。恐懼像自己的父親；要想治療這種恐懼，最好的辦法就是不知道他是誰。去追問，只會束縛了自己。唯一該做的事就是企求解脫，而不要陷得更深。除了這個以外，我現在

❶ bachot，渡船，舢板；這裡是學生俚語，指「畢業考試」baccalauréat。

什麼都够了。」

柏納把信又摺起來。它跟袋子裏另外十二封信的大小和形狀一樣。這些信是用粉紅的帶子綁着的，但他用不着解開就可以把信取出來，同時沿着那一叠信把帶子轉一轉，也容易再讓他纒緊。他把信放回小匣子，又把小匣子放回依牆而裝的蝸形脚窄桌的抽屜裏。抽屜並沒有打開。它是從上方把秘密吐出來的。柏納把桌面的木板又拼合起來，把原先放在桌面上的沉重縞瑪瑙石板又輕又小心的壓上去，再把一對玻璃燭臺和一隻笨重的大鐘放在石板上；這隻笨重的大鐘，他以前曾經因為修理它而覺得很有趣。

鐘敲四下。他把它撥到正準的時間。

「他法官閣下和他的律師兒子六點鐘之前不會回來。我還有的是時間。當他閣下回來的時候，他一定會在他的寫字臺上發現我的一封信，用生動有力的句子通知他我的離開。但在我寫以前，我覺得需要絕對讓腦子清新一下。我一定要跟我親愛的奧利維談一談，確定一個落脚處——至少暫時的。奧利維，我的朋友，現在是我來測驗你的友情的時候，也是你表現你的勇氣的時候。我們友誼的缺點是到現在為止我們還都沒有互相有過用處。呸！要求一件答應起來會有趣的事一定不會不愉快的。討厭的是奧利維不會一個人在。沒關係！我會把他弄到一邊。我要用鎮定嚇住他。事情最不平常的時候，我最能够像沒事一樣。」

直到這時為止，柏納•普洛菲當杜都住在離盧森堡公園很近的地方。公園裏，在俯瞰麥第奇池泉的小徑上，他的一些同學慣於每個星期三下午四到六點在那裏聚會。話題是藝術，哲學，運動，政治與文學。柏納快步走向公園，但是當他透過欄杆看到奧利維·莫林涅的時候，他把步子放慢下來。這一天的聚會比平常人多——是因為天氣好，無疑。有幾個男孩是新人，柏納以前從沒見過。他們這些人，只要跟人碰到一起，立刻就失去了自己的自然性，開始做作起來。

看到柏納，奧利維臉紅起來。他離開了跟他說話的一個年輕女子，有點突兀的走開。柏納是他最親密的朋友，因此他總是要極努力極痛苦的才讓自己不顯得喜歡跟他在一起；有時候他甚至會裝做沒看到他。

柏納，在去找他以前，先在好幾個小圈圈裏瞎聊幾句，就像他並不是在找奧利維似的。他的四個同學圍着一個留鬍子、戴夾鼻眼鏡、看起來顯然比他們都大的人。那是杜美。他持着一本書，以其中一個男孩為對象在講話——儘管他顯然因為別的人也在聽而高興。

「我眞是拿它一點辦法都沒有，」他說：「我一直看到三十頁，但沒有一點色彩，沒有一句用詞歷歷如繪的。他說到一個女人，可是我不知道她穿的衣服是紅色還是藍色。在我看來，如果沒有色彩，就一切免談，我什麼也看不到。」由於他覺得人家並不把他的話當眞，他就越發誇張，重復說：「絕對看不到任何東西！」

柏納停下來聽；他想，太快就走過去，會顯得沒有禮貌，但他一下子就把注意力轉到身後的爭論聲中了——奧利維在離開那年輕的女子之後，也來參加了這一羣；他們之中的一個坐在長凳上，在讀 *L'Action Française* ❶。

❶「法蘭西行動」報。

在所有這些年輕人之中，奧利維・莫林涅看起來是多麼深沉啊！然而他却是最年輕的一個。他的表情，他的幾乎仍舊還是孩子的臉顯示出超乎他年齡的心靈。他容易臉紅。他有某種温柔之處。但是，不論他是何等優雅，却有着某種含藏不露的秘密，某種纖細的敏感，使他把同學們排拒在一段距離之外。這是他的一種悲哀。若不是柏納，他會更悲哀了。

莫林涅，和柏納一樣，在他的小羣裏逗留了一兩分鐘——只爲了顯得和善，而並不是聽到任何讓他感興趣的話。他的頭俯過那讀者的肩膀，柏納沒有轉頭，聽他說：

「你不應該看這些報紙——它們會讓你中風。」

對方則針鋒相對的說：「你呢，只要一提毛拉（Maurras）就會讓你臉色發青。」

另一個男孩揶揄的問道：「毛拉的文章對你的胃口吧？」

第一個回答：「讓我厭煩得血都僵住了，但我認爲他的話有道理。」

然後是第四個，他的聲音柏納不認識；他說：「一個東西如果不叫你厭煩，你就不會認爲它有深度。」

「你好像認爲有趣的就只能愚蠢似的。」

「走，」柏納小聲說，突然抓住奧利維的胳膊，把他拉到一邊。「回答要快。我有急事。你說過你不跟你父母睡在同一層樓？」

「我把我房間的門指給你看過了。門直接開向樓梯，比我們的公寓低半層。」

「你不是說過你弟弟跟你睡在一起？」

「喬治。對。」

「只你們兩個？」

「對。」

「那小鬼能不能不吭氣？」

「必要的時候會。」

「聽着。我離開家了——至遲我今晚會走。我還不知道到哪裏去。你今晚能收留我嗎？」

奧利維的臉非常蒼白起來。他的情緒是如此激動，以致幾乎不能看着柏納。

「可以，」他說：「但是不要十一點以前來。媽媽每天晚上都會下來跟我們說晚安，把門鎖上。」

「但是那樣……？」

「門房會讓我進去嗎？」

奧利維笑了。「我另有一把鑰匙。你敲門要輕，如果喬治睡了免得弄醒他。」

「我會先告訴他。噢，我跟他好得很。給我鑰匙的就是他。再見，等着晚上見吧！」

他們沒有握手就分別了。柏納一面走一面想着他要留給法官的信，奧利維則由於不願意被人以爲他只喜歡跟柏納一個人私談，便向魯西安・柏蓋爾走過去；柏蓋爾這時又像平常一樣一個人獨坐，因爲別人總不大理睬他。奧利維如果不是由於傾心於柏納，其實也是蠻喜歡他的。魯西安是膽怯的人，正像柏納是個奮昂的人一樣。他無法掩藏自己的軟弱；他似乎只靠着他的頭和他的心在生活。他幾乎從來不敢走向別人，但是當他看到奧利維走過來，他歡喜得不知所措；魯西安寫詩——人人都這麼猜；但我很確定，奧利維是他唯一談過他的觀念的人。他們一同走向臺地的邊緣。

「我想要做的，」魯西安說：「是說說故事——不是人的，而是地方的——嗯，例如像這條花園小徑的，從早到晚發生的故事。最早的是孩子和他們的保姆，還有小帽上紮着緞帶的嬰兒奶媽……不對不對……最先來的是頭髮全白的，說不上年紀說不上性別的人，他們過來清掃小路，澆水，換花——實際上，是來佈置舞臺，在開門以前，先把佈景準備好。你明白嗎？然後，奶媽、保姆們才進來……小傢伙們玩泥巴，吵架，保姆打他們的耳光。然後是小男孩從學校裏出來，然後是女工；然後是窮人，在長凳上吃他們零碎的飯，然後各式各樣的人在這裏相會，有一些人互相躲避，還有一些人各走各的路——做白日夢的人。然後呢。樂隊開始演奏，店舖關門，就有了一堆堆的人……學生，像我們；晚上，情人們互相擁抱——另有一些則哭着分別。最後，當一天過去，還有一對老夫婦……而突然，鼓打起來。關門的時間到了！大家都出去。戲下臺了。你明白嗎？一種讓人覺得什麼都結束了的感覺——死的感覺……當然，只是沒有提『死』這個字。」

「明白，我很明白，」奧利維說，但他却一直想着柏納，一個字也沒有聽進去。

「還不止這樣，」魯西安熱切的說：「我想要加一段尾聲，描寫夜裏所有的人都離開之後的花園小路，那時候比白天更美。在那深沉的寂靜中，所有自然的聲音都突現出來——噴泉的聲音，樹間的風聲，一種夜鳥的歌聲。而且，我先要弄一些鬼魂來在公園裏遊蕩——或者弄一些雕像——但是我想這會比較俗氣。你認爲呢？」

「不行，不行！不要雕像，不要雕像！」奧利維心不在焉的說；這時，看到對方失望的臉神，又說：「啊，老朋友，如果是你讓他們上場，那一定精彩！」他鼓勵的叫着。

2 普洛菲當杜一家

> 在蒲桑❶的信中，對他父母毫無任何情義。日後，他從沒有懊悔過離開他們；憑他的自由意志移民到羅馬，他完全失去返鄉的願望——甚至，似乎，連一切回憶也不想。
>
> Paul Desjardins: *Poussin*

普洛菲當杜先生急着回家，巴望跟他一起走在聖傑曼大道上的同事莫林涅稍微走快一些。阿伯利克．普洛菲當杜剛剛在法庭度完異常沉重的一日；左側不舒服的感覺使他不安；他的疲倦往往都走到肝臟上去，這肝正是他的弱點。他念着的是洗個澡；一天的思慮之後，沒有任何事情比好好洗個澡更能讓他舒緩——更何況那天下午一口茶也沒喝，因爲他覺得吃得脹脹的胃再加上水

❶ Nicolas Poussin, 1594-1665，法國畫家。

——即使是温水——似乎有點不當。或許只是偏見，但偏見是文明的靠山。奧斯卡・莫林湼用盡全部力量走快，以便能夠跟上他的同事，但是他比普洛菲當杜矮得多，小腿的發育又有點不結實；此外，他的心臟周圍還累積了一些脂肪，因此容易氣短。普洛菲當杜呢，却正值五十五歲的盛年，胸腔發達，脚步輕快，很想把他一丢了事；但是他對禮貌却是特別放在心上的；他的同事比他年長，職位上也比他高；恭敬是理所應當的。再者，自從他太太的父母去世以後，他得了一筆相當大的遺產，而莫林湼先生——他是Président de chambre〔庭長〕，却除了乾薪之外什麼都沒有——一點難堪的薪俸，跟他的高等地位完全不相襯。莫林湼把他這高等的地位裝滿了尊嚴，而由於尊嚴的下面所掩藏的是平庸的資才，就顯得格外引人注目了。普洛菲當杜掩飾自己的不耐；他回頭，看莫林湼在悶悶不樂；就這件事來說，莫林湼的話讓他大感興趣；但他們的觀點並不相同，討論開始熱烈起來。

「家要看好，無論如何，」莫林湼說。「弄到了門房與冒充的女傭的報告——好得很！但是小心，如果你追問得過份，事情會從你手上被調走……我的意思是說，有可能你會被帶到你沒打算要走的地方。」

「法律沒這種顧慮。」

「嗐！嗐！我親愛的先生；你跟我都十分清楚法律應當是什麼，而實際上又是什麼。我們統統認爲我們是爲了最好的目的而服務的，但是不管我們怎樣做，我們永遠不能做到最好，只是接近而已。目前這個案子特別微妙。十五個被告——或者說，明天由於你的一句話將成爲被告的人

——之中，九個是未成年。而且，你也知道，這些男孩子裏還有幾個家庭非常有聲望。在這種情況之下，我認爲要發逮捕狀是極大的錯誤。報紙會抓住機會，而你等於是給種種的誹謗、中傷開了門。你儘管努力，也阻止不了多少人的名字被提出來……我沒有資格向你進言——倒是我應該接受你的。你非常明白我一向對你的明智估價是多麼高……但如果我站在你的地位，我會這樣做：我會想辦法抓住四五個煽動者，歸罪在他們身上，來把這件可厭的事結束……對，我知道要抓他們很難，但畢竟這是我們這一行的本份啊。我會把那公寓——就是那狂歡的地方——封閉，我會採取步驟通知這些小混帳的家長們——不聲不響的，秘密的；這只是爲了避免再有這種醜事。噢！至於女的，儘量逮捕。這一點，我完全站在你一邊。我們似乎面對一羣令人難以啓齒的邪僻的女人，社會要不計代價把她們剷除。但是，讓我再說一遍，不要碰那些男孩子；嚇一嚇他們就够了，然後用『年幼無知行爲不檢』這類含混的詞句把事情打發過去。他們這樣便宜的逃過去，會讓他們大吃一驚，很久都忘不了。請記住，其中三個還不到十四歲，他們的父母無疑都以爲他們是最純潔的天使。但說眞的，親愛的老兄，我們說句私心話，『我們』自己在那個年齡想女人嗎？」

他停住了，喘不過氣來——與其說是由於說話，不如說是由於走路。普洛菲當杜也不得不停下來，因爲他的衣袖被他抓着。

「或者，即使想，」他繼續說：「也是理想的——神秘的——虔敬的，如果我可以這麼說的話。今天的男孩們，你認爲是嗎——沒有理想，沒有！沒有理想！……順便問一聲，你的怎麼樣呢？當然，我這樣說的時候並沒有任何含意。我知道，在你這樣悉心的敎養下——在你給他們的敎育下，不可能有這類可怕的蠢事。」

也眞的，到現在爲止，普洛菲當杜從哪一方面說也都以他的兒子們自得。但他並沒有存什麼幻象——世界上最好的敎育碰到邪惡的本能也無濟於事。讚美高特，「他的」孩子沒有邪惡的本能——莫林涅的也沒有，當然；他們自己就是自己的保護者，使自己免於壞同伴和壞書籍。因爲，如果我們不能阻止，那去禁止又有什麼用呢？如果書被禁，孩子們就偷偷的看。他自己的辦法是至爲單純的——他不禁書，但他設法讓孩子們對這種書根本不想看。至於案子本身，他會重新考慮一遍，不管怎麼樣，他向莫林涅許下諾言，除非跟他商量過，他絕不採取任何行動。他只下令做謹愼的監視，而由於事情已經進行了三個月，再過幾天或幾個星期也無所謂。而且，暑假要開始了，必須把這些少年犯遣散。Au revoir〔再見〕！

普洛菲當杜終於能够放開步子回家了。

一進門，他就匆忙到更衣室，打開水龍頭，準備洗澡。安東本就注意他主人回家，這時設法在甬道上遇見他。這忠實的男僕在他們家已經呆了十五年；他眼看着孩子們長大。他看過很多的事情——更猜到了許多；但凡是他主人想掩藏的事他一概裝做不知。

柏納對安東不是沒有情感的；他不要連跟他說再見都沒有就離開。或許，是爲了惱憤他的家人，他才在家人都不知道的情況下却向一個僕人說了他要離開；但是，爲了給柏納一個藉口，我們可以說，那時候他家人一個也不在。再說，柏納若跟他們告別，便須冒着出走不成的危險。而對安東，他則只說：「我要走了。」但他這樣說的時候，一隻手是這樣莊嚴的伸出來，以致於那老僕驚住了。

「不回來吃飯，柏納少爺？」

「也不回來睡覺。」由於安東猶豫住了，不知道該怎麼猜想，也不知道該不該再問其他問題，柏納便用更有涵義的口吻說：「我要走了」；然後再一句：「我留了一封信給……」「爸爸」這兩個字是他說不出口的，因此把句子改正過來，說：「放在書房的寫字枱上了。再見。」

當他抓住安東的手時，他覺得他感動得好似在跟他過去的生活做整個的告別似的。他迅速的又重覆了一遍「再見」，在他的哽咽未從喉嚨衝出之前匆忙走開。

安東不知道這樣讓他走，是不是一樁沉重的責任——但他又怎麼可能阻止他呢？

柏納的離去對整個家庭將是一個出乎意料的、重大不堪的打擊——這是安東非常清楚的；但身爲本份的僕人，他只裝做把這件事理所當然的接受下來。普洛菲當杜先生所不知道的事，便不是他該去知道的。當然，他可以直截了當的對他這樣說：「你知道嗎，先生，柏納少爺已經走了？」但這樣說，對他一點好處也沒有。若說他等他的主人等得那麼心急，那也只是爲了透出那麼一句好似無心無意而又恭恭敬敬的話，就好像只是傳達柏納留下的交代，而這句話，却是他悉心想好的：

「先生，柏納少爺出門以前給你留下了一封信在書房裏，」——一句十分單純的話，單純得可能不被留意就忽略過去；他絞盡腦汁想找一句更能引起注意的話，但那樣又無論如何不能顯得那麽自然。但由於柏納從沒有離開過家，那安東由眼角留意着的普洛菲當杜就抑止不住的吃了一驚。

「出門以前……」

但他立刻又裝做無事起來；在下屬前面表現吃驚，這不是他應該做的；他的優越感是從沒有一時離開過他的。他接下來的語氣是極其平靜的——眞正是那種檢查官的語氣了。

「謝謝你。」在他向他的書房走去時，說：「你說信放在什麽地方？」

「在寫字枱上，先生。」

當普洛菲當杜走進書房，他立刻看到當他寫東西時常坐的椅子的對面的位置，很顯眼的擺着一封信；但安東並不是那麽容易支開的，當他才看了不及兩行，就聽到了敲門聲。

「我忘了告訴你，先生，有兩個人在後面客廳等你。」

「什麽人？」

「我不知道，先生。」

「一起的？」

「似乎不是，先生。」

「他們要什麽？」

「我不知道。他們要見你，先生。」

普洛菲當杜覺得他的耐心到了盡頭。

「我早就告訴過你，我在家的時候不要有人打擾——尤其是每天的這個時候；我在法庭裏有諮詢室。爲什麽你要讓他們進來？」

「他們兩個都說有非常緊要的事對你說，先生。」

「來了很久了嗎？」

「將近一個鐘頭了。」

普洛菲當杜在屋子裏來回走了幾步，一隻手抹過額頭；另一隻手則持着柏納的信。安東站在門口，心裏竊竊的高興，一動不動。最後，他終於愜意的看到法官失去了自制，有生以來第一次跺脚，怒罵起來！

「統統是活見鬼！你不能讓我安靜一會兒嗎？你不能讓我安靜一會兒嗎？告訴他們我忙。告訴他們改天來。」

安東剛一走，普洛菲當杜就衝到門口。「安東！安東！去把我的洗澡水關掉。」

很想洗個澡，眞的！他走到窗口，看信：

先生，——由於今天下午一個偶然的發現，我明白我必須不再認你做我的父親。這對我來說，是挪去了巨大的重擔。由於明白自己對你的情感是何等之薄，我久來就猜想自己是個私生子：我高興知道自己根本不是你的兒子。你或許會以為我理當感謝你，因為你一向待我如同你自己的孩子；但是，實際上，一，我一向就覺得你對我和對他們的態度不同，二，我十分明白，你之所以儘量表現一樣，是因為你怕醜聞，是因為你想掩飾一件於你不十分光榮的事——還有，因為你也不得不如此待我。我寧願不見母親一面而跟她作別，因為我怕跟她當面永別會讓我的情感有太大的起伏，而讓她在我面前無地自容——這是我不願意的。我不能確定她對他究竟有沒有真正疼愛；由於我幾乎一直在公立中學，她幾乎沒有時間了解我，而每次看到我，必然會想起她很想擦掉的一段往事，因此，我相信我的離開會讓她覺得高興與鬆釋。如果你有勇氣的話，請告訴她，對於她把我生成這麼一個雜種我沒有怨言；相反的，我寧高興知道我不是你的兒子。（請原諒我這樣寫；我的目的不是要侮辱你；但我的話可以給你一個藉口來恨惡我，而這究竟對你是一種鬆釋。）

如果你希望我對於我離開你的原因保守秘密，我必須請你不要企圖叫我回到這裏來。我做的決定是無可挽回的，我不知道到現在為止你一共花了多少錢在我身上；在我不知真相以前，我可以接受你的養育，但不用說，以後我不會再接受你的任何東西。想到我欠你任何東西，是我不能忍受的，我寧願餓死也不會再坐回你的飯桌。幸虧我似乎記得聽說我母親在嫁你的時候比你富有。因此，我有這個自由設想，我生活的擔子原是由她一人來負擔的。我謝謝她——認為她不再欠我任何東西了——並求她忘了我。對那些因我的離開而吃驚的人，你在解釋的時候可以不必費任何神。我給你完全的自由，愛選什麼理由選什麼理由，你可以把全部的責任推到我身上（儘管我非常知道你根本不會等我的允許）。

我用你那荒唐的姓氏簽署這封信，這姓，我本當丟在你的臉上，而在不久的將來，我也渴望着加以侮辱的。

柏納·普洛菲當杜

附筆——我把我所有的東西都一概留下。說它們屬於卡洛要更合法些——至少，為了你好，我這樣希望。

普洛菲當杜先生蹎蹎跌跌的挪向一把扶手椅。他要想一想，但他的頭是一片渾沌。再說，他的右側，正在肋骨下方覺得有點戳痛，這是毫無問題的。是肝痛。屋子裏還有維希礦泉水嗎？如果他太太沒有出去就好！他如何對她說柏納離家出走的事呢？他該把信拿給她看嗎？那是一封不公平的信——不公平得可惡。他理當震怒。但他感覺到的却不是震怒——他倒希望是——而是悲哀。他呼吸沉重，而一呼氣就跟着冒出一聲「噢，天啊！噢，天啊！」那聲音就像嘆息一樣那麼快那麼低。他腹側的痛跟他的另一種痛混而爲一了——證明了它的實際存在——標定了它的確定位置。他覺得他的悲傷似乎就存在他的肝臟裏。他陷進扶手椅裏，重看柏納的信。他沉重的搖搖肩膀。是的，是封殘酷的信——但那裏面也有着受傷的虛榮，抗逆——還有妄膽在裏面。他的孩子——他眞正的孩子——沒有一個能夠寫出這種信來——他自己也是一樣。這一點他知道，因爲，他們心裏面的任何東西他沒有一樣不在自己心裏看得清清楚楚的。不錯，他常以爲爲了柏納的開口不留情與不屈的脾氣而責備他是自己的義務，但他也知道正是爲了這些，他才對他有一種對其他的孩子所沒有的愛。

在另一間房，剛從音樂會回來的塞西兒開始在練鋼琴了，反反覆覆彈奏一首舟子曲中的一句。最後，阿伯利克・普洛菲當杜再也忍受不了了。他把客廳的門打開一點點，用一種哀怨的、半噎氣的聲音——因爲他的肝臟開始無情的痛起來（再者，他一向有點怕她）——說：

「塞西兒，親愛的，」他說：「妳能不能夠去看看屋子裏什麼地方有維希礦泉水？如果沒有，叫人去買些來好嗎？還有，如果妳能暫時停一下鋼琴練習，我會非常感謝。」

「你生病了?」

「沒有沒有,一點也沒有。我只是有點事情需要在飯前想一想,妳的音樂吵了我。」

接着一陣慈祥的情感——因爲他的痛苦使他柔和了——讓他說:

「妳彈的是一首很好聽的曲子,叫什麼名字?」

但他並沒有等着回答。至於這種事,由於他女兒知道他連 Viens Poupoule 和「唐懷瑟」中的「進行曲」也分不出來(至少她常這樣說),也就根本沒有意思要告訴他曲名。

可是他却又出現在門口了!

「妳母親回來了嗎?」

「沒有,還沒有。」

荒唐!她今晚會讓他在吃飯之前沒有時間跟她說。他能找什麼理由來解釋柏納的不在?實情是根本不能說的——不能讓孩子們知道他們的母親一時失足的秘密。啊,一切都本已原諒了,遺忘,彌補了。他們最後一個兒子的來臨使他們的重歸於好更爲牢固了。而現在,突然這復仇的厲鬼從往日復活起來——這個被時間之潮又沖起來的屍體。

好得很!另外解釋吧!而當書房的門無聲的打開,他把那封信放進他外套的口袋;門帘輕輕的掀起來——卡洛!

「噢,爸爸,請告訴我這句拉丁文是什麼意思。我摸不清是怎麼回事……」

「我老早就跟你講過,進這裏要敲門。你一定不能不管什麼瑣瑣碎碎的事都來擾我。你太喜歡依賴別人，不肯自己用心了。昨天是幾何，今天又來……你的句子是誰說的？」

卡洛把他的筆記本拿出來。

「他沒告訴我們；可是你只要一看就知道了；你一定會知道的。他向我們口述的。但是也許我聽寫錯了。你至少也要告訴我對不對。」

普洛菲當杜把本子拿過來，但他痛得難以忍受。他溫和的把那孩子推開。

「等下再說吧。該吃飯了。查理回來沒有？」

「他到樓下他的諮詢室去了。」（這位律師在底樓接待他的受委託人。）

「去告訴他我有事跟他說。快！」

門鈴響！普洛菲當杜夫人終於回來了！她抱歉回來得那麼晚。她有太多的人要拜訪了。她很抱歉她的丈夫身體這麼不舒服。該怎麼辦呢？他看起來眞的是不舒服了。他什麼也吃不下。他們只得在他缺席的情況下坐下來了，但是飯後，她可以把孩子們帶到書房來嗎？——柏納？——噢，對了；他的朋友……妳知道——那個他一同唸數學的——來找他，帶他出去吃飯了。

普洛菲當杜覺得好了點。他原先怕自己病得太厲害，連謊話都說不出。然而，柏納的不在又必須找個理由來解釋。現在他知道他必須怎麼說了——這又是多麼痛苦的事。他覺得堅定了。他唯一害怕的是他太太用哭聲打斷他——怕她會嘶叫——怕她會暈倒……

一個鐘頭以後，她帶着三個孩子進來。他讓她坐在旁邊，靠近他的扶手椅。

「儘量控制自己，」他小聲說，但語氣是命令式的，「一句話也不要說。等一會兒我們再談」

他說這些話時，一直把她的一隻手握在他的雙手裏。

「來，孩子們，坐下。我不喜歡讓你們站在這裏好像站在檢察官面前似的。我有件非常叫人難過的事告訴你們。柏納離開了我們，不會再看到他了……至少最近。我現在必須把剛才瞞着你們的事告訴你們，因爲我要你們像手足那樣愛柏納；你們的母親和我，像他是我們親生的孩子那樣愛他。但他不是我們親生的孩子……而是，他的一個舅舅——她生母的一個兄弟，受他生母臨終時候的託求，把他交給我們撫養的——今天下午他又來把他帶回去了。」

接下來是大家一陣痛苦的沉默，卡洛抽噎了。大家都在等，等他說下去。但他揮揮手把他們解散。

「你們現在可以走了，親愛的。我有話要跟你們的母親說。」

他們出去以後，普洛菲當杜先生又沉默了很久一段時候。普洛菲當杜夫人留在他手中的手好像是死的；她用另一隻手把手帕壓在眼睛上。她依在寫字枱上，轉過頭去哭。透過那撼動着她的啜泣，普洛菲當杜聽到她埋怨道：

「噢，你多麼殘忍啊！……噢！你把他趕出去了……」

不一刻以前，他還決定不把柏納的信給她看；但在這不公平的指控之下，他拿了出來：

「好！妳看看！」

「我看不下去。」

「妳非看不行。」

他忘了自己的肝痛。他的眼睛一直看着她的臉，從頭到尾，看她一行一行的看。當他剛才說話的時候，他幾乎控制不住眼淚；但現在一切情感却都離他而去；他看着他太太。她在想什麼？她又用原先那種幽怨的、被啜泣打斷的聲音說話了：

「噢，爲什麼你要告訴他？……你不應該對他說。」

「但是妳自己明明可以看到信上寫的，我從沒有跟他說過一個字。妳再細心一點看信。」

「我看了……但他怎麼找到的呢？那又是誰告訴他的？」

原來她想的是這個！她那聲音的幽怨就是意含的這個！

這悲傷本該把他們兩個拉在一起，但可嘆！普洛菲當杜却模糊地覺得他們的想法南轅北轍。當她在那裏怨訴指責的時候，他却在想辦法把她那難以駕馭的精神制服，讓她的心態更虔敬一些。

「這是贖罪，」他說。

由於一種要居高臨下的本能的渴望，他站了起來；他在她面前筆直的站着——忘了、也不在乎自己肉體的痛苦了——一隻手重重的、嚴肅而溫和的、又帶着權威的放在瑪格麗特的肩上。他非常明白，對於他寧願認爲是一時軟弱的那件事，她的懺悔從來就不是全心全意的；現在，他想告訴她，這一次的傷痛，這一次的苦難，可以有益於她的得救；但是他找不到合適的公式可以讓自己滿足——沒有一種他可以希望她聽得進去的。她太清楚，生活裏的每一件小事，即使是微不足道的，旁枝末節的，他都一成不變的、不可忍受的，好像用鑷子一樣，抽出道德敎訓來——他把每件事都加以解釋，加以揉搓，用來適合他的教條。他俯身向她。他會要這樣說：「妳看，我親愛的，罪惡裏生不出好東西來。掩蓋妳的錯誤是沒有用的。唷！爲了這孩子，我已經盡了力。我待他如己出。高特今天向我們顯示了，不該想要……」

但說到這裏他住口了。

無疑，這些包含了沉重涵義的話她是懂得的；這些話直透她心底，因爲，雖然她的哭已經停了很久，現在她却又啜泣起來，比原先更強烈；然後她俯身，好像要跪下來的樣子，但他彎身在她上方，扶住了她。在淚水中她說的是什麼呢？他幾乎把耳朵貼在她的唇上。他聽到：

「你知道……你……噢！爲什麼你要原諒我呢？噢！我根本不應該回來。」

他對她的話幾乎必須用猜的。然後她不說了。她也再說不下去了。她如何能告訴他，在他從她那裏抽出的這種道德教條裏她感到窒息……感到如坐牢獄……，在她對自己錯誤早已懺悔過之後，現在她悔恨的並不是自己的錯誤了，普洛菲當杜站直身子。

「我可憐的瑪格麗特，」他尊嚴而又嚴厲的說：「我怕妳今天晚上有點彆扭。已經晚了。我們最好去睡吧。」

他扶她站起來，帶她到她屋裏，用唇貼一貼她的前額，然後轉同自己的書房，投到一隻扶手椅裏。他的肝痛竟然投降了，是件怪事——但他覺得自己已經支離破碎了。他捧着頭坐着，悲傷得哭不出來……他沒有聽到敲門聲，但當他聽到門開的聲響而抬起頭來時——是他兒子查理！

「我來向你道晚安。」

他走過來。他要向他父親傳達他已經明白了一切。他本想表現他的同情，他的溫柔，他的忠誠，但是——誰能夠想到律師會能夠這樣呢？——他非常拙於表現自己——也或許，正因爲他的情感是眞誠的，他才拙笨起來。他親了親他的父親。他把頭擱在他肩上以及在上面逗留片刻的方式使普洛菲當杜確信他的兒子已經明白了。他明白得那麼徹底，以致於，他的頭略略抬起一些，用他常見的拙笨方式問道——可是他的心如此焦急，以致無法不問：

「卡洛呢？」

這個問題是荒唐的，因爲卡洛的長相處處具備了他一家的特徵，就像柏納跟他家的不同一樣醒目。

普洛菲當杜輕拍查理的肩膀：

「不不，那沒問題。只有柏納。」

於是查理浮誇的說：

「高特把闖入者趕走了……」

但普洛菲當杜止住了他。他不需要這種話。

「噓！」

父子兩人沒有話對對方說了。讓我們離開他們吧。已經快十一點了。讓我們也離開那獨自坐在又小又窄又不舒服的椅子裏的普洛菲當杜夫人吧。她不哭了；她也不想什麼。她也想跑掉。但是她不會。當她跟她的愛人——柏納的父親（我們用不着費心去說他）——在一起時，她曾對自己說：「不行，不行；不管我怎麼試，我除了做一個誠實的女人之外，什麼也不成。」她怕自由，怕罪，怕安逸——因此，十天之後，她懊悔的囘來了。她的父母對她這樣說的時候是對的：「妳對妳自己的心一點也不了解。」讓我們離開她吧。塞西兒已經睡了。卡洛絕望的看着他的蠟燭；他藉着故事書來分散自己對柏納的想念，故事越長越好。倒不曉得安東會用什麼對他的朋友廚師說。但想樣樣聽到是不可能的。這是柏納約好到奧利維那裏去的時辰。我不確定他在哪裏吃晚飯——甚至有沒有吃都成問題。他經過門房室，沒有受到阻撓；他偷偷的摸上樓梯……

3 柏納與奧利維

富裕與平靜養育懦夫；艱苦締造剛毅。

Cymbeline, 三幕六景

奧利維的母親每天晚上下來吻她的兩個小兒子，向他們道晚安；今天，奧利維在她來的時候已躺在床上。他本想起床，穿好衣服來接柏納，但他仍舊不確定他來不來，又怕引起他弟弟的猜疑。喬治照常早睡晚起；或許他一點也沒有注意到什麼不尋常。當奧利維聽到有輕微的敲門聲，他從床上跳起來，匆忙把脚塞到臥房拖鞋裏，跑去開門。他沒有點蠟燭；月亮的光足够了；用不着別的。奧利維把柏納緊抱住：

「我多麼盼望着你啊！我眞不敢相信你眞的會來，」奧利維說，在幽光裏他看到柏納聳肩。

「你父母知道你今晚不在家裏睡嗎？」

柏納直直的看入奧利維面前的黑暗中。

「你以爲我非得求得他們的允許不行，呃？」

他的語氣是這麼冷靜嘲諷，以致奧利維立刻感到自己的問題的荒謬。他還不了解柏納已經「一走了之」；他只以爲他想在外面住一晚，因而對這件離家事件有點困惑。他開始問：柏納打算什麼時候回家？——永遠不！

奧利維開始有點明白了。他非常想表示自己能夠了解，也絕不會爲任何事情而驚奇；可是他還是冒出了一聲驚呼：

「好大的決心啊！」

柏納其實絕不是不想叫他的朋友吃驚一下的；這句話裏所表露的讚美特別讓他覺得舒服，但他又聳了聳肩膀。

「但是你爲什麼離開呢？」

「這個嘛，老朋友，是家務事。我不能告訴你。」爲了不致過於嚴厲，他開玩笑的用他的鞋尖把奧利維掛在光脚上的一隻拖鞋挑走——因爲他們現在是坐在床邊的。看吧！踢掉了！

「那，你打算住在哪裏?」

「不知道。」

「怎麼過?」

「要等着看。」

「有點錢嗎?」

「够明天吃早飯的。」

「然後呢?」

「然後我會看着辦。噢，我一定可以想到點辦法。你看着好了。我會讓你知道。」

奧利維對他的朋友的讚美崇拜是極熱烈的。他知道他是果決的；但他又不能不懷疑；在他無法可想、情感也消磨盡了的時候——這一定會馬上來臨的——在生活的壓力之下，他不會非得回去不行嗎?柏納向他保證——任何事情他都可以做，但絕不回去。當他越來越蠻橫的反覆「任何事情」的時候，奧利維的心被恐怖所戳刺了。他想說出來，但又不敢。最後他終於低垂着頭，用不確定的聲音說：

「柏納，不管怎樣吧，你不會想要……」但是他停住了。他的朋友眼睛抬起來，而儘管並不能看得很清楚，却仍舊可以察覺到他的騷亂。

「想要什麼?」他問。「你是指什麼?告訴我。偷?」

奧利維搖頭。不是，不是這個意思！突然他淚流滿面的哭出來，把柏納緊緊抱在懷裏：

「答應我你不會……」

柏納親了他，然後笑著把他推開。他明白了。

「噢！好！我答應……但你還是得承認那是最方便的辦法。」但奧利維已經覺得安心了；他知道最後這句話只是嘲諷一下。

「你的考試呢？」

「對；這是個麻煩。我不想被鋤掉。我想我已經準備得差不多了。問題只在當天順不順利。我必須想辦法先把一些事情儘快弄妥。這是速戰速決的事；但是我會安排的。等着看吧。」

他們沉默的坐了一會兒。第二隻拖鞋也掉了。然後柏納說：「你會着涼。上床去吧。」

「不；是你，必須上床。」

「開玩笑！好啦，快快！」於是他強迫奧利維躺進他原先已經弄零亂的被子裏。

「可是你呢？你睡在哪裏呢？」

「隨便哪裏。地上。角落裏。我必須習慣艱苦的生活。」

「不行。你瞧！我有話跟你說，但是除非你躺在旁邊，就沒辦法。上來吧。」當柏納一眨眼脫了衣服躺在他旁邊後，他說：

「你知道……我有一天跟你說過的事……嗯，我去了。」

不用再說，柏納就知道是什麼事了。他更貼近他的朋友。

「喝！噁心……可怕……事後我想吐口水——作嘔——想把皮剝掉——想殺了自己。」

「誇張。」

「殺她。」

「她是什麼人？你沒有失禮吧，有沒有？」

「沒有；是杜美認識的女人。他介紹給我的。最可厭的是她的嘴。不停的吱吱喳喳。噢，愚蠢得要死！爲什麼有些人竟能夠在這種時候還不停嘴呢？我眞巴不得勒死她——塞住她的嘴。」

「可憐的老奧利維！你沒想到杜美除了白痴什麼也抓不住？那麼，她好不好看？」

「你以爲我會看她？」

「驢！你這個寶貝……讓我們睡吧。……但是……你辦完了吧？」

「高特！這是最噁心的部份。我還是做到底了……就像我貪戀她似的。」

「好得很，寶貝。」

「噢，閉嘴！如果這就是他們所謂的愛——我夠了。」

「好像娃娃！」

「那你又怎麼樣呢，請問？」

「噢，你知道的，我不怎麽熱中；我以前已經告訴過你，我在等待時機。像這樣冷淡無情的，我不喜歡。不過，如果我……」

「如果你……？」

「如果她……算了！我們睡覺。」

他決然的轉過背去，身子拉過去一點，像免得碰到奧利維似的，因爲他感到奧利維讓他不舒服的體温。但奧利維在沉默了一陣之後，又講話了：

「我說，你想巴雷會不會插一手？」

「天哪！你爲這個擔心？」

「我一點兒也不在乎！哎，只聽我說一句。」他貼向柏納的肩膀，好像他轉過身來——「我兄弟弄了個情婦。」

「喬治？」

那裝睡却一直在黑暗裏偷聽的小毛頭這時聽到他的名字，便停止了呼吸。

「你瘋了。我說的是文桑。」（文桑比奧利維大幾歲，剛剛結束醫科訓練。）

「他告訴你的？」

「不是。我暗地裏發現的。我父母親還完全不知道。」

「如果他們知道了不曉得會說什麽？」

「不知道。媽媽會受不了。爸爸會說，要就斷掉，不然就娶她。」

「當然。一個像樣的資產階級除了他們自己的方式以外，就不知道還有別的方式可以像樣的。你怎麼發現的？」

「嗯，過去有一段時間，我父母去睡以後，文桑就出去。他下樓的時候輕手輕脚，但是我可以聽出他街上的脚步聲，知道是他。上個星期——星期二，我想是，夜裏非常熱，我在床上躺不下去，到窗口換換氣。我聽到樓下的門開了又關了，因此我就探頭出來，當一個人從街燈下走過去的時候，我認出是文桑。那是半夜了。這是第一次——我是說，我第一次猜到有點事情。但是從那次以後，我就禁不住會聽——噢，並不是故意的——結果發現他幾乎天天晚上出去。他有一把前門鑰匙，我父母把我們的一間老屋子——喬治和我的——清理出來給他做診療室，讓他有病人來的時候用。他的房間是單獨的一間，在門口的左邊；我們其他的房間都是在右邊。他可以自由進出，沒人知道。我沒有一次聽到他進來，但前天——星期一夜裏——我不知道我是怎麼回事——我正在想杜美提議的見面計畫……我睡不着。我聽到樓梯上有聲音。我想那是文桑。」

「那是幾點？」柏納問，主要是爲了表示他對這件事關懷，而不僅是想知道。

「清晨三點，我想。我爬起來，耳朵貼門。文桑在跟一個女人說話。確實點說，是女的在說話。」

「那你又怎麼知道是他呢？這個公寓裏的人一定都會從你門口經過的。」

「而且討厭得要死。越到後來，他們爭吵得越厲害。他們也不再顧及人家在睡覺了……我斷定是他。我聽到那女人叫他的名字。她一直說……噢，我受不了她反覆的說。叫我作嘔………」

「說下去。」

「她一直說：『文桑，我的愛——我的愛人……噢，不要拋棄我！』」

「她管他叫『您』而不是『你』？」

「對；怪嗎？」

「再多說一點。」

「『你現在沒有權利拋棄我。我該怎麽辦？我到哪裏去？跟我說點什麽吧！噢，跟我說話！』……她又叫着他的名字，反覆說下去：『我的愛人！我的愛人！』她的聲音變得越來越悲哀，越來越低沉。這時我聽到一個什麽聲音（他們站在樓梯上），一種像什麽東西倒下去的聲音。我想她一定突然跪下去了。」

「他有沒有回答？一句都沒有？」

「他一定走到樓梯的最上面了；我聽到公寓的門關上的聲音。然後，她在很近的地方呆了好一會兒——幾乎就貼在我的門上。我聽到她在抽泣。」

「你應該開門。」

「我不敢。如果文桑認爲我知道了他的事，他會大怒。再說，我怕她發現我看到她在哭，也會難堪。我不知道我能有什麽話可以對她說。」

柏納向奧利維轉過身來：

「如果是我，我就開門。」

「噢，你！你從來就什麽都不怕。你總是想到什麽就做什麽。」

「這是責備嚒？」

「噢，不是。是嫉妒。」

「你有沒有一點印象那女人是誰？」

「我怎麽會知道呢？晚安。」

「啨，你確定喬治沒有聽到我們說話？」柏納在奧利維耳根小聲說。他們摒息聽了一會。

「確定，」奧利維恢復他平常的聲音說。「他睡了。再說，他也聽不懂。你知道有一天他問爸爸什麽嗎……」

這時，喬治再也忍不住了。他在他的床上坐起來，打斷他哥哥的話：

「你這驢！」他叫道。「你不明白我是故意的？……老天啊，沒錯！你們說的話我句句都聽到了。但是你們儘可以不必大驚小怪。文桑的事我老早就知道。現在，年輕的朋友們，說話請輕聲些，我要睡覺了——不然就乾脆閉嘴。」

奧利維轉向牆壁。柏納睡不着，便看着屋裏。在月光下看起來比實際的大些。事實上，他幾乎沒見過這屋子。奧利維白天是從不在這裏的；柏納曾來找過他幾次，但那是在樓上的公寓裏。

但通常這兩個朋友是在放學以後才見面。月光已經移到喬治終於已經睡了的床脚下；他哥哥說的話，他幾乎句句都聽進去了。他做夢有了材料。在喬治的床上方，柏納可以分辨出一個小書架，裝了滿滿兩層教科書。在奧利維床邊的一個桌子上，他看到一本大一點的書；他伸手出去把它拿過來看看書名——「托克維爾」❶；當他把書放回去的時候，掉了下來，把奧利維吵醒了。

「你現在在看托克維爾？」

「杜拉克借我的。」

「喜歡？」

「枯燥得很，但有些話說得很好。」

「我說，你明天要幹什麼？」

明天是星期四，學校不上課。柏納想在什麼地方跟他這個朋友會面。他並不打算回公立學校；他想他可以不上最後幾堂課，而能自己準備考試。

「明天，」奧利維說：「十一點半我要去拉撒路車站，去見我的舅舅艾杜瓦，他從英格蘭回來，在勒·哈夫鶴上火車。下午，我跟杜美約好要去羅浮宮。其他的時間我得作功課。」

「你的舅舅艾杜瓦？」

「對，他是我母親的同父異母弟。他出去了六個月，我幾乎還一點也不了解他；但是我非常喜歡他。他還不曉得我要去車站見他，我很怕他不認得我。他跟我們家的任何人都沒有一點相似

❶ Tocqueville, 1805-1859, 法蘭西政治家與作家。

；他是個很特別的人。」

「他在做什麼？」

「寫作。我幾乎把他所有的書都看完了；但是他已經很久沒有出版作品了。」

「小說？」

「對；小說類。」

「你以前爲什麼沒有告訴過我？」

「因爲你不會想看；而如果你不喜歡……」

「嗯，說完。」

「好，我就會惱。完了！」

「你爲什麼說他特別？」

「我也不十分確定。我說過我幾乎不了解他。那主要是一種感覺。我覺得我父母不感興趣的事他幾乎樣樣感興趣，而且你沒有任何事情是不能跟他談的。有一天——他走的前一天——他跟我們吃午飯；他跟爸爸說話的時候一直看着我，弄得我不自在；我要到別的房間去了——這是在吃飯間，我們喝完咖啡還一直呆在那裏——但他開始問爸爸關於我的事，這讓我更不自在；突然爸爸站起來，去拿幾首我寫的、又白痴一般拿給他看的詩。」

「你寫的詩？」

「對；你知道——那首你說像是*Le Balcon*（「陽臺」）的那首。我知道寫得不好，當爸爸把它拿出來的時候我非常憤怒。當爸爸去拿的時候，有一兩分鐘只剩我們兩個，艾杜瓦舅舅和我。我覺得我臉紅得可怕。我想不出一句話來跟他說。我看別處——他也看別處；他開始捲煙捲，點起來，然後，一定是爲了讓我自在一點，因爲他一定看到我臉紅，他站起來，走到窗口，向外望。他吹口哨。然後，他突然說：『我比你還不好意思，你知道。』但我想那只是出於他的好心眼才這樣說。爸爸終於回來了；他把我的詩交給艾杜瓦舅舅，他也就開始唸。我那時是那樣的惱憤，以至於，如果他敢讚美我的話，我就會辱罵他。爸爸顯然是抱着希望的——希望他讚美我——可是由於舅舅什麼都沒說，他就問他以爲如何。但艾杜瓦舅舅却笑着回答：『在你面前我無法自自在在的跟他談他的詩。』這時爸爸也笑起來，走出去。當我們只剩下兩個人的時候，他說他認爲我的詩很壞，但我喜歡聽他這樣說；而更使我喜歡的是他突然指着兩行——整首詩裏我唯一在乎的兩行——看着我說：『這個好！』這不是很妙嗎？如果你知道他說話的語氣就好了！我恨不得抱住他。然後，他說我的錯是從觀念開始，我沒有能夠完全任語言領着我走。當時我不大領會；但我想我現在懂了他的意思——而他是對的。以後我會向你解釋。」

「我現在知道你爲什麼要去見他了。」

「噢，這些都沒什麼，我不曉得爲什麼要跟你說。我們還互相說了很多話。」

「十一點三十分，你說？你怎麼知道他坐這班車來？」

「因爲他寫明信片告訴媽媽；然後我找了時間表看。」

「你要跟他吃午飯？」

「噢，不。我十二點一定要回家。我只有跟他握握手的時間。但這我就够了……噢，再說一件事就睡。我什麼時候再見到你？」

「得幾天以後。要在我把一些事情弄妥。」

「好嘛……我不能幫你什麼？……」

「你？幫我？不用。這不公平。我會覺得我好像在欺騙。晚安。」

4 文桑與巴薩望伯爵

我父親是野獸，但我母親有心靈；她是個寂靜的人。在我的記憶中，當她跟我這樣說明的時候，她是個甜美的女人：我兒，你是不幸的。但他這樣做並不是不痛苦的。

Fontenelle

不是，文桑・莫林涅每夜外出並不是爲了去看他的情婦。他走得很快，讓我們跟着他吧。他沿着鄉村聖母街——他就住在這條街的盡頭——走，直到這街的延長街，平和街；然後轉往津渡街，這時，街上還有少數幾個遲歸的人。在巴比倫街，他在一家的柵門前站住，而那柵門也打開了，讓他進去。巴薩望伯爵住在這裏。如果文桑不是已經習慣常來，在走進這奢華的大厦時他的神色不會那麽自信。來開門的僕人很明白這裝出來的自信後面隱藏着何等的怯懦。文桑帶着一點做作的味道，把帽子丢在一隻扶手椅裏——而不是把它交給僕人。

文桑到這裏來，還是最近的事。勞伯・杜・巴薩望是許多許多人的朋友，現在，也自稱文桑的朋友了。我不大確定他跟文桑如何結識的。八成是在公立中學吧，我猜——儘管勞伯・杜・巴薩望看起來比文桑年齡大得多；他們有好幾年不見，後來，不久以前，一天晚上，由於一個不尋常的機會，當奧利維跟他哥哥去戲院的時候他們碰面了；在 entr'acte〔幕間休息〕時，巴薩望邀他們兩個跟他一同吃冰淇淋；他知道了文桑剛結束醫科考試，還未決定究竟要不要在醫院當住院醫生；科學比醫學對他的吸引力更大，但他又必須賺錢維生……總之，文桑不久以後接受了勞伯・杜・巴薩望待遇優厚的聘請——每晚到他家去，照顧他年老的、最近經過一次嚴重手術的父親；繃帶、注射、聽診——總之，一切專門而又細心的醫療服務一手包辦，這些都是需得專家之手才可以做到的。

但是，伯爵之希望與文桑更接近些，還有別的原因；而文桑呢，也另有別的原因需要他接受聘請的。勞伯的秘密原因我們以後再設法揭發。至於文桑——他的原因如下：他急需用錢。當你的心沒有長錯地方，而健全的教育又早早的把責任感注入了你的觀念裏，那麽，當你弄得了一個女人，而這個女人又有了孩子以後，你就不可能不覺得你多少跟她綁在一起了——尤其當那女人是捨棄了丈夫來跟你的。

一直到這件事以前，文桑的生活完全是合乎道德的。他跟洛拉的關係，在他的感覺中常在兩種形象之間搖擺，依他想起這事的時刻而不同。有時他覺得這關係怪異，有時又覺得完全自然。往往，把一些單獨看起來極平常、極單純的事加在他跟她的關係上，就可以得出一個結論：他們的關係是怪異的。他一邊走路的時候一邊把這種情況反覆告訴自己，但他就是無法從困境中逃脫出來。無疑的，他從沒有想過要把這女人終生置於他的保護之下——叫她離婚，然後跟她結婚，或跟她不結婚而同居；他不得不對自己承認，他對她沒有非常強烈的熱情；但是他知道她在巴黎無以維生；他是她困境的肇因；至少說，最初期的一點生活援助是他義不容辭的——儘管越來越少，而今天不及昨天。因爲，上個星期他還有五千法郎，那是他母親辛辛苦苦經年累月爲他積存的，以便給他的事業一個起步；不用說，這五千法郎足夠他情婦做月子，住小型私人醫院和孩子最初的必需之用。那麼，他聽了什麼魔鬼的話呢？什麼魔鬼有一天晚上暗示他，使他認爲這等於已經給了洛拉的、爲她存放一邊的一筆錢不夠用呢？不是，不是勞伯．巴薩望；勞伯一句這類的話都沒有說過；但他建議文桑跟他一同去賭博俱樂部，却正是在這一天晚上。文桑接受了。

他們去的這個地獄却是特別詭詐的一個，因爲那裏的常客都是上流社會人士，而一切輸贏也全在友誼的立足點上發生。勞伯把他的朋友文桑向這個那個介紹。文桑由於沒有準備，那天晚上不能下大注。他幾乎身無分文，而又拒絕伯爵爲他先墊的鈔票。但是在他開始贏的時候，他懊悔沒有帶更多的錢出來，答應第二天晚上再來。

「現在人人都認識你了；用不着我再陪你來，」勞伯說。

賭博在比葉・杜・布洛維家擧行，一般人管他叫彼得洛。這第一晚之後，勞伯・杜・巴薩望把他的車供他的朋友使用。文桑平常夜裏十一點到，跟勞伯抽根煙，聊十分鐘左右，上樓。他停留的時間長短，要看伯爵的病情、脾氣與需求而定；過後，他乘車往聖弗洛林亭街彼得洛家去，約一個鐘頭以後，汽車又載他回來——不是直接到他家門口，因爲他怕引起注意，而是到近處的拐角。

前天晚上，洛拉・杜維葉坐在通向莫林涅公寓的臺階上等文桑，一直等到清晨三點；一直到這時他才回來。事實上，文桑那天晚上並沒有到彼得洛那裏。他把五千法郎輸得一毛不剩已經兩天了。他已經把這事告訴了洛拉；他寫信說他現在已經什麽也不能爲她做了；他勸她回她丈夫或父親那邊——告白一切。但是，事情已經發展到這種地步，洛拉認爲已經不可能告白了，她也完全無法靜下來好好想一想。她愛人的斥責只激起了她內心的憤怒——一種退下之後只有讓她落於絕望的憤怒。文桑見到她時，她正處於這種狀態。她想拉住他；他又把自己從她的抓握中撕開。不用說，他這樣做是勉強讓自己硬了心腸的，因爲他原是個心軟的人；但他實際上也並不是個戀人，而是個尋歡的人，他輕易就可說服自己，要講義務就需心硬。她的哀求哭鬧，他一句不答，也正像奧利維聽到又告訴柏納的，在文桑關了門之後，她癱在臺階上，在黑夜裏啜泣了很久。

從那夜以後，有四十多個鐘頭過去了。昨天，文桑到勞伯・杜・巴薩望家裏去時，巴薩望的父親似乎有些起色；但當天晚上一封電報却把他召了去。勞伯要見他。當文桑進入勞伯通常坐在裏面的房間——一個他用做書房與吸煙室的、曾花了他一番心血照他自己的意思裝潢過的房間

——勞伯隨便的把手伸給他，而沒有站起來一下。

勞伯在寫。他坐的那辦公桌零亂的放滿了書。他對面向前花園的法式窗子大開着，窗外是月光。他頭也沒回的說：

「你知道我在寫什麼嗎？但是不要向別人提，可以嗎？你答應，呃？——一篇爲杜美的雜誌創刊號的宣言。我不會署名，當然——尤其是由於我在裏面把自己吹噓一番……再說，早晚有一天別人會知道我資助它，我不希望別人過早知道我爲它寫東西。所以，別聲張！不過，我剛想到——你不是說過你弟弟寫東西嗎？再請告訴我一次他的名字叫什麼？」

「奧利維，」文桑說。

「奧利維！對；我忘了。不要這樣站在那裏！在扶手椅裏坐下來。你不冷？要我把窗子關起來？……他寫詩，是不是？他應當拿點東西給我看。當然，我並沒有說要錄用……不過，如果竟然寫得不好，我還是會吃驚。他看起來是個聰明的孩子。再者，他顯然也是 au courant 〔跟上時代的〕。我願意跟他談談。叫他來見我，呃？記住，我等着。抽根煙？」他把銀煙盒拿出來。

「多謝。」

「好，文桑，聽我說。我一定要十分嚴肅的對你說。那天晚上你簡直像個小孩子……就這件事來說，我也差不多。我不是說帶你到彼得洛家去是我錯了，但你輸錢，我覺得有一點點責任。我不曉得這是不是所謂懊悔，但是，說眞話，我的睡眠與消化都受到了騷擾。再者，當我想到你跟我講過的那不幸的女人……不過，這是另一回事了。我們不談這個。那是神聖的。我想說的是——我希望——對的，我下定決心把一筆跟你輸掉的數目相等的錢交你運用——這是我欠你的——用不着謝我。如果你贏了，可以還我。如果沒有——算倒楣！我們誰也不欠誰。今天晚上再到彼得洛那裏去，就像什麼事也沒發生似的。汽車會載你去；然後會回來送我到葛利菲夫人那裏，我在那裏等你，行嗎？汽車會到彼得洛那裏接你。」

他打開抽屜，拿出五張鈔票，交給文桑。

「現在去吧。」

「但是你父親呢？」

「噢，對了；我忘了告訴你：他死了，大概在……」他把銀煙盒掏出來，叫道：「天哪！這麼晚了啊！快半夜了……你一定要趕快。對，大概在四個鐘頭以前。」

這些話都沒有一句是匆促的，反而都帶着一種冷淡。

「那你不要留下來……」

「守屍？」勞伯打斷他。「不用。那是我弟弟的事。他跟他的老保姆在那裏，他跟死者的關係比我好。」

由於文桑不動，他便說下去：

「好啦，親愛的老兄，我並不想表現得苛薄無情，但那種陳腔爛調的多愁善感我却覺得難以消受。小時候，我依照自己的想法刻劃孝順之情；但不久我就看出我的度量太大了，不得不收回來。那老人一輩子除了麻煩、惱恨和約束之外，什麼都沒給過我。如果他還有任何一點柔情，那也絕不是對我的。我在還不懂怎麼樣做人的時候最早對他產生的親熱衝動只換回冷淡——所以我得到了教訓。你自己照顧他這麼久，你自己一定看得出來。……他對你說過一聲謝嗎？他曾看過你一眼或對你笑一下嗎？他一向認爲一切都是他應得的。噢，他就是別人所謂的怪人！我想他一定讓我母親非常不快樂，然而他却是愛她的——這就是說，如果他眞正愛過什麼人的話。我相信他讓每個接近他的人痛苦——他的僕人，他的狗，他的馬，他的情婦們；倒不包括他的朋友，因爲他沒有朋友。他死，大家都鬆一口氣。我相信，他是他『那一路』的人裏非常出衆的人物；但他究竟是哪一路，我却從來沒有弄清楚過。他聰明得很，不用說。在心底裏，我曾經——現在還是一樣——對他有點推崇——但至於玩玩手帕——好像要把眼淚擰出來似的……這個，多謝，我已經不是幹這種事的小孩子了。現在你就去吧！一個鐘頭以後，在莉蓮那裏跟我見面。什麼！你沒有穿禮服？荒唐！那有什麼關係？但是如果這樣讓你覺得更舒服，我答應也不換。一言爲定！去以前點一根雪茄，快點叫汽車回來——等會兒它會再去接你。」

他看着文桑出門，聳聳肩，然後到更衣室換上他的燕尾服——已經擺在沙發上等他的。

在底樓的一間屋子裏，老伯爵躺在去世時的床上。有人放了一個十字架在他胸上，却忘了把他的雙手合在上面。幾天沒刮的鬍子把他頑固的下巴柔化了一些。在他被梳成分頭的灰髮下，前額的皺紋似乎不那麼深了，好像鬆弛了下來似的。他的眼睛深陷在眼眶和粗濃的眉毛下。我知道我們以後再也看不到他了，這就是爲什麽我要看他那麽久。床頭邊放着一把扶手椅，老保姆塞拉芬坐在裏面。但她已站了起來。她走向一張立着一盞老式的、發着昏光的燈的桌子；燈需要轉亮。燈罩把光投在年少的剛泉在讀的書上……

「你累了，剛泉少爺。你最好去睡。」

剛泉從書上抬起來移到塞拉芬臉上的目光是非常溫柔的。他的金髮，鬆鬆的蓋着太陽穴，有一綹已被攏向後面。他十五歲，他的幾乎像女孩子的臉除了柔情與愛之外，沒有別的表情。

「妳呢？」他說。「該睡的是妳，妳可憐的老芬。昨天夜裏妳幾乎没有躺一下。」

「噢，我坐慣了。再說，我白天睡了——可是你……」

「不，我没什麽。我不覺得累；留在這裏想想、看看書，對我有好處。我對爸爸了解得太少；如果我現在不好好看看他，我想我會完全忘記他長的什麽様子。我要坐在他旁邊，一直到天亮。自從妳到我們家來有多久了，芬？」

「我在你生以前來的，你現在快十六了。」

「媽媽妳記得清楚嗎？」

「記不記得清楚你媽媽？這個問題問得好！這就好像問我記不記清我自己的名字一様。當然，我記得你媽媽。」

「我也記得她——一點點……但是不很清楚……她去世的時候我只五歲。爸爸常常跟她說話嗎？」

「那要看他的情緒。你爸爸從不是個話多的人，他也不喜歡別人先對他說話。不過，那時候他還是比最近說話多一點……可是，好了！過去的過去了，最好不要再提起來。天上有一位比我們都會裁判的。」

「妳眞的認爲祂會管這些事情，親愛的芬？」

「怎麽呢，如果祂不管，誰管呢？」

剛泉把唇貼在塞拉芬紅色的、粗糙的手上。「妳現在眞該去睡了。我在天亮的時候一定叫醒妳，換我去睡。請妳答應吧！」

塞拉芬一離去，剛泉立刻在床脚跪下來；頭埋在壽衣裏，但他哭不出來。他的心沒有情感騷動；他的眼睛無可如何的乾枯。然後他站起來，看着床上木然的臉。在這個莊嚴的時刻，他但願體會到稀有的、莊嚴的經驗——從彼端的世界聽到一聲信息——讓他的思想飛昇到空靈的領域，到凡人不能到達的境地。但是沒有！他的思想仍舊頑固的纏在這個俗世上；他看着死者無血色的手，猜想指甲還會長多久才停。兩隻沒有合起來的手讓他覺得不舒服。他想把它們合起來，讓它們握住十字架。一個很好的想法！他想，等塞拉芬看到會多麽驚奇！這個想法讓他高興；接着他又因爲自己高興而看不起自己。不過，他還是俯身向床。他握住最遠的那隻胳膊。胳膊是僵硬的，彎不過來。剛泉想用力扳，但整個屍體却跟着動了。他抓住另一隻胳膊，這一隻似乎比較不那麽僵硬。剛泉幾乎把它擺到該擺的位置了。他拿起十字架，試着放在拇指與其他四指之間，但那冰凉的體温讓他反胃。他覺得自己要暈倒了。他動念要叫塞拉芬來。他把一切都放下了——十字架，掉在揉縐的床單上；沒有生氣的胳膊，又回到它原先的位置；然後，從那守靈的沉默深處他突然聽到一聲粗厲而蠻狠的話：「地獄！」他充滿了恐怖，就像是有什麼別的人……他轉頭——但是沒有！只有他一個。是從他自己嘴裏，從他自己心裏，發出那廻響的詛咒——他，那一直到今天從沒有發誓起咒的人！然後，他又坐下，看書。

5 文桑與巴薩望在葛莉菲夫人家見面

刺從來進不到這一具靈魂與身軀中。

Sainte-Beuve

莉蓮半坐，把指尖放在勞伯栗色的頭髮上。「當心啊，親愛的，你還不到三十，頭頂的頭髮就開始單薄了。你禿頭恐怕並不漂亮。你大概把生活看得太嚴肅了。」

勞伯抬頭，看着她笑。「我跟妳在一起的時候不會這樣，這一點妳可以放心。」

「你叫莫林涅來了嗎？」

「哎，照妳的話做的。」

「也……借了錢給他？」

「五千法朗，也是照妳說的……他會把它輸掉，像原先的一樣。」

「爲什麽他會輸？」

「注定的。第一晚我看着他的。他不會玩。」

「他已經有了一段學習的時間……你要不要打賭？我說他會贏。」

「隨妳。」

「噢，不要像苦行似的。我喜歡別人心甘情願的做。」

「不要生氣。那我同意。如果他贏，他還錢的時候還給妳。但是如果他輸，那就由妳來還我。好嚒？」

她按了按鈴。「請拿一瓶托凱❶和三隻玻璃杯來……如果他只帶回五千——那麽，他就留着，呃？如果他旣沒贏也沒輸的話……」

「這倒是聞所未聞。妳對他這麽感興趣眞是奇怪。」

「你不覺得他有趣才奇怪。」

「妳覺得他有趣是因爲妳愛他。」

「對，親愛的小伙子，一點不錯。對你，這種事不必否認。但他讓我感興趣的原因不是這個。正好相反——我一向是，當我的頭腦被吸引的時候，我其他的部份就都冷却了。」

僕人用盤子端酒和杯子進來。

「我們先爲打賭乾杯，然後再爲贏的人乾。」

❶Tokay 匈牙利的托凱所產的一種甜美醇酒。

僕人倒酒，他們擧杯互飲。

「就我個人的胃口說，我認爲妳的文桑叫人厭倦。」

「噢，『我的文桑』！……好像不是你把他帶來的！再說嘛，我勸你不要到處說他叫你厭倦。你常見他的理由太顯眼了。」

勞伯把身子轉過一點，唇貼住莉蓮的裸足；她很快的抽回來，用扇子擋住。

「我該臉紅嗎？」他說。

「我這方面你不値得花功夫。你不可能成功的。」

她喝乾了酒，又說：

「你知道怎麼回事嗎，我親愛的朋友？你有文人的一切特點——虛榮，虛僞，無常，自私……」

「太褒獎了！」

「不錯；這些都迷人得很——但是你永不可能成爲一個好小說家。」

「因爲？」

「因爲你不懂得聽。」

「我倒覺得我很會聽。」

「呸！他，不是作家，卻更懂得聽得多。但是當我們在一起的時候，在聽的是我。」

「他幾乎不懂得怎麼說話。」

「這是因爲你從來不知道自己停嘴。」

「他的話沒說以前我就統統知道了。」

「你以爲嗎？你知道他跟那個女人的事？」

「噢！男女的事！世界上最無聊的事！」

「可是當他說到博物的時候，我喜歡聽。」

「博物比男女的事更無聊。他給妳上課了，那麼？」

「如果我能把他說的說出來就好了……眞是新鮮，我親愛的朋友。他告訴我種種深海裏的事；我一直就對海洋生物特別感興趣。你知道，在美國，他們把船的兩舷裝了玻璃，叫人能到海底去，看船外的東西。他們說，那景象簡直是驚人——活的珊瑚，還有……還有……叫什麼名字呢？……石珊瑚，還有海綿，還有海草，還有大羣大羣的魚。文桑說，有幾種魚，海裏的塩份變多或變少都會死，別的呢，不管多少塩份都可以活；牠們在潮流邊緣游動——邊緣的塩份比較少——等別的魚類没有了力氣，就去捉來吃。你該當叫他講講這個給你聽……我保證那是最叫人納罕的。當他說起這類事情的時候，他就變成了十分精彩的人。你怎麼認都認不得他了……只是你不知道怎麼引他說話。……當他跟我說洛拉·杜維葉——對，她就叫這個名字——的事時就是這樣……你知道他怎麼認識她嗎？」

「他告訴妳了？」

「別人什麼都告訴我。你明明知道的，你這可惡的傢伙！」她用她合起來的羽毛扇打他的臉。

「你以爲從你把他帶來以後，他天天來嗎？」

「天天？沒有，眞的！我沒有這樣以爲。」

「第四天，他再也忍不住了；他把事情全說出來。但是以後每天他都會加一些細節。」

「妳不煩嗎？妳眞是個奇怪的人！」

「我告訴你了，親愛的，我愛他。」她強調的抓住他的胳膊。

「而他……愛別的女人？」

莉蓮笑了。

「他確實愛過她。噢，我一開始必須裝做對她很感興趣。我甚至跟他一起哭。而從頭到尾我却嫉妒得要死。現在我受不了。你只聽聽這件事怎麼開始的好了。他們是在鮑鎮一家療養院認識的，他們兩個都因爲被認爲害了結核病而送到那裏去。事實上他們却都沒有這個病。但是他們都以爲自己病重了。他們都是異鄉人，互不相識，第一次見面是在那裏的公園裏的露臺上，他們並排躺在各自的躺椅上；周圍都是病人，他們躺在外面一整天，接受陽光治療。由於他們相信注定早死，便自以爲反正不管做什麼都不會有什麼後果。他一直反覆不斷的講，他們兩人沒有一個活得過一個月——而那是春天。她在那裏完全獨自一人。她的丈夫是法文敎授，在英格蘭。她離開他，到鮑鎭來。她結婚六個月。他必須節衣縮食才能把她送到這裏來。他天天給她寫信。她是個出身很好的年輕女子——敎養好——非常保守——非常害羞。但一到了那裏——我不很清楚他對她究竟能有什麼說的，但第三天她告訴他，雖然她睡在她丈夫身邊，也屬於他，但她不懂快樂兩字是什麼意思。」

「那他怎麼說？」

「他握住她垂在椅子邊的手，在上面長長的吻着。」

「當他對妳說這個的時候，妳怎麼說？」

「我？噢，可怕！想想看！我發出一陣 fou rire〔控制不住的大笑〕。我收不住，一開始笑出來我就收不住了。……倒並不是他講的內容那麼好笑——而是爲了要鼓勵他講下去，必須表現的興趣與驚嚇。我怕我表現得太過份了。但事實上又是那麼美，那麼感人。你無法想像他告訴我的時候他是多麼感動。他從沒有對任何人講過。他的父母自然是全不知道的。」

「妳才是應當寫小說的人。」

「Parbleu, mon cher〔當然哪，親愛的〕，如果我知道用哪一種語言寫就好了！……但究竟該用俄文，英文還是法文，我就無法決定了。好啦，第二天夜裏他到他新朋友的房裏，在那裏敎會了她——她的丈夫從沒有敎會的東西——我料想他是個能手。不過，由於他們相信活不了多久，他們自然沒有做預防，而也自然，藉着愛的滋潤，過了不久以後，他們兩個都身體好多了。當她發現她 enceinte〔懷孕〕了的時候，兩個人都恐慌得不得了。那是上個月。天已經開始熱了。鮑鎭的夏天是讓人受不了的。他們一起回巴黎。她丈夫以爲她跟她父母一起——她父母在盧森堡附近開了一家膳宿學校——但是她不敢同他們那裏。她的父母呢，則以爲她還在鮑鎭；但用不了多久事情都會傳出去。文桑一開始發誓不遺棄她；他提議跟她一起遠走天涯——到哪裏去都行——到美國去——到太平洋去。但他們沒有錢。正是在這個時候他遇見了你，開始賭。」

「這些事他一樣也沒告訴過我。」

「不管怎麽樣，不要讓他知道我告訴了你他的事。」

她停下來，聽了一會兒。

「我覺得好像聽到他的聲音了……他告訴我，在從鮑鎮坐火車回巴黎的路上，他以爲她要瘋了。那時她才開始明白自己要有孩子了。她坐在他對面；車廂那一帶只他們兩個。整個上午她都沒有對他說話；旅行的事完全由他一手包辦——她一動不動——她似乎不知道他們在做什麽似的。他握起她的手，但是她眼定定的直看前方，就好像她沒有看到他似的，她的嘴唇却一直不停的動。他彎身向她。她在說：『一個愛人！一個愛人！我有了一個愛人！』她一直用相同的聲音反覆同樣的話；就好像這是她唯一記得的話似的。說眞的，勞伯，當他告訴我這些的時候，我一點也不想笑了。我一輩子從來沒有聽過更叫人心疼的事。不過，我仍然感覺到，在他說這個的時候，他跟整個事情離得越來越遠了。那就好像他的情感隨着他說話的呼吸消散了；就好像他感謝我的情感可以讓他將他的情感依靠在上面。」

「我不曉得如果妳用俄文或英文會怎麽說，但我可以向妳保證，妳用法文說得太好了。」

「多謝。我自己也感覺到。——是在說了這個之後，他開始對我講博物，我盡力說服他了，爲他的愛情放棄他的事業是不智的。」

「換句話說，你勸他犧牲他的愛情。而妳是不是有意取代呢？」

莉蓮不說話。

「這一次，我想眞的是他來了，」勞伯說下去，站起身。「快！他進來以前最後一句話。我父親今晚死了。」

「啊！」她單單這樣呼了一聲。

「妳沒有想過要做巴薩望伯爵夫人嗎，嗯？」

莉蓮仰頭大笑。

「噢，噢，我親愛的朋友！我的問題是，我模模糊糊還記得我在英格蘭的什麼地方遺棄過一個丈夫。什麼！我沒有告訴過你？」

「我不記得。」

「你可以猜得到；照慣例，一個夫人總有個爵爺配的。」

巴薩望伯爵，由於從不大相信她的名銜屬實，只是笑笑。她接着說下去：「是爲了要掩蓋你自己的生活，你才想到這個念頭要向我提這件事。不行，我親愛的朋友，不行啊。讓我們保留現狀吧。做朋友，呃？」她伸出手來，他吻了。

「啊！啊！我猜得一點不錯，」文桑進屋來的時候喊道。「這個出賣朋友的人！他換了衣服！」

「不錯，我答應過不換，爲的是叫他自在一點，」勞伯說。「對不起，我親愛的朋友，但是我突然想起我正在服喪。」

文桑的頭抬得高高的，全身發散着勝利與歡樂的氣息。他一進來，莉蓮就跳起來。她上下看了他一會兒，然後歡欣的衝向勞伯，開始在他背上拚命捶打，跳着，一邊舞着，叫着（莉達這樣裝孩子氣的時候，相當叫我氣惱）。

「他打賭輸了！他打賭輸了！」

「打賭什麼？」文桑問。

「他賭你今晚又輸。告訴我們！快！你贏了。贏多少？」

「我在五萬的時候，鼓起了不起的勇氣，還有這個了不起的道德離開了。」

莉蓮發出一連串的歡呼。

「棒啊！棒啊！棒啊！」她叫着。然後她投過去抱住文桑的脖子。從頭到脚，他感覺到她灼熱的、柔軟的、發着那奇異的檀香的身子貼着他的；莉蓮親他的額、臉、唇；文桑勉強把自己掙脫出來。他從口袋掏出一叠鈔票。

「這裏！把你墊給我的拿回去吧，」他說着，把五張拿給勞伯。

「不對，」勞伯回答。「現在你該還的是貴婦莉蓮了。」他把錢遞給她，她則丟在長沙發上。她在喘氣。她走出去，到陽臺上呼吸。這時是幽明的時刻，黑夜將盡，魔鬼要棄手而去了。屋外沒有一絲聲音。文桑坐在長沙發上。莉蓮轉向他：

「現在，您打算怎麼辦呢？」她問；這是她第一次稱他爲「您」。

他雙手撐住頭，帶着抽噎似的說：

「我不知道。」

莉蓮走到他旁邊，用手撫住他的前額；他抬起頭來，他的眼睛又乾又熱。

「我們還是先乾杯吧！」她說着，倒了三杯托凱。他們喝了；之後，她說：

「現在你們該走了。已經很晚，我累了。」她陪他們走到前室，然後，由於勞伯先走出去，她把一個金屬的小東西塞進文桑手裏。「跟他一起出去，」她小聲道：「一刻鐘以後回來。」

前室有一個僕人在打瞌睡。她搖他的胳膊，把他搖醒。

「領這兩位先生下樓，」她說。

樓梯是黑的。不用說，如果用電燈，再簡單不過，但她堅持她的客人一定要由僕人持燈帶路出去。

僕人把一座大分枝燭臺上的蠟燭點亮，高高的擎在手上，走在勞伯與文桑的前面下樓。勞伯的汽車在門口等他，僕人則關上門回去了。

「我想我可以走路回家。我需要運動運動來穩定一下神經，」當勞伯打開車門並做手勢要文桑進去的時候，文桑這樣說。

「你眞的不要我送你回去？」勞伯突然抓住文桑握着的拳。「打開！開呀！讓我們看看裏面是什麽！」

文桑還有點純直，他怕勞伯嫉妒。他的手鬆了，一枚小小的鑰匙掉在人行道上，同時他臉紅起來。勞伯立刻撿起，看了一看，大笑着還給文桑。

「原來如此！」他一邊聳肩一邊笑。在他要進車時，又轉過身來，看着有點發呆的站在那裏的文桑說：

「現在是星期四早晨了。告訴你弟弟，說我下午四點鐘等他。」然後他不等文桑回答，就迅速關了車門。

汽車走了。文桑沿着碼頭走了幾步，越過塞納河，繼續走，一直到了欄杆外的杜樂利區；他走到一個小池泉邊，用手帕沾了水按在前額和太陽穴上。然後，他慢慢走向莉蓮的房子。就讓我們離開他吧——當他無聲無息把那小鑰匙伸進鑰匙孔中，有魔鬼在有趣的看着他……

就正是在這個時候，洛拉，他昨天的情婦，終於在她陰沉的旅社小房間中經過了長久的哭泣哀傷之後睡着了。在向法國囘航的船的甲板上，艾杜瓦在晨光下正重讀她的信——她哀怨的信，向他求助的信。他祖國的溫柔海岸已經在望了——儘管在早晨的幽光裏非得訓練有素的眼睛才能望見。天上絲雲全無，高特的神眼似乎在上面微笑。地平線業已睜開玫瑰眼簾。在巴黎，將會多麼熱！現在，該是囘過來說柏納的時候了。他在這裏，在奧利維的床上剛剛醒來。

6 柏納醒來

我們都是雜種；

那最可敬的，我稱之為
父親的人
當我被打下印記的時辰
人不知在何處。

莎士比亞：*Cymbeline*

柏納做了個荒誕的夢。他不記得內容，他也不想記得，只想從裏面解脫出來。他回到現實的世界，感覺到奧利維的身體沉重的壓着他。當他們睡着的時候（至少柏納是睡着了），他的朋友向他靠過來——而床太小，他無法保持多大的距離；他翻過了身；現在側臥，柏納感覺到奧利維溫暖的呼吸搔着他的脖子。柏納除了那一件白天的短衫外他並沒有穿別的衣服；奧利維的一隻胳膊橫搭在他胸上，又壓人又不得體。有一段時刻柏納不確定奧利維是不是眞睡。他輕輕的把他挪開。他起身，而沒有弄醒奧利維，穿好衣服，又在床上躺一躺。出門還太早。四點。夜幕剛退。再一個鐘頭的休息，再一個鐘頭的聚積力量來勇往直前的迎接今天。但他已經沒有睡意了。柏納看着透着微光的玻璃窗，小屋的灰牆和喬治在上面翻滾做夢的鐵架床。

「一眨眼以後，」他自己對自己說：「我就會出去迎向我的命運了。精彩的世界！冒險的人生！我命運的『冒出』！種種驚人的未知數都在等着我！我不知道別人像不像我，但是我一醒，就會卑視那還在睡的人。奧利維，我的朋友，我不等跟你說再見就要走了。起來吧！勇敢的柏納！時間已到！」

他用毛巾角沾了水擦臉，梳了頭，穿上鞋，無聲無息的走出屋子。終於出來了！啊！那還沒有被人呼吸過的晨間空氣對於身體和靈魂是多麽清新啊！使人充滿了活力！柏納沿着盧森堡公園的欄杆走到柏納帕街，來到碼頭，越過塞納河。他想到他最近才構想出來的新生活態度：「如果『我』不做，誰做？如果我不現在做，什麽時候做？」他想道：「了不起的事情！」他覺得他正在走向它們。當他一邊走着的時候，他一邊反覆對自己說：「了不起的事情！」如果他知道那是什麽就好了！……而同時他却知道他餓了；現在他在哈爾區。他口袋裏有八個蘇——一個都不多！他走進一家酒館，拿了一個蛋捲和一杯咖啡，站在酒櫃邊吃喝起來。價錢是六個蘇。他還剩下兩個；他大大方方的留了一個在櫃枱上，把另一個給了在垃圾桶翻東西的衣服破爛的小孩。慈善？虛張聲勢？那又有什麽關係，他覺得快樂得像個國王，他一無所有了——而全世界又都是他的！

「老天要叫我遇到的一切都在我預料之內，」他想。「如果午餐的時候祂要給我一塊漂漂亮亮的烤牛排，我就跟祂成交，」——因爲昨天晚上他沒有吃晚飯就出來了。太陽已經升起很久。柏納現在又回到碼頭。他覺得裏外都是輕盈的。當他跑的時候他覺得好像在飛。他的思想敏捷的跳躍着。他想：

「生活裏困難的是對同樣的事情維持長久認眞的態度。譬如說，我母親對那個我一向稱做是我父親的人的愛——這件事我一直相信了十五年。昨天我還在相信。她，就不能夠認眞的對待她的愛情。我不曉得因爲她把她的兒子生成一個私生子是叫我更卑視她或更尊敬她……但事實上，我對這些事情是不大理會的。人對他們的祖先的情感屬於那種最好不要探得太深的事情。至於對古科德先生，那再簡單不過——因爲從我記得的時候開始，我就總是恨他的；不過我現在必須承認，我這樣也並不怎麼值得稱讚——這是我唯一遺憾的事。想想看，如果我没有把那抽屜打開，我會一輩子都相信我對一個父親懷着不自然的情感！知道了實情是多麼輕鬆！……但是，我並不是把抽屜打破的；我從沒有想到要打開過它……再說還有別的原因促成我做這件事，那天叫人厭倦得要死。還有我的好奇心——費奈朗所說的『要命的好奇心』，那一定是從我眞正的父親繼承來的，因爲普洛菲當杜一家人性格裏連一個這種東西都没有。我從沒有見過任何一個人比身爲我母親的丈夫的那位先生更没有好奇心了——除了他製造出來的孩子以外。我一定要以後再想他們——等我吃了飯以後……把一塊大理石板從桌子上抬起來，看到下面有個抽屜，那當然和撬開鎖不一樣。我不是頑劣之徒。德秀斯在抬起石頭的時候，一定也在我這種年紀。桌子上放的鐘總是問題的所在……如果我不是要修鐘，做夢也想不到要把石板抬起來……不常見的是在下面藏了武器或罪惡的情書。呸！重要的是我本來就該知道這些事情。並不是人人都可以有那種奢侈的機會，叫鬼魂指示他秘密的，像哈姆雷特那樣。哈姆雷特！人的觀點隨着自己是罪惡之子還是合法之子而不同，眞是奇怪。這個，我也以後再想——等我吃過飯……我看了這些信，錯嗎？……，不錯，如果我没有看，我才會懊悔！我會繼續在無知、虛假與屈服中過下去。噢，爲了自由的空氣！噢，爲了廣濶的汪洋！『柏納！柏納，你的慘綠青春……』像波修所說。把你的青春坐在那長凳上吧，柏納。好一個美麗的早晨！眞的有些時候太陽像吻着大地。如果我能够把自己拋開一些，眞沒問題我可以寫詩。」

當他在長凳上躺下來，他眞把自己拋開了，以致熟睡起來。

7 莉蓮與文桑

太陽，已經高懸天上，撫着文桑在寬濶的床上赤裸的脚；他躺在莉蓮的身邊。她坐起來看他，不曉得他已醒來，吃驚於他臉上憂慮的表情。

葛利菲夫人愛文桑是可能的；但她愛他的是他的成功。文桑個子高，瘦長，英俊，但他不知如何擧止，不知如何坐下，如何站起來。他的臉富於表情，但他頭髮梳得很糟。她最喜歡他的，是他智力的魯莽與健全；毫無問題他受過高等教育，但她却認爲他是沒有教養的。憑着母親與情婦的本能，她垂視着她的這個大男孩，把改造他視爲她的任務。他是她的造物——她的雕像。她敎他刷指甲，把頭髮分向一邊，而不是向後攏，如此可以讓他那老是被一綹頭髮蓋住的額頭白一點、軒昻一點。他平常打的那個現成的、小心的、不起眼的蝴蝶結，她也把它拿掉了，給他換上眞正的、帥氣的領帶。葛利菲夫人愛文桑是毫無問題的了；但是當他沉默或她所謂的「鬧情緒」的時候，她是受不了的。

她輕柔的把一根指頭按住文桑的前額，就像要抹去一條皺紋似的——從他眉頭開始的那兩條深深的縱溝使他的臉看起來幾乎是苦痛的。

「如果你要帶給我的是懊惱、憂慮和悔恨，」她一邊依向他，一邊幽怨的說，「那最好你不要回來。」

文桑閉上眼睛，就像要把刺目的光亮關在外面。莉蓮臉上的歡情使他目眩。

「你要把這個地方看成清眞寺——進來以前把鞋子脫掉，免得把外面的泥土帶進來。你以爲我不知道你在想什麼嗎？」文桑要用手摀住她的嘴，她則像頑皮的孩子那樣自衛。

「不要！讓我當眞的跟你講。你那天說的話我反來覆去的想了很多。大家都以爲女人不會思考，但是你知道，那要看是什麼女人……那天你說到雜交的產品……還有，雜交的結果不及選種的好……我記得對嗎，呃？好，今天早晨我想你養了個怪物——一個非常奇怪的東西——你永遠會養不好它！一個巴香蒂❶與聖靈的雜種！現在你沒有嗎？……你因爲拋棄了洛拉而自己厭惡自己。我可以從你額上的線條看出來。如果你想回到她那裏，馬上說，馬上離開我；我算是看錯了你，一點也沒有怨言。但是如果你要跟我在一起，那就把你那死了人一樣的臉收起來。你叫我想到有些英國人——他們的觀念越是解放，就越是死死把持住道德不放；因此，沒有比英國的自由思想者更嚴厲的清教徒……你以爲我沒有心肝？錯。我完全了解你爲洛拉難過。但是，既然這樣，你又呆在這裏幹什麼？」

接着，當文桑把頭轉開的時候，她說：

❶ bacchante 酒神巴古斯的女祭司，或酗酒的女人。

「好啦！現在你一定要去浴室了，沖一個澡，把你的懊惱都想辦法沖掉。我按鈴叫早餐，呃？你回來的時候我會向你解釋一件你似乎不懂的事。」

他站起來。她也跟着跳起來。

「還不要穿衣服。浴室右邊的橱子裏你會看到一堆連頭巾的外套，阿拉伯罩袍和睡袍。你愛披哪件就披哪件。」

二十分鐘以後，文桑出來了，穿了一件淡黃綠色的絲質敞袍。

「噢，等一下——等等！讓我給你修整一下！」莉蓮高興的叫道。她從一個東方式的匣子裏抽出兩件紫色寬圍巾；深一點的圍在他腰上當腰帶，另一條圍在他頭上當頭巾。

「我的想法總是和我的衣服同一個顏色，」她說。（她穿的是猩紅與銀白的金銀線織的晨褸。）「我記得有一次，在三藩市，那時我年紀還小得很，人家給我穿上了一套黑衣服，因爲我們的姨媽去世了——一個我從來沒有見過的老姨媽。我哭了一整天。我傷心得不得了，不得了；我覺得非常難過，爲了我姨媽的去世深深的悲傷——而這一切只因爲我穿了黑色的衣服。現在嘛，如果說男人比女人嚴肅，也是因爲他們的衣服顏色比較深。我打賭你現在的感覺就跟剛才很不一樣了。坐在床上；等你喝一杯伏特加，一杯茶，吃兩三片三明治以後，我就跟你說個故事。要我說的時候，告訴我一聲……」

她坐在床邊的地毯上，蜷縮在文桑的兩腿之間，像一座埃及雕像，下巴擱在自己的膝蓋上。等他吃完喝完，她開始說：

「你知道，海難那一天，我正在勃根第號上。那時我十七歲，所以，你就知道我現在多大了。我游泳游得非常好，而且，爲了要你知道我不是冷心腸的，我要告訴你，如果說我第一個念頭是要救自己，下一個念頭就是救別人。我甚至不很確定究竟這兩個念頭誰先誰後。更正確一點說，我不認爲我當時有任何念頭；但是，沒有比這個時候只想到自己的人更叫我厭惡的——噢——，眞的——那些嘶叫的女人。第一條救生艇要向下放了，主要是女人與小孩，有些吼叫得如此厲害，足以叫任何人都昏了頭。救生艇下放得如此不得法，以至於沒有直直的放下去，卻一頭栽下去，以至於水還沒有進船，人却統統抛進海裏了。整個這一幕是在火把、燈籠與探照燈的燈光之下進行的。你無法想像那是多麼毛骨悚然。浪很大，凡是燈光之外的，都消失在浪峯背後的黑暗裏。

「我從沒過得更濃烈過；但是我像一隻躍進水裏的紐芬蘭狗一樣來不及思考。我甚至不明白究竟發生了什麽事；我只知道我看到那救生艇裏有一個小女孩——一個五、六歲的小寶貝；當我看到那小船翻下去的時候，我立即決定我要救的就是她。她跟她媽媽不在一起，但那可憐的女人很不會游泳，也正像這種時候常見的現象，她的裙子拖住了她。至於我嚒，我想我是不知不覺中已經脫掉了；我被人叫去上第二條救生艇。我一定是上去了；然後，我一定是從上面直接躍入水中；所記得的只是游了很長一段，那孩子緊緊抱着我的脖子。孩子嚇壞了，把我抱得那麽緊，以至於我不能呼吸。幸虧救生艇上的人看到了我們，或許是等我們上去，或許是向我們划過來。但這不是我跟你講這個故事的原因。我記得最清楚，永遠無法在我心裏抹去的是這麼一幕：我們大約有四十個左右在船上，擠成一團，因爲有不少會游泳的人到最後像我一樣被救了上來。水幾乎已經浸到船舷。我在船尾，緊抱着那剛剛救起的小女孩，給她一點體溫——也爲了不讓她看到我不得不看到的情景——兩個水手，一個拿着短柄斧頭，一個拿着切肉刀。你想他們在幹什麼？……他們在砍斷那些游泳攀到我們船邊的人的手指頭。其中一個水手（另一個是黑人）轉過頭來，對着坐在那裏又冷又害怕又恐怖而牙齒打顫的我說：「如果有一個再上來，我們統統就死定了。船滿了。」他又說，船難的時候這是非做不行的事，但自然沒有人提它。

「我想我暈過去了；不管怎麼樣，我不記得別的了，就像在很大的聲音之後，人會聾很長一段時間一樣。

「當我上了把我們救起來的X船，我明白我不再是同樣的自己了，我永不可能是原先那多情善感的女孩了；我明白我有一部份永遠跟着勃根第號沉下去了；從此以後，有許多纖細的情感，我都要把它們的手跟手指頭砍斷，免得它們爬進我心裏，讓它沉船。」

她從眼角看文桑，身體向後一扭，接着說：「那是不得不養成的習慣。」

由於她原先鬆鬆別起的頭髮垂了下來，落到肩上，她站起來，走到一面鏡子前，開始梳理，一邊說：

「不久以後，當我離開美國的時候，我覺得自己像那金羊毛，出發要去尋找征服者。有時候我可能愚笨……有時候我可能犯錯——或許現在我對你說這些話的時候我就犯了錯——但是你這方面呢，你不要以爲我把自己給了你，你就贏得了我。這一點要搞清楚——我厭惡中庸，我不可能愛一個不是征服者的人。如果你要我，那一定要有助你的勝利；如果只是憐惜，安慰什麽的……好啦，我親愛的男孩——我最好馬上說明白——我，不是那種你要的人——你要的是洛拉。」

她說這些話並沒有轉頭，只是一邊整理着她那不順的頭髮，但文桑從鏡子裏看到她。

「我可以今晚給妳同答嗎？」他說着，站起來，脫下他的東方長袍，穿上他原先的衣服。「我必須馬上同家，在我弟弟奧利維出門以前見到他。我有話要告訴他。」

他這樣說，是爲了爲自己找個離開的藉口；但是當他向莉蓮走去的時候，她轉身向他微笑，笑得如此可愛，以致他猶豫起來。

「我一定要在他午飯的時候留幾個字給他，」他又說。

「你認爲他很不錯嗎？」

「沒什麽。不是，是今天下午有人約他，我必須轉告他一聲。」

「勞伯？Oh! I see!……❶……」她說着，奇怪地微笑着。「這也是一個我必得跟你講講的人……好吧！馬上去。但六點同來，因爲七點他的汽車要來接我們到波瓦去吃飯。」

文桑走路同家，一邊走一邊想；他察覺到，在那伴隨着歡樂、却也似乎被歡樂掩藏着的慾望的滿足裡，可能升起一種東西；那東西並非不像絕望。

❶原著卽用英文。

8 艾杜瓦與洛拉

愛女人與了解女人是兩回事，無中間路線可尋。

Chamfort

艾杜瓦坐在巴黎快車上，正在看巴薩望的新著「單杠」，這是他在狄普火車站買的。不用說，當他到達巴黎的時候，他會發現這本書在等他，但他等不及。到處都有人在談論這本書。他自己的書却從沒有一本有過擺在車站書攤上的榮幸。不錯，有人告訴過他，要安排這種事容易得很，但他並不想。他重新對自己說，他一點也不想看到自己的書在火車站擺出來——然而，是巴薩望的書使他感到需要對自己重新說一遍。巴薩望所做的一切，別人圍着巴薩望所做的一切，都讓他不痛快；譬如說，報上把這本書捧上天的書評。就好像在比賽似的，他在下船的時候買的三種報紙，每一種都有一篇「單杠」的頌詞。第四種報上則有一封巴薩望的信，抱怨該報最近刋出的一篇文章，因爲它不像別的文章那麼阿諛他。巴薩望爲自己的書辯護，解釋。這封信比那幾篇文章更讓艾杜瓦惱火。巴薩望藉口是啓發民衆意見——其實却狡詐的在指引它。艾杜瓦的著作沒有一本激起這麼多討論文章的；但是，艾杜瓦也從沒有過一點企圖想要吸引評論者的好感。如果他們對他冷眼相看，他也無所謂。

並不是他憎惡巴薩望。他有時候遇見他，也覺得他蠻迷人。再說，巴薩望也對他特別友善。但他不喜歡他的書。他覺得藝術家的成份小，雜耍的成份大。算了，巴薩望！

艾杜瓦從外衣口袋掏出洛拉的信——就是他在船上看的那封；再看一遍：

親愛的朋友，——上次我看到你——（還記得嗎？——在聖詹姆士公園，四月二日，我去南部的前一天？）你叫我答應如果我遇到任何困難，就寫信給你。我守了我的諾言。除了你以外，我又還能向誰投訴呢？我不能向那些我最應當求助的人求助；正是對他們，我最要隱瞞我的困境。親愛的朋友，我現在艱困得很。或許有一天，我會告訴你我離開費利斯後的故事。他帶我去鮑鎮，然後他就不得不回劍橋去上課了。我一個人孤單單的在那裡會發生什麼事情呢？——春天——我的康復——我的孤單？……我敢於向你坦白不可能告訴費利斯的事嗎？是我該回到他那裡去的時候了——但是不！我已經不配了。過去一段時間我寫給他的信是假信，而他寫給我的則除了因為我好轉而欣歡之外沒有說別的。我但願老天還叫我病着，我但願老天叫我死在那裡了！……我的朋友，事實不得不面對：我有了孩子，不是他的。我離開費利斯三個多月了；要想瞞過他是不可能的。我不敢回到他那裡。我不能。我不要。他太好了。無疑，他會原諒我，但我不配——我不要他的原諒。我也不敢回我父母那裡。他們以為我還在鮑鎮。我父親——如果他知道了，如果他明白了——是足可以詛咒我的。他會把我攆出去。而我又有什麼臉面對他的為人，他對邪惡、對謊言、對一切不潔的厭惡呢？我也怕讓我母親和妹妹增加憂傷。至於……但是我不責備他；當他能夠幫助我的時候，他是答應幫助我的。然而不幸，為了更能幫助我，他去賭博。他把本可以夠我做完月子的錢統統輸光了。統統輸光了。我原先想跟他一起走——什麼地方都可以；至少跟他過一段時期——因為我不想絆他的脚，不想繫累他；我會找一件謀生的差事，但目前，我還不能。我可以看出來，他離棄我他是不快樂的，而這又是他唯一能做的事。我不責備他——但一樣，他還是離棄了我。我現在在巴黎，身無分文。我在一家小旅社裡靠賒欠渡日，但這不可能再拖多久了。我不知道下一步是什麼樣子。沒想到這樣甜美的路竟導致這樣的深淵！我寄到你給我的倫敦地址。但什麼時候你才能接到？我這個這麼渴望一個孩子的人！現在卻除了終日哭泣之外什麼都不做。告訴我該怎麼辦吧！你是我唯一剩下的希望。如果能，幫助我吧，而如果你不能……噢！換個時間我的勇氣會更多一些，但現在如果死，死的就不只是我一個了。如果你不能來——如果你來信告訴我你什麼也不能為我做，我不會有一句話、一個心念責備你。我向你說再見，我將努力不去過於懊悔此生，但是我想你並不十分了解你給我的友情始終是我生命中最珍貴的部份——不十分了解我所說的對你的友情其實在我心中另有一個名稱。

洛拉·杜維葉

又及——在把這封信付郵之前，我將再做一次努力。今天晚上我要再去找他一次，最後一次。如果你收到這封信，那表示真的……再見，再見！我不知道我在寫什麼了。

艾杜瓦在他離開英格蘭的早上接到這封信。這是說，他一接到這信立刻決定啓程。不論怎麼說，他並不想再呆下去。我並不是暗示他不可能專爲幫助洛拉而回巴黎；我只說他高興回來。最近他在英格蘭，嚴重的缺乏享樂；他到巴黎的第一件事就是打算先去一家名譽不好的地方；而由於他不願意帶着私人信件去，他從行李架的底層拿出他的旅行皮箱，打開，把洛拉的信塞進去。

放信的地方不是外套和襯衫裏；他從衣服的下方拿出一本皮面的稿本——裏面都是他寫的東西；他翻到稿本的最前面，看到幾頁去年寫的東西，重看一遍。洛拉的信就是在這幾張稿子中找到棲身之地。

艾杜瓦日記

十月十八日——洛拉似乎並沒有想到她的力量；但我這個善於解開我內心秘密的人却很明白，直到現在爲止，我沒有寫過一行不是間接由她給予靈感的。我仍舊覺得她在我身邊是個孩子，而我所有言談的技巧都出於一個不斷的願望，想要敎育她，說服她，俘虜她。不論我聽到什麽，看到什麽，都會問自己，她會怎麽想。我放棄了我自己的情感，以便去感覺她的。我相信，如果不是她在那裏給我的人格以定義，它就會因它的輪廓之極度模糊而消失。只有圍繞着她，我才能集中自己，界定自己。但是，到此以前，我懷着的是何等的幻象——因爲我以爲我在依照我的喜好塑造她，而實際上，我是把自己屈服於她的喜好。我竟從沒有留意過！或者，說得更正確些——愛情的影響力量，藉着奇異的給與取的作用，使我們兩個互相改變着我們的天性。不知不覺中，每一對戀人都改變自己以迎合對方的要求——用一種不斷的努力去使自己相似於他在對方心中看到的那個偶像……凡是戀愛的人，都放棄了他的眞實。

她就是這樣惑弄了我。她的思想處處伴隨着我的。我讚美她的品味，她的好奇，她的文化敎養，而並不知道那是由於她對我的愛而使她那麽熱烈的對一切我喜歡的東西感興趣。因為她從未曾自己發現過任何東西。她讚美歡喜的每樣東西——現在我看了出來——都只是一個靠椅，使她可以把她的思想跟我的靠在一起；所有這些東西裏沒有一樣是跟她天性中深沉的需要相呼應的。「我只為了你才打扮的。」她會這樣說。不錯！但是我曾希望她只為了「她」而打扮的，是為了她內在的、個人的需要。但所有這些她為了我而加在自己身上的，將沒有一件會留下來——甚至連一絲悔恨，甚至連一絲若有所失之感都不會留下來。有一天，當所有外加的東西被歲月所剝蝕，那眞正的自我會重新出現，到了那時，他原先所愛慕的便只是那些裝飾品了，他緊緊貼住他的心的除了那一套衣裝之外沒有別的——除了一段回憶之外沒有別的——除了悲傷與絕望之外沒有別的。

啊！我曾用何等的美德，何等的完美裝飾她啊！

「眞實」這個問題是多麽惱人！「眞實」！當我說這兩個字的時候，我想到的只是她。如果我思考的是我自己，我就不再懂得它的意義。我除了我自己以為的自己以外從不是任何別的東西——而自己以為的自己却又不時在變，以至於，如果我沒有讓這自以為的自己被認知，則我早上的自己將不認得我晚上的自己。沒有任何東西比我自己跟自己更不相同。只有當我獨處的時候，我的底層才浮現出來，我才有一種基本的一致性；但在這種時候我覺得我的生命遲緩下來，停止下來，我臨到不再存在的邊緣。我的心只因同情而跳；我只透過別人而活——藉着委託，可以這麼說，藉着聯姻；我從沒有過得比我逃離自己而變成不管是什麼人都好的時候更濃烈的了。

我心中這種反自我的力量是如此之強，以至於它分裂了我的特質感——結果，也分裂了我的責任感。這樣的一種東西，不是可以結婚的。我怎麼樣才能讓洛拉了解這個呢？

十月二十六日——對我來說，唯一存在的東西（包括我自己）是詩的東西；「詩」這個字，我還它一切本具的意義。有時候，我似乎並不眞正存在，而只是想像我存在。我最難以相信的，乃是我自己的實在性。我不斷的走出自己之外，當我觀察着自己行動的時候，我不能了解一個行動的人如何又是觀察着自己行動的人而又是驚奇於自己如何能既是行動者又是觀察者的人。

自從我察覺到下面這一點以後，心理分析學便讓我完全失去了興趣：人感覺到他們自以爲感覺到的東西。從這裏，再走短短的一小步，就可以達到這樣的結論：人所感覺到的東西，只是他們以爲自己感覺到了……！在我對洛拉的愛中，這種情況看得清清楚楚：在愛她跟以爲愛她之間——在以爲愛她愛得比較少了跟實際愛她愛得比較少了之間——高特能說出來有什麼不同嗎？在感情的領域裏，眞的與想像的（以爲的）是不可分的。如果爲了去愛，只以爲自己在愛，就已足夠，則爲了愛得少一點，或甚至爲了把自己跟自己的愛脫離一點，或爲了把一些結晶從自己的愛情中脫開一些——爲了這個，當自己在愛的時候，只要對自己說，自己以爲自己在愛，這就够了。但是，如果人能對自己說這種話，他是不是必定已經愛得少一點了？

就是由於這個原因，我書中的X想跟Z脫離——而且，更想叫她脫離他。

十月二十八日——人常說起愛情的突然結晶。我從沒有聽過人說「結晶的剝蝕」呢；這種心理現象進行緩慢，但我更感興趣的却是它。我認爲，在一切的愛情婚姻中，經過或長或短的一段時期，都會觀察到這種現象。不錯，洛拉如果嫁給費利斯·杜維葉——這是理智的，她的家人和我都勸她做的——就沒有這種憂慮（那最好）。杜維葉是徹頭徹尾可敬的教授，有許多優點，在他自己那一行上很有能力（我聽說學生非常欣賞他）。隨着時間，隨着生活的進展，洛拉一定越來越發現他的長處，尤其是因爲一開始並沒有存着多少幻想；不錯，當她稱讚他的時候，她似乎沒有給他應得的份。杜維葉比她所以爲的要好得多。

多麼好的小說題材——結了婚十五年或二十年之後，丈夫與妻子之間日漸的、相互的結晶剝蝕。人在愛並渴望被愛的時候，不可能把他眞正的自己顯露出來，而且，他也不能看到被愛者的眞相——而是他打扮出來的偶像，他創造出來的神祇。

因此，我曾警告洛拉，愼防她自己，也愼妨我。我曾試圖說服她，我們之間的愛不可能帶給我們任何一個任何久遠的快樂。我希望我多少說服了她。

艾杜瓦聳聳肩，把信塞在日記之間，合起來，又放回手提箱原來的地方。然後他從皮夾子裏拿出一張一百法朗的鈔票，又把皮夾子放回手提箱，這筆錢，足够他到行李寄存處取回他的手提箱之前用的了。討厭的是他沒帶鑰匙——或者說，他找不到鑰匙。他總是把手提箱的鑰匙搞掉。哼！行李寄存處的職員白天就是再忙，也不會旁邊無人。四點鐘，他會去拿，然後去安慰並幫助洛拉；他將說服她，叫她出來吃晚飯。

艾杜瓦打起瞌睡；他的念頭無意識的轉向另一個方向。他想，不知道他會不會只因爲看洛拉的信而猜測她的頭髮是黑色的。他對自己說，小說家由於對他們的角色描寫得過於精確而阻礙了讀者的想像，他們應當允許每個人去按照他們自己的想像去描畫書中的人物。他想到他計劃中的小說，這和他寫過的任何東西都不一樣。他不能確定「僞幣製造者」這個書名好不好。他事先就把它公布，是不對的。爲了要刺激讀者的胃口，事先公佈書名，這根本是荒唐的習慣！根本誰的胃口也刺激不了，却把作者束縛住了。他也不確定主題够不够好。他一直在思考它，已經思考了很長一段時間；但是却連一行也沒有落筆。不過，他却把筆記和思考寫在一本小本子上了。他從手提箱裏把這本子拿出來，又從口袋掏出鋼筆，寫道：

我要把這小說中一切不特別屬於這小說的因素剝掉。就像往日的照相術解除了繪畫上必須精確的定則，留聲機到最後無疑也會解除小說中對話必須來自實際生活的規律——而這種規律是寫實主義者們如此把持、如此自得的。外在事件，意外，創傷，是屬於電影的。小說應該把這些留給它。在我看來，即使角色的描繪也不應當屬於本類作品。不；在我看來，這似乎不是「純粹」

小說的本質（在藝術中，就如在任何別的東西中一樣，純粹乃是我唯一在乎的事）。正像它不是戲劇的本質一樣。不要說劇作家沒有把他的角色描繪清楚，說觀衆想看到角色活生生的在舞臺出現；因爲，我們不是常常被演員的表演激怒嗎？——只因爲他表演的不如我們的想像，而我們的想像要比他表演得精彩得多！小說家們也總是不够信靠讀者的想像力。

剛剛閃過去的車站是什麽，阿斯涅。他把筆記本放回手提箱。但是，一想到巴薩望他就惱起來。他又把筆記拿出，寫道：

就巴薩望來說，藝術作品與其說是目的無寧說是手段。他展示藝術信念之所以如此猛烈是因爲他的這些信念缺乏深度；他的秉性裏對這些沒有秘密的渴求；這些也不是由於他秉性中的秘密渴求而非出現不行的；它們是由時尚激出來的；它們的 mot d'ordre〔口令〕是機會主義。

「單ㄉ一」！那過時得最快的東西是那一開始顯得最時髦的東西。任何讓步，任何造做都是錯誤的幼苗。但巴薩望就是靠這些手段來取悅年輕人的。他向未來捻手指。他向着說話的是今天的一代——這當然要比向昨天的一代好。但是由於他只爲年輕的一代而寫，也就容易跟這一代一同消失。他對這一點十分清楚，也不把他的希望建立在長遠的未來。這也就是爲什麽他要那麽猛烈的保衛自己，爲自己辯護；而他防範的不僅是對他的攻擊，就是任何一點輕微的評論，都在他反擊之列。如果他覺得他的作品會長遠，他就會任它們去爲自己辯護了，不會不斷的爲它們解釋。甚至，誤解與不公正還會讓他高興呢，因爲明日的評論家們會更有可以下筆之處！

他看看錶，十一點三十五分。現在他該到了。不曉得奧利維會不會在車站等他。他一點也不敢這樣盼望。他怎麽能相信他的明信片會引起奧利維的注意呢?——那張告訴奧利維的父母他回程的明信片，看起來是那麽偶然的，那麽不經心的，說到他回來的日期……就像偷偷摸摸的自找樂趣，把旅程托於命運很好玩似的。

火車停了。快!一個脚夫!不用!他的手提包不怎麽重，行李寄放處也不怎麽遠……就算他來了吧，在這麽些羣衆裏，他們能互相認得出嗎?他們見過面的次數是如此之少啊。如果他沒有長得認不出來就好了!啊!老天哪!那不是他嗎?

9 艾杜瓦與奧利維

如果艾杜瓦與奧利維見面時的歡喜表露得明確些，我們的故事恐怕就沒有多少下文了;但是偏偏他們兩個都是不敢確定別人心裏對他們歡喜的人;這種猶豫現在癱瘓了他們兩個，以至於，由於相信自己的情感並沒有在對方心中共鳴，便沉湎在自己一個人的歡喜中，而半羞愧於自己的歡喜是如此之甚，便全力的去掩藏它的強度了。

就是由於這個原因，奧利維沒有告訴艾杜瓦他是帶着多麽大的熱忱來接他，反而說正好今天上午他在附近有事要做，就像以此來說明自己爲什麽會到車站來似的。他一向就是猶豫的，不敢表達強烈情感的，現在則狡猾的讓自己相信自己或許在礙艾杜瓦的事。他的藉口剛剛說出來，臉就紅了。艾杜瓦暗暗吃驚，由於他一見面就熱情的、緊緊的抓住了奧利維的胳膊，他（也是猶豫的）便以爲是自己這種動作讓他臉紅。

他一見面的時候說：

「我勉強要自己相信你不會來，可是實際上我確定你會來。」

說完他立刻覺得這種話在奧利維聽來一定太狂妄自大了。當他聽到對方用那種順口的方式回答說：「我正好今天上午在附近有事要做」時，他把奧利維的胳膊放掉了，他的心情也頓時掉了下來。他很想問奧利維，他了不了解那張明信片，雖然是寄給他父母的，眞正却是爲了給他看的；但當他要說出口的時候，他失去了勇氣。那生怕令艾杜瓦厭煩的奧利維，也不敢說話，因爲他怕一說話就讓艾杜瓦誤解，因此他沉默着。他看着艾杜瓦，驚奇於他嘴唇的顫抖，然後他立刻垂下眼睛。艾杜瓦旣渴望着奧利維看他，又害怕自己太老了。他一直神經質的搓着一小捲紙。那是他寄放手提箱的行李票，但是他沒有想到這個。

「如果那是行李票，」奧利維一邊看着他把那張小紙搓成一團心不在焉的丟掉，一邊這樣想，「他就不會這樣把它丟掉。」他眼睛轉了一秒鐘，看風把它沿着人行道吹到他們後面好遠的地方。如果他看得久一點，他會看到一個年輕人把它撿起來。那是柏納——他從他們離開車站以後就一直尾隨着。……而這個時候，奧利維則因找不到話對艾杜瓦說而極端難堪，他們兩人的沉默變得不能忍受了。

「當我們去到康多塞的對面時，」他心裏一直這樣說，「我會說：『我現在得回家了；再見。』」

然後，等他們到了公立中學的對面時，他又把告別的地點寬限到普洛芳斯路的轉角。但是那深覺沉默之沉重的艾杜瓦却無法忍受在這種情況之下分開。他把他的朋友拉進一個咖啡屋。或許他叫來的葡萄酒有助於他們化開彼此的尷尬。

他們互飲。

「祝你好運！」艾杜瓦舉着杯子說。「什麼時候考試？」

「十號。」

「準備好了嗎？」

奧利維聳聳肩。「誰也說不準。如果那天正好碰到情況不良……」

他沒有回答「好了」，因爲他怕顯得自負。另外，他想對艾杜瓦說「您」却不敢說，因此覺得發窘。結果他只得不用人稱，儘量避免說到「你」；因此他也剝奪了艾杜瓦請他用「您」的機會——而艾杜瓦是渴望他這樣稱呼他的，而且他清楚記得，在他去英格蘭的前幾天他確實這樣稱呼過他。

「你一直在寫作嗎？」

「哎，但是不够好。」

「寫得好的人總是認爲可以寫得更好，」艾杜瓦相當誇張的說。

他不知怎麼就說出這句話來，立刻覺得荒唐。

「還在寫詩嗎？」

「有時候……我很希望得到一點指點。」他抬起眼睛看艾杜瓦。「你的指點，」他本想說——「您的指點。」他的眼神却跟他的聲音相背，那麼明白的表示出來，以致艾杜瓦以爲他說這話只是爲了敬意——爲了中聽。但他又爲什麼這樣回答，而且回答得那麼粗率呢……？

「噢，只有自己的話或同年齡的人的話才有用。年齡大的人的話是沒有用的。」

奧利維想：「我沒有問他。他何必推託？」

兩個人都惱憤自己不能說出聽起來不那麼彆扭的話；兩個人都感到對方的尷尬和惱憤，認爲是自己不對。這樣的見面，除非半路上出現救援，是沒有好處的。但沒有救援出現。

奧利維那天早晨開始得很不對。當他醒來的時候，發現柏納已經不告而別，他心裏頭充滿了怏怏的感覺；雖然在看到艾杜瓦的時候有一陣忘了這不快，現在却又像黑浪一樣捲到他心裏，把別的念頭都淹沒了。他很想談談柏納，什麼都告訴艾杜瓦，讓他對他的這個朋友感到興趣。

但艾杜瓦最輕微的一絲笑容就足以傷害他；而由於他翻騰的熱情必然會用似乎誇張的形式表現出來，因而他寧可一言不發。他感到自己的表情僵硬了；他恨不得投進艾杜瓦的懷裏痛哭一場。艾杜瓦誤解了奧利維的沉默，誤解了他僵硬的表情；他太愛他了，絕不可能輕鬆自在。他幾乎不敢看奧利維，却恨不得把他抱在懷裏，像小孩子那樣撫慰着，而當他跟他兩眼相遇，看到他黯然的神情：

「當然啦！」他這樣對自己說。「我讓他厭倦了——我讓他厭倦得要死。可憐的孩子！只等我一句放他的話他就要逃了。」於是艾杜瓦便惱憤的把這句話說了出來——完全是出於憐惜的說了出來：「你最好現在同去吧。你家裏一定在等你吃午飯了，我想。」

那也正在想這件事的奧利維同樣誤解了艾杜瓦。他匆忙的、惱惱的站起來，伸出手來。至少，他想對艾杜瓦說：「我能夠——不久以後——看到你——看到您嗎？不久以後我們能見面嗎？」……艾杜瓦也正在等這樣的話。但除了一聲普通的「再見」之外，也沒說什麼出來。

10 行李寄存票

太陽叫醒了柏納。他從長凳上起來，頭疼欲裂。早上那種飛揚的勇氣已經離他而去。他感到一種可惡的孤獨，他的心，被苦澀的一種東西湧漲着，這種東西他不能說是不快樂，但又讓他流出了眼淚。他該怎麼辦呢？他該去哪裏？……如果他的脚步轉向了他知道那時奧利維在那裏的拉撒路車站，那不是因爲他有任何目的，而只是想再看他的朋友一眼。他責備自己今天早晨走得突兀；奧利維說不定覺得受傷……他豈不是他最喜歡的人嗎？……當他看到他跟艾杜瓦胳膊挽着胳膊的時候，一陣奇怪的感覺讓他尾隨他們兩個而不被他們看見；雖然痛苦的感到自己是 de trop〔累贅〕，他還是寧願夾在他們之間。他認爲艾杜瓦長得迷人；只比奧利維高一點，幾乎不比他更不年輕。他決心要跟這個人說話；他可以等，等到奧利維跟他告別。但是跟他說話嗎？用什麼藉口呢？

是在這個時候他看到那揉皺了的一小團紙從艾杜瓦的手上丟出來。他撿起來看，是行李寄存票……天啊，這正是他盼望的藉口！

他看着那兩個朋友走進一間咖啡屋，困惑的猶豫了一下，然後繼續他的獨白：

「一個平常的呆子除了立刻把它物歸原主之外沒別的好做，」他對自己說。

「『這世間的一切習規
對我是何等厭倦、陳腐、呆板、無益！』

我聽過哈姆雷特這樣說。柏納，柏納，在你心裏騷動的究竟是什麼念頭？只不過昨天，你才搜了一個抽屜。你在走進什麼路途？想一想，小子，想一想……想想那收艾杜瓦行李的寄存處管理員，十二點吃午飯的時候他會走，會換另一個人值班。你不是答應你的朋友無所顧忌嗎？」

然而，他想到，急促足以壞事。這樣急忙把行李取回，職員可能會生疑；他可能會察存物登記簿，認爲十二點之前幾分鐘存入的東西十二點之後馬上取走有點奇怪。再說，如果有什麼路人，什麼沒事忙的人看到他撿起了那小紙條……柏納強迫自己不匆不忙的走向康考特廣場——這段時間，可以讓另一個人吃完午飯了。那麼，人把行李放在寄存處去吃飯，吃完了再回來取，不是很自然的嗎……他的頭痛不見了。在他經過一家飯店的露台時，他大膽的從一張桌子上拿了一根牙籤，在寄存處的櫃台外叼着，表示他剛剛吃過午飯。幸運的是他長得好看，衣服合身，眼神坦然，笑容明朗，另有一種說不明白的東西讓人覺得他在舒適的環境中長大，沒有任何匱乏（但由於睡在長凳上，這些都有點折損了）……

當管理員告訴他需要十生丁的寄存費時，他確實驚慌不已。他連一個蘇都沒有了。他該怎麽辦？手提箱已經放在櫃台上了。只要略示猶豫，就會露出破綻——他原來沒錢。但魔鬼在旁看守他；當柏納伸手從口袋到袋中摸索，裝做驚奇的時候，魔鬼把一張五十生丁的票子塞到他手上，這是他不知多久以前忘在背心口袋裏的。柏納交給管理員。他一絲激動都沒有顯露。他提起手提箱，用最單純的、誠實的態度把四十生丁放回口袋。天啊！他多熱！現在他去什麽地方？他的腿開始發軟，手提箱顯得沉重。他拿了手提箱之後怎麽辦？……他突然想起他沒有鑰匙。不行！不行！一定不行！他不能把鎖弄壞；好像魔鬼，他不是小偷！……但只要他知道裏面是什麽就好了。他的胳臂疼了，他在透汗了。他站了一下，把他的重擔放在人行道上。當然他是全心全意的想要物歸原主；但他想先看看內容。他試着按一按那鎖……噢！奇蹟！兩片貝殼開了，吐出了珍珠——一個皮夾子，而皮夾子又吐出了一叠鈔票。柏納抓住珍珠，合起了貝殼。

現在，他有退路了——快！旅社。他知道附近的阿姆斯特丹街有一家。他餓得要死了。但在坐在餐桌之前，他一定得把手提箱放好。侍者爲他拿上樓去；他跟在後面；三層；一條甬道；一扇把他的寶藏鎖起來的門。他又下樓。

坐在桌子前面，對着一塊牛排，柏納不敢檢查皮夾子。「你不知道誰會在看你。」可是他的左手却在口袋裏撫弄着它。

「怎麽叫艾杜瓦明白我不是小偷——這倒是困難的所在。艾杜瓦是怎麽樣的人呢？手提包或許會透露一點消息。很吸引人——這是確定了的。可是有很多吸引人的人，碰到實際的玩笑却完全沒有肚量。如果他以爲自己的手提包被偷掉，那再看到它當然會高興。如果他這個人還有一點通情達理，就會感謝我把手提箱拿給他。我會很容易引起他的興趣。讓我趕快把甜點吃完，然後上樓了解情況。現在付帳，再加一筆讓侍者神魂顚倒的小費。」

一兩分鐘以後他又回到他的房間。

「好啦，手提箱，跟你聊聊天！……一套晨裝，我想我穿着會太大了一點。質料好，格調高。內衣、盥洗用具。我並不能完全確定會把這些東西統統還給他。但證明我不是小偷的是我對這些紙的興趣比其他的東西高得多。我們就從這個看起吧。」

這是艾杜瓦把洛拉那封憂鬱的信夾在其中的筆記本。它的前面幾頁我們已經看過了；接下來的一則如下。

11 艾杜瓦日記：喬治・莫林湼

十一月一日——兩個星期以前……

——沒有立即把它記下來是一項錯誤。與其說是我沒有時間，不如說我心裏仍舊塡滿洛拉——或者，更正確的說，我不希望讓我的思緒從她身上分散；再者，我不想把任何偶然的事情記在這裏，而且，那時我並不認爲我要說的這件事會有任何下文，或者，像別人所說，會有任何結果；不管怎樣吧，我自己是不肯承認它能有什麼結果的，而就是爲了要證明這件偶然的事不重要，我才限制自己，不讓自己把它記在日記上。可是我越來越覺得——要企圖否認它是白費的——現在我思緒的磁石是奧利維，我的思潮都滙集向他，如果不把他計算在內，我就對自己既不能做得當的解釋，也不能做正確的了解。

今天上午，我去出版商柏痕那裏，看我一本舊書的新版校樣。同來時，由於天晴氣爽，我在碼頭區徘徊流連，打算到吃午飯的時間再走。

在要去王尼葉飯店之前不久，我在一個舊書攤前停步。吸引我的與其說是舊書，不如說是一個小學童，大約十三歲，他在屋外的書架上翻來翻去，而門口坐在一張燈心草墊的椅子上的店員則利眼監視。我裝做看書，實際上則用餘光看那學童。他的外套已經磨得露了線，袖子太短，露出裏面的袖子。側面的口袋張着，不過裏面是空的；有一個衣角已經破了。我想這件外套一定已經對他的幾個哥哥盡過力，而他的哥哥和他一定常把許多許多東西塞進口袋。我也想到，他的母親不是太疏忽就是太忙，沒有功夫縫補。但正在這時，那學童轉身過來一些，我看到他另一邊口袋用黑粗線縫過。我似乎聽到母親的告誡：「口袋裏不能塞兩本；你會把外套弄壞，你的口袋又撕了。下一次，我告訴你，我不縫了。看看你這個樣子！……」我可憐的母親就常對我講這樣的話，而我也像他樣一都沒有聽進去。外套解開了，我的眼睛被一個裝飾品吸引住，是一段緞帶，或者說，是一段黃色的玫瑰花飾，繫在他裏面一件上衣的扣洞上。我把這些細節寫下來是爲了寫作的訓練，也正是爲了我討厭寫它們。

椅子上那個人被叫進店舖裏；他在裏面不過一秒鐘，但已足够讓那男孩把他手上的書塞進口袋；然後他立即開始又瞧着書架，就像什麼事都沒有似的。但是他很不自在；他抬頭，看到我在看他，知道我看到了他。無論如何，他認爲我可能看到了他；他可能並不十分確定；但在他的不確定之中，他喪失了他的信心，臉紅了，做出一種顯得完全自在的樣子，但結果却相反，正好表露了他的極度困窘。我眼睛不離他。他把偷來的書從口袋掏出來，又塞回口袋，走了幾步，從內口袋掏出一個可憐的小皮夾子，裝做找錢；做了個鬼臉，向在戲臺上似的，對着我，像是在說：「媽的！不够！」同時還攙着一點驚奇，「怪！我本來以爲够的！」整個的都誇張了一點，就像演員怕人家不懂似的。最後，在我目光的壓力下，我幾乎可以這樣說，他又走回原先放書的地方，把書再從口袋抽出來，這次是毅然決然的了，放回書架上。他做得是如此自然，以致沒有引起店員的任何注意。然後那男孩又抬起頭來，希望這一次總可以把我擺脫了。但完全沒那回事；我的視線還是落在他身上，就像那監視該隱❶的眼睛一樣——只不過我的眼是笑眼。我決心跟他說話，但要等他離開書攤；但是他仍舊紮根似的站在書架前，而我了解到，只要我看着他，他是一定不肯挪開的。所以，就像在搶壁角遊戲時，誘獵物移換位置一樣，我走開了一點，好像我已經

❶亞當之長子，殺其弟亞伯。

看够了，他立刻開步向他自己的方向走了；但是他還沒走到露天的地方，我就追上了他。

「那本書是什麼？」我出其不意的問，而同時儘量讓我的聲音和表情充滿善意。

他正面看了我一會兒，然後我覺得他的猜疑消退了。或許，他並不能算是眞正的秀氣，但眼睛多迷人啊！我看到種種的情感在它們的深處波盪，就像溪底的水草。

「是一本阿爾及利亞指南。但是太貴了。我沒那麼有錢。」

「多少？」

「兩法朗半。」

「一樣，如果你沒看到我，你還是早就把它塞進口袋裏了。」

那小傢伙憤惱的動了動。他用極俗鄙的聲音說：

「哼，決沒那回事！你以爲我是什麼東西？小偷？」他的話是那麼有信心，以至於我差點懷疑起自己的眼睛來，我覺得如果我堅持下去，我會失去他。我從口袋裏掏出三個硬幣來：

「好吧！去把它買下來。我等你。」

兩分鐘以後他回來了，一邊翻着他貪婪的書頁。我從他手上接過來。是一本一八七一年的老指南。

「這有什麼用？」還給他的時候我說。「太舊了。沒用了。」

他說有——再者，新的太貴，而且這上面的地圖已經够好了。我不打算引述他的話，因爲，除去了他說話時那特有的粗鄙音調，只是文字會完全失去它的味道。有趣的是，他的話並非不帶一點優美的。

這個揷曲必須化減。要在讀者的心中造成精確的印象，並不在冗長的細描，而在得當的地方的兩三點。爲了這個，我認爲最好是讓那男孩自己講故事；他的觀點比我的更有意義。我對他的關懷旣使他受寵若驚，又使他不自在。但我目光的重量使他的念頭略略有點偏離他原來的方向。一個人，當他的人格還過於稚嫩，還太年輕，不能完全的意識到自己，就會採取一種姿態，以庇護自己。沒有比觀察成形期的人更困難了。你只能側面看他——看他的側影。

那小伙子突然說他最喜歡的是地理！我猜在這種喜好的背後，掩藏着一種流浪的本能。

「你想去那些地方嗎？」我問。

「我？」他回答，聳聳肩。

一個念頭閃過腦際：他在家裏不快樂。我問他是不是跟父母住。「是。」他跟他們處得好嗎？他相當溫吞的說好。他怕他的話洩露了什麽，又補充道：

「爲什麽問這個？」

「噢，不爲什麽，」我回答，然後，碰了碰他衣扣洞上的黃緞帶，說：「這是什麽？」

「緞帶。不會看嗎？」

我的問題顯然激惱了他。他兀然的、幾乎是仇恨的、嘲諷而侮慢的——我絕沒有想到他能有這種音調，而這音調使我厭惡了——：

「我說……你常常來弄學童嗎？」

然後，當我支支吾吾不知說什麼才好的時候，他把胳膊下的書包打開了，把他買得的東西塞進去。我看到裏面。是教科書，還有一兩本筆記本，統統用藍紙包着。我拿了一本出來；是歷史課本。它的小主人用大寫字母把名字寫在上面。我的心跳了一下，原來是我的外甥。

喬治・莫林涅

（柏納的心也一跳，整個故事開始讓他覺得有趣得不得了。）

在「偽幣製造者」中，若要代表我的那個角色既跟他姐姐相處得好而又不認得她的孩子，我覺得是困難的。我一向覺得竄改事實就極其困難。即使更改一個人頭髮的顏色，我都覺得是欺騙，因爲這必定削減了事實的眞實面貌。一切都是互相交織的，使我總覺得生活中的種種事實都如此的互相依存，以至於我似乎覺得你不可能改變其一而不致改變全局的。然而我幾乎難以解釋，這男孩的母親是我的同父異母姐，是我父親的前妻之女；而在我父母活着的時候，我從沒有見過她；我們開始接觸是在他們去世後爲了遺產的事……然而，所有這一切都是不可少的，而我爲了避免輕率，我看不出還能僞造什麼別的情節。我知道我的同父異母姐有三個兒子；我見過最大的——一個醫科學生——但就是連他，我也只看過一眼，那時正值他遭到結核病威脅而不得不輟學，到南部去療養。當我去看寶琳的時候，另外兩個都不在家；現在在我面前的這個一定是最小的。我沒有表露任何驚奇，只是在知道他要回家午飯時突然跟他告辭，跳上一輛計程車，以便在他之先到達鄉村聖母街。我料想在這個時辰，寶琳一定會留我吃飯——事實也正是如此；我從柏痕那裏帶出一本我的作品，打定主意送給她，當做我出乎意料的造訪的藉口。

這是我第一次在寶琳家吃飯。我畏避我的姐夫是不對的。我幾乎難以相信他是非常傑出的法學家，但是當我們在一起的時候，他儘量不談他的本行，我也儘量不談我的本行，因此我們處得不錯。

當然，當我到達以後，對於剛才的事我是絕口不提的。

「我盼望這次能有機會讓我認識認識我的外甥們，」當寶琳說過要我在她家午飯後我說。「因爲還有兩個我連看都沒看過。」

「奧利維會晚一點，」她說：「他有一堂課；我們先吃。但是我聽到喬治進來了，我去叫他。」她走到鄰間的門，「喬治，」她說：「來向你舅舅問好。」

那男孩過來，伸出手。我親了他……孩子的善於掩飾讓我吃驚——他一點沒有驚奇的樣子；你甚至會以爲他認不得我。他只是深深的臉紅了；但他母親一定以爲那是因爲不好意思。我認爲他由於剛才的「偵探」事件而現在有些尷尬，因爲他幾乎立刻離開，回到另一間去——餐室，而據我了解，這是吃飯的時間以外孩子們作功課的地方。然而，不久，當他父親走進這間房，他又過來，趁我們要去餐室吃飯的空間，没讓他父母看見，抓住我的手。一開始我以爲這是表示友善，心裏高興，可是，不對！當我要握他的手時他打開了我的，塞了一張顯然是剛剛寫的小字條在裏面，又把我的手指捲起來，緊緊的攥了攥。不用說，我跟他搭配得好；我把那小字條放在口袋，一直等到飯後我才有機會拿出來。內容如下：

「如果你告訴我父母書的事，我就（他把「憎恨你」三個字劃掉）說是你慫恿的。」

頁底又寫着：

「我每天上午十點放學。」

昨天由於X來訪而打斷。他的談話造成了相當的騷擾。

對X的話做了很長的一段反省。他對我的生活一無所知，但我把「偽幣製造者」的計劃向他做了相當詳盡的解說。他的忠告總是可敬的，因爲他的觀點跟我的不同。他怕我的作品會過於做作，我會爲了我腦子裏的影子而讓眞實的題材流失。在這個關頭使我不自在的是感到生活（我的生活）跟我的作品分手了，我的作品離開了我的生活。但是我不能對他說這個。到現在爲止——這是對的——我的喜好，我的感覺，感情，我個人的經驗都做了我作品的飼料；在我最用心的句子中，我仍舊可以感到我的心跳。但自此以後，我所想與我所感覺的事物之間却斷了線。而我懷疑，這阻礙了我的心的、使它不能說它自己的障礙，是否也就是那驅使我的作品走入抽象與做作的原因。在我反省這一點的時候，阿波羅與戴芙尼❶的寓言故事在我腦中閃現：我想，用同一個擁抱既抓住月桂又抓住自己所愛的對象的人是幸福的。

我跟喬治見面的情況寫得這麼長，以至於當奧利維出場的時候我不得不中止。我所以講這個故事只是為了要說奧利維，可是我卻只在講喬治。但是現在，當我要講奧利維時，我了解到我所以這樣緩慢，只是為了延遲這個時間的到來。當我第一天看到他，當他那天在飯桌坐下，在我的第一眼中——或者：在他的第一眼中——我感到他的眼神把我完全攝住了，我的生命不再任由我自己做主。

寶琳一再要我常去看她。她熱切的希望我對她的兒子們感到興趣。她讓我明白，他們的父親對孩子了解得太少。我跟她談話越多，越覺得她可愛。我想不通我怎麼會這麼久都沒再去看她。孩子們是在天主教的教養中長大；但她自己則還記得她早年的基督教教養，而儘管她在我母親來到我們家時就離開，我卻還發現我們之間有很多相似之處。她把孩子送到洛拉的父母開的膳宿學校，而這個地方我也寄宿過許久。這所學校（一半學校，一半宿舍）是由老阿戴斯先生（我父親的朋友）創辦的，到現在也還是校長。雖然他的事業是從牧師開始，但他覺得得以自傲的是他的學校始終免於傾向任何教派——在我上學的那個時期甚至有土耳其學生。

寶琳說文桑從療養院寄來了好消息；他幾乎完全康復了。她說，她寫信對他說到我，並說她

❶ Daphne 希臘神話中，化做月桂樹的女神。

希望我更認識一他些，因為我只看過他一眼而已。她對她的長子寄望很大。家裏節衣縮食，只為他不久能夠自立——也就是說，讓他能有給病人看病的房間。不過目前她才把他們的小公寓騰出一間來給他，讓奧利維與喬治到樓下正巧空出來的一間去住。最大的關鍵在於文桑的身體狀況不會讓他非放棄住院醫師的職位不行。

說眞的，我對文桑沒什麼興趣，而如果我跟他母親說他，那也只是為了讓她高興，然後更能多談談奧利維。至於喬治，他畏避我，我跟他說話他幾乎不答，當我們相遇的時候，他也總用難以描述的猜疑看我。他似乎不能原諒我不到學校外面等他——或者，不能原諒他自己向我表示了願意接近的願望。

我看到奧利維的時候也不多。當我去拜訪他母親，我不敢走進我知道他在做功課的房間；如果我偶然遇見他，我是那麼拙笨與羞怯以致找不出話來跟他說，而這使我如此不快樂，以致我寧願當我知道他不在的時候去看他母親。

12 艾杜瓦日記：洛拉的婚禮

十一月二日——跟杜維葉談了很久。我們在洛拉父母家見到，當我告辭的時候他也告辭，跟我一起走過盧森堡公園。他在準備一篇論渥茲華斯的論文，但他的幾句話就使我覺得他沒有掌握住渥茲華斯的詩的要點；他不如選但尼生。杜維葉不曉得哪裏沒接好——有點不貼切，有點頭腦簡單，有點輕信。不管是什麼東西或什麼人，他總是把表面的當做就是事實。這或許是因爲他自己除了表面的東西之外沒有任何別的東西。

「我知道，」他對我說：「你跟洛拉是最好的朋友。我當然應該有點嫉妒。但是我又不能。相反的，關於你，她說的樣樣都使我更了解她，也使我想成爲你的朋友。有一天我問她，你會不會因爲我娶她而憎恨我。她說，正好相反，因爲是你勸她嫁給我的。（我眞的相信他這話是照實說的。）我倒該謝你，而且我希望你不致以爲這有什麼好笑，因爲我是至爲眞誠的，」他勉強笑了一下，但聲音是顫抖的，眼中含淚。

我不知道如何回答，因爲我覺得我的感動比應當的程度低得多，不能回應他情感的流溢。他一定覺得我有點鐵石心腸；但是他刺惱了我。不過，當他伸手出來的時候，我還是儘量溫暖的握住。這種一邊用情多一邊用情少的場合總是令人痛苦的。無疑他以爲他會得到我的同情。如果他更敏銳一些，他就會覺得他被騙了，但我看出，他已經被兩種情感塡滿了，一是因他自己的高貴而感恩，一是確信已經引起了我的共鳴。至於我，我什麼也沒說，而由於我的沉默或許讓他感到不舒服，他又補充說：「我寄望把她帶到劍橋去，免得她有機會做於我不利的比較。」

他這話是什麼意思？我儘量不去會意，或許他想讓我表示抗議。但這只會讓我們又陷入泥淖。他是那種永遠忍受不了沉默的羞怯者，這種人覺得必須用誇張的願望來塡滿這些沉默的片刻——過後則會對你說：「我一直是對你敞開的呀！」見他們的鬼去！但重要的與其說是自己敞開，不如說是讓別人敞開。他應當認清，他的敞開正是讓我不能敞開的原因。但若說我不能做他的朋友，至少我認爲他可以做洛拉的好丈夫；因爲在實際上，我責備他的地方正是他的好處所在。我們接下去又談到劍橋，我答應將來去看他們。是什麼荒唐的需要使洛拉對他談到我？

女人心中那種對於奉獻的需求是何等令人讚嘆！照例，她們所愛的男人只是一種衣架，讓她們掛住她們的愛。洛拉移植得何等成功！我了解她該嫁杜維葉；我是最先勸她的人之一。但是我有權盼望她略表悲怨。

手頭上有幾篇評論我的書的文章。它們最願意承認我據有的素質正是我憎厭的那一些。把這個舊貨出版是對的嗎？它跟我目前在意的東西没有任何呼應。但也只是目前我認爲它不。我並不那麼認爲我變了，而是認爲我開始認識自己。到現在爲止，我都不知道我是誰。是不是我總另需要一個人來做感光板顯影劑？我的這本書是因洛拉而結晶的；這也就是爲什麼我不允許它做我現在的肖像。

一種由同情而產生的洞察力，使我們得以洞察機先——這是我們不可得而有之的嗎？纏繞着明日之心靈的是什麼問題？我渴望寫作，就是爲了這些問題。向仍未成形的好奇心靈提供食物，去滿足尚未界定的需求，致使今日的兒童在明日驚奇於我發現了他們的道路。

奧利維是如此好奇，我是多麼高興，這樣急切的想滿足對往日的探求……有時我想他唯一感興趣的是詩。而當我通過他的眼睛重讀我們的詩人們的作品時，我感到不被心智所引導却被藝術的情感所引導的人是多麼的少啊。奇怪的是，當奧斯卡・莫林湼把奧利維的詩拿給我看時，我勸那孩子要任他自己被語言所引導，而不要強迫它們屈服。而現在，從這種觀點學得教訓的却似乎是我。

到今天爲止，我所寫過的一切東西是何等的理路明晰！明晰得令人沮喪，厭倦，明晰得可笑！

十一月五日——婚禮過了。在聖母街的一所小敎堂擧行，這個地方我已經很久沒有去了。魏德爾——阿戴斯全家參加。洛拉的祖父，父母，兩個姐妹，弟弟，另外還有一大羣叔伯娘舅，姑嬸舅母和堂表兄弟姐妹。杜維葉的家族由三個穿深黑喪服姑母代表（如果她們是天主敎，一定會去當修女了）。她們三個都住在一起，而杜維葉在他父母去世之後也跟她們同住。阿載斯的學生們坐在邊座。敎堂的其他位置則坐滿了兩家的朋友。我的位置靠近門口，從那裏，我可以看到我姐姐與奧利維・喬治，我想是跟他的同學坐在邊座。老拉・柏厚在彈風琴。他的臉蒼老了，但比以前更優雅，更高貴——儘管他的眼睛已經失去了他在敎我們鋼琴課時那種富於感染性的火性與精神。我們的眼睛相遇，而他的微笑中含着那麼深的悲傷，以致我決心不跟他說話不走。有人走動，把寶琳旁邊的位置空出來了，奧利維立刻向我示意，同時把他母親推開一些，好讓我可以坐在他旁邊；然後他把我的手握住，握了很久。這是他第一次對我那麼友善。牧師無止無休的演說時間，他都閉着眼睛，因此我得以長長的看了他一陣；他像拿不勒斯美術館中沉睡的牧羊人的浮雕——我的書桌上就有這浮雕的照片。如果不是他的手在抖，我也會以爲他睡着了。他的手在我手中顫抖着，像被捉到的小鳥。

那老牧師認爲追述阿載斯家的家族史是他義不容辭的責任，因此從祖父開始說起，這個祖父在戰前是他在斯特拉斯堡的同學，後來在神學院又是同窗。他用了一句非常複雜的，我以爲永遠說不完的句子說，他的這個朋友，在做了校長之後，雖然把自己奉獻給教育工作，却從沒有離開他的牧師職。接下來到下一代了。再接下來他用同樣富有教訓意義的口吻介紹杜維葉家族，儘管他對他們知道得似乎並不太多，他情感的富盛彌補了他演說術的不足，我聽到有幾個人在擤鼻涕了，我很想知道奧利維怎麼想；奧利維是受天主教教養長大的，新教的宗教儀式對他來說必定是新穎的。而這也可能是他第一次到這座小教堂來。我所擁有的那種特別的「設身處地」的能力使我感到他人的情感，像是我自己的一樣；這種能力，就好像強迫我進入了奧利維的情感中——我想像着他正在經歷的情感；雖然他的眼睛是閉起來的，或者，正由於閉起來，我覺得我，正像他，生平第一次看到這光禿禿的四壁，那射在會衆身上空洞而寒冷的光線，那以白牆爲背景的宣道壇的無情的輪廓，線條的削直，支持側廊的柱子的僵直，整個這座僵硬而無色的建築的精神，那樣逼人的缺乏優美感，那種不肯妥協的缺乏彈性，以及它那過度的節儉。只因爲我從小就習慣了它，我才一直沒有察覺到這些……我突然發現我在想我的宗教覺醒和我最初的宗教熱；想到洛拉和主日學校，我們慣於在那裏見面，我們兩個都是那裏的導生；我們那把我們內在一切不純之物都燒毀的熱，以及憑着這熱以求分別何者屬於高特何者屬於另一邊時的無能爲力。然後我開始懊痛奧利維從不懂得早年這種感官的飢餓——這飢餓驅使靈魂經歷的危險遠比外觀上嚴重得多——懊痛他的往事同我的不一樣；但由於他跟這一切都相距那麽遠，便幫助了我自己，使我逃離了它。我熱烈在握住那留在我手中的手，但這時他突然撤開了。他睜開眼看我，然後，帶着搗蛋的微笑——這使他眉間異常的沉重減輕了一些——他依向我，小聲說——而正在這時，那牧師提醒所有的基督徒要盡義務，並對新婚夫婦大加告誡與勸勉——：

「我一點也不喜歡這些東西。我是天主教徒。」

他的一切都吸引我——使我覺得奇妙。

在樂器收藏室的門口，我遇到了老拉柏厚。他略帶感傷却沒有任何責備的說：「你差不多把我忘了吧，我想。」

我提了一些東忙西忙的事做爲這麽久沒有去看他的藉口，並答應後天去。我想勸他跟我一起參加阿載斯一家在婚禮後擧行的招待會，但是他說他情緒非常低落，怕遇到太多他應當講話又不願意講話的人。

寶琳跟喬治走了，留下奧利維給我。

「我把他交給你照顧，」她笑着說；但奧利維似乎惱怒了，轉開臉去。

他把我拉到街道上。「我不知道你跟阿載斯家這麼熟。」

當我告訴他我在那裏寄宿了兩年的時候，他大吃一驚。

「你怎麼可能會不獨自去住呢——隨便什麼別的地方？」

「那裏方便，」我含糊的回答，因爲我說不出那時洛拉把我的心佔得滿滿的，爲了有她爲伴，我可以忍受最壞的環境。

「你在這樣的洞裏不會窒息嗎？」由於我沒有回答，他說：「至於我嘛，我也想不通我怎麼會受得了——也不知道究竟爲了什麼我會在那裏……但是我只是個半宿生。就這個也太够了。」

我對他解釋他外祖父和那「洞」長久的友誼，而他母親所以選這個地方無疑是由於這個淵源。

「噢，好嘛，」他說：「我沒有可以做比較的機會；不過我敢說所有這些塡鴨子的地方都是一樣的，而且，從別人的話裏，我可以猜出來，別的地方可能更糟。如果不是爲了彌補我生病的缺課時間，我根本不會去那裏。現在嚒，我有很久一段時間是只爲了阿芒才去的。」

原來洛拉這個弟弟是他的同學。我告訴奧利維，我幾乎不認識他。

「可是他是他們家裏最聰明最有趣的人。」

「那是說他是讓你最感興趣的人。」

「不止，不止，我可以向你保證，他是非常不凡的。如果你願意，我們可以一起到他屋裏去看他。我希望他不會怕跟你講話。」

我們走到了膳宿學校。

魏德爾——阿載斯家用比較便宜的茶點來代替傳統的婚禮早餐。魏德爾牧師的接待室和書房爲客人打開了。牧師太太私人的小起居室只准密友進入；爲了避免過擠，它與接待室之間的門鎖上了——因而當客人問阿芒怎麼樣到他母親房去的時候，他回答道：「從煙囪！」

屋子裏充滿了人，熱氣窒悶，除了幾個「敎學當局的人士」，幾個杜維葉的同事以外，到席的全是新敎徒。清敎的氣息是特別的。在天主敎徒或猶太敎徒的集會上，那氣息也同樣強烈，甚至更令人窒息；但在天主敎徒中，你會發現有一種自我欣賞，在猶太敎徒中則有一種自我蔑視，可是新敎徒卻兩者都極難做到；如果說猶太敎徒的鼻子太長，則新敎徒的是打癟了；這是毫無問題的。我自己呢，卻並不經常察覺到它特有的性質——那種無法形容的崇高，天國似的，而又愚蠢的東西。

屋子的一頭放了一張枱子，當餐具架用：洛拉的姐姐拉琪兒和妹妹薩拉，正由幾位年輕的女友幫忙來分送茶點……

洛拉一看到我，便把我拉進她父親的書房，那裏已經有不少人。我們在窗口的斜面牆邊找到了庇護地，可以聊天而不至於被人聽見。往日，我們曾把我們兩個的名字寫在窗檽上。

「過來看，還在，」她說。「我想誰也不會注意到。那時候你多大？」

在名字下面，我們寫上了日期。我算了算說：

「二十八。」

「我十六。十年前了。」

這並不是適合喚起往日回憶的時刻；我試圖轉變話題，而她則總是帶着一種不自在的堅持把話又拉回來；然後突然間，就像她怕動情起來，問我記不記得斯屈洛維洛？

斯屈洛維洛那時是個自立的膳宿生，是她父母最傷腦筋的人物。照理他該上課，但當人問他上什麼，或打算準備參加什麼考試時，他總是不在意的說：

「我換着唸。」

最初別人都裝做把他的怠慢看成開玩笑，想顯得不那麼刻板的樣子，而他呢，也陪他們大笑一陣；但他的笑不久就越來越刺耳了，他的話也越來越不遜，我也從不能了解爲什麼牧師可以忍受這樣的人膳宿——除非是爲了錢，或者是由於他對斯屈洛維洛具有半是慈愛半是憐憫之心，甚至還有一種模模糊糊的希望有一天能說服他——我是說讓他改變宗敎信仰。我也不懂斯屈洛維洛爲什麼非住在這裏不行，因爲他可以隨便到任何地方去；因爲他顯然並不像我一樣有情感的因素在；或許正是因爲他跟牧師過不去而產生的樂趣才讓他留下來吧！牧師很不會防衞自己，每次都一敗塗地。

「你記不記得有一天他問爸爸，當他佈道的時候，道袍裡面是不是還穿着外套？」

「記得，當然。他那樣有涵義的問，以致妳可憐的父親很受不了。是在吃飯的時候。我記得清清楚楚，就像……」

「爸爸很不智的說，他的道袍很薄，如果不穿外套怕會受凉。」

「那斯屈洛維洛現出一副何等爲他難過的神情！他又在妳爸爸話還沒完的時候如何逼人的說，當然那『完全無所謂』，只不過當妳父親佈道比手劃脚的時候，外套的袖子會在道袍袖子裏蕩，對會衆造成相當不幸的效果。」

「這以後的一次佈道，可憐的爸爸從頭到尾，胳膊都粘在身上不動，以致他的演說效果一點也發揮不出來。」

「接下來那個星期天，他回家來的時候重傷風，因爲他把外套脫掉了。噢！還有討論福音書中那不結果子的樹和無花果樹的事……『我不是果樹。我結的是樹蔭。Monsieur de Pasteur〔牧師先生〕，我給你的是蔭凉。』」

「他這句話也是在吃飯的時候說的。」

「當然，除了吃飯的時候就見不到他。」

「而且他的口氣也是那麽可惡。就是因爲這個，外祖父把他趕了出去。你記得他怎麽突然站起來嗎？——他原來一直鼻子伸在盤子裏，可是現在他霍的站起來，胳膊伸得長長的指着門吼道：「出去！」

「他看起來好巨大——嚇人；他怒不可遏。我眞的相信斯屈洛維洛害怕了。」

「他把餐巾往桌子上一丢，出去了。他沒有給我們錢就走了；以後我們也再沒看到過他。」

「不曉得他變成了什麽樣子。」

「可憐的外公！」洛拉感傷的說。「那天我是多麼佩服他！他非常喜歡你，你知道。你應當到他的小書房去看看他。我保證你會讓他非常快樂。」

我把這些立即寫下來，因爲我由經驗得知在隔了一點時間之後，要重拾談話的語調是多麼困難。但從這時開始我的注意分散了，因爲看到了奧利維——儘管離我有一段距離。而從洛拉把我拉到她父親的書房之後，我就再沒看到他了。他的眼睛是閃亮的，臉特別有活力。後來我聽說薩拉因爲慫恿他連喝了六杯香檳而大爲得意；阿芒也一樣喝了那麼多。他們兩個現在跟着薩拉和一個與她同齡的、在他們那裏住了一年多的英國女孩後面，從一羣人到另一羣人的追逐她們。最後薩拉與她的朋友離開這間屋子，從開着的門我看到那兩個男孩在她們後面衝上樓去。這時，我也正要離開這間屋子了，但洛拉向我挪近了一點，這樣說：

「等一下，艾杜瓦，還只有一件事……」她的聲音突然變得非常沉重。「我可能很久看不到你。我希望你說……我希望知道我還能不能把你當……朋友。」

我從沒有像這時那樣想擁抱她——但我還是只溫和而急促的吻了一下她的手，一邊低聲道：「天塌下來都可以。」然後，爲了掩藏我感到湧進眼眶的淚，匆匆去找奧利維了。

他跟阿芒坐在樓梯上，看着我走出來。他眞的有點顚三倒四了。他站起來，拉我的胳膊：

「過來，」他說。「我們要到薩拉的房裏去抽煙。她在等我們。」

「稍等一下。我一定要先上樓去看看阿載斯先生。但是我等下恐怕找不到門。」

「哦，對了。那邊你很熟。是洛拉的老房間，」阿芒叫道。「由於它是這邊最好的房子之一，原來是給特等寄宿生住的，但是由於她給的錢不多，她就跟薩拉同住，他們在裏面放了兩張床，只是爲了形式，並不怎麼眞的需要……」

「不要聽他的，」奧利維笑着說，猛推了他一下，「他喝醉了。」

「你又怎麼樣呢？」阿芒說。「好啦，你來，是不是？我們等你。」

我答應去。

現在，老阿載斯把頭髮剪成分頭，看起來再也不像華特・惠特曼了。他把一二兩樓都交給了他的女婿。從他的書房（桃花心木，棱紋平布和馬鬃的家具）的窗子，他可以俯視操場，可以看到學生們在做什麼。

「你看我現在眞是被寵壞了，」他說，指着桌子上一大瓶菊花，那是一個學生的母親——也是他們家的一個老朋友——送的，那位母親剛剛出去。屋子裏的氣氛是這樣嚴刻，讓我覺得任何花卉在裏面似乎都會立即枯萎。「我剛剛離開他們。我老了，那些嘈嘈鬧鬧的談話讓我覺得累。但這些花會跟我做伴。它們有它們說話的方式，比人還更能訴說高特的榮耀。」（或諸如此類的話）

這個高貴的人從沒有想到他這一類的話讓學生多麼厭倦；他說這些話時是如此眞誠，以至於你不忍嘲諷。像他這樣單純的靈魂確實是我見到的人中最難以了解的。如果自己單純的程度沒有這麼深，就不得不假裝單純；這並不很誠實，但又有什麼辦法呢？要想辯論或者把自己的想法說出來，是不可能的；你只能默認。如果你的意見跟他的稍有不同，他就會逼着你言不由衷。當我以前常在他們家出入的時候，他外孫、孫女們對他扯謊的程度令我憤怒。但不久我就發現自己也加入了他們的行列。

普厚斯波・魏德爾牧師是個大忙人；那可說得上是愚蠢的魏德爾太太完全生活在宗教的——詩的白日夢裏，完全失去了現實感；年輕一輩的道德教養與一般教育由他們的外祖父掌管。當我住在他們那裏的時候，每個月一次，我幫着做教義的解釋，這個場面是十分激烈的，常以這種洋溢與悲愴的呼籲結束：

「自此以後，我們要互相坦白。（他喜歡用好幾種意思一樣的話疊在一起——怪習慣，這是從他當牧師的時期留下來的）將來再也沒有隱藏，再也沒有保留，是不是？一切都是擺在外面的。我們將可以坦直的相對。一言爲定，是不是？」

這以後，他們會沉淪得更深——他是更盲目，孩子們則是更蒙昧。

這些話主要是對洛拉的一個弟弟——比她小一歲——說的；青春的血氣正在他身體裏發生作用，使他寫出了一些關於愛情的文章（他後來到殖民地去，我再沒有看見過他）。有一天晚上，當老人說過這一類話之後，我到他書房去跟他談話；我想讓他明瞭，他要求他外孫的那種誠實，由於他的嚴厲而變得不可能。阿載斯幾乎發起脾氣來：

「他只要不做他必須引以爲恥的事就夠了，」他吼的那種聲音是不允許人回答的。

儘管如此，他還是個了不起的人——一個道德的活榜樣，也是一般人所謂的金玉之心；但他的判斷則是幼稚的。他對我的尊重是由於，就他所知，我沒有情婦。他不掩飾的表示他希望我能娶洛拉；他怕杜維葉做她的丈夫不合適；他說過好幾次：「她的選擇讓我吃驚。」然後又說：「不過，他似乎眞是個不錯的人……你認爲怎麼樣？……」

「當然，」我回答。

人向宗教投得越深，越會失去現實感，失去對現實世界的一切需要，一切慾望，一切愛。我跟魏德爾說話的幾次，使我觀察到他的情況正是如此。他們的信仰的耀眼光芒使他們有目不見周圍的世界，不見他們的自我。至於我，這個把看清世界與我自己視爲最重要之事的人，確實驚奇於這些虔誠的人何等欣喜於虛假的圈套。

我試圖讓阿載斯談談奧利維，但他對喬治更感興趣。

「不要讓他知道了你知道我就要告訴你的事，」他開始這樣說：「這件事，是他的光榮。想想看！你的外甥跟幾個同學開始組織了一個小會社——一個互相競賽同盟；凡是入會的人，必須先證明他配得上，提出他德性的證據——一個孩子們的榮譽同盟。很有趣吧！他們統統在衣扣洞上繫一條小緞帶——不怎麼顯眼，不過，我還是注意到了。我把那孩子找到我書房裏來，當我問他這標誌的意義時，他非常困窘起來。這可愛的小傢伙以爲我要責備他了。然後，十分手足無措的，臉一陣陣紅的告訴了我這個小會社的組成。你知道，這是那種你必得非常小心不可表露笑容的東西，不然會傷到許多微妙的情感……我問他爲什麼他和他的朋友們不公開，不在光天化日之下組織他們的會社？我告訴他，他們會有多麼奇妙的宣傳力，宗教影響力，他們又會做出多麼了不起的事情來！……但是在這樣的年齡，人喜歡秘密……爲了鼓勵他的信心，我告訴他在我那時候——就是說，當我在他那麼大的時候——我也參加了一個類似的會社，我們給它取的名字可是轟轟烈烈的，叫做『義務之騎士』；會長給我們一人一個筆記本，我們要絕對坦白的把自己的缺點、錯誤寫在上面。他笑了，我可以看出這筆記本的故事給了他一個靈感；我不堅持，但如果他把筆記本的制度介紹給他的同伴們，我是不會覺得意外的。你看，這些孩子一定要用得當的辦法對待；劈頭第一件，他們一定要認爲你了解他們。我向他許下諾言，絕不向他父母透露一絲風聲；不過我勸他最好是把事情原原本本告訴他們，那會讓他們快樂得不得了。但孩子們似乎已經誓言絕不透露一個字。因此若要堅持就是錯的了。但在他離開我之前我們一同向高特祈禱了，求祂降福他們的會社。」

可憐的、親愛的老阿載斯！我確定那小鬼在愚弄他，他的話沒有一句是眞的。但他又能說什麼呢？……我必須試試看搞清是怎麼回事。

一開始我認不出洛拉的房間了。修過；整個氣氛都變了。薩拉似乎也認不出來了。然而我想我還是看得出來她。她一向是對我極其推心置腹的。她從小到大有什麼話都是可以對我說的。但是我却任好多個月過去而没有來看魏德爾一家了。她的脖子和胳膊是裸的。她似乎高了點，放膽了點。她坐在床上，奧利維的旁邊，緊靠着他；而奧利維則平伸的躺在床上，似乎睡着了。他確實是喝醉了；而我看到他這個樣子也確實是痛苦的，但是我覺得他比任何時候都更美。他們四個都多多少少喝醉了。那英國女孩由於阿芒滑稽的言詞而爆笑出來——尖銳刺耳的笑聲。阿芒是想到什麼就說什麼；那女孩的笑讓他興奮，讓他得意，也就想學她一樣愚蠢俗鄙；他裝做在他姐姐和奧利維燒紅的臉上點煙，他又厚臉皮的把他們兩個人的頭碰在一起，同時又裝做他們的火燒傷了他的手指。奧利維與薩拉任他擺弄，而這使我感到極爲痛苦。但是我已經在預支故事的進度了……

當阿芒突然問我我認爲杜維葉如何的時候，奧利維還在裝睡。我這時已經坐在一把矮扶手椅裏了，看着他們的顚三倒四和缺少約束覺得又有趣、又刺激同時又尷尬；再者，又覺得受寵若驚，因爲他們邀我參加，而我却顯然不是該到這個地方來的人。

「這裏的年輕女士們……」由於我找不到話回答，只楞楞的笑着，做出會意的樣子，阿芒就這樣接下去。但剛說出口，那英國女孩就想要阻止他往下說了，跑到他後面去摀他的嘴。他掙開，喊：「年輕的女士們想到洛拉要跟他上床十分憤恨。」

那英國女孩放了他，裝做惱怒的叫道：

「噢，不要聽他胡說。他是個謊話專家！」

「我跟她們解釋過了，」阿芒說下去，已經平靜了些，「只有兩千法朗的嫁粧，你還能想什麼更好的，而且，既然是個眞正的基督徒，她就應當把他的精神優點優先考慮，我們的牧師爸爸說的。如果人人都非嫁阿冬尼斯⑪不行——或者，舉一個近代的例子，奧利維吧，我們可以這樣

⑪愛神阿芙羅狄蒂所戀之美少年。

說嗎？——那麼，人口問題怎麼解決？」

「白痴！」薩拉憤憤道。「不要聽他。他根本不曉得自己在說什麼。」

「我說的是眞言。」

我以前從沒有聽過阿芒這樣講話。我認為他——現在還是這樣認為——是個纖細的、敏感的人；他的粗鄙似乎全是偽裝的——一方面是由於他喝醉了，另一方面也是由於他想逗樂那英國女孩。她夠漂亮，但能夠在這類蠢事上樂不可支必然是蠢得可以；而奧利維能在這些事情裏感到什麼趣味呢？……我決心跟他單獨相處時立刻表示我的厭惡。

「但是你，」阿芒說下去，突然轉向我，「你，這個不把錢當一回事，有足夠的錢可以讓你縱情於微妙的感受中的人，為什麼你不娶洛拉呢？——因為明明你愛她，明明大家都知道她為君憔悴為君愁。」

直到這個時候都在裝睡的奧利維睜開了眼睛；他的眼睛跟我的相遇了，而若說我沒有臉紅，也當然只是因為屋子裏沒有一個人這時候處於觀察我的狀態。

「阿芒，你眞是叫人受不了，」薩拉說；就像為了為我解圍似的，因為我找不出話來回答。到這時為止她都坐在床上，但這時却四平八穩的躺在奧利維旁邊，以至於兩個人的頭碰在一起。這個時候阿芒跳了起來，抓住捲起來靠在牆上的一個大屏風，用小丑的滑稽動作把那一對人兒擋了起來；然後，仍舊滑稽的，他傾身向我，聲音也沒有放低的說：

「或許你不知道我姐姐是個妓女吧！」

這太過份了。我站起來，粗魯的把屏風推到一邊。奧利維與薩拉立刻坐起。她的頭髮披下來了。奧利維跑到洗臉臺去洗臉。

「過來，」薩拉說，抓住我的胳膊。「我要給你一點東西看。」

她把門打開，拉我到樓梯平臺。

「我想這種東西會讓小說家感興趣。是一本我偶然發現的筆記本——爸爸的私人日記。我想不通他怎麼會讓它留在這種地方。不要對他說。不很長。你可以十分鐘看完，走以前還我。」

「可是，薩拉，」我說，困惑的看着她，「這是最可怕最不應該的事。」

她聳聳肩。「噢，如果你擔心的是這個，你會大失所望。有趣的只有一個地方——而就算這個，也——好，我指給你看。」

她從她的緊身圍腰裏掏出一個非常小的記事本來，大約是四年前的。她翻了一下，然後給我，指着其中的一段說：

「快看。」

在日期之下，我首先看到用引號引着的一段經文：「凡是於小事忠實的，於大事也忠實。」接下來是：「爲什麼我戒煙的決定一直要拖延到明天再明天呢？如果不叫梅蘭尼（牧師的太太）難過就好了！……噢，主啊！給我力量讓我擺脫那可恥的軛吧。」（我想我引用的頗爲精確）然後是掙扎、懇求，禱告，努力——而這些由於天天重覆，顯然都是徒然的。然後我翻到另一頁，沒有提這件事了。

「感動，是不是？」當我看完，薩拉帶着極渺茫的嘲刺說。

「出人意料，」我禁不住說，儘管我爲此自責。「想想看，不過十天以前我才問過你父親他有沒有想過戒煙。我覺得我自己抽得太多了，而……好吧，妳知道他怎麼回答嗎？他說，菸草的壞處被誇張得太過份了，就他來說，他從沒有覺得任何不好的地方；我再堅持問下去的時候他終於說：『沒錯，我確實曾經下過一兩次決心戒煙。』『成功了嗎？』『當然，』他回答，好像那是再自然不過的——『因爲我下了決心。』怪！或許，說不定他忘了，」我補充道，希望薩拉不至於察覺到我猜疑的僞善。

「也說不定，」薩拉說：「那證明『抽煙』是指別的事。」

說這種話的眞是薩拉嗎？我目瞪口呆。我看着她，幾乎不敢去會意她的意思……正在這時，奧利維從屋裏出來。他頭髮梳過了，袖子也弄好了，平靜了一些。

「走吧？」他說，沒有理會薩拉，「晚了。」

「我怕你誤會我，」當我們走到街上他立刻說。「你或許以爲我在跟薩拉戀愛。沒有……噢！我不是討厭她……只是不愛她。」

我原先已抓住他的胳膊，這時只是沉默的握着。

「你一定不能從阿芒今天說的話來論斷他，」他接下去說。「他是在表演……忘了他自己。實際上他一點也不像這個樣子……我也解釋不出來。他有那種把他最珍惜的東西毀壞的欲望。他最近才這個樣子。我想他很不快樂，才開玩笑掩飾。他很自傲。他父母完全不了解他。他們想叫他當牧師。」

備忘錄——「僞幣製造者」一章的題詞：

"La famille cett cellule sociale"

Paul Bourget（散見其書中各處）

〔「家庭……是社會細胞。」〕

章名：細胞組織

不錯，對一個有活力的心靈而言，沒有任何牢獄（心智的）是他不能逃脫的；而激發反叛的東西並非注定危險——儘管反叛有時會攪亂性格——它們驅使人的性格在自己內心激盪，使它衝突矛盾，頑固，使它趨向虛假，欺騙；再者，那抗拒家人的影響力的孩子，爲了要解放他自己，早早的就耗盡了他初期的精力。但是，那阻礙孩子的教養，正由於阻礙他而增強了他的力量。最可悲的犧牲者是犧牲在阿諛之下的人。要厭惡那阿諛我們的事物，需有何等強烈的性格力量！我看到過多少父母親（尤其是母親）高高興興的去鼓勵孩子們最愚蠢、最可惡的行爲，最不公平的偏見，鼓勵他們對事物的不能領會，他們無理的厭惡心……吃飯的時候：「你最好不要碰哪一塊；你不懂？那是肥肉！不要吃皮。那煮得不夠熟……」在戶外，夜裏：「噢，蝙蝠！……趕快把頭蓋起來！會鑽到你頭髮裏。」等等……照他們的說法，甲蟲會叮人，蝗蟲會螫人，蚯蚓會叫人長斑……諸如此類在各種領域的各種荒唐迷信，智性的，道德的等等方面。

前天，我從奧督依同來，在郊區火車上，聽到一個年輕的媽媽一邊撫着她十歲的小女孩一邊說：

「妳跟我，寶貝，我跟妳——別的人儘管弔死去！」

（噢，當然！我知道他們是工人階層，可是他們也總有他們的權利啊！那丈夫坐在車廂一角看報——安靜的，退讓的，甚至並不是個烏龜，我敢說。）

還能夠有更可惡的毒藥嗎？

未來的世界是屬於私生子的。「自然兒」❶是何等有意義的用詞！只有私生兒才有權利是自然兒。

家庭的自我主義……跟個人的自我主義幾乎一樣可惡。

十一月六日——我從不能發明什麼東西。我只是像畫家那樣置身於模特兒的前面，對他說：「做如此如此的姿勢；做如此如此的表情。」如果我懂得竅門，我只能叫社會提供給我的模特兒按我的意思動作；或者，把如此如此的問題放在他們面前，讓他們用他們的方式解決，以便我可

❶ natural child 非婚生兒，私生兒。

以從他們的反應中獲得敎訓。是我的小說家的本能使我不斷的去干涉——去影響他們的命運。如果我的想像力更強，我便會自己編織佈局了；但實際上我只是激發和觀察演員，然後依照他們的口述而寫作。

十一月七日——我昨天寫的沒有一件是確實的。只有一件是眞的——眞實的世界使我感到興趣，因爲它是可塑的，而我對於可能發生的比已經發生的要關心得多，多得太多。我顫懼的而又感受吸引的俯視着每個人的可能性的深淵，並爲那在習俗與道德的沉重壓力下萎縮的、發育不全的人而哭泣。

看到這裏，柏納不得不暫停。他的眼睛模糊了。他喘着氣，就像他對日記的渴切使他忘了呼吸。他打開窗戶，在重新潛下去之前吸滿空氣。他跟奧利維的友情無疑是深厚的；他沒有比奧利維更好的朋友，現在，在他已不能再愛他父母之後，世界上也已沒有他更愛的人了；眞的，他對這種情感的執着也幾乎到了過份的程度；但是奧利維和他對於友情的看法並不盡同。柏納一邊讀下去一邊既驚奇又讚嘆，同時又免不了微微的痛苦——他自以爲認識得如此清楚的這個朋友竟可以是這樣多面的。奧利維從沒有告訴過他日記中所載的這些。他幾乎全不知道阿芒與薩拉的存在。奧利維對他們的樣子跟對他的樣子是多麼不同啊！……在薩拉的屋子中，在那床上，柏納能認得出他的這個朋友來嗎？他猛烈的讀下去固然是由於強烈的好奇，但裏面也攙和着一種奇怪的不舒服的感覺——厭惡或惱怒的感覺。不久以前，當他看到奧利維與艾杜瓦臂挽臂的時候，他感到過這種惱怒——惱怒於自己被排除在外。這種惱怒可以把人帶上很遠的路，叫人做出許多蠢事來——就像所有惱怒一樣。

好啦，我們可以繼續了。我這裏說的這些話都只是爲了在日記中間透透氣。現在柏納已經透過了，我們再回來吧。他又鑽進去了。

13 艾杜瓦日記：初訪拉・柏厚

能寄望於老人者甚少。

Vauvenargues

十一月八日——老拉・柏厚夫婦又搬家了。他們的新公寓到現在爲止我還沒去過，那是在福堡・聖昂諾街的一個半樓，座落在跟浩斯曼大道還沒有交界的地方，是個相當隱蔽的住所。我按門鈴。拉・柏厚開門。他穿着襯衫，頭上戴着像似白白黃黃的睡帽，最後我才看出是一隻舊長襪

（當然是拉・柏厚太太的），打了一個結，以致襪脚垂在他的面頰邊像一個繐子。他拿着一根彎曲了的撥火棍。顯然他正在做家事，看到我似乎相當不好意思。

「那麼我等下再來好嗎？」我問。

「不——不用了……進來吧。」他把我推到一間又長又窄的屋子，兩扇窗子對着街，正好跟街燈一樣高。「我正在等一個學生，」（那時六點）他說：「可是她打電報來說她不能來。看到你我眞是太高興了。」

他把撥火棍放在一張小桌子上，就像他想爲現在這個樣子道歉似的說：

「拉・柏厚太太的女僕讓爐子滅了。她只有早晨才來；我不得不自己掏一掏灰。」

「我可以幫你生火嗎？」

「不用不用；髒得很……對不起失陪一下，我過去把外套穿起來好嗎？」

他拖着脚步走出去，幾乎立刻又走回來，穿上了一件羊駝毛的外套，扣子已經脫落了，胳膊肘都有破洞，整個已經破舊不堪，讓你覺得送給乞丐也拿不出手。他坐下來。

「你看我變了吧，是不是？」

我想否認却找不出任何話來，他那受盡折磨的表情讓我感到非常痛苦，他的臉曾經是那麼好的。他接着說：

「沒錯，我最近老得很快。我開始記憶力衰退。當我彈奏巴哈的賦格曲的時候，非得看樂譜不行……」

「有很多年輕人如果能有你這樣的記憶力還會高興得不得了呢。」

他聳聳肩回答：「哦，不只是我記憶力的問題，譬如說，我還以爲我走路走得很快；可是街上每個人都趕過我去。」

「哦，」我說。「現在的人走路都快多了。」

「不錯，是這樣嗎？……我敎的課也是一樣——學生們都覺得我敎得慢，在拖住他們；他們要走得比我快。我越來越沒有學生啦……現在人人都求快。」

然後他用我幾乎聽不到的低聲說：「我幾乎一個都沒有了。」

我覺得他是那樣的沮喪，以致不敢問下去。

「拉•柏厚太太是不會了解的。她說我做得不對——我沒有想辦法留住他們，更沒有想辦法招新學生。」

「你剛剛在等的那個學生呢？……」我笨拙的問。

「哦，她！我在敎她準備考音樂學校。她天天到這裏來練習。」

「這是說你並沒有收她的錢？」

「拉•柏厚太太總是爲了這個責備我。她不明白這是我唯一還覺得喜歡的課程；對，我唯一想敎的課程……最近我想了很多，哎！有件事情我想問問你。爲什麼書裏都很少談到老年人呢？……我猜是因爲老年人沒有那個能力寫自己的事，而年輕人對他們也不感興趣。沒有人對老人關心的……可是老人也有很多可怪的事可以讓作家們去說。譬如，我這過去的一生裏有些行爲到現在我才開始了解。對，現在我才開始了解它們的意義和我當時做的時候所以爲的意義完全不同……我現在才開始了解，我整個這一生都是個受愚弄的人。拉・柏厚太太愚弄我；我的兒子愚弄我；人人愚弄我；高特愚弄我……」

夜色四合。我已經分辨不清我的老師的五官了；但街燈突然亮起，照見他的臉閃着淚光。一開始我困惑地看着他太陽穴上的一個奇怪的斑痕，像一個小洞；但他動了一下，那斑痕的位置改變了，我才看出那是欄杆的結頭投上來的影子。我把手放在他枯瘦的胳膊上；他打了個顫。

「你會着凉，」我說。「眞的，我們把火生起來好嗎？……來吧。」

「不用不用；人應該堅忍。」

「什麽？斯多噶主義？」

「不錯，有一點。就是因爲我喉嚨弱我才從來不圍圍巾。我一向都是跟自己奮鬪。」

「在人可以勝利的時候這當然不錯；但在人的身體脆弱的時候……」

「那才是眞正的勝利。」

他把我的手脫開，說下去：「我原來怕你不來就走了。」

「走到哪裏去？」我問。

「我不知道。你到處旅行。我有些話要告訴你……我料想自己不久也要走了。」

「什麽！你也想旅行？」我拙笨的回答，裝出不懂他的話的意思，儘管他語音的嚴肅再明顯不過。他搖頭。

「你很清楚我的意思……眞的，眞的。我知道時間快了。我賺的錢開始不足以維生；我忍受不了這個。有一個地步是我不允許自己超過的。」

他說話的語氣讓我驚懼。

「你認爲這不對嗎？我從不了解爲什麼宗教禁止這種事。我最近想了很多。年輕的時候，我過的生活非常嚴苛；每次我拒絕了街上的拉客，我都慶賀自己性格的堅強。我不了解，在我自以爲將自己解脫了的時候，事實上我正越來越變成了我的驕傲的奴隸。每當我戰勝自己一次，就是又把我牢獄的鑰匙又轉動了一下。這就是我剛才爲什麼說高特愚弄了我。祂讓我以我的驕傲爲美德。祂在嘲笑我。祂以此爲樂。祂把誘惑送到我們面前，而祂明明知道我們是不能抗拒的；但是當我們抗拒的時候，祂却更肆行報復。爲什麼祂這麼恨我們呢？爲什麼……唷，我在用這些老人的問題煩你了。」

他像個鬱鬱不樂的小孩子一樣，捧住頭，沉默下來；沉默得如此之長，以致我懷疑他是不是忘了我在旁邊。我一動不動的坐在他面前，生怕打斷了他的靜默。街上的聲音雖然如此近。小屋裏的安靜却讓我感到特別，而儘管街燈把它怪異的光從下面投到我們身上，像戲臺上的脚燈一般，窗子兩邊的暗影却似乎在擴張，而我們四周的黑在增厚，就像冬天靜潭的水越結越厚終於變得動彈不得——一直到我的心也結成了冰。最後，爲了擺脫那夾住我的鉗子，我大聲呼吸，並爲告辭做個預示，也爲了打破那寂靜的迷咒，我出於禮貌的問：

「拉·柏厚太太好嗎？」

老人似乎從夢中醒來。他重復一遍：

「拉・柏厚太太……？」是問句，就像那些字只是聲音，對他來說完全喪失了意義；然後他突然俯身向我：

「拉・柏厚太太的狀況非常可怕……是我最痛苦的事。」

「什麼樣的狀況？」我問。

「噢，什麼樣也不是，」他說着，聳肩，就像無可解釋似的。「她心眼完全不清楚了。她不知道下一步該怎麼樣。」

我早就猜測到這對老夫婦很不相契，但從沒有想要知道什麼確定的內容。

「我可憐的朋友，」我悲憫的說，「從什麼時候開始的？」

他想了一下，就像不了解我的意思似的。

「噢，很久了……從我認識她以後一直是這樣。」然後，又幾乎立刻更正：「不；實際上是由於我兒子的教養問題才出了差錯。」

我做了個吃驚的樣子，因爲我一向以爲拉・柏厚沒有孩子。他把原先用手捧着的頭抬起來，安靜的說：

「我從沒有向你提到過我的兒子嗎，呃？好吧，我統統告訴你。你現在一定要統統知道。再沒有別人是我可以告訴的了……沒錯，是爲了我兒子的教養。你明白，這是很久以前的事了。我們結婚的頭幾年過得很快活。當我娶拉・柏厚太太的時候，我非常純潔。我用純粹的心愛她……

對，這就是正好的字眼。而且我也絕不承認她有任何缺瑕。但是我們對孩子的教養却有不同的想法。每次我要責備我兒子的時候，拉・柏厚太太都站在他那一邊反對我；照她的意思，孩子愛做什麼就可以做什麼。她教他扯謊……在他剛剛二十歲的時候，他就有了情婦。她是我的學生——一個俄羅斯女孩，極有音樂天賦，我非常珍惜。拉・柏厚太太統統知道；但當然，他們照例事事瞞我。而我也當然不知道她要有孩子了。一點也不知道——我對你說；我從沒有料想到。有一天——那天天氣很好——有人來通知我說我的學生不舒服，不能來上課。我說我去看她，可是那人却說她已經換了衣服——要出門旅行……只有到了很久以後，我才知道她到波蘭去做月子。我兒子到那裏去跟她一起住……他們一起住了幾年，沒娶她他就死了。」

「呃——她呢？你後來看過她嗎？」

他似乎在用頭撞什麼東西：

「我不能原諒她對我的瞞騙。拉・柏厚太太現在還和她通信。當我知道她很貧困的時候，我爲了孩子給她送了一些錢去。但拉・柏厚太太不知道。她自己……也不知道錢是我的。」

「你的孫子呢？」

一陣奇異的微笑從他臉上閃現；他站起來。

「等一下。我拿他的相片給你看。」他又拖着脚步走出去，頭斜伸在前面。當他回來的時候，手顫抖着在一個大信件夾裏找相片。他把相片拿給我，向前彎着腰，小聲的說：

「我從拉・柏厚太太那裏拿來的；她不知道。她以爲弄丟了。」

「他多大了？」我問。

「十三歲。看起來還大一點，是不是？他單薄得很。」

他眼裏又充滿了淚；他伸手要相片，像急着要儘快把它拿同去似的。我傾身向前在街燈的幽光中看它；我覺得那孩子像他；在那孩子臉上我認出老拉・柏厚又高又突出的前額和夢幻般的眼睛。我以爲我這樣說會讓他高興；他却提出異議：

「不不；他像的是我弟弟——我故去了的……」

那孩子奇異的穿着俄羅斯式的鑲邊寬大短外套。

「他住在哪裏？」

「我怎麽知道？」拉・柏厚叫道，聲音是絕望的。「他們什麽都瞞住我，我告訴你。」

他把相片拿過去，又看了一會兒，然後放同信夾裏，又把信夾塞進口袋。

「當他的母親來巴黎的時候，她只見拉・柏厚太太；如果我問到她，她總是說：『你最好問她自己去。』」她說是這樣說，但她心裏恨我去看她。她一向就嫉妒。她一向就處心積慮要把我任何放在心上的東西搶走……小柏利在波蘭——我想是華沙吧——受教育。但是他常常跟他母親旅行。」接着，在激動中，他說：「噢，你會相信人能够愛他從沒有見過的人嗎？……哎，這個孩子是我在世界上最放在心裏的人了……可是他却不知道！」

他的話被強烈的啜泣打斷了。他從椅子上站起來，投進——幾乎是跌進——我的手臂裏。爲了讓他得到一些安慰，我什麽都願意做——但我又能做什麽呢？我站起來，因爲我感覺到他那可憐枯萎的身子要溜到地上去了，我甚至覺得他要跪下去了。我扶他起來，抱着他，像孩子一樣搖他。他又鎮靜下來。拉·柏厚太太在隣間叫他。

「她要來了……你不想見她吧，是不是？……再說，她也聾得像石頭。快走吧。」在他送我到樓梯平臺的時候，說：

「不要隔太久的時間不來。（他的聲音中帶着懇求）再見；再見。」

十一月九日——在我看來，似乎有一種悲劇到現在爲止還幾乎完全沒有被文學掌握過。小說處理命運的對比。好運與惡運，社會關係，情的衝突，性格的衝突——但從沒有處理過人類生存的基本本質。

然而，基督敎的整個效果却是要把人的戲劇轉到道德層面。但不苟且的說，從沒有過基督敎的小說。有些小說，它們的目的在敎育；但這跟我說的毫無關係。道德悲劇——譬如說，那種把福音書中的一句話做令人驚懼的闡釋的悲劇：「若鹽失了味，又用什麽來醎呢？」——我關懷的是這種悲劇。

十一月十日——奧利維考試的日子快到了。賓琳要他畢業以後去投考師範學校。他的生涯都已規劃好了……如果他沒有父母，沒有親戚就好了！我可以讓他做我的秘書。但是他從沒有想到過我；他甚至沒有留意到我對他的關切，如果我表露，他會困窘。就是爲了不讓他困窘，我在他前才裝出漠然的樣子，裝出有距離的樣子。只有當他不看我的時候我才敢好好看他。有時候我在街上跟在他後面而不讓他知道。昨天我也是這樣，可是他突然轉身，我來不及躲。

「你這麼忙着去哪裏？」我問。

「噢，没特別要去哪裏。我没事做的時候總好像特別匆忙似的。」

我們互相走近了幾步，但找不出什麼話說。他必定因爲這樣的相遇而惱起來。

十一月十二日——他有父母，哥哥，學校裏的朋友。……我整天這樣告訴自己——没有容我的餘地。如果他有什麼欠缺，我當然可以爲他彌補過來，可是他却什麼也不缺。他什麼也不需要；若說他的甜美使我快樂，其中也没有任何東西可以允許我自我欺騙的……噢，蠢話，可是我還是寫了下來，而這正揭發了我內心的雙重性……我明天要去倫敦了。我突然下定決心走開。是時候了。

爲了太想留下來而走！……一種對艱苦的愛——對放縱的恐懼（我是指對自己放縱）或許是我清敎徒敎養的一部份，是我發覺最難擺脫的。

昨天，在史密斯書店，買了一本筆記本（已經是英文的了），打算繼續寫我的日記。我不再這本上面寫了。一本新的筆記本！……

啊！如果我能够把我自己拋開！

14 柏納與洛拉

生活中有時會發生意外，但要善加利用則需要一點瘋狂。

La Rochefoucauld

柏納最後讀到的是艾杜瓦夾在日記後面洛拉那封信。他突然明白了眞相；那在信中說着如此懇求的話的女人再無可疑的就是昨天晚上奧利維跟他講到的那絕望的女人了——也就是文桑·莫林涅拋棄的情婦。再者由於奧利維的話和艾杜瓦的日記兩方面的可靠的資料，柏納也突然了解到他現在還是唯一了解兩邊情況的人。這是一個他不可能保持多久的便利之處；他必須又迅速又技巧的玩他的牌。他立刻下定決心。他讀過的東西雖然沒有忘記任何部分，但却把注意力固定在洛拉身上了。

「今天早上我還不知道應該做什麽；現在我再沒有疑問了，」他對自己說，同時衝出房間。「這命令，就像他們說的，是無上的。我必須救洛拉。拿手提箱或許不是我的義務，但既然拿了，我倒確確實實在裏面發現了我活生生的義務。重要的是在艾杜瓦去找洛拉之前趕到那裏；在我爲她效力之前先介紹自己，讓她不致把我當騙子。其他的就比較容易。現在我口袋裏的錢足夠讓我像艾杜瓦本人一樣慷慨義氣慈悲的去救她。唯一傷腦筋的是怎樣去做。因爲洛拉是魏德爾家的人，雖然她就要生個不合法的孩子，她却必然是敏感的人。我猜她是個注重尊嚴的人，會把你給她的錢撕碎，連著輕視一起丟在你臉上——那個錢雖然是善意的，可是裝錢的信封太不够厚重了。我怎麼樣讓她接受這錢呢？我怎麼樣讓她接受『我』呢？這是傷腦筋的地方！人一離開合法的大道，常會發現糾纏在什麼陷阱裏啊！投身在這麼僵的痲煩事裏，我確實還太年輕了一點。可是，見它的鬼去吧，年輕正是我的優點。讓我們發明一個坦坦白白的說詞吧——一個又感人又有趣的故事。問題是它必須跟艾杜瓦有關係；同一個故事裏要有我又有艾杜瓦，却不透露自己的身份。噢！我會想一點故事出來。讓我們信賴事到臨頭的靈感吧……」

她到了洛拉信上的地址，波恩路。旅社是很普通的，可是看起來乾淨，也算說得過去。順着門房的指示，他走上三樓。在十六號的門口他站住了，爲他的進門做準備，想找一些話；但他什麼也想不出來；然後他決然的敲了門。一個溫和的、修女般的聲音回應了，他覺得那聲音裏有着一點恐懼：

「進來！」

洛拉穿得很單純，全身是黑；看起來像在守喪似的。她在巴黎的這幾天她模模糊糊的在等待什麼事情或什麼人來把她救出困境。無疑。她走錯了路，她覺得完全失落了。她有一種不幸的習慣，依賴事情的演變，而不依賴她自己。她並不是沒有長處，但現在，在被拋棄之後，她覺得她的一切的力量也都撤掉了。柏納進來的時候，她一隻手抬到臉上，就像一個要按住一聲驚呼或遮住一縷太刺目的光線的人一樣。她是站着的，這時向後退了一步；接着，察覺到離窗子近，她另一隻手就抓住了窗帘。

柏納站住了，等着她問他；但她也在等他先開口。他看着她；帶着砰跳的心，他想裝出一絲笑容來，可是做不到。

「請原諒我，夫人，」他終於說：「這樣冒昧的來打擾妳。有個叫艾杜瓦的先生，我想你是認識的，今天上午到了巴黎。我有急事要對他說；我想妳可以告訴我他的地址，而且……請原諒我這麼不禮貌的做這樣的要求。」

如果不是因爲柏納這麼年輕，洛拉一定會嚇到。但他還不過是個孩子，眼神這麼坦白，眉宇這麼清秀，表情這麼溫怯，聲音這麼不定，以致那驚恐變成了好奇，關懷，以及那單純與美麗的生命必然引起的不可抗拒的同情。柏納一邊說話，勇氣也一邊又恢復了一些。

「但是我不知道他的地址，」洛拉說。「如果他在巴黎，他會立即來看我，我希望。告訴我你是誰。我會告訴他。」

「現在是一切都豁出去的時候了，」柏納想。他眼中一陣野性的東西閃過。他定定的看看洛拉的臉。

「我是誰？……奧利維・莫林涅的朋友……」他猶豫了，還是不够確定；但看她聽到這個名字臉色轉白，他就冒險再說下去了：「奧利維，文桑的弟弟——妳的愛人，那麼可惡的把妳拋棄的人的弟弟……」

他不得不停下來。洛拉在踉蹌。她的兩隻手，向後甩，急着想要找一點支持身子的東西。但比任何東西更讓柏納錯亂的是她的哀吟——一種幾乎非人的痛哭，與其說是像人，不如說是像被追獵的、受傷的動物（而獵人，突然充滿了羞恥，覺得自己是劊子手）；這哭聲是如此的奇怪，跟柏納所料想的任何東西都那麼不同，以致他戰慄起來。他突然了解到，這是一件眞正生命中的事，是眞正的痛苦，而到現在爲止他所感到過的一切似乎都只是虛假的，浮面的，裝做的東西。他內在湧起了如此陌生的一種情感，以致他無法控制它。它衝到他的喉嚨上了……什麼！他在啜泣？那是可能的嗎？他，柏納！……他衝過去扶她，跪在她面前，一邊啜泣一邊低聲說：

「噢，原諒我……原諒；我讓妳傷心……我知道妳有困難，我……我要幫助妳。」

但那難於喘氣的洛拉却覺得要暈倒了。她向四周瞥了一眼，想要找個地方坐下。一直盯着她的柏納了解她眼神的意思，便跳起來，去拿床脚邊的一把小扶手椅，用快速的動作推給她，而她也沉沉的坐了下去。

就在這時，發生了一件駭異的事，我不知道該不該說，但它在洛拉與柏納的關係中却扮演了決定性的角色，因爲它出人意料的解除了他們之間的尷尬。因此，我不打算對它做任何美化形容，只是照實直說。

以洛拉付的房租來看（我是說，旅社老闆向她要的錢）。我們不會期望能有多麼優雅的家俱，但至少我們希望是牢固的。可是，柏納推給洛拉的這把小扶手椅，脚却並不結實；也就是說，它有一種像起飛的鳥一樣的習性，想把脚收回去——在鳥，這固然是自然不過，在椅子，則就不平常，也十分可憾了；而現在這一把恰恰又把它的不穩定性藏在厚實的框架之下。洛拉對這把椅子熟悉之至，知道一定要小心挪動；但在她的激動之下，她忘了這個；只有當它在她的體重之下倒了下去才想起來，却爲時已晚。她突然發出了一聲小小的吼叫——跟剛才那聲長長的悲號很不相同，就倒向一邊，一眨眼間發現自已坐在地上了，而那搶來援救的柏納則已雙臂抱住了她。又羞又喜歡的柏納不得不一腿跪地，因而洛拉的臉跟他的臉十分接近了：他看到她臉紅。她努力站起來；他則幫她。

「妳沒有摔疼?」

「沒有；謝謝你。這椅子很荒唐；已經修過一次……我想如果它的腿放直，就會撐得住。」

「我來修，」柏納說。「好啦!……妳要不要試試?」然後，又想了想，說：「不行；我來試。我先試試比較安全。好啦!現在沒問題啦!我腿可以移動」（他一邊做一邊笑了）。然後他站起來：「現在坐下吧，如果妳允許我呆一下，我要坐那一個椅子。我坐妳旁邊，如果妳倒我可以扶。不要怕……我希望能爲妳多做點事。」

他的聲音含着許多的熱切，而態度又這般保留，動作這般優雅，以致洛拉忍不住露出笑容來。

「你還沒有告訴我你的名字。」

「柏納。」

「嗯。家庭的呢?」❶

「我沒有家庭。」

「好哇，你父母的。」

「我沒有父母。這就是說，我就是妳要生的那種孩子——私生子。」

笑容從洛拉臉上退下去了;那種非要鑽入她內心、扯破她生活的秘密的蠻橫決心讓她憤惱。

「可是你怎麼知道?誰告訴你的?……你沒有權利知道……」

但柏納現在已經進軍了;他大聲的、妄膽的說下去:

「我的朋友奧利維和妳的朋友艾杜瓦知道的事我都知道。只不過他們兩個還都各自知道妳一半的秘密。除了妳自己以外，我可以說是唯一知道妳全部事情的人……所以，妳看，」他又溫和的加了一句:「我理當做妳的朋友。」

「噢，人怎麼可以這麼不愼重呢?」洛拉哀怨道。「可是……如果你還沒有看到艾杜瓦，他怎麼可能跟你說這些呢?他寫信告訴你嗎?……是他叫你來的?……」

柏納已經完全忘了自己;他說得如此快，以致不禁誇張了一點。他搖頭。洛拉的臉更黑了一點。正在這時，發出了敲門聲。

不管他們是否願意，兩個人之間却已由經歷過共同的情感而產生了一種連繫。柏納覺得自己落入了陷阱;洛拉是惱於被人撞見他們兩個在一起。他們像兩個共謀者一樣互相看着。又是一陣

❶指姓。

敲門聲。他們兩個同時說：

「進來，」

艾杜瓦在門外已經聽了幾分鐘，驚奇於洛拉屋裏有人。柏納最後幾句話讓他了解了一切。他當然明白這些話的意思；他斷定說話的人必是偷他手提箱的人無疑了。他立刻下了決心。因爲艾杜瓦是這麽一類人；日常例行生活中，他的機能好像都麻木了。可是在出乎意料的召喚下，全都會跳動起來。因此，他打開門，站在門口不動，笑着輪流看洛拉與柏納，而他們兩個則都已站起。

「請允許我，我親愛的洛拉，」他說，那表情就像在說，一切的傾訴等一下再說。「我必須先跟這位先生說一兩句話，如果他肯惠允到走廊來一下的話。」

當柏納跟他走過去的時候，他的笑容轉變成諷嘲的了。

「我想我可以在這裏找到你。」

柏納了解這一局牌完了。除了厚着臉皮面對之外，别無他途，而他也用那種打下最後一張牌的感情來做了：

「我希望會在這裏遇到你。」

「第一點——如果你還沒有那樣做（因爲我相信你的人格，認定你是到這裏來這樣做的），你就到樓下櫃枱去，用你在我手提箱裏找到的錢把杜維葉太太的帳付清，我相信這錢你一定帶在身上的。十分鐘以內不要上來。」

這些話的語氣都很嚴肅，但並沒有威嚇的意思。而同時，柏納也恢復了自持。

「我確實是爲這個來的。你沒有錯。我也開始覺得我也同樣沒有錯了。」

「怎麼講？」

「你正是我希望的那種人。」

艾杜瓦想裝出一副嚴厲的表情來，却無能爲力。他覺得有趣得不得了。他略帶幽默的鞠了鞠躬：

「多謝。我能不能回報你的讚美還得等一等。我想，既然你來了，你一定看過我寫的東西了？」

一直到這時都忍受着艾杜瓦注視的壓力而未曾迴避的柏納，現在又大膽又有趣又無禮的笑了；他低低的鞠了一個躬，「沒錯，」他說。「我隨時爲你效勞。」

然後他像一條鰻魚一樣迅速的游到樓下去了。

當艾杜瓦回到房間，洛拉在啜泣。他走到她身邊，她把前額貼在他肩上。任何情感的表露在他幾乎都是無可忍受的。他發現自己在輕輕地拍着她的背，像拍一個噎住的小孩似的：

「我可憐的洛拉，」他說：「好啦，好啦，靜一靜吧。」

「噢，讓我哭一哭；我會舒服一點。」

「我們還是一樣要考慮考慮妳該怎麼做的。」

「我又能做什麼呢？我能到哪裏去？我能跟誰說？」

「妳父母……」

「你知道他們是什麼樣的人。那會叫他們絕望。而且他們爲了叫我幸福已經盡了一切力量。」

「杜維葉？……」

「我永遠也不敢再跟他見面。他那麼好。你一定不能以爲我不愛他……只要你知道……只要你知道……噢，不要太瞧不起我吧！」

「決不會，親愛的，決不會。妳怎麼會有這種想法呢？」他又開始輕拍她的背了。

「眞的；當你跟我在一起的時候我就不再覺得羞恥了。」

「妳在這裏多久了？」

「記不清楚。只靠着希望你來，我才活下來。有時候我覺得再也忍受不下去了。現在我覺得我一天都不能再在這裏呆下去。」

她的啜泣又加倍了，幾乎嘶叫着說：——但聲音是壓抑的：

「帶我走！帶我走！」

艾杜瓦覺得越來越不舒服。

「好啦，洛拉……妳一定要靜下來。好啦……好啦……我連他的名字還不知道呢……」

「柏納，」洛拉低聲說。

「柏納馬上會回來。好啦，振作一下嗎。一定不可以讓他看到我們這樣。勇敢一點！我們要想想辦法。我答應。好啦，好啦！擦乾眼淚。哭沒什麼好處。用鏡子照照自己。臉都哭腫了。一定要去洗洗。我看到妳哭，就什麼都不會想了……好啦，好啦！他來了！我聽到他來！」

他走到門口，打開，讓柏納進來，洛拉則轉背對着梳粧台，努力裝出平靜的表情來。

「現在，先生，我可以問問我什麼時候能夠拿回我的東西來？」

他一邊說一邊定定的看着柏納的臉，唇上又帶上原先那嘲諷的笑容了。

「什麼時候願意拿都可以，先生；不過，我覺得必須說一聲，我比你自己更重視你的東西。如果你知道我的故事我想你就會了解。不過我現在只簡單的說一說：今天上午，由於我没有地方可住，也没有家，如果不是遇到你，我除了投河以外没別的路可走。當你跟我的朋友奧利維談話的時候，我跟了你們很久。他跟我說過你很多！我很想過去跟你認識。我正想找什麼藉口的時候，你把你的行李票丢掉了，我眞對天慶幸。噢，不要把我當小偷。如果說我提了你的手提箱，那不是爲別的，而是爲了要認識你。」

柏納這些話幾乎是一口氣說出來的，一種特別的熱情焚燒着他的語言與表情——就像它們被慈愛點燃了。艾杜瓦從他的微笑認爲他是讓人喜歡的人。

「現在呢？……」他問。

柏納知道自己站穩一點脚步了。

「現在，你不是需要一個秘書嗎？我不相信我會不能勝任的——我會那麼高興的做。」

這一次艾杜瓦大笑出來了。洛拉有趣的看着他們兩個。

「呵呵！……這我們必須考慮考慮。明天上午這個時候來找我，在這裏——如果杜維葉太太允許的話——因爲我也有很多事情要跟她商量。你住在旅館裏，我猜？噢，我不用知道在哪裏。這沒有任何關係。等明天再說吧。」

他伸出手來。

「先生，在我告辭以前，」柏納說，「可不可以允許我提醒你一聲，你有一位老音樂老師，名叫拉·柏厚的，我想，住在福堡·聖昂諾，如果你能去看他，他會非常高興？」

「一言爲定，這樣的開始不壞。你對你未來的職責有很好的概念。」

「那……眞的？你答應了？」

「我們明天商量。再見。」

艾杜瓦在洛拉那裏又稍呆了一會兒之後，就往莫林涅家去。他希望再看到奧利維；他要跟他談談柏納。但他只看到寶琳——儘管他等了又等，等到唇焦眼乾。

那天下午，奧利維由於他哥哥傳遞的急訊去見「單槓」的作者巴薩望伯爵去了。

15 奧利維往訪巴薩望伯爵

「我生怕你哥哥沒有把我的話傳給你，」勞伯見奧利維進來的時候說。

「我遲到了嗎？」他一邊問，一邊怯怯的走進來，幾乎是踮着脚尖的。他的帽子握在手裏，勞伯則把它接過去。

「把它放下。隨便坐吧。這裏，坐在扶手椅裏，我想會舒服一點，從鐘上看來，一點也沒有遲到。只是我想見你的願望比時間跑得更快。抽煙嗎？」

「不，謝謝你，」奧利維說，把巴薩望伯爵遞給他的煙盒推到一邊。他拒絕，是因爲不好意思，實際上他很想嚐嚐那細細的，在煙盒裏排得整整齊齊的、琥珀香味的（一定是俄羅斯的）香煙。

「眞的，我高興你能來。我怕你考試分不出時間來。什麽時候開始？」

「筆試十天內。不過我並沒有花多少時間在上面。我想我已經準備好了，如果再準備下去，恐怕會疲累了。」

「不過，我怕你現在還是不肯接受任何工作吧？」

「哎，如果不太有趣的話，這是說。」

「我告訴你爲什麽請你來。第一，爲了想再見見你。那天晚上幕間休息的時候，我們只在門廳說了幾句話而已。我對你的話非常感到興趣。我想你不記得吧？」

「噢，記得，我記得，」奧利維說，但他只覺得當時說的是些蠢話而已。

「但是今天我有一點特別的事情跟你商量……我想你認得一個信猶太教的人，叫杜美的吧？他是不是你的同學？」

「我剛剛還跟他在一起。」

「啊!你們常常見面?」

「對。我們今天在羅浮宮見面，討論一份他要當編輯的雜誌。」

勞伯發出了一陣做作的大笑。

「哈哈哈!編輯!……他太迫不及待了一點……他眞的這樣說?」

「他很久以前就跟我談起這件事情。」

「不錯，我以前曾經這樣想過。有一天，我隨便問他願不願意跟我一起閱稿；他就立刻說他要做編輯了——甚至連助理編輯也不是；我沒有提出反對的表示，而他立刻……他正是這個樣子，不是嗎?好個傢伙!他想顯顯威風……你眞的不抽煙嗎?」

「我嘛，我想可以的，」奧利維說，這一次接受了。「謝謝你。」

「哎，允許我說一聲，奧利維……你不在意我叫你奧利維吧，是不是?我確實不能稱你爲先生，你太年輕，我跟你哥哥文桑又太熟，不能叫你莫林涅。好啦，奧利維，允許我這麼說，我對你的鑑賞力要比對所羅曼·杜美先生的有信心多了。那麼，你答不答應負責文學指導的工作?當然，位置比我低一點——至少開始的時候是這樣。但是封面上我不要刋我的名字。以後再告訴你爲什麼……是不是可以喝一杯葡萄酒，呃?我弄了點很好的來。」

他伸手到旁邊的餐具架，拿了一瓶酒，兩個玻璃杯，倒酒。

「怎麼樣!你的想法如何?」

「不錯，眞的；第一等的。」

「我說的不是葡萄酒，」勞伯說，一邊笑；「而是剛剛跟你提到的事。」

奧利維其實是裝做不懂。他怕接受得太快，把他的歡喜表現得太明朗。他臉紅了一下，錯亂的口吃說：

「我的考試不會……」

「你剛才告訴我你不用再做準備，」勞伯打斷他的話說。「再說雜誌還有一段時間才能出來。我在想是否要等暑假以後再說。但不管怎樣我都要探問一下你的意見。十月以前，我們要準備好幾期的資料，這個夏天我們必須常常見面，互相討論。你這個暑假準備做什麼？」

「我還不太知道。我家裏的人大概會去諾曼底。夏天總是這樣的。」

「你必須跟他們去？……你不能跟他們分開一陣子嗎？……」

「我母親不會同意。」

「今天晚上我跟你哥哥吃飯。我可以跟他提一提嗎？」

「噢，文桑不跟我們去。」接着，察覺到自己答非所問，他補充一句：「再說，那不會有什麼結果。」

「好哇，如果我們對您媽媽能說出適當的理由。」

奧利維沒有回答。他愛他母親，而勞伯的口吻中對她的嘲諷意味讓他不高興。勞伯明白自己過份了。

「你對我的酒還算欣賞，嗯？」他轉變話題的說。「再來一杯？」

「不用不用，謝謝你；但眞是好酒。」

「對，那天晚上，你的判斷的成熟與確實讓我吃了一驚。你打算走評論的路嗎？」

「不。」

「詩？……我知道你寫詩。」

奧利維又臉紅了。

「沒錯，你哥哥洩漏了你的秘密。你一定也認識其他可以供稿的年輕人。這份雜誌一定要成爲年輕一代的根據地。這是它的 raison d'être（存在的理由）。我希望你幫助我起草一份卷首語，或者是宣言，把文學的新趨向做一番說明，但也不必界定得太嚴緊。以後我們再談這個。我們必須選兩三句標語；不能是新造的；老字不會是陳腐得不能再用的；我們要給它們灌注全新的意義，讓民衆能接受。由於福婁拜，有所謂『節拍與韻律』；由於勒岡第・杜・李塞爾有所謂『神經與確實』……噢！你說『生機』怎麼樣，呃？……『生機與無意識』……不行？……『原創，生機與無意識』？」

「我想我們還可以找到更好的，」奧利維鼓起勇氣說，雖然不甚讚同，却微笑着。

「好哇，再來一杯……」

「不要太滿，請你。」

「你知道，象徵主義一派最大的弱點就是除了一套美學之外，它什麼都沒有帶來；所有其他偉大的派別都不只這樣，它們除了新風格以外，還帶來新道德觀，對事情的新看法，對愛的新領會，和新的生活行爲。至於象徵主義者呢，那對他們來講是簡單得很；他們根本沒有生活行爲；他們轉背不顧它。荒唐，是不是？他們是一批沒有貪慾的人——甚至連胃口都沒有。不像我們……呃？」

奧利維喝完了第二杯酒，也抽完了第二根煙。舒舒服服的靠在扶手椅上，眼睛半閉，什麼也不說，只是不時的微點着頭，表示同意。這時鈴響，幾乎立即走進一個僕人，持着一張名片，給勞伯。勞伯接下來，瞥了一下，放在他旁邊的寫字枱上。

「好。請他等一下。」僕人出去了。「好吧，我親愛的老弟，我非常喜歡你，我認爲我們可以相處得很好。但是有個人來了，我一定要見他，他又要跟我單獨談一談。」

奧利維已經站起來。

「我領你走花園的路，如果你允許的話……啊！我想起來了，你願不願意要我的新書？我這裏有，手工紙的……」

「我沒有等到你送我就看了，」奧利維說。他並不怎麼喜歡巴薩望的書，但盡可能做出可親的笑容，而又不過份恭維。

巴薩望有沒有在他的語氣裏偵察到一點不屑痕跡？他很快的接着說：「對這本書你一句話都不用說。如果你告訴我你喜歡它，我不是要懷疑你的鑑賞力就是要懷疑你的誠實。不用；沒有一個人比我更清楚這本書裏缺的是什麼。我寫得太快了，說眞的，寫它的時候我自始至終想的都是下一本。啊！那一本就不一樣了，我很在乎它，對，我在乎得不得了。你以後會明白，你以後會明白……我非常抱歉，但是你現在眞的必須跟我再見了……除非……不，不，我們還不十分互相了解，而你家人一定在等你吃晚飯了。好吧，再見 au revoir〔再見〕。我要把你的名字寫在書上；允許我。」

他已站起來；他走到寫字桌邊。當他彎腰寫的時候，奧利維向前走了一步，用眼角瞥了那僕人拿來的名片一眼：

維克多・斯屈洛維洛

這名字對他來說沒有任何意義。

巴薩望把「單槓」遞給奧利維，當奧利維準備要看提詞的時候；「以後再看吧，」巴薩望說，把書塞到他胳膊下。到了街上，奧利維才把巴薩望伯爵寫在首頁的題詩翻開來看：

「求您，奧蘭都，再走幾步。我還不能完全確定我敢領會您的意思。」

下面他又加上：

給奧利維・莫林涅

妄稱為他的朋友的

勞伯・杜・巴薩望伯爵贈

題詞含意模糊，讓奧利維猜疑，不過他畢竟可以有隨意解釋的自由。奧利維回家時，正是艾杜瓦等累了剛走之後。

16 文桑與莉蓮

文桑受的教育是傾向於唯物論的，這使他不會去相信超自然的事物——而這却給了魔鬼極大的方便。魔鬼從沒有正面向文桑進攻過；祂只是轉彎抹角的，隱隱藏藏的。祂最聰明的辦法之一，是把我們的缺點用勝利的面貌呈現給我們。文桑便認爲他對洛拉的所做所爲是意志對感情的勝利；他之所以能够認爲如此，則是由於他本性慈善，因而必須強使自己對她狠心。

在這件事情上，文桑性格的演變，細察之下可以分成以下幾個階段，我提出來，供讀者參考：

一、善良動機時期。誠實正直。良心上想要去彌補錯誤。實際行爲方面：道德上的義務感，要把他父母省吃儉用辛苦積存的、爲他創業的錢奉獻給洛拉。這不是自我犧牲嗎？這不是可敬的、慷慨的、慈善的動機嗎？

二、不安時期。疑慮。當魔鬼用把錢增加的可能性來眩惑他的眼睛時，那不是在他心裏產生那筆錢可能不够的時期嗎？而這乃是投降的第一步。

三、堅定。在輸錢以後，感到需要讓自己「脫出不幸」。就是這種「堅定」使他能够向洛拉坦白他玩牌輸了；並由此使他得以跟她絕裂。

四、放棄善良的動機，把它看做是不實在的東西；爲了使他的行爲有道理，他發明了一套新道德觀：因爲他一直是個道德動物，而魔鬼若想取勝他，就非供給他自我褒獎的理由不可。天性一致的、人格整體性的理論；單純的、直接的、無動機的歡喜的理論。

五、勝利者的陶醉。對於自我克制的輕視。目空一切。

到了這時，魔鬼就戰勝。

此後，那自認爲最自由的這個人，實則只不過是魔鬼的工具了。現在，非等到文桑把他的弟弟賣給那永刼不復的人——巴薩望——不罷手了。

然而文桑並不壞。所有這些，不管他怎麼做，都讓他覺得不滿足，不舒服。讓我們再稍加幾句：

我相信，「域外之感」這個名詞是給予美雅❶那些彩虹般的信徒的。這個名稱可以讓靈魂覺得自己比較堅強，而剝奪了它與事實的接觸。有些人，他們的德性可以抗拒的，但魔鬼在向他們

❶ Maia希臘神話中，Pleiades 最大的、又最可愛的女兒。

進攻以前，把他們的德性移開了。如果文桑與洛拉不是在異地的天空之下，不是在遠離父母，遠離他們的往事，遠離一切使他們與自己相一致的東西的情況之下，毫無疑問的她不會向他投降，而他也不會去做誘惑她的事。無疑，他們在異地所做的事，在他們來說，好像可以不列入計算似的。……如果要說下去，還可以有很多；但上面一段話也足以使我們對文桑有更清楚一點的了解了。

跟莉蓮在一起，他也覺得自己是在異域。

「不要笑我，莉蓮，」那天晚上他對她說。「我知道你不會了解，不過我還是要像妳了解一樣對妳說，因爲我現在無法把妳從心裏趕出去。」

莉蓮躺在矮長躺椅上，他呢，則靠在她脚上，讓他的頭像情人似的仰在她膝上，而她呢，也像情人一樣，愛撫着他的頭。

「今天上午我心裏的事是……不錯，我想是恐懼。妳能嚴肅一下子嗎？妳能夠試試看了解我一下，好讓妳暫時忘記——不是忘記妳所相信的東西，因爲妳什麼也不相信，而是忘記妳什麼也不相信？我其實也是什麼都不相信；我相信我什麼也不相信——什麼也不相信，只相信我們自己，相信妳，相信我，相信我跟妳在一起的時候的我，相信由於妳，我將會變成的我……」

「七點鐘勞伯會到，」莉蓮說。「我不想催你；但是如果你不快一點。他會正在你感興趣的時候把你打斷。我不認爲他在這裏的時候你還會進行下去。今天你認爲需要講那麼多先頭話我覺得奇怪。你叫我覺得像個瞎子，在邁步以前先用手杖把每一點都試過。可是你明明可以看出來，我一直是十分認眞的。爲什麽你不能更自信一些?」

「從我認識你以後，我的自信心就強烈得很了，」文桑說。「我能够做了不起的事，我有這個能力；妳也看到我不論做什麽都成功了。但讓我害怕的正是這個。不要；安靜一點……整天我都在想妳今天上午跟我講的故事，『勃艮第號』的沉没，那想攀上救生艇的人被砍斷手的事。我似乎覺得有什麽東西想攀到我的船上——我是用妳的意象，這樣可以讓妳了解我——有什麽東西我不准它上船……」

「你要我幫忙把它淹死……你這老懦夫!」

他没有看她，繼續說：

「一種我要推開它，但它的聲音我又聽得見的東西……一種妳没有聽見過的聲音，而我却從幼年就聽起……」

「你那聲音說的是什麽呢?你不敢告訴我。我不吃驚。我打賭有一點敎義問答在裏面，對不對?」

「噢，莉蓮，請用點心看看；我唯一能把這些念頭擺脫的辦法就是把它們告訴妳。如果妳對它們嘲諷，我就留在自己心裏，讓它們在裏面毒我。」

「那就說出來吧，」她帶着一種讓步的表情說。可是，他却一直沉默着，又把臉像孩子一樣藏在莉蓮的裙子裏；莉蓮說：「怎麽，你還等什麽?」

她抓住他的頭髮，強迫他抬起頭來。

「他是眞的當眞咧！只要看看他就知道了！他臉蒼白得很。好啦，聽我說吧，親愛的孩子；如果你打算當小孩，那跟我沒關係。一個人總要有發自信心的力量。再說，我不喜歡玩花樣的人。當你偷偷摸摸的想把那不應該在你船上的東西拉上來的時候，你就是在玩花樣。我願意跟你玩，但必須是上了船；我已經告訴你，我的目標是要你成功。我認爲你可以變成個重要人物——眞正重要的；我感覺到你很有天份，很有力量。我要幫助你。有不少女人誤了她們所愛的男人的事業，我要做的却相反。你已經告訴過我，你想放棄行醫，從事科學工作，而你由於錢不够覺得爲難……現在，你贏了五萬法郞了，這不算是壞的開端。但你一定要答應我再也不賭。以後你該用多少錢，我都可以拿出來，由你支配，免得人家說你是有人養的，你可以對那種話聳肩了之。」

文桑已經站起來。這時他走向窗口。莉蓮繼續說：

「首先，我認爲應該跟洛拉一刀兩斷，送她你答應過的五千法郞。現在，你旣然已經有了錢，爲什麼你不履行諾言呢？我完全不喜歡這樣。我討厭低俗。你不懂怎麼樣體體面面的把人家的手砍斷。這件事做好了以後，我們可以到最適合你工作的地方去渡夏……你提到過洛斯可夫；就我個人來說，我寧去摩納哥，因爲我認識王子，他可能會帶我們各處走一走，或許可以在他的試驗室裏給你安揷個工作。」

文桑沉默着。他不願意告訴莉蓮（到了以後才告訴她），在到這裏來以前，他去過洛拉在那裏如此絕望的等待他的旅社。由於急着要打發這筆債，他把她已不再指望的鈔票裝進信封裏，交給一個服務生，自己則等在門廳裏，要親自聽到已經交給她才走。不久以後那服務生下樓來，手上仍舊拿着那信封，上面有一行洛拉的字：

「太晚了。」

莉蓮按鈴，叫人拿斗蓬來。當女僕出去，她說：

「噢，在勞伯來以前我要告訴你，如果他建議把你的五萬法郎做什麼投資，那要小心。他是個大富翁，可是經常缺錢。好啦！走着瞧吧。我想我聽到他的喇叭聲了。他提前了半個小時；但這樣更好……從我們說的這些來看……」

「我來早了，」勞伯一進門就說，「因爲我想去凡爾賽宮吃飯比較有趣。妳認爲如何？」

「不，」葛莉菲女士說；「我厭了那些噴泉。我寧願去蘭波葉；時間夠。那裏的飯固然不很好，可是我們談起話來却自在得多。我要文桑跟你講他的魚的故事。他知道有些很驚人的。我不知道他的故事眞不眞，但確實比最好的小說還有趣。」

「小說家恐怕不這麼想，」文桑說。

勞伯·杜·巴薩望拿着一份晚報。

「你們知道布侯納奉派爲司法部副部長了嗎？現在是你父親得勳章的時候了，」他轉向文桑說。文桑聳聳肩。

「我親愛的文桑，」巴薩望繼續說，「允許我說一句：你因爲沒有向他要求這個恩惠而觸怒了他；他本可以因爲拒絕你而得到不少樂趣的。」

「你何不自己求他呢？」文桑說。

勞伯裝了個做作的鬼臉：

「不用；就我這方面來說嘛，我的虛榮心在於我從不臉紅——就是在我袖子裏也不會。」然後，轉向莉蓮：

「妳知不知道，現在這個時代，一個接近四十歲的男人旣沒有梅毒又沒有榮譽勳章的已經少之又少了？」

莉蓮聳聳肩笑笑：

「爲了句子說得漂亮，他是不在乎把自己說老一點的。我說，這是不是從你下一本書裏引用的？那倒蠻有味道……下樓吧。我要穿斗蓬，隨後下去。」

「我以爲你早己不肯再見他了，」文桑在樓梯上對勞伯說。

「誰？布候納？」

「你說過他蠢……」

「我親愛的朋友，」巴薩望回答道，自己停下來，也把莫林涅拉住，因爲他看到葛莉菲女士下來，他要她聽到：「你一定要知道，在我認識過一段時間的朋友中，沒有一個不曾給過我愚蠢的印象。我可以向你保證，布候納要比別的許多人更受得住考驗。」

「比我，或許?」文桑說。

「這並不能阻止我做你最好的朋友……你看得出來的。」

「這就是所謂巴黎的機智，」已經走到他們旁邊的莉蓮說。「小心，勞伯；沒有比這個枯萎得更快的。」

「不用擔心，親愛的女士；語言只有在印出來之後才枯萎。」

他們上了車，開走了。由於他們的話一直非常機智，我們就不需要在這裏記錄下來了。他們坐在一家旅社的陽臺餐桌邊，面對着暮色低垂的花園。在黑夜籠罩下，他們的話越來越慢，越來越嚴肅了；受着莉蓮與勞伯的催促，文桑終於發現他是唯一說話的人。

17 蘭波葉之夜

「如果我對人的興趣少些，倒是會對動物多些，」勞伯說。文桑回答道：

「或許你以爲兩者很不同。動物學上的每一個發現都在對人的研究方面留下了痕跡。兩者是互相關連的，互相依賴的，而我認爲，那以做爲心理學家而自傲的小說家，如果他轉眼不顧自然奇觀，對自然律停留在無知的狀態，他必須要爲此而自招他的後患。你曾借我龔古爾兄弟㊦日記，我看到他們到植物園參觀動物檻的記載，在裏面，你那迷人的兩位兄弟作家抱怨大自然——或主——缺乏想像力。這種可鄙的褻瀆只單單表現了他們小心靈的愚蠢與缺乏領會力而已。其實，自然界的多樣性是何等驚人！就好像大自然造盡了一切可能的生命形態，一切移動形態，就像她盡量利用物質及其法則所允許的一切可能性！古生物學實驗中某些證明爲不合理、不優雅的生物逐漸被拋棄了，我們從其中可以讀到何等的教訓！經濟的原理使某些物種得以延存下來，而這也正說明了何以其他的被拋棄。植物學也同樣有教訓性。當我觀察一棵植物的時候，我看到在莖上每片葉子伸出來的地方都藏着一個蓓蕾，這些蓓蕾到下一年又能生長出來。但所有這些蓓蕾卻頂多有兩個會長大，而由於它們的長大，其他所有的就因之注定萎縮。我不得不想到人也是如此。那些自然發育的蓓蕾總是末梢蓓蕾，也就是離母幹最遠的。只有經過修剪或壓條，樹液才會被逼回來，灌注那些離母幹最近的芽，而這些，本來注定是要不發育的。就是用這種方法，那本來除了葉子之外什麼都不肯長的植物也結出果實來了。噢，果園或花園是絕好的學校！而園藝家往往可以成爲最好的道德教育家！一個人如果會用眼睛，在家禽場，養狗場，養魚池或養兎場，或馬廐裏可以學到比所有的書裏更多的東西，我相信，甚至比在人的社會裏學得還多，因爲人的社會裏一切都已經多少失去了本來的面目。」

接下來文桑說到選擇。他解釋道，爲了得到最好的種苗，一般的計劃是選用最強的品種；然後，他說到一個妄膽的園藝家一個奇想的試驗，因爲他厭倦了老套；因此，他幾乎挑戰似的，想

❶ Edmond (1822-96) 與 Jules (1830-70) de Goncourt 法蘭西小說家，二人合寫。

出了個相反的念頭：他選最弱的——結果却開出了無可比擬的美麗的花朵。

一開始只用半隻耳朶聽，預料會厭倦不堪的勞伯，現在再也沒有打斷話頭的企圖了。他的注意使莉蓮高興，認為這是對她的愛人的讚賞。

「你應當跟我們講講你前幾天說的魚的事，」她說，「有些魚能適應各種不同程度的鹽份的海水……是不是，是不是？」

「除了某些區域外，」文桑接下來說，「海水的鹽份都是很穩定的；海洋動物也照例只能忍受很微弱的鹽份濃度變化。但是我跟妳講的那些區域也並非沒有生物；我指的是那些水量蒸發很大的區域，那裏水與鹽的比例就大量削減——或者，相反的，不斷有淡水流入的區域則把鹽的比例冲稀了——這是大河入海口或如墨西哥灣流之類的巨大海流的地帶。在這些地帶，學名叫做狹鹽性動物的東西就會瀕於死亡；由於它們再也不能保衞自己，便不可避免的成為所謂廣鹽性動物的獵物，而廣鹽性動物則出於自擇，生活在大灣流的邊緣，因為那是水中鹽度變化大而狹鹽性動物死亡的地方。妳明白，是嗎？狹鹽性動物只能生存於水中鹽度穩定的區域，而廣鹽性動物……」

「是那些狡猾的，」勞伯打斷他的話；他是樣樣都要跟他自己相比的，也只有可以用得到他自己身上的東西他才感到興趣。

「它們大部份是凶狠的，」文桑嚴肅的說。

「我告訴過你比什麼小說都精彩！」莉蓮喜不自勝的說。

文桑似乎變形了——不在在乎他給人什麼印象。他嚴肅得異常，用一種低沉的、好像對自己說話的聲音似的繼續下去：

「近來最驚人的發現——至少是給了我最大的教育的——是深海動物的發光器官。」

「噢，告訴我們！」莉蓮叫道。任她的一根香煙燒完，盤子裏的冰熔化。

「當然，你們知道白天的光不能傳到很深的海水中。在深處，是黑暗的……巨大的深溝，久來我們都以爲沒有生物；可是，有一天，人開始向這些地方探測，結果從那地獄般的深處打上許多奇奇怪怪的動物來——原以爲是瞎眼的動物。因爲，在那黑暗裏，視覺會有什麼用呢？顯然它們沒有眼睛；它們不用有眼，不可能有眼。然而，細察之下，出人意料的是它們有些竟然有；幾乎統統有，而且，有時候還有極爲敏感的觸鬚。可是人們還是猜疑：既不能看，爲什麼要有眼睛呢？眼睛是感應的——但感應什麼呢……最後終於發現，人們一開始堅持認爲的黑暗動物每個都發出它自己的光來，照射它的前方和周圍。每一個都發光，照亮，輻射。當夜間把它們打上來，放在甲板上，黑暗裏就閃閃發光。動的，繽紛的火光，顫動的，變化的——就像夜間的燈塔——像星辰與寶石的燦爛——奇觀，就像那些看到的人說的，無比的輝煌。」

文桑停住了。很久的時間沒人說話。

「我們回家吧，」莉蓮突然說：「我冷。」

莉蓮女士在車夫的旁邊坐下，可以由玻璃窗擋風。兩個男人則坐在敞車的後座，繼續說話。整個晚餐，勞伯幾乎都沒有開口；他聽文桑說；現在輪到他了。

「魚，像我們一樣，我親愛的老兄，在寂靜的水裏死亡，」他上了車這樣說，一邊在他朋友的肩膀上敲了一拳。現在他任許自己跟文桑略示隨便，但他是不肯允許對方有同樣表示的；所幸文桑並沒有這種意思。「你知道嗎？我認為你了不起！你可以做多麼好的教授！我憑良心說，你應當擺脫醫療工作。我實在看不得你給人開什麼通便的藥方，除了病人以外沒有別的伴。你需要的是比較生物學教席之類的職位。」

「對，」文桑說，「我有時候這麼想。」

「莉蓮一定可以安排。她可以讓她的朋友摩納哥王子對你的研究發生興趣。按照他的路子，我相信。我一定要跟莉蓮講一講。」

「她已經提過了。」

「噢，這麼看來，要為你效勞是沒有什麼可能性了，」他裝做懊惱的說。「就像我自己想要向你求的一個一樣。」

「我還欠你的呢。你以為我那麼健忘？」

「什麼？你還在想那五千法郎？但是你已經還了，我親愛的老兄。你現在什麼都不欠我的——除了一點點友情，或許。」他最後這句話幾乎是溫柔的，一隻手抓住文桑的胳膊。「我現在就要訴之於它了。」

「請說吧，」文桑說。

但巴薩望立刻抗議起來，就好像急躁的一方是文桑似的，而不是他：

「天啊！你急什麼！這裏到巴黎時間還多得很呢！」

巴薩望在把他自己的話——或任何他想否認的東西——轉嫁到他人口中是特別有技巧的。他裝做把話題放下，就像釣魚的人爲了不要驚跑鱒魚，把餌線放得長長的，再用無法察覺的緩慢速度拉回來。

「順便說一聲，謝謝你叫你弟弟來。我怕你會忘了。」

文桑做了個姿勢，勞伯則繼續說下去：

「你後來又見到過他嗎？……沒時間，呃？……那你不問我見面的情形如何倒蠻奇怪。根本上，你一點也不放在心上。你對你弟弟一點也不感興趣。奧利維想什麼，他是個什麼人物，他要做什麼事，永遠都不關你的事……」

「責備我嗎？」文桑說。

「憑我的靈魂說，是的。我不了解——我無法容忍你的冷漠。當你在鮑鎭的時候，那是可以說得過去的；你那時只能想到你自己；自私是治病的一部份。可是現在……怎麼，你竟沒有注意到你旁邊有一個年輕的生命在成長，顫動着活力，含藏着智慧，充滿光明的未來，而只等待着一句忠言，一聲鼓勵……？」

當他說這話的時候，他忘了自己也有一個弟弟。

然而，文桑也並不是傻子；這攻擊的誇張，本身就讓他明白不是出於眞誠，他同伴的憤怒只是在爲另一件事舖路。他沉默的等着。但勞伯突然收住了話題；文桑的煙頭剛剛照亮他的嘴唇，現出一絲奇怪的曲線，讓他吃了一驚，因爲他覺得那是一種譏諷；而他最最懼怕的莫過於這個。

然而，是否恰恰是這個使他改變了口氣？我懷疑是不是在他和文桑之間有着這麼一種默許……他做出了一副完全自然的口吻，用着一種「你用不着裝蒜」的暗示說：

「嗯，我跟年輕的奧利維談得非常高興。我喜歡那孩子喜歡得不得了。」

巴薩望想捕捉文桑的表情（夜並不很黑）；但他只是定定的看着前方。

「好啦，我親愛的莫林涅，我想請你幫忙的是……」

但說到這裏，他又覺得需要頓一頓。就像演員把話說到一半的時候把臺詞頓一頓一樣，爲的是確定他的觀衆在他的掌握之中，並希望向他自己和觀衆證明這一點。因此，他身子傾向莉蓮，聲音放大，就像強調他原先的話和等一下要說的話的可信性：

「親愛的女士，妳眞的認爲妳不會受涼嗎？我們這裏有一條毯子空着……」

然後，沒等回答，他就又沉回文桑旁邊的車角，放低聲音說：

「我的意思是這樣：這個夏天我要帶你弟弟去渡假。眞的，我這麼坦白的跟你講；在我們之間拐彎抹角又有什麼用呢？……我還沒有這個榮幸認識你父母，而如果不是你從中說和，他們當然也不會讓我帶他去。你當然沒問題會把事情安排得順意。我想，你很了解他們，知道怎麼樣獲得他們的同意。我想你會幫我這個忙，是不是？」

他等了一下，然後，由於文桑沒有回答，他又接下去：

「你看，文桑……我馬上就要離開巴黎了……我還不知道要去哪裏。我絕對需要一個秘書……你知道我在創辦一份雜誌。我跟奧莉維談過了。他似乎具有一切必需具備的才能……但我並不想只從我個人自私的角度來看這件事：我也認為這對他是個可以展現才能的機會。我把編輯的職位提供給他……在他這樣的年齡做編輯！……你非得承認這不同凡響不行。」

「非常的不同凡響，我怕我父母正會因為這個擔心，」文桑終於說，眼睛轉向他，一逕直直的看着。

「對；你的懷疑是對的。或許最好是不提。你只提一提他跟我旅行的好處就好了，怎麼樣？你父母一定會了解在他這樣年齡的人是想看看世界的。無論怎麼樣吧，你會安排，是不是？」

他吸了一口氣，又點了一根香煙，口吻沒有改變的說下去：

「由於你要幫這個大忙，我也要為你效點力。我想我可以介紹點後果非常好的事情……我有一個朋友，在銀行界地位頗高，他現在為少數幾個特殊的人保留戶頭。但是這個事情一定不要跟莉蓮提；一句都不要。不管怎麼樣，我能介紹的人非常有限；我不能既給你又給她……你昨天晚上的五萬法郎？……」

「我已經用掉了，」文桑沒容餘地的回答，因為他想起了莉蓮的警告。

「好嘛好嘛……」勞伯回答得很快，就像他有點惱怒了似的；「我不堅持。」然後，帶着一種「你氣不到我」的神情說：「如果你改變主意，立刻通知我一聲……因為過了明天五點鐘就太遲了。」

自從巴薩望伯爵對文桑比較隨便之後，文桑對他的讚美更是加深了。

18 艾杜瓦日記：再訪拉·柏厚

兩點。手提箱丟了。丟得好。除了日記之外，裏面沒有一樣我在乎的。但是我太在乎這個了。事實上，這件事叫我覺得非常有趣。不過，如果我的日記能够失而復得，我會非常高興。誰會看它們呢？……或許由於遺失，我誇張了它們的重要性。我丟掉的那本日記寫到我去英格蘭爲止。當我到了那裏，我用了另一本，而這另一本，由於我現在已囘到法蘭西，也要告一段落。我會小心不把現在寫的這一本遺失。它是我的小鏡子。凡是我經歷過的任何事情，如果不在裏面反射出來，我總不能覺得它有眞實的存在。但自從我囘來以後，我似乎走在夢裏。我跟奧利維的談話是多麼吃力啊！而我曾是懷着這樣的歡樂期待它……我希望他也像我這樣的不滿意——像不滿意我一樣不滿意他自己。我既無法使自己說話，也無法使他說話。啊，一句話，即使是最輕微的，如果隱藏了整個生命的同意，要說出口是多麼困難！當心靈活躍的時候，頭腦就麻痺了。

七點。又找到了手提箱；至少可說是找到了那個拿手提箱的人。他是奧利維最密切的朋友，這件事使我們兩個之間產生了一種關係，而這種關係只有在我把它拉緊的時候才安定下來。危險的是，凡是出乎意料的事都使我那麼大感有趣，以致我會失去我的目標。

見到了洛拉。如果碰到向習俗、禁誡、陳腔爛調的東西鬪爭，如果碰到了有這類的困難要克服，我助人的勁兒就上來了。

拜訪老拉・柏厚。來開門的是拉・伯厚太太。我已經有兩年沒看到她了；可是，她一下子就認出我來。（我想他們的客人不多。）她自己嘛，改變得很少；但是（是不是因爲我對她有偏見？）我覺得她更冷硬了一些，表情更乖戾了一些，笑容更虛僞了一些。

「我怕拉・柏厚先生現在不大適合接見你，」她立刻說，顯然是想把我拉到她那一邊，聽她說話；然後，佔着耳聾的便宜，在我還沒有提出問題之前就回答說：

「沒有，沒有；你一點也沒有打擾我。進來吧。」

她領我到拉・柏厚上音樂課的屋子，那裏兩扇窗子對着院子。當她把我安安全全的放在裏面之後，立刻說：

「我特別高興能單獨跟你說一兩句話。拉・柏厚先生——我知道你是他多麼忠實的老朋友——現在的情況叫我非常操心。你能不能勸他更照顧他自己一點？他聽你的；至於我嘛，說的話不如耳邊風。」

接下來就是一連串沒完沒散的控訴：那老紳士拒絕當心自己，純粹是只爲了讓她惱憤；他什麼不該做的事都做了，該做的一件也不做；不管什麼天氣他都出去，永遠不肯戴圍巾；吃飯的時候他拒絕吃——「先生不餓」——而她不論做什麼，都無法引起他的胃口；但是到了半夜他又起來，把個廚房搞得天翻地覆，自己煮一些什麼亂七八糟的東西吃。

我毫不認為這老婦人在說假話；但我可以看出，那些本來最單純、最微不足道的小事情，純粹是由於她的解釋才變得那麼惱人，在她狹窄的心靈的牆上投下那怪異的陰影。但反過來說，她的老丈夫不是也誤解了他太太一切的關懷嗎？她認為自己是殉道者，而他則認為她是折磨者。至於去論斷他們，去了解他們，我則已經放棄了；或者更正確一點說，我越是了解他們，我對他們的論斷越是會溫和，這無寧說是常例。但有個事實是不變的——這兩個人一輩子綁在一起，讓對方遭受最可惡的折磨痛苦。我常常注意到結過婚的人如果一方性格上有什麼特殊的地方，往往會使對方感到何等不能容忍，何等惱憤，只因為在生活中那特殊之點不斷的磨擦同一個地方，而如果這磨擦是相互的，那麼婚姻生活除了是地獄以外眞不能說是任何別的東西了。

拉・柏厚太太那黑色光滑平分的假髮，使她粉筆般的臉更顯得冷硬；她那像爪子一樣的手指，從她又黑又長的連指手套裏伸出來；這些使我覺得她像個惡婆。

「他說我監視他，」她接着說下去。「他向來就睡得多；但是晚上他裝睡，等到他以為我睡熟了，他就會又爬起來；他在他的舊紙裏東翻西找，有時候一直到天亮，看他死去的弟弟以前給他的信，哭。他却要我一聲不響的忍受！」

然後她又抱怨他想把她送到老人院去；而由於他根本就不會自己生活，沒有她的照顧就活不下去，所以這種事更是叫她痛苦。她這些話是帶着哭聲說的，而這只徒然把她的虛偽明顯的表現出來。

當她這樣訴怨下去的時候，她後邊起居室的門輕輕的開了。拉・柏厚進來，她沒有聽到。他太太最後的幾句話使他產生了一絲諷嘲的笑容，用手碰碰自己的頭，表示說她瘋了。然後用一種我絕不會想到的不耐——甚至粗鄙——叫道（我想老太太之所以會抱怨，由此看來也不是沒有理由；不過同樣也是因爲老太太耳聾，他不得不提高聲音）：

「好啦，太太，妳務必了解妳那些話把這位先生煩死了。他不是來看妳的。出去。」

那老婦人抗議道，她坐的那把扶手椅是她自己的，她不要把它讓出來。

「旣然這樣嘛，」拉·柏厚帶着猙獰的笑聲說，「那『我們』離開『妳』好了。」

我草率又尷尬的鞠了一個躬，便跟他到鄰間——就是上次我來的那一間。

「我高興你聽了聽她講話，」他說：「她整天就是這個樣子。」

他把窗子關起來。

「街上吵，都聽不到自己說話。我的時間都花在關窗子上，拉·柏厚太太則花在開窗子上。她說我要悶死了。她永遠都是誇張的。她不承認外邊比裏面還熱。再說，我還有個小溫度計；可是當我給她看的時候，她却說度數代表不了什麽。就是她明知她錯的時候，她還是要說她對。她一輩子的主要目標就是讓我活得不痛快。」

他自己呢，當他在說話的時候，我似乎覺得有點不平衡，他越來越激動的說：

「她這一輩子不管做錯什麽，總是歸怨於我。她所有的判斷都是歪曲的。我會跟你解釋。你知道，外在的東西傳到我們眼裏的影子是顚倒的，可是我們腦子裏有個器官把它們更正過來。拉·柏厚太太却沒有這樣的器官。在她的腦子裏，它們始終是顚倒的。你可以想像這是多麽痛苦的事。」

顯然，他能夠把話向我說出來，讓他心裏舒展了不少，而我也小心着不要打斷他。他繼續說：

「拉・柏厚太太總是吃得太多太多。好哇，現在反而是她認爲我吃得太多了。如果她看到我拿着一塊巧克力（那是我主要的營養），她就一定會嘮嘮叨叨的說：『又在嚼了！……』她監視我。她說我半夜起來偷偷摸摸自已煮東西吃……可是我能有什麼辦法呢？當我看到她坐在桌子對面大抓大嚼的時候，我的胃口全沒有了。這個時候她却說我故意挑剔，只爲了折磨她。」

他停了一會兒，然後像唸詩一樣的詠嘆道：

「她的責備讓我吃驚！……譬如說，當她坐骨神經痛的時候，我安慰她。她却打斷我，聳聳肩說：『不用裝出有良心的樣子。』不管我做什麼或說什麼，都是爲了讓她痛苦。」

我們已經坐了下來，但在他說話的時候，他一直不停的站起來又坐下，呈現着病態的不安。

「你知不知道在這幾間屋子裏有些傢俱屬於她，有些屬於我？剛剛你看到她坐在她的椅子上。她對每天來做活的雜工女僕說：『不用，那是先生的椅子，不用碰它。』有一天，當我不小心把一本樂譜放在屬於她的小桌子上時，她把它摔到地上去。書角弄破了……噢，這種生活不會過多久了……但是，你聽我說……」

他抓住我的胳膊，放低聲音：

「我已經採取步驟了。她不斷的威脅我，如果我『繼續下去！』她就到養老院去。我已經存了一筆錢，應該够她到聖‧波亨的養老院去的；我聽說那是個很好的地方。我目前仍舊在敎的幾堂課幾乎沒有什麼收入。不久我就會一文不名；我會被迫打開這筆錢——但是我決心不打開它。因此我做了決定。……大約三個多月以後。對，我定下了日期。你不知道，一想到它每個鐘頭都在接近是多麼寬慰！」

他原來向我彎着腰，但現在他靠得更近些：

「我還存了一份政府公債。噢，不多。但是我只能做到這個樣子了。拉‧柏厚太太不知道這件事。我把它放在我的桌子裏的一個信紙裏，寫明交給你的，但我必須做一點說明。錢的問題我不懂，但我去問過一個律師，他告訴我利息可以直接交給我的孫子，一直到他成年，然後他可以得到這筆公債金。我想這件事請你負責監督它的實行，在你跟我的友誼上我敢請你幫這個忙。我對律師不大有信心！甚至於，如果你願意讓我完全放心，你現在就把那信封接過去……你願意，是不是？……我去拿。」

他用他習慣的步子拖着出去，又拿着一個大信封回來。

「你會原諒我已經把它封起來；只是爲了形式，」他說。「接過去吧。」

我看了一眼，看到我的名字下面有一行字：「我去世後拆開」，用的是印刷體。

「快放在你口袋裏，這樣我就知道它安全了。謝謝你……噢，我是那麼盼望你來！……」我常常經歷到，在像這樣莊嚴的時刻，人的一切情感都變形爲幾乎是神秘的超拔狀態，在其中，我整個的生命似乎擴大了，或者，從一切的自私中解放出來，就好像它把它自己擺脫了。凡是沒有過這種經歷的人，當然不會了解我的意思。但是我覺得拉・柏厚了解。我的任何抗議都是多餘的，都會是不合宜的，因此，我只是緊緊的握住他伸給我的手。他的眼睛因奇異的光而閃亮着。在他現在沒有給我握住、而原先持着信封的手上，現在拿着另一張紙。

「我把他的地址寫在這裏。因爲現在我知道他在哪裏了。在薩斯－費。你知道那個地方嗎？在瑞士。我找過地圖，可是找不到。」

「我知道，」我說。「是麥特杭附近的一個小村。」

「很遠嗎？」

「不很遠，我或許可以去。」

「眞的？你眞的？……噢，你是多麼善良！」他說。「至於我嚒，我太老了。再說，我不能去，因爲他的母親……不過，我想……」他猶豫着，想找一句適當的話，然後接下來：「如果我能看到他，走得會自在一些。」

「我可憐的朋友……爲了把他帶來給你，凡是人能够做的，我都願意做。你會看到小柏利，我答應你。」

「謝謝你！……謝謝你！」

他發抖地抓着我的胳膊。

「但是你要答應我，你不再想……」

「噢，這是另一回事，」他突兀的打斷我的話。然後，就像要引開我的注意力似的，他即刻說：

「你猜怎麼樣，有一天，我一個學生的母親堅持要帶我去戲院！一個月以前吧。那是法蘭西戲院的早場戲。我已經有二十多年沒去戲院了。演的是維克多‧雨果的『赫納尼』。你知道這齣戲嗎？演得好像很不錯。人人都欣喜若狂。我嚒，却難過得不得了。如果不是爲了禮貌，我早就走了……我們坐在包廂。我的朋友們盡力請我平靜下來。我想向觀衆呼喊：噢！人怎麼可以這樣？人怎麼可以這樣？……」

一開始不了解他批評的是什麼，我問：

「你覺得演員很差？」

「當然。但是人怎麼可以把這麼可惡的東西搬上舞臺？……觀衆竟然喝彩。觀衆裏還有兒童——兒童，由他們父母帶去的，而他們的父母明知這齣戲的劇情……不像話！何況是在由國家支持的戲院裏！」

這位高貴的人的憤怒讓我覺得很有趣。現在我幾乎笑出來了。我說，如果沒有對熱情的描繪，就不可能有戲劇藝術了。他則說，那也要選叫人排斥的例子。我們的討論像這樣持續了一會；我則把這樣的熱情的描寫比做管弦樂中銅管樂器的儘情吹奏：

「譬如說，在你喜歡的貝多芬的某首交響曲中伸縮喇叭的部份，」

「不不。我不喜歡伸縮喇叭的部份，」他異常暴躁叫道。「爲什麼你要叫我喜歡那些騷擾我的部份呢？」

他整個身子都在發抖。他的憤怒——而幾乎是敵意的口氣讓我吃驚，似乎也讓他自己吃驚，因爲他平靜了一些，說：

「你有沒有發覺到，現代音樂的整個效果，就是在讓我們認爲一向我們覺得不協和的聲音可以忍受，甚至好聽?」

「正是，」我回答道。「一切最後都必須轉——化爲協和音。」

「協和!」他重覆了一遍，聳着肩膀。「我能夠看到的只是跟邪惡——跟罪惡的熱絡。心靈的敏銳被銼鈍了；純潔被弄髒了；反應不靈敏了；忍受，接受……」

「聽你講話，人會不敢給小孩斷奶。」

但是他沒有聽我的話，繼續說：「如果人能够恢復年輕時不妥協的精神，那他最憤恨的事，將是自己竟然變成了這個樣子!」

要想從音樂的發展目的來做討論是不可能的了；我試圖使他回到自己的立場：

「但你不會想把音樂拘限在只表達寧靜吧，是不是?否則，只要一個和弦就够了——一個持續的完美和弦。」❶

他把我的兩隻手都抓住，面呈狂喜，眼睛流露讚嘆，反覆數次的說：

「持續的完美和弦；對，對；持續的完美和弦……但是我們整個的世界却變成了不協和音的

❶法文原用 accord parfait 直譯為「完美和弦」或「完全和弦」；指「三和弦」，英文為 Common Chord。此處因語意關係，採直譯。

犧牲品，」他悲哀的說。我告辭。他陪我走到門口，當他擁抱我的時候，又低聲道：

「噢！我們要等多久才能轉入協和音呢？」

卷二 薩斯—費

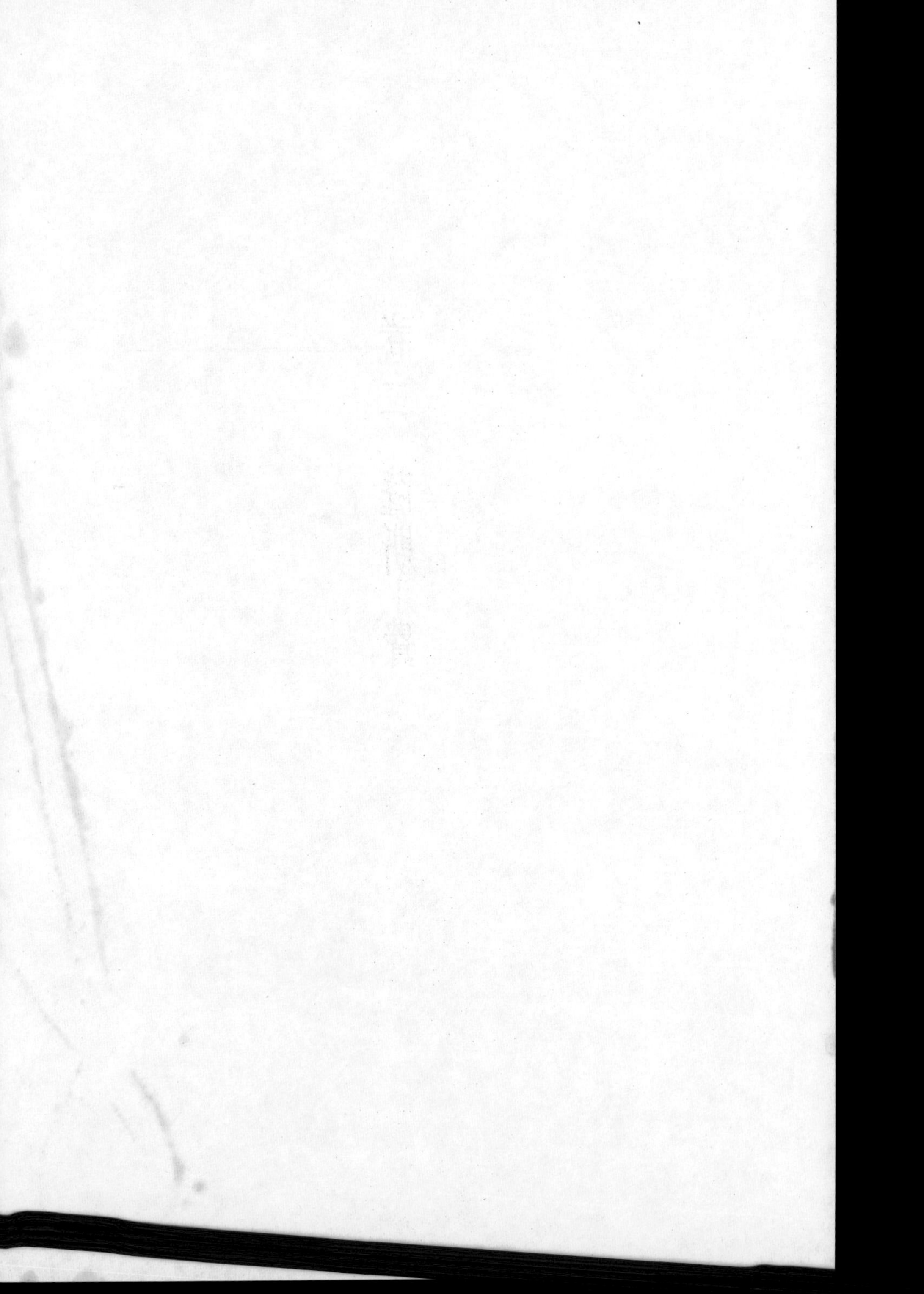

1 柏納給奧利維的信

星期一

我親愛的老奧利維——我必須先告訴你，我不擠「渡船」了。我想，當你沒有看到我來的時候，你自會明白。我十月再參加。我得到一個無比的好運，出去旅行。我高興得跳起來，再不為我做的事後悔。我立刻下了決心——連想一下的時間也沒有——甚至也沒有跟你說再見。順便說一聲，我的旅伴叫我對你說，他為沒有再跟你見面就離開而抱歉。因為，你猜是誰帶我去旅行的？你一定已經猜出來了……是艾杜氏——對，一點也不錯！正是你那位舅舅。在他到達巴黎的那天我由一件非常奇特的機會認識了他。這段故事有一天我會告訴你。但其間的每一步都那麼特別，以致於當我回想起來，頭就開始轉。就是現在，我也幾乎難以相信那是真的，我竟然真的跟艾杜氏到瑞士來了，而且……好吧！我看我非得把整個故事講給你聽不行了，但提醒你一聲：看完把信撕掉，一個字也不能對任何人講。

想想看，你哥哥文桑拋棄的那個可憐的女人，那天晚上你聽到在門外哭的那一個（我必須說，你沒有開門，真是蠢得可以），竟然是艾杜氏的好朋友，竟然是魏德爾的女兒，是你的朋友阿芒的姐姐！我本不應該告訴你這些，因為事關一個女人的名譽，但如果不找個人說一說，我會爆炸……所以，再提醒你一次，不要對任何人講！你知道她最近結了婚；或許你也知道她結婚不久就病了，到法蘭西南部去養病。這就是她遇見文桑的地方——在鮑鎮的一所療養院中。這件事說不定你也知道的。但你不知道的是這件事有結果。對，老傢伙！她要生孩子了，而這都是你的驢老哥幹的好事。她回到巴黎，却不敢回家見她父母，更不敢回去見她丈夫。可是你哥哥，你知道，却對她始亂終棄了。我不用我的評論來麻煩你了；但我可以告訴你，洛拉•杜維葉沒有說一句他的不好，既沒有責備，也沒有憤怨。相反的，她盡量為他開脫。總之，她是個非常好的女人，天性優美。另一個非常好的人是艾杜氏。由於她不知道該怎麼辦或該去哪裡，他就建議帶她到瑞士去；同時，他也提議我跟他們一同去，因為他既然只跟她是朋友的關係，便不願意跟她一對一的旅行。所以，我們就出發了。這一切都是眨眼之間決定的——只够收拾行李，給我買一套旅行用品（因為你知道我離開家時什麼都沒帶）。你不能想像艾杜氏是多麼善於照顧人，而他還一直說是我在幫他忙。真的，老兄，你說得沒錯，你舅舅是個非常了不起的人。

路上很辛苦，因為洛拉非常疲倦，而她的狀況（她三個月了）需要非常的小心照料：我們要去的目的地又是個很難到達的地方（解釋起來太麻煩）。再者，由於洛拉不肯當心，往往把事情搞得更複雜；必須強迫她；她老是說意外最好。你可以想像我們為她忙成什麼樣。噢！奧利維，她是多麼奇妙的人啊！我覺得和認識她之前的想法不一樣了，而有些想法我不敢說出來，有些衝動我壓制下去，因為我會恥於不配她。真的，當你跟她在一起的時候，你覺得你的思想好像被迫要更高貴似的。但這並不會阻礙我們三個人自由自在的談話——洛拉一點也不道貌岸然——我們什麼都談；但是我向你保證，當我跟她在一起的時候，有許多事情我不再想要嘲笑，而竟感覺非常嚴肅了。

你會以為我愛上她了。好吧，老兄，差不了多遠。瘋，是不是？你能想像我會愛上一個正要生孩子的、我自然尊敬的、不敢用指尖碰一碰的女人？我快要走上放蕩的路了，是嚜？……

當我們經過無止境的困難（我們給洛拉雇了一台轎，因爲車輛無法通行）到達以後，發現旅社只有兩個房間給我們用——一個有兩張床的大間和一個小間；這一間，跟店東說是給我用的——因為我們把洛拉說做是艾杜氏的太太，以便掩飾她的身份；但每天晚上她都睡小間，而我則到艾杜氏那一間。每天早晨都有一套定規的手忙脚亂，把東西搬來搬來，免得服務生看出來。好在兩間房是相連的，因此做起來算比較容易。

我們在這裡已經六天了；我沒有早一點給你寫信，是因為我們初來這裡有點茫然，我必須先適應。我現在才開始知道東南西北。

艾杜氏和我已經在山裡遠足過一兩次。很有趣；但說真的，我不怎麼喜歡這個地方。艾杜氏也是一樣。他說這裡的風景「洶洶雄辯」。一點也不錯。

最好的是空氣——無玷的空氣，洗清了人的腑臟。但是我們不能把洛拉一個人獨自留下太久，她又當然是不能跟我們同去的。旅社的人都很有趣，各國的人都有。我們最常見的是一位波蘭女醫生，她正跟她的女兒和一個她負責照料的一個小男孩在這裡渡假。事實上，我們就是為這小男孩來的。他害了一種神經疾病，女醫生則按照新方法來給他醫療。但對這個小傢伙（他長得很秀氣）最有益處的是他瘋狂的愛上了醫生的女兒，這女兒比他大一兩歲，是我這輩子看到的最漂亮的人兒。他倆從早到晚寸步不離。他們兩個在一起是如此迷人，以致於沒有任何人想要拿他們來打趣。

我功課準備得不多，從離開以後連一本書都沒有打開；但我想了許多。艾杜氏的談話極為有趣。雖然他裝做把我當成他的秘書，他却並不常對我個人說話；我聽他跟別人說話，尤其是洛拉——他喜歡跟她討論他的觀念。你無法想像我獲益多深。有些時候我告訴自己應該記筆記；但我想我統統記得。有時候我想念你想得發瘋；我對自己說，該來這裡的是你；但我不可能因發生在自己身上的這些事而懊悔，也不希望改變成任何其他樣子。不管怎麼說吧，你可以確信，我絕不會忘記是由於你，我才認識了艾杜氏，是由於你，我才有這份快樂。當你下次看到我的時候，我想你會發現我變了；然而，我永遠都是

你更真誠的朋友

附筆——星期三。我們現在剛才大大探了一個險回來。爬哈拉林山——嚮導，繩索，冰川，絕壁，雪崩等等。夜裡在雪地的避難所渡過，還是被別的旅客救起來的；不用說，我們是一眨眼的時間也沒有睡。第二天天未亮我們就出發了……好吧，老兄，我再也不會說瑞士的壞話了。當你上到那邊，離開了文化，離開了平凡的生活，離開了一切使你想到人的貪慾與愚蠢的事物，你會想喊，想歌，想笑，想哭，想飛，想把頭鑽入無境的天空，或雙膝跪倒。你的

柏納

柏納太自然，太自發，太純潔了——他對奧利維了解得太少，沒有猜想到他的信會在他朋友的心中激起可怕的洶湧浪濤——在其中摻和着憤怒、憤恨與絕望。他覺得在柏納的情與艾杜瓦的情中，他被排擠掉了。他的兩個朋友的友誼中沒有留下他的餘地。柏納的信中有一句話特別讓他痛苦——一句如果柏納想像得到奧利維會做如何猜想就絕不會寫上去的話：「在同一間房裏」，他反覆自言自語道——而嫉妒的蛇打開了它可惡的盤捲，開始擰絞他的心了。「他們睡在同一間房裏！」又有什麽是他不能想像的呢？他腦子裏充滿了不潔的幻影，甚至是他連掃除也不肯的。他並不是特別嫉妒艾杜瓦或柏納，而是他們兩個。他輪流的或同時的想像着他們兩個，同時又羡慕嫉妒。信是午前接到的。「啊，原來如此！……」那天他不斷的這樣自言自語。那天晚上，地獄的魔鬼鑽進他心裏。第二天一早，他衝到勞伯那裏。巴薩望伯爵正在等他。

2 艾杜瓦日記：小柏利

我沒費多少事就找到了小柏利。我們到達的次日，他出現在旅社的陽台上，用旅社為旅客架設的望遠鏡看山。我立刻認出來是他。一個比他有點兒大的小女孩不久也到他身邊來。我坐在近處的客廳裏，法蘭西式的窗子由於大開着，我可以聽清楚他們說話。雖然我很想跟他說說話，但我認爲最好是等先認識了那小女孩的母親——一位波蘭的女醫生，負責照料小柏利，很用心的看顧着他——方爲上策。小布朗尼雅是個嫺巧的小東西；她一定是十五歲左右了。她的一頭漂亮的金髮梳成兩根粗粗的辮子，一直到腰際；她的眼神和聲音都極像天使的，而不像世人的。我把兩個孩子的話記下來：

「柏利，媽媽希望我們不要碰望遠鏡。你要不要去走走？」

「好，要。不，不要。」

這兩句相反的話是一口氣說出來的。布朗尼雅只回答第二句：

「爲什麼不要？」

「因爲太熱；太冷。」他從望遠鏡那裏走開了。

「噢，柏利，好好兒的嘛！你知道媽喜歡我們出去走走。你的帽子呢？」

「維不羅斯曼諾帕托夫。布拉夫，布拉夫。」

「那是什麼意思?」

「沒意思。」

「那你爲什麼說?」

「好讓妳不懂。」

「如果沒意思，懂不懂都沒有什麼關係。」

「但是如果有意思，那妳就不懂了。」

「人說話就是要被懂得的。」

「我們要不要玩說話?——只讓我們自已懂的話。」

「那你先要有個說話的好樣子。」

「我媽媽會說法語，英語，羅馬尼亞語，土耳其語，波蘭語，義大利斯可波，彼洛鷄絲，可西可西托。」

他這些話都說得非常快，口氣上有抒情詩般的沉醉。布朗尼雅開始大笑。

「噢，柏利，爲什麼你老是說假的話?」

「爲什麼妳老是不信我說的話?」

「眞的時候我就信，」

「妳怎麼知道什麼時候是眞的?有一天，妳跟我說天使的事時，我就信了妳的。布朗尼雅，眞的，妳想，如果我非常用心的祈求，我也可以看見祂們?」

「如果你改掉說謊的習慣，而且，如果高特願意把祂們顯給你看，或許你可以看到祂們；但是，如果你只是爲了這個祈禱，高特是不會顯給你看的。如果我們不太頑皮，我們會看到很多很多好看的東西。」

「布朗尼雅，妳不頑皮；妳看到天使；我會一直頑皮。」

「爲什麼你不試試看不要頑皮呢？我們可以去了嗎？」——到一個我不知道名字的地方——「一起去禱告高特和聖母幫助你不要頑皮？」

「好。不；聽我說——讓我們帶根棍子，我拿一頭妳拿一頭。我要閉上眼睛，我答應不到那裏不睜眼。」

他們走了，當他們走下陽台的台階時，我聽到柏利說：

「是，不是，不是那一頭。等我擦一擦。」

「爲什麼？」

「我碰過。」

在我剛剛吃完早餐，獨自坐在那裏想如何跟蘇芙倫尼斯卡太太交談時，她却走過來了。讓我吃驚的是她手上拿着我最近的一本小說；她帶着至爲親切的微笑問道，她有榮幸說話的這位是不是這本小說的作者；然後她立即對我做了一長串的讚賞。她的評論——一方面是頌揚，一方面是批評——似乎比我一向聽到的都有見地，儘管她的觀點跟文學大有距離。她告訴我，她的興趣幾乎完全在心理學的問題上，在一切能夠使人對人類的靈魂有更進一步了解的事物上。「可是，我們是多麼難於發現不以現成的心理學爲滿足的詩人，劇作家或小說家啊。」我則告訴她，只有這樣的詩人、劇作家和小說家才能讓讀者滿足。

小柏利由他母親交託給她，請她在假期給他進行醫療。我小心着不讓她知道我對他感興趣的原因。

「他單薄得很，」蘇芙倫尼斯卡太太說。「他母親陪伴他的方式很不適當。她本要跟我們一同到薩斯—費來，但是我對她說，除非她答應把孩子完全交給我照管，我就不接受治療他的任務；因爲如果不是這樣，我就不可能負責把他治好。你想想看，」她繼續說，「她讓這個可憐的小傢伙一直保持在興奮狀態——這正是發展成最壞的神經困擾的原因。自從孩子的父親去世以後，她不得不自己謀生。她以前是鋼琴家，我不得不說，是個非常有秉賦的演奏者，但是她的演奏太微妙了，不能討好一般的聽衆。她決定到音樂會去唱歌，在娛樂場所——登台。她常常把柏利帶到化粧室；我相信戲院裏的造作氣氛跟孩子的不平衡有很大的關係。他母親非常喜歡他，但說眞的，爲了對他好，最好是不要讓他跟她住在一起。」

「他究竟是怎麼回事？」我問。

她開始笑。

「你是要問他的病的名字是不是？哦，如果我說一個很科學的名稱，也不會幫你了解得多一點。」

「只跟我說說他的病情就好了。」

「他有不少小麻煩，臉部抽動，恐懼症，這些都是一般人所謂的『神經質兒童』的症狀，一般的治療法就是休息，開濶的空間和衛生保健。強壯的體質當然不會讓這些症狀呈現出來。但是身體的虛弱雖然有利於這些症狀的發展，却不一定就是它們的起因。我想它們的起因大都是早年的某種震驚，是在某種情況之下造成的。去發現這個情況是非常重要的步驟。受這些症狀騷擾的人，只要能够查覺到起因，就好了一半。但是這種起因往往是患者所無法追憶的，就好像它隱藏在疾病的陰影裏；我就是想在這個陰影裏去找尋它，好把它帶到日光裏來——我的意思是說，讓我們清清楚楚的看到它。我相信目光清楚的視線可以讓心靈清楚，就像陽光可以淨化受過感染的汚水。」

我把頭一天聽到的談話對蘇芙倫尼斯卡說了一遍，從柏利的話看來，我認爲他離痊癒還早得很。

「那是因爲對於柏利以前的事，我知道得太少。我給他治療的時間還很短。」

「都包括些什麼呢？」

「哦，只是任他說話。每天我花一兩個小時跟他在一起。我也問他，但非常少。重要的是要讓他相信你。我已經知道了不少。還可以猜想到許多別的。但是這孩子還處在防衛階段；他覺得羞恥；如果我過分堅持，想要太快的取得他的信任，我就會適得其反——也就是得不到他完全的信任與坦白。那會讓他轉過頭去。只要我不能够克服他的保留狀態，他的膽怯……」

這樣一種訊問，在我看起來有着太多的固執成分，以致於很難不表示抗議；但那一天我的好奇心勝於一切。

「妳是說妳預料那孩子會吐露一些可恥的事情?」

這次輪到她抗議了。

「噢,可恥的?這裏面除了讓自己被治癒以外沒有什麼可恥的。我需要知道一切,尤其是那藏得最嚴密的部份。我必須讓柏利做完全的招供;除非做到這一點,我就醫不好他。」

「那麼,妳認爲他有事情可以招供?妳能十分有把握——原諒我這樣說——妳不會自己暗示妳要他招供什麼嗎?」

「這是我必須永遠要小心的,也就是爲了這個原因,我進行得很緩慢。我看過一些拙笨的檢查官,他們無意的促使兒童承認自始至終都是純屬編造的東西,而兒童呢,在檢察官的壓力之下,誠誠懇懇的說謊,並使別人相信他們那完全是想像出來的錯誤行爲。我的任務是不要暗示任何東西。特別的耐心是必要的。」

「這樣看來,我覺得這種醫療法的價值似乎依醫療者的價值而定。」

「我不敢這樣說。我可以確實跟你講的是,在經過一小段實際醫療工作之後,你會對這方面有很多領會;那是一種測心的工作——或許,我們可以稱之爲直覺吧。不過,有時候我們也會走入錯路;重要的是不要堅持錯下去。你知道我們的談話都是怎麼開始的嗎?柏利告訴我他前晚做的夢。」

「妳怎麼能確定它不是編造的呢?」

「就算他編造的好了！……所有病態的想像力編造的東西都透露了某些秘密。」

她沉默了一會兒，然後說：「『編造』，『病態的想像力』……不對，不對，沒那麽囘事。語言會透露背後的意義。柏利在我面前大聲說夢話。每天上午他答應留在半睡眠狀態一個小時，在這種狀態下，向我們呈現的意象是逃出我們理性控制的。這些意象不再依照一般邏輯來聚合與關連，而是依照我們所預料不到的關係；最重要的是，它們表達了內在神秘的驅迫力——而這正是我想要發掘的東西；這孩子的順口胡言使人對實情的了解遠勝於最有意識的心靈所做的聰明的分析。許多事情都逃過了理性的閫限，而一個想只憑理性來了解人生的人，就像想用火鉗捉住火的人一樣。除了燒焦了的木頭以外，他什麽也捉不到，而且立刻窒熄了火焰。」

她再度沉默下來，翻着我的書。

「你對於人性的了解是何等的膚淺！」她叫道；接着突然笑起來，補充道：

「噢，我不是特別指你；當我說『你』的時候，我是泛指小說家。你們的大部份角色似乎都建築在沙堆上，旣沒有基礎又沒有一個落脚之處。我眞的認爲詩人的作品中有更多的實相；凡是只靠智力創造出來的東西都必然是虛假的。好啦，我現在講到本行以外的事去了……你知道柏利最讓我困惑的是什麽嗎？我相信他非常純潔。」

「爲什麽這會讓你困惑呢？」

「因爲我不知道到什麽地方去尋找罪惡的根源。像他這種錯亂情況，十有九次的根源是某種醜惡的秘密。」

「我們每個人都有這種秘密，或許，」我說，「但並沒有讓我們每個人都出毛病，謝謝老天！」

這時蘇芙倫尼斯卡站起來；她剛剛看到布朗尼雅從窗口過去。

「你看！」她指着她對我說；「那才是柏利眞正的醫生。她在找我；我一定要告辭了；但是我們會再見面，是不是？」

蘇芙倫尼斯卡對小說的責備我是了解的；但是，有些原因她也未曾注意到——更高的原因，而就是由於這些原因，我認爲好的博物學家並不一定能成爲好小說家。

我已經爲洛拉和蘇芙倫尼斯卡太太介紹過。他們似乎相當投合，我爲此高興。當我知道她們在閒聊時，我可以一無掛慮地自行離去。我抱歉柏納沒有跟他同齡的伙伴；但他爲了準備考試總可以每天忙幾個小時了。我又可以抽出一些時間來從事我的小說了。

3 艾杜瓦解釋他的小說觀

艾杜瓦舅舅和柏納初見的時候互相的印象雖然都很好，同時也各自盡力相處，但他們也只能到達處得很好的地步。洛拉也未能感到滿足。她怎麼會能感到滿足呢？環境逼得她扮演她不適於扮演的角色。她的自尊心使她覺得不舒服。有一類心裏充滿了慈愛而性情謙和的女人，她們是天生的忠誠的妻子；可是她們却需要有東西可以讓她們依靠，而當她們落入不相宜的境遇時，便感到自己軟弱無力。洛拉便是這樣的人。在她覺得她跟艾杜瓦的關係，是一天一天的虛假了。令她最痛苦的、最難以忍受的是——設若她肯讓自己去尋思的話——她覺得她在花她的這位保護者的錢過日子，或者，說得更正確一點，是艾杜瓦供她生活，却什麽也不求囘報，而她呢，則早已準備着，不論他求什麽，她都答應。「恩惠，」蒙田在他的著作裏透過泰西塔斯之口說，「是只有在你可以囘報的時候才是雋永的。」當然，這句話只就高貴的靈魂來說才有其眞實性，但洛拉毫無問題是屬於這一類。她這個寧願賜予的人却一直處在受人施捨的狀態，無寧是痛苦的，而這引起她常常站在反對艾杜瓦的立場。再者，當她囘顧往日，她似乎覺得艾杜瓦欺騙了她，因爲他喚醒了她的愛情——這愛，直到現在還是強烈的——却又逃避這愛，把它留在一種欲投無處的狀態。豈不是就因這秘密的動機她犯下了錯誤？——跟杜維葉結婚，而這椿婚姻是由於她放棄了自己，是由於艾杜瓦的引導所致；不久又是向春天的誘惑投降。因爲她必須這樣向自己承認，在文桑的懷抱裏她所尋求的其實仍是艾杜瓦。而她不能了解她的愛人爲什麽這般冷酷，她把責任推給自己，認爲如果自己更漂亮一點或更大膽一點，就會得到他；而由於她無法使自己恨他，結果便只有責備自己，貶低自己，否定自己有任何長處，拒絕承認自己有任何存在的理由。

讓我們再補充一點，由於房間的安排而造成的野營生活方式，固然讓洛拉的兩個伴感到有趣，却傷害到她許多敏感的地方。她又看不出有什麽可以擺脫這個處境的方法，而這個處境本身也難於長久維持下去。

在目前這種生活中唯一的一點安慰和歡樂是她爲自己發明的任務：當柏納的教母或姐姐。這樣優美的少年對她的崇拜令她感動；他對她的愛慕使她免於滑下那自我卑視和自我厭惡的陡坡，而這種陡坡即使最猶豫不決的都可能會走下去。凡是天亮前他沒有被叫起來爬山（因爲他喜歡早起）的日子，上午就是空着的，他總會用整整兩個小時陪着她讀英語。十月份要參加的考試是一個很方便的藉口。

他的秘書職務不能說花了他多少時間。職務的內容很不確定。當柏納初接這個職務的時候，他想像自己已經坐在書桌邊，筆記艾杜瓦口述的東西，幫他謄稿子，也就是他一直壓在行李箱底下的那些。柏納隨時都是空閒的，但這只能讓艾杜瓦常常呼喚他，免得讓他覺得無功受祿。而謝艾杜瓦慷慨，他的薪俸實在是相當優厚，何況柏納又切望着能够把他的熱情化爲眞正的行動。他決心不讓自己被遲疑所困。他認爲——我不敢說他是憑着造物主有此信念的，但至少也是憑着他的星宿——某種程度的快樂是他天經地義該享有的，就像空氣之對於肺一樣；艾杜瓦是這種快樂的賜予者，就像波舒艾❶所說，神諭者是神聖智慧的賜予者一樣。柏納認爲目前的狀態只是暫時的，他深信有一天他會償還債務——只要他把他心中覺得滿滿的未鑄造的財富送進製幣廠就立刻可以償還。讓他格外惱忿的是艾杜瓦對於自己似乎沒有而柏納却有的才能從未表示任何需要。「他不曉得怎麽樣用我，」柏納想，然後立即壓下自己的自負，聰明的加了一句：「運氣不好！」然而，在艾杜瓦和柏納之間那種不自在的感覺又是出自什麽原因呢？在我看來，柏納似乎是

❶ Bossuet, 1627-1704, 法蘭西主教，演說家。

那種在對立之下發現自信的人。他不能忍受艾杜瓦任何居高臨下的樣子，因而，他不但不會臣服於他的影響，反而反抗它。而艾杜瓦呢，却從來沒有夢想過要壓迫他；當他察覺柏納是那麼倔強，那麼時時在自衛的時候，他有時會感到惱怒，有時會感到悲傷。他開始懷疑，把這兩個人帶來是不是自己做的蠢事，因爲現在把他們帶來似乎只是爲了讓他們兩個聯合起來反對自己。由於他無法透入洛拉的秘密情感中，他把把她的保留和緘默認做是冷漠。如果他能看得更清楚些，他會更感到不自在；洛拉了解這一點；因此她那未曾得到回報的愛情便用其全力於隱藏和沉默了。

照例，茶點時間他們統統聚在大起居間；當柏利和布朗尼雅出去的時候，蘇芙倫尼斯卡會接受他們的邀請跟他們一起用茶。對於柏利和布朗尼雅，盡管他們那麼年少，她却完全任他們自由；她對布朗尼雅有充分的信心，知道她非常精明，尤其是在跟柏利一起的時候；柏利也特別聽從她。鄉村十分安全；因爲他們決不會去爬山，甚至連爬旅社附近的岩石都不會。有一天，當兩個孩子獲得允許以不離開道路爲條件，到冰山脚下去走一趟之後，受邀跟他們一同喝茶的蘇芙倫尼斯卡太太在柏納與洛拉的鼓勵之下，就大膽的向艾杜瓦提議，請他跟他們談一談他的下一本小說——當然，如果他不反對的話。

「當然不反對；不過我無法告訴你們它的故事。」

當洛拉問他這本書會像什麼（當然這個話問得不得當）的時候，他幾乎發起脾氣來。

「什麼也不像！」他叫道；接着，就像他正等待這個刺激一般，說：「別人已經做過的或我自己已經做過的，或別人可能會去做的，我再去做又有什麼意思呢？」這句話剛剛出口，他就感到多麼不得當，多麼蠻橫，多麼荒謬；或者說，他怕柏納有這種感覺。

艾杜瓦非常敏感。一談起他的作品，尤其是當別人叫他談的時候，他就手忙脚亂起來。對於作家們常見的愚昧，他是不恥到極點的；他盡自己的力量在自己的作品中把這類愚昧嗅出來；但是，在別人體念中，他不是不願意謙和的，然而，如果別人對他沒有這樣的體念，他的謙和立刻拋到九霄雲外。他極看重柏納對他的意見。他之所以任他的靈馬飛躍，豈不就是想征服柏納？但這是最糟的路。艾杜瓦知道；他一再一再告訴自己；但儘管他的決定不曉得下了多少次，一遇到柏納在場，他就完全跟自己所願的方式背道而馳起來，用一種讓他自己立刻覺得荒謬的態度（實則也眞的荒謬）說起話來。這幾乎使人以爲他愛柏納！……不；我不認爲如此；但一點點虛榮，却足以產生看似由極大的愛所產生的外觀。

「豈不是，由於小說在一切文學類別中是最自由的，最無法則的，」艾杜瓦開口了，「……豈不正是由於這個原因，正是由於對這種自由的戒心（那常因沒有自由而嘆息的藝術家，當他們一旦得到它的時候，往往是最不知所措的），小說總是用這樣的膽怯來緊貼事實？我說的並不僅是法蘭西小說。英國小說也是一樣；俄羅斯的小說呢，儘管一再想要超脫一切約束，却仍舊是同一個模式的奴隸。它唯一的進步是更接近自然一些。小說從來不懂得尼采所說的『難以克服的輪廓之風化』；譬如說，希臘戲劇或法蘭西十七世紀的悲劇作品吧，它們就有這種現象。有任何作品比這些更完美更深刻的表達了人性嗎？但問題正在這裏——它們只在深處表達了人性；它們自傲的並不是外表——或者說，並不以外表的寫眞來標榜。它們始終是藝術作品。」

艾杜瓦這時已經站了起來，由於怕被人認爲是在發表演說，便一邊說話一邊倒茶；然後慢慢的走來走去，把檸檬汁擠在杯子裏，不過，還是沒有中斷他的話：

「由於巴爾札克是天才，又由於每個天才都會爲他的藝術帶來一個終極的、結論性的解決法，所以久來就有人認定小說的功用就是要跟個人檔案❶競爭。巴爾札克寫他的作品而已；他從沒有要把他的小說典章化；他論斯湯達爾的文章就證明了這一點。與個人檔案競爭！就好像世界上的痴驢傻漢還不夠似的！我跟個人檔案有什麼關係？L'état c'est moi〔個案就是我自己〕！我，這藝術家；不管它跟民事有沒有關係，我的作品都不必裝做跟任何東西競爭！」

激動起來的——也許，有一小點故意——艾杜瓦坐下來了。他裝做不去看柏納；但就是爲了他，他才說這些的。

如果他跟他獨處，他可能一句都說不出來；他感謝兩個女人的在場。「有時候，我似乎覺得所有的文學中我最讚美是，譬如說，拉辛的作品中米斯瑞達特跟他兩個兒子的討論；我們都清楚不過，在實際上沒有任何做父親或做兒子的會這樣說話，然而，我必須說，正是由於這個原因，所有做父親的，所有做兒子的，都可以從其中看到自己。確定往往就是限定。不錯，除非確定某人某事，就不能有心理學上的眞理；但反過來說，除非有其普遍性，也就沒有藝術可言。整個的

❶ état+civil 政府所保留的個人記錄，記載一生的法律事件。

問題就在這裏：如何把普遍性的東西用特定的角色人物表達出來——如何由特定的來表達普遍的。我可以點煙斗嗎？」

「請吧，請吧，」蘇芙倫尼斯卡說。

「嗯，我希望一本小說是眞實的，同時又遠離事實，是特殊的，同時又是普遍的，是人性的，同時又是虛構的，像 Athalie 或 Tartuffe，或 Cinna❶一樣。」

「而……你這本小說的主題是什麼？」

「還沒有，」艾杜瓦粗魯的說，「這或許是它最令人驚奇的部份。我的小說還沒有一個主題。對，我知道這聽起來愚蠢。讓我們這麼說吧，它沒有『一個』主題……自然主義者會說它是『生活的一小片』。這一派最大的缺點是它總向同一個方向切片；依時間的方向，也就是長度的。爲什麼不寬度的？爲什麼不深度的？至於我，我寧願完全不動刀。請了解；我寧願把所有的東西都放到我的小說裏。我不要在任何切割來限制我的題材。到現在，我爲這本小說工作一年多了，凡是發生在我身上的事沒有任何一件我不把它放進去的——一切我看到的、知道的，一切別人的經驗和我自己的經驗所教給我的……」

「所有的這些都化做藝術？」蘇芙倫尼斯卡裝做非常用心的說道，但語氣之間顯然略帶嘲諷。洛拉忍不住微笑。艾杜瓦輕輕聳肩，繼續說：

「甚至連這個也不是我要做的。我要做的是一方面把事實在裏面呈現，一方面把我剛剛說的

❶「Tartuffe 係莫里哀的喜劇「Tartuffe」中的主角，以宗教做幌子的人，偽善者。另二人不詳。

藝術融入其中。」

「我可憐的，親愛的朋友，你會把你的讀者煩死，」洛拉說；由於她再也無法掩飾微笑，乾脆就大笑出來。

「完全不會。爲了達到這個效果——妳明白我說的話嗎？——我發明了一個小說家做主角；至於書的主題，如果妳非要一個不行，那就是事實所提供給他的東西和他自己想要達成的東西之間的衝突。」

「不錯不錯，我開始明白了，」蘇芙倫尼斯卡儘管快要被洛拉的笑聲征服了，却仍然有禮貌的說。「但是你知道小說裏寫知識份子總是危險的事；讀者會被他們弄得很厭倦；作家寫他們的時候總是讓他們說些荒唐話，不論他們弄什麼，都帶上一些抽象的空洞的氣氛。」

「我看得再清楚不過，」洛拉喊着說；「在你作品裏的這個小說家身上，你情不自禁的會描寫你自己。」

她近來在對艾杜瓦說話的時候有了一種冷嘲熱諷的音調，這不但令她自己吃驚，也更讓艾杜瓦吃驚，尤其是柏納的眼神中也反映出了這種嘲弄。艾杜瓦申辯道：

「不不。我會很小心的讓他很不討人喜歡。」

洛拉笑不可遏。

「正是；誰都會認出來是你，」她一邊說着一邊開心的大笑，使得另外兩個人也受到了傳染。

「這本書的計劃已經構思好了嗎?」蘇芙倫尼斯卡問道，想要恢復她認眞的表情。

「當然沒有。」

「這是什麼意思?當然沒有?」

「妳必須了解，像這樣的一本書根本沒有計劃不計劃的問題。如果預先安排好，什麼事情都會變得虛假。我等着事實在指揮我。」

「但我原來以爲你要拋棄事實呢。」

「我的小說家想要拋棄，但我會不斷的把他再拉回來。事實上這就是主題;是事實所呈現的東西和理想中的事實兩者之間的鬪爭。」

這些話的說不通是太明顯了，人人都看得清楚。顯然，艾杜瓦的腦子裏裝了兩個不能並存的要求，而他則爲了要調和它們而把自己弄得精疲力盡。

「進行得多遠了?」蘇芙倫尼斯卡禮貌的問。

「要看妳所謂遠是什麼意思。說眞的，就以那書本身來說，我還一行也沒有寫。但是我却已經在上面用了許多功夫。天天我都在思考它，不斷的在思考。我寫這本書的方式確實是非常奇怪的，這我可以跟妳說明。一天接一天，我在筆記本上寫下我腦子裏這本小說的狀態;那是一種日記性質的東西，就像關於孩子的成長的日記似的……這就是說，每個問題出現的時候我不是設法去解決它(而每一種藝術作品都是種種小問題之解決的總和)，而是把它們記下來，加以研究。我的筆記，可以說，是對我的小說的評論的流水帳——或者說，是對所有小說的。想想看，如果狄更斯或巴爾札克有這樣的筆記會多麼有趣；如果我們有『愛的敎育』或『卡拉馬助夫兄弟們』的這種筆記，那是多麼好！——是關於著作的本身的故事，是它的孕育的記錄！那會多麼動人……要比作品本身更動人……」

艾杜瓦模糊的希望有人會要求他唸一唸他的筆記。但三人裏面沒有一個有任何一點好奇的表示。反之，倒是洛拉帶着一點悲哀的口氣說：

「我可憐的朋友，很顯然你是永遠寫不出這本小說來了。」

「好吧，讓我告訴妳，」艾杜瓦煩躁的叫道，「我根本不在乎。對，如果我不能把這本書寫出來，那是因爲這本書的歷史比它的本身更使我感到興趣，是因爲前者取代了後者的地位；那其實是好得很。」

「你不怕在這樣抛棄了事實之後，把自己迷失在死寂的抽象之中，寫出來的是關於觀念的小說，而不是關於人類的小說嗎？」蘇芙倫尼斯卡太太和氣的問。

「就算是這樣也沒關係！」艾杜瓦加倍熱切的叫道。「難道我們從此就一筆抹煞思想性的小說嗎？到現在爲止，我們所見到的小說都只不過是裝做觀念的小說。但其實它們根本都不是，這個妳當然可以想像。觀念……觀念，我必須承認，比人更使我感興趣——比任何東西更使我感興趣。它們像人一樣的生活，戰鬥，毀滅。當然我們可以說只有藉着人，我們對它們才有所認識，正像藉蘆葦的擺動我們才認識風；但風還是比蘆葦更重要。」

「風是不需藉着蘆葦而獨立存在的，」柏納大膽的說。艾杜瓦早就在等待他的插嘴了，現在，他帶着新的精神又接下去講了：

「對，我知道；觀念只因爲有人才能存在；但這正是令人痛心的地方；觀念是以人爲犧牲而存在的。」

這些話柏納一直都極用心的聽着；他滿腦子都是懷疑，差不多以爲艾杜瓦只是在說夢話了；但最後幾分鐘他却被艾杜瓦的雄辯所感動了，感到他的心在波動；「可是，」柏納想，「風過去之後蘆葦會再直起來。」他想起他在學校所學的——人被熱情所吹動，而不是被觀念。這時，艾杜瓦繼續說下去：

「我想要做的是像賦格的寫作。我看不出爲什麼在音樂上可行的，在文學上不可行……」

對於這個，蘇芙倫尼斯卡回答道，音樂是一種數學性的藝術，而且，巴哈由於只處理音律，由於掃除了一切的情感與人性，已經造就了一種令人厭倦的抽象傑作，一種太空中的殿堂，只對少數幾個入了門的人開放。對於這一點，艾杜瓦立刻提出相反的意見，他說，就他來講，他認爲那殿堂是令人讚嘆的，認爲它是巴哈成就的頂峯。

「從那以後，」洛拉接着說，「有很久的時間人都不再碰賦格了。人類的情感既然不能在裏面找到棲息之所，便只有到別的地方去尋求了。」

這一番討論到最後變得不但離開了主題，而且變得令人不愉快。柏納雖然一直沉默，却開始在椅子裏不安了，最後他終於再也忍不下去；用他一向對艾杜瓦說話的那種過份的恭敬，但又帶着一種活潑，而這種活潑又使他的恭敬帶上了一絲嘲弄的氣息，他說：

「請原諒我，先生，知道了你的書名——這是由於我的不愼重，而你又那麼仁慈的不予計較。——可是，就書名來看，我覺得似乎表明有故事結構。」

「噢，把書名告訴我們吧！」洛拉說。

「當然，我親愛的洛拉，如果妳想知道的話……但是我先說明，我可能更改它。我怕它會容易引人誤會。……好吧，告訴她們吧，柏納。」

「我可以說？『僞幣製造者』，」柏納說。「但是現在該你告訴我們——誰是僞幣製造者？」

「噢，天哪！我不知道，」艾杜瓦說。

柏納與洛拉你看我我看你，然後看蘇芙倫尼斯卡。一聲長長的嘆息發出來——是洛拉。

事實上，當艾杜瓦開始想到「僞幣製造者」這個名稱時，他最先想的是他的那些同行小說家，尤其是杜·巴薩望伯爵。但逐漸的，歸入這個名稱的人越來越多了；風如果是從羅馬吹過來，他的主角就變成了敎士，從別的地方吹過來，他的主角就變成了共濟會會員。如果他任他的念頭隨風飄，立刻就可以一頭栽進抽象的世界去，在那裏像水裏的魚一樣任意游蕩。交換，貶值，漲價等等，慢慢都侵入他的書裏了（就像卡萊爾在「衣裳哲學」〔Sartor Resartus〕中的衣裳理論一樣），篡奪了他的角色們的地位。由於艾杜瓦不可能說這些事，他就用最尷尬的態度保持沉默了，而他的沉默似乎是默認了他內容的貧瘠，因而開始使得其他的三個人非常不舒服起來。

「你們曾經摸過僞造的硬幣嗎？」他終於問。

「有，」柏納說：但兩個女人則說「沒有」，而她們的聲音掩過了柏納的。

「好，設想一塊僞造的十法郎金幣。實際上不值兩蘇。但是，在沒有人認出它是僞幣的時候，它就值十法郎。因此，如果我從這麼一個觀念開始……」

「但是爲什麼從觀念開始呢？」柏納急躁的說。「如果你從事實開始，再做一番好展現，觀念自然就會寓含在裏面。如果是我寫『僞幣製造者』，我會先從一塊僞造的硬幣說起——一塊你剛剛說的小小的十法郎的硬幣。」

說着，他從口袋裏掏出一塊小硬幣，抛在桌子上。

「聽聽它的聲音多麼眞。幾乎就和眞的一樣眞。你幾乎可以發誓說它是金的。我今天上午才被騙的，可是雜貨店老闆給我以後又告訴我那是假的。重量是不大相同，我想；但是它的亮度與聲音和眞的一樣；外表上是金的，因此，比兩個蘇要多一點；但它裏面是玻璃的。到後來它會變成透明的，一看就穿。不要；不要搓，你會把它弄壞。現在幾乎就可以看得穿了。」

艾杜瓦把它拿起來，極好奇的看着。

「但是雜貨店老闆又從什麼地方得來的？」

「他也不曉得。他說他大概放在抽屜裏好幾天了。他故意把它找給我，看我會不會受騙。我向你們保證，我眞的要接受了！但他是個老實人，他不肯騙我；然後他用五法郎的代價讓給我。他想留着給他所謂的『玩票的人』看一看。我却想沒有比『僞幣製造者』的作者更應當看的人了。現在你看過了，還我吧！我抱歉你對事實不感興趣。」

「感興趣，」艾杜瓦說，「但也騷擾我。」

「可惜！」柏納說。

艾杜瓦日記

星期二傍晚——蘇芙倫尼斯卡，柏納與洛拉問我一些關於我的小說的問題。爲什麽在我談它的時候我變得紊亂而不能靜定下來的？除了蠢話之外我什麽都沒有說。幸虧兩個小孩回來打斷了。他們臉頰緋紅，喘氣，好像跑回來的。布朗尼雅一回來就投進她母親的懷抱，我想她差不多要哭出來了。

「媽媽！」她叫着，「罵柏利。他想脫衣服躺在雪裏，什麽也不穿。」

蘇芙倫尼斯卡看着柏利。柏利站在門口，頭低着，眼睛幾乎是含着恨意的；她似乎不去注意那男孩奇怪的表情，而用令人讚嘆的平靜態度說：

「聽我說，柏利，晚上一定不能這樣做。如果你想的話，明天上午可以；一定先要從光脚開始……」

她輕輕的拍着她女兒的前額；但那女孩突然倒在地上，開始在地上抽搐滾動。實在是十分嚇人的。蘇芙倫尼斯卡把她抱起來，讓她躺在沙發上。柏利一動不動的站着，表情困惑的看着這一幕。

蘇芙倫尼斯卡的教育方法在我看來理論是正確的，但她錯估了孩子的反抗力。

不久以後，當我單獨跟她在一起（晚飯以後我去看布朗尼雅；她因爲不舒服沒有下樓來吃飯），我說：「妳的做法似乎有個前提，就是認爲善一定會勝過惡。」

「不錯，」她說，「我確信善一定勝惡。我有信心。」

「不過，過份的自信會讓妳犯錯……」

「每次我犯錯，都是因爲我的信心不够。今天，當我允許孩子們出去的時候，我無法控制的表現出了一點不安。他們感覺到了。其他的就隨之而來。」

她握着我的手。

「你似乎不相信信心的力量……我是指以它們做爲積極的行爲原則。」

「妳是對的，」我笑着說。「我不是神秘主義者。」

「哈，我呢，」她叫着，態度是熱忱可愛的，「我却打從心底相信，沒有神秘主義，這個世界上沒有任何偉大的、美好的事情可以完成。」

在客人名簿上發現了維克多·斯屈洛維洛的名字。從店東的話探知，他必定是在我們到達之前兩天離開的；他在這裏住了將近一個月。我倒很想再看看他。蘇芙倫尼斯卡一定跟他說過話。我必須問問她。

4 柏納與洛拉

「我想問妳，洛拉，」柏納說，「妳會不會認爲世界上有什麽東西是不能成爲懷疑的對象的……就這個來說嘛，我想是不是可以從懷疑的本身做起點；因爲這個起點總不會出問題。我可以懷疑一切的眞實性，但不能懷疑我的懷疑的眞實性。我寧願……對不起，如果我說話的方式很學究，請原諒我——我不是天生就學究，但是我剛剛離開學校，而妳不知道我們最後一年的哲學教育把我們弄成什麽樣子；我答應妳我會把它剷除掉。」

「爲什麽要說那麽一大堆嚕囌話？你寧願怎麽樣？」

「我寧願寫一個故事，主角事事聽人的話，事事請教別人，就像潘奴治❶一樣。但是他發現不管是什麽事情，人人的意見都不相同，甚至互相矛盾，於是他決心誰也不再請教，從此以後他成爲非常有能力的人。」

「這是一個老年人的想法，」洛拉說。

「我比妳以爲的要成熟得多。幾天以前，我像艾杜瓦一樣開始寫筆記；我在右頁寫上某個意見，在左頁寫上相反的。譬如說，有一天晚上蘇芙倫尼斯卡告訴我們她讓布朗尼雅和柏利開着窗

❶Panurge，拉巴雷 Rabelais 的傳奇故事 Gargantua and Pantagruel 中一個酒鬼，懦弱、無賴而又聰明有趣。

子睡覺。關於這件事，她提出的每個論點我們都覺得很合理，是不是？好啦，昨天在吸煙室裏，我聽到一個剛剛來的德國教授說到這方面的事，他的理論正好相反，然而，我必須承認，他提出來的論證我認爲更有道理，更有根據。他說，睡覺的時候重點在於盡量限制消費與運輸——他管這種活動叫做「碳化合作用」，而生命正是由這種活動組成。只有把這種活動做盡可能的限制之後，才可以得到充分的休息。他舉鳥獸爲例；鳥類睡覺的時候把頭掩在翅膀下，獸類則捲成一團，幾乎不能呼吸；同樣的，最接近自然的部族，最不接近文明的農人，睡覺的時候都把自己塞在一個小廂房中；被迫睡在空曠之處的阿拉伯人則至少把袍子的頭巾蓋在臉上。不過，反回來說蘇芙倫尼斯卡和兩個孩子，我又認爲她一點也沒有錯，因爲，如果我了解得不錯的話，他們兩個都有結核菌的感染。總之，我對自己說……但是我讓妳覺得煩了吧。」

「不要管這個。你對你自己說……？」

「我忘了。」

「噢，頑皮。你不必爲你的想法不好意思。」

「我對我自己說沒有任何事情是對每個人都合適的，而只是因人而異；沒有任何東西是對每個人都眞的，而只是對那些相信它的人才是眞的；沒有任何方法和任何理論可以不加分別的用之於每個人的；爲了行動，我們必須有所選擇，至少我們有選擇的自由；而如果我們沒有選擇的自由，那更簡單。對我來說，唯一已經變成我的眞理（當然也是相對的）的信念，便是那能够允許我把我的力量做最好的運用的信念，讓我的長處得於發揮的最佳方法。因爲我無法不懷疑，同時我又厭惡猶豫不決。蒙田所說的柔軟舒服的枕頭，並不是爲我的頭而設的，因爲我還不睏，我還不想休息。我以前以爲的我和現在或許是眞正的我之間有很大的距離。有時候我怕我起得太早。」

「怕？」

「不怕；我什麼也不怕。但是，妳知道嗎？我已經改變了很多了；這也就是說，我的心境和我剛剛離家時已經完全不一樣了；從遇見妳以後。從那時以後，我不再把我的自由放在前頭。或許妳不知道我是聽你使喚的。」

「你這是怎麼講？」

「噢，妳明白得很。爲什麼妳要叫我說出來？妳要我發表宣言？……不要不要；請不要藏笑，不然我會受寒。」

「噢，好啦，我親愛的，你不是要裝做你開始在愛我了吧。」

「噢，不是我在開始，」柏納說。「是妳開始察覺到，或許；但妳無法阻止我這一面。」

「一直到現在我都不用防備你，在我眞是非常快活的事。可是現在，如果我不得不把你當做易燃物品看待，非得很小心的才敢走近你……但是想想看，我不久就會肚子大得多麼難看！我會變了形！只看我一眼就可以把你治好了。」

「對，如果我愛的只是妳的外表的話。再說呢，我並不是在生病，而如果說愛妳是生病的話，我寧願不要好。」

他說這話的時候是嚴肅的，幾乎是悲哀的；他看着她，眼神的溫柔是艾杜瓦從沒有過的，甚至也是杜維葉沒有過的，但那眼神是那麼自重，以致於她不可能生氣。這時她正拿着一本他們在唸的英文書放在膝蓋上，心不在焉的翻着；她似乎沒有在聽，因此柏納可以並不怎麼困窘的說下去：

「我一向把愛想像得像火山——至少是我注定要去感受的那種愛。不錯；我眞的以爲我只能用一種野蠻的、狂風一般的、拜倫式的方式去愛。我是多麼不了解自己啊！是妳，洛拉，敎了我認識自己；我跟自己以爲的是多麼不同啊！我原來在扮演一個可怕的人物，而且拼着命去像他。當我想到我在離家時給我以前假定的父親的信時，我覺得非常羞恥。我自以爲我是個叛徒，一個法外之民，要把一切違背他慾望的東西踐踏在脚下；可是現在跟妳在一起時我却發現我沒有慾望。我渴望自由，把它視爲至高的善，可是當我剛剛找到自由的時候，我却向妳臣服……嗅，妳不知道腦子裏裝滿了大作家的句子，當一個人要表達眞誠的情感時，它們非得搶先冒出來不行是多麼讓人發瘋了。我這眞誠的情感在我來說還是那麼新的東西，以致於我還未能發明一種語言來表達它。讓我們說它不是愛吧，因爲妳不喜歡這個字眼；讓我們說它是忠心吧。就好像在我本來似乎無限的這個自由被妳的法則立下了界限。似乎我內在一切騷擾的、動亂的、未成形的東西都和諧的舞蹈起來，而以妳爲它們的中心。如果我的意念中有一個離開了妳，我就離開它……洛拉，我並不求妳愛我——我只不過是個學生而已；我不值得妳留意；但現在我所要做的一切都只是爲了能配得起妳的……（嗅，那個字是可怕的！）……尊敬……」

他已經在她面前跪了下來，雖然她一開始把椅子向後拉了一下，但柏納的頭已經貼住她的衣裳，他的兩隻胳膊攞向後邊，呈現出崇拜的姿式；但是當他感覺到洛拉的手放在他前額上時，他抓住它，把它貼在自己的唇上。

「你是怎樣一個孩子啊，柏納！我也是同樣不自由的，」她說着，把手抽同來。「這裏！你看看。」

她從寬背心裏掏出一塊揉皺的紙來，交給柏納。

柏納先看的是簽名。正是他所怕的，費利斯・杜維葉的簽名。有一刻他把信拿在手上沒有看；他抬頭看洛拉。洛拉在哭。柏納感到他心中又有一條約束斷掉了——就是那種把我們每個人跟他自己，跟他自我的過去連結在一起的韌帶。於是他讀那封信：

我所愛的洛拉——憑着卽將誕生的、我發誓愛之如己出的孩子之名我求妳回來。不要以為妳會遭到任何責備。不要太責備妳自己——因為那是最會傷妳身體的。不要再遲疑了。我整個靈魂都在等待妳，讚美妳，謙卑的匍匐在妳脚下。

柏納這時坐在洛拉前面的地板上，但當他這樣問的時候，他並沒有抬頭：

「妳什麼時候收到的？」

「今天上午。」

「我還以爲他什麼也不知道呢。妳寫信告訴了他？」

「哎；都告訴了。」

「艾杜瓦知道嚒？」

「一點也不知道。」

柏納垂着頭沉默了片刻；然後又轉過來對着她：

「那麼……現在妳打算怎麼做？」

「你眞的要知道？……回到他那裏。他那裏才是我該去的——我應當跟他一起過日子。這個你明白。」

「明白，」柏納說。

一段長長的沉默。柏納打破道：

「妳相信人可以像愛自己的孩子那樣愛別人的嗎？」

「我不知道我相不相信，但是我希望如此。」

「我嚒，我相信能夠。另一方面，我不相信人們所謂的那種蠢話，『血會說出來』；我認爲這種念頭純粹是神話。我在什麼地方看過一篇文章，說南洋羣島的人習俗上都收養別人的孩子，而他們對收養的孩子往往比對自己生的更喜歡。那書上說——我記不清確切的句子了——『更看重』。妳知道我現在想什麼嗎？……我想，我一向認做是我父親的那個人從沒有說過任何一句話或做過任何一件事是可以讓人猜疑到我不是他眞正的兒子的；在我給他的信中我說我總是感覺到不同，那是說謊；相反的，他對我有一種偏愛，這是我再清楚不過的，因此我對他的忘恩負義更是可惡；我的行爲非常對不起他。洛拉，我的朋友，我想問妳……妳認爲我該求他原諒，再回到他那裏去嗎？」

「不行，」

「爲什麼不行？妳不是也回到杜維葉那裏去嗎？」

「你剛剛還告訴我，對於某個人是得當的事對另一個人未必得當。我覺得我弱；你却是強的。普洛菲當杜先生可能是愛你的，但從你說的話裏，我知道你們不是可以互相了解的人……頂多只有一點點。不要在這種破敗的時候回到他那裏去。你知道我眞的在想什麼嗎？——我在想，你剛剛說的『我的尊敬』是爲我而說的，而不是爲他。柏納，只有當我覺得你不尋求它的時候，你才會得到它。只有你自然的時候我才喜歡你。不要有什麼懊悔吧，把那個留給我。那不是你的事，柏納。」

「當我的名字從妳嘴裏說出來的時候我幾乎喜歡它了。妳知道我在家裏最害怕的是什麼嗎？奢侈。那麼多舒服，那麼多便利……我覺得我自己要變成一個無政府主義者了。而現在呢，我却覺得我在轉向保守主義了。這是前幾天我才發現的。那天，我在邊界聽到一個旅客沾沾自喜的說他如何騙過了海關。『搶劫國家等於是沒有搶劫任何人，』他說。我的反感立刻讓我明瞭國家是什麼。我開始對它產生情感，只因爲它被傷害了。以前我從沒有想到過。『國家只不過是一個集合體，』他又這樣說。如果一個集合體是由各個體的誠意、善意爲基礎，那會是多麼好的集合體！……如果人人都是誠意的多好！怎麼呢，現在如果有人問我最大的美德是什麼，我會毫不猶豫的回答——誠實。噢，洛拉！我願意一輩子用純直眞誠的聲音說眞話。我所認識的人幾乎每個都說假話。自己値多少就値多少——而不裝出値得更多的樣子……人總是騙人，總是這麼被自己給自己披的僞裝所佔據，以致於到最後再也不知道眞正的自己是什麼了……原諒我像這樣說話。這是我昨天晚上的反省。」

「你是在想你昨天拿給我們看的小硬幣。當我走的時候……」她無法把話說完；她的眼淚湧上來了，她努力把淚水壓回去，而在這壓抑中，柏納看到她的唇在顫動。

「那妳是要走了，洛拉……」他低低的說。「我怕我覺得妳不在我附近時，我會覺得我什麼也不値得了……有也微不足道……但是，告訴我——我想要問妳……如果艾杜瓦……我不知道該怎麼說……（洛拉臉紅了）……如果艾杜瓦更値得一點——……噢，不要否認，我很知道妳對他的想法——那麼，妳還會要走嗎？還會把事情都坦白嗎？」

「你說這話，是因爲昨天你看到我對他說的話笑了一下；你立刻就以爲我對他有相同的批評。事實上我並不知道我對他的想法究竟是什麼。他永遠不會是同一個樣子。他什麼狀態也不會久留，沒有任何東西比他的不定性使他更有吸引力。他永遠在鑄造，打破，再鑄造他自己。你以爲你捉住了他……普魯特斯！❶他採用他所喜歡的形狀，而你必須愛他才能了解他。」

❶ Proteus 希臘神話中變幻無常的海神。

「妳愛他。噢，洛拉！我感到嫉妒的不是杜維葉，也不是文桑；而是艾杜瓦。」

「為什麼嫉妒？我愛杜維葉；我愛艾杜瓦，但愛得不同。如果我愛你，還必然又是另一種愛。」

「洛拉洛拉，妳不愛杜維葉。妳對他的是親情，憐憫，尊敬；但那不是愛。我認為妳的憂傷(因為妳是憂傷的，洛拉)是由於生活把妳分裂了；愛情只在不完整的情況下才給予妳；妳本來願意只給一個人的，但妳却把它分給了好幾個。至於我，我覺得我是不能分的；我只能整個兒的把自己豁出去。」

「你說這些話還太年輕。你還不能確定生活會不會把你也『分裂』。我從你那裏只能接受你的……你給我的忠心。其他的，會有它自己的時機，也會在別的地方得到滿足。」

「會是眞的嗎？妳要使我事先對自己、對生活感到厭惡？」

「對於生活你還一無所知。一切還都在你前面。你知道我的錯出在什麼地方嗎？錯在我以為我再沒有什麼了。唉，是在我認為我再沒有什麼了，我才放任了自己。上個春天我在鮑鎭渡過，那心境就像我再也看不到任何人了，什麼事對我來說都再也沒有關係了。我現在告訴你，柏納，現在我在受懲罰——永遠不要對生命絕望！」

對一個熱情的年輕人說這些會有什麼用呢？而其實，洛拉也幾乎不是在對柏納說。被他的同情所感動，幾乎不由自主的，她在他面前沉思起來——只不過一邊用口把它說了出來而已。她是不嫺於偽裝，不嫺於自我控制的。就像一刻以前她在任何時候一想到艾杜瓦都會讓她心不由己的衝動投降一樣，現在她又向人諄告，這無疑的是承自她父親的說教傾向。但柏納對於勸告一向有一種恐懼感，即使來自洛拉也是一樣；他的微笑把他的這種反應表露出來了，洛拉於是變得沉靜下來：

「回到巴黎以後，你想還要繼續當艾杜瓦的秘書嗎？」

「如果他願意雇我，我就當；但是他什麼工作也沒有交給我。妳知道我會喜歡什麼工作嗎？跟他一起寫他那本書；因爲他一個人永遠不會把它寫出來；妳昨天這樣告訴過我。他告訴我們的寫作方法在我看來似乎是荒謬的。一本好小說寫起來必然比這個單純得多。再者，我們也必須相信自己的故事——妳認爲對不對？——單單純純的把它說出來。我立刻想到我可以幫助他。如果他需要一個探子，我或許可以充任。他可以由我偵察出來的資料來寫作……但是只靠觀念，是什麼也寫不出來的。當我跟他在一起的時候，我覺得我具有記者的靈魂。如果他堅持他錯誤的途徑，我可以自己來寫。我必須謀生。我要把我得到的資料交給報社。有時候我會寫詩。」

「因爲當你跟記者在一起的時候，你一定會感覺到你的詩人的靈魂。」

「噢，不要笑我。我知道我好笑。不要太把我戳穿了。」

「跟艾杜瓦在一起吧；你會幫助他；也讓他幫助你。你非常好。」

午飯鈴響。柏納站起來。洛拉抓住他的手：

「只還有一件事——你昨天給我們看的小硬幣……當我走了以後，用來紀念你，」——她控制住自己，這次能說完她的句子了——「你願意給我嗎？」

「在這裏，」柏納說，「拿去吧。」

5 艾杜瓦日記：與蘇芙倫尼斯卡的談話

人類精神上的一切疾病，人每自以為治愈了，其實正似醫學上所謂：只是把它們驅散了，而又換上一些新的疾病。

聖柏夫：月曜論壇十九頁

我已經開始看到我的小說的「深奧的主題」。無疑的，那是——將要是——現實世界與我們自己給自己製造出來的有關它的造象之間的對立。表象世界用以加於我們心靈的樣子，我們用我們的解釋加於外在世界的樣子——這兩者乃是人生的戲劇。現實給予我們的反抗使我們把我們的理念結構轉化為夢想境界、希望境界和對來生的信仰，而這些都是由目前的境界給人的失望所餵養出來的。寫實主義者是從現實開始——用他們的觀念去適應現實。柏納是寫實主義者。我怕我們永遠不能相互了解。

蘇芙倫尼斯卡說我沒有一絲神秘主義的成份，我如何能夠同意？我像她一樣，毫不猶豫的承認沒有神秘的主義，人類不可能達成任何偉大的成就。但是當我談我的書時，洛拉指責的不正是神秘主義？……好吧，任她們批評吧。

蘇芙倫尼斯卡又跟我談柏利的事；她認爲她已經得到了他一次坦直的告白。那可憐的孩子沒有一點遮攔可以躲藏醫生的偵察的。他被趕到空曠的地方來了。蘇芙倫尼斯卡把他精神組織的最內在的小齒輪都卸下來，拿到光天化日之下了，像鐘錶匠清洗鐘錶的零件一樣。如果清洗過之後還是走得不準，那就無望了。以下是蘇芙倫尼斯卡告訴我的情況：

柏利九歲的時候，被送到華沙的學校。他認識了一個比他大一兩歲的同學——名叫巴普提斯丁・克拉夫特——後者帶他參加一種偷偷摸摸的行爲，這行爲，在孩子們的無知與驚奇之下，信以爲是「魔術」。這是他們給他們的罪惡行爲加上的名稱，由於他們聽過或者讀過「魔術」能夠使人用某種神秘得到他們所希望的東西，會讓他們有無限的能力等等……他們誠心誠意的相信他們發現了一個秘密，可以使他們用幻想的東西彌補實際上所缺乏的東西，他們可以自由的讓自己進入幻覺與狂歡的狀態，貪婪的注視着一無所有的空間，而這空間，由於他們想像力的焚熱，在被他們渴求享樂的刺激之下，充滿了種種驚奇的幻象。不用說，蘇芙倫尼斯卡用的不是這樣的句子；我倒希望她把柏利的話逐字逐句的說一說；但她表示她得到的只是內容——儘管她保證它的眞確性——是她從許多僞裝、藉口、沉默和模糊的話中得出來的。

「我終於發現了我很久以前就想弄清楚的一件事的意義，」她補充說，「啊——柏利在脖子上掛的一個小香袋裏的一小塊羊皮紙；這香袋裏還有他母親給他的一個宗敎護符，那他是母親強迫他帶的。羊皮紙上有八個字，每個字母都是大寫，是孩子的筆跡，寫得很用心——這八個字的意義他從來沒有告訴過我。

「煤氣……電話……十萬盧布」

「『可是什麽意思也沒有——那是魔術，』當我逼他的時候他總是這麽回答。我從他那裏得出來的只是這句話。我知道這幾個謎一般的字是年輕的巴普提斯丁寫的——他是他們的大宗師，是他們魔術的指導者——而那八個字是他們的咒言——是專用來開放那可恥天堂的暗號，把他們投入這個天堂的則是他們的享受慾望。柏利把這一片羊皮紙說是他的護符。我費了很大的周折才讓他答應給我看，又費了更多的心力才讓他把它放棄（那是我們剛剛住到這裏來的時候）；我要他放棄，是因爲我知道他老早已經放棄了他的壞習慣。我希望他的抽搐和躁狂症能够隨着他的護符一起消失。但是他把持着不放，而他的毛病也就跟着不去，以他的護符做最後的據點。」

「但妳說他已經放棄了他的壞習慣……」

「他神經性的毛病是在放棄了壞習慣以後才開始的。無疑，這種毛病的產生是由於他爲了擺脫壞習慣而做的努力控制。我剛剛才知道，有一天當他在做他所說的『魔術』時被他母親看到了。爲什麽她從沒有跟我提過呢？……只是爲了虛妄的羞恥心？」

「也無疑是因爲她知道他這個毛病已經痊癒了。」

「荒謬！……就是爲了這個，我在黑暗裏摸索了這麼久。我跟你說過我以爲柏利完全純潔。」

「妳甚至說過妳爲了這個覺得困窘。」

「你現在知道我多麽正確了！……他母親理當告訴我。如果我從頭就知道這個狀況，柏利早就會治好了。」

「妳說他的毛病是從那以後才開始的……」

「我說它們引起了反抗。我相信，他母親一定責罵他，懇求他，向他說教了。不久他父親去世。柏利於是信以爲他父親的死是他被認做如此邪惡的秘密行爲的懲罰；他認爲他父親的死責任在他；他認爲自己是罪犯，是被詛咒的人。他害怕了；是在這以後，他那脆弱的生理組織，像一頭被追踪的野獸一樣，發明了種種狡猾的逃避手段，來擺脫他的罪惡感，而也就是這樣，他想出了那麽多名堂。」

「我這樣說不知有沒有會錯妳的意思——妳認爲，如果柏利安安靜靜的進行他的『魔術』，他可以不致於產生這麽不良的後果？」

「我認爲他可以在不被驚嚇的情況下痊癒。他父親的去世在他的生活上必然造成重大的改變，而這個改變又足以分散他的注意力，當他離開華沙以後，也就會脫離他朋友的影響。恐嚇不可能產生良好的後果。我知道了事實以後，立刻把整個事情跟他談過；我跟他說，幻想的東西總不眞正的東西，而眞正的東西是努力的報償。我絕不把他的壞事說得更邪惡，只把它認做是一種懶惰；而我也眞的相信確實是如此——是最難以辨認的、最會把自己出賣的懶惰。」

這使我想到拉·洛謝夫高的一段話。這段話我儘管記得清楚，可以背給她聽，我想最好還是拿書給她看；我於是把「金言」這本書拿出來——這是我旅行必帶的。我把以下的一段唸給她聽：

> 所有的偏情❶之中我們所知最少的是懶惰；這種偏情的暴力雖然是我們最不易察覺的，它造成的大破壞雖然是隱藏的，但它却是一切偏情中最猛烈的，最邪惡的……懶惰對靈魂有一種秘密的魅力，讓它突然把它至爲熱切的追求，至爲斷然的決心放下。爲了把這種偏情做一個說明，我們可以說它正是一種至福的狀態，靈魂可以在其中獲得一切損失的安慰，而懶惰則可以扣押靈魂的一切所有。

「你認爲，」蘇芙倫尼斯卡說，「拉·洛謝夫高在寫這段話的時候已經暗示了我們剛剛說的話的含意？」

「可能；但我也不認爲一定。我們的古典作家們可以有權讓他們的作品做各種得當解釋。正由於他們的話並沒有只表示某一點，因此他們的正確性更令人讚嘆。」

我要她把柏利那奇異的護符拿給我看。她說已經不在她那裏了，因爲她已經給了一個對柏利感興趣的人，那人要了去做紀念品。「一個斯屈洛維洛先生，在你來以前我在這裏遇到的。」

❶ Passion 一字以往常譯為熱情或激情，在這裡都不適當，今按天主教經文譯法，譯為「偏情」。

於是我告訴她，在旅客名簿上我看到過一個這個姓氏的人，而以前我也認識一個姓這個姓氏的人。從她的描述中我知道必是同一人。但我的好奇她却提不出資料來滿足。她只告訴我他非常有禮貌，聽話非常細心，而且，她覺得他似乎非常聰明，只是有一點懶惰——「如果我還敢用這兩個字的話」，她笑着說。我則把我所知道的斯屈洛維洛全講給她聽，說到我們最初相見於膳宿學校，說到洛拉的父母（洛拉也跟她說過了），最後講到老拉・柏厚，他跟柏利的關係，以及我要把柏利帶回巴黎的諾言。由於蘇芙倫尼斯卡原先說過讓柏利跟他母親住在一起不好，我便說：「那妳何不送他到阿載斯的學校去呢？」我做這種提議的時候，主要是想到老拉・柏厚，想到老拉・柏厚因爲孫子那麼近，寄宿在他的朋友的學校，隨時都可見他的歡樂。蘇芙倫尼斯卡說她會加以考慮；對於我告訴她的一切她都極感興趣。

蘇芙倫尼斯卡不斷的說小柏利已經好了——她認爲這證明了她的方法的正確性；但我怕她的話有點說得過早。當然我沒有表示反對她的意見，我也承認柏利的抽搐，他的自相矛盾，他說話時的猶豫都已幾乎完全不見了；但就我來看，他的毛病潛到他更深的地方去隱藏了，以便逃避醫生的追詢的眼光；而現在，他毛病的根源轉移到他的靈魂去了。正像繼手淫而來的是神經質的舉動，跟着這神經質的舉動而來的則是某種奇異的、難於界定的、不可見的恐懼。不錯，蘇芙倫尼斯卡看到柏利隨着布朗尼雅的引導走入一種幼稚的神秘主義時顯得不安；她太聰明了，不可能不看出柏利現在想尋求的新的「至福」狀態跟原先用魔術所尋求的沒有多大不同，雖然它不至於那麽有傷身體，但跟眞正的努力同樣遙遠。但當我把意思說出來，她却答道，像柏利和布朗尼雅這樣的人沒有一些觀念上的食糧是過不下去的，如果把這種東西剝奪，則布朗尼雅會投入絕望，柏利則投入庸俗的唯物主義；雖然她知道他們的信仰是無的放矢的，她却認爲她沒有權利破壞孩子們的信念，她必須在其中看出低等本能的昇華，看出其中含有一種高等的假設，一種激發，一種安全措施……她自己雖然不相信基督敎的敎條，却相信信仰所能達成的效力。她帶着情感的說到兩個孩子虔誠，他們如何讀啓示錄，他們的宗敎熱，他們如何談論天使，他們穿着白袍的靈魂。像所有的女人一樣，她也充滿了矛盾。但她是對的——我不是神秘主義者……，就像我懶惰一樣確定。我想藉着阿載斯的學校中的氣氛來把柏利變爲肯用功的人；總之一句，治療他對幻想的東西的追求。這是他的拯救之所在。我想，蘇芙倫尼斯卡已經願意把他交托給我了；但她必然還要陪他到巴黎，親自把他安置到學校，並由此可以向他母親保證，要她放心，因爲她必須獲得他母親的同意。

6 奧利維給柏納的信

善用某些缺憾，比德性更具光輝。

——羅什夫科

親愛的老朋友——我必須先告訴你，我已經通過了「渡船」。但這不重要。一個特殊的機會讓我做了一個小小的旅行。我原先還在猶豫，但在接到你的信以後，我立刻跳起來去接受了。我母親一開始有些反對；但文桑不久就勸服了她；他對我比我希望的要好。我不能相信他在你說的那個境況下做出無賴的事。在我們這種年齡，我們都有一種不幸的傾向，就是對人評斷過於嚴厲，對人的責備常常是不由分說的。有很多行為，在我們看來是可厭的，甚至是可恨的，只因我們無法充份的了解它們的動機。文桑並沒有……但這話解釋起來太長，而我又有太多的事情要告訴你。

首先你要知道，現在給你寫這封信的人正是一個新雜誌——「前衛」——的主編，勞伯•杜•巴薩望伯爵，認為我足以承當這個職務，而我經過一番考慮以後便接受下來。這雜誌是由他出錢的，不過目前他並不想讓人知道，而我的名字是唯一印在封面上的。十月份將要出刊；想辦法給我一些稿子登在第一期；如果你的名字不在第一期的目錄上跟我的並列，我將難過。巴薩望希望這第一期有些駭人聽聞的東西，因為他說新雜誌最怕人的地方就是說話拐彎抹角。我有點同意他的看法。我們討論了很多。他要我寫我們談的主題，並供給我一個有冒險性的題材要我寫一個短篇小說；但我有點擔心，因為我母親可能會受到傷害。但這也無可如何。巴薩望說，越年輕，越不能跟醜事妥協。

我現在在維匝望。維匝望在科西嘉最高的一座山的半途上，深埋在森林中。我們下榻的旅社離村子略有一段距離，旅客們通常以此做為遠足的起點。我們到這裡才只幾天。我們原先在美麗的波爾多港不遠的一個小旅店落脚，我們在那裡天天洗澡；那個地方完全無人問津，你可以呆一整天一絲不掛；但天氣太熱，我們不得不到山上來。

巴薩望是個令人愉快的旅伴；他對於自己的爵位毫不放在眼裡；他喜歡我叫他勞伯；而他給我發明的名字

則是「奧利夫」❶——豈不是妙得很？他竭盡一切力量讓我忘掉他的年齡，而我向你保證，他做到了。我跟他出門，我母親相當吃驚，因為她幾乎完全不知道他是什麼人。一開始我猶豫，因為怕讓她難過。在你信來之前我幾乎放棄了。然而，文桑說服了她，而你的信也突然給了我勇氣。在出發之前幾天，我們把時間花在買東西上。巴薩望是如此慷慨，他總是要送我東西，而我不得不阻止他。但他認為我一身破破爛爛的衣服可怕；襯衫，領帶，襪子——沒有一樣是他看得上眼的；他反覆說，如果我們要一起共度一段時日，那麼我沒有適當的衣着會讓他太痛苦——這就是說，穿成他喜歡的樣子。當然我們買的一切都是送到他家去的，免得我母親難過。他自己是優雅異常；但無論怎麼說，他的鑑賞力很高，而我以前認為很可以忍受的東西現在都似乎感到可厭了。你無法想像在店鋪裡他是多麼有趣。他確實是非常的機智幽默。我願意給你舉個例子。有一天，我們在布倫塔諾，他要在那裡修自來水鋼筆。他後面有一個個子巨大的英國人想搶到他前面，勞伯不客氣的把他推到一邊，他使用他的土語嘰哩咕嚕說什麼了；勞伯非常平靜的轉過身去，說：

「一點也沒有用。我不懂英語。」

那英國人怒不可遏，用最純正的法語回答道：

「那你就非懂不行了吧。」

勞伯卻帶着彬彬有禮的微笑說：

「我已說過一點用也沒有。」

那英國人七孔生煙，但一句也沒再說。那句話真是憋死人。

又有一天，我們在奧林庇亞戲院。在幕間休息的時候，我們在劇場走廊；附近有許多妓女。其中兩個——

❶Oliver（奧利維）省去最後字母，意為「橄欖」。

已經是人老形穢的了——勾引他：

「請我們喝杯啤酒吧，親愛的？」

我們跟她們坐在桌邊。

「服務生！給這兩位女士一杯啤酒。」

「你跟這位年輕紳士呢，先生？」

「噢，我們嘛？我們喝香檳，」他無所謂的說。他叫了一瓶莫特，由我們自己獨享。你可以看得到那可憐的東西們的臉色！……我認為他對妓女有一種厭惡。他對我說他從沒有去過妓院，並讓我了解，如果我去，他會非常憤怒。所以你看得出，雖然他喜歡擺樣子，說起話來冷嘲熱諷，他的人却是很不錯的——他的冷嘲熱諷我可舉個例子，譬如，他說如果在午飯之前他沒有遇到五個以上的人讓他願意跟他們上床的人，他就說那天是「無聊天」。（我必須告訴你，我並沒再試……你知道什麼。）

他的說教方式又奇怪又有趣。有一天他對我說：

「你知道，我親愛的小朋友，人一輩子重要的事是不要往下坡走。一件會跟着另一件，你永遠不知道什麼是止境。譬如說，我以前認識一個很不錯的年輕人，他跟我的厨子的女兒訂了婚。有一天夜裡，他碰巧走進了一個小珠寶店；他把老闆殺了，然後搶了東西；以後他裝起僞君子來。你可以看得出來一步錯會把人帶到什麼地步。上次我看到他，他不得不扯謊。所以，小心。」

他總是這個樣子。因此，沒有機會讓人無聊。我們從巴黎出來的時候，有一大堆工作計劃，但到現在除了洗澡，曬太陽，聊天之外什麼也沒做。他的想法都極有創意，不論對什麼事都有意見。我正在盡力勸他寫一篇關於深海魚類和他所謂的它們的「私有光」的新學說；魚類的這種私有光可以讓它們不需日光就可以看到東西，他把它們比之於恩寵之光與啓示。我這樣跟你隨便講講聽起來一定不算什麼，但我可以向你保證，當他說起這些來的時候，那有趣得就像小說。別人都不知道他在博物方面知識豐富；但他似乎有點以隱藏自己的知識自得——這也就是他所說的，他的秘密的寶石。他說，只有那些假內行的人才把什麼都顯白出來——尤其是，當他們只是學別人皮毛的時候。

他非常了解如何運用觀念，意象，人，物；也就是說，不管什麼東西，他都能弄出點什麼來。他說，生活的偉大藝術不是在盡量享受，而是在其中盡量挖掘出東西來。

我寫了幾首詩，但是我不喜歡，因此沒寄給你。

再見吧，老友。十月見。你也會發現我改變了。每一天我都會獲得一些自信。我高興知道你在瑞士，但你看，我也沒有理由嫉妒你。

奧利維

柏納把這封信拿給艾杜瓦，後者看了，却毫不顯露激動的情感。信中關於勞伯的每一句話都讓他憤怒，讓他極為厭惡。傷他最重的是，信中奧利維連一個字都沒有提到，好像把他忘了似的。附筆有兩行，却特用墨水塗掉了。他一看再看，想猜出是什麼字，却歸徒然。那兩行字原先如下：

告訴艾舅舅，我常常想到他；我不能原諒他把我丟掉，我的心受了致命傷。

這兩行是信中唯一眞誠的部份，其他的都爲了顯白的，是爲了嘔氣。可是這兩行却被奧利維塗掉了。

艾杜瓦把這封可怕的信還給柏納，沒有說一個字；柏納接下來。我原先說過，他們兩個彼此沒有多少話可講——當只有他們兩個在一起的時候，有一種奇怪的、不可解釋的緊張壓在他們兩個身上。（我承認我不喜歡「不可解釋」這四個字，我用它們，只是我一時找不出適當的字眼。）但那天晚上，當他們兩個單獨在房間裏，準備就寢的時候，柏納用了極大的努力，在他的話貼住喉嚨的情況下，問道：

「我猜洛拉已經把杜維葉的信拿給你看了？」

「我從來就不懷疑杜維葉，」艾杜瓦一邊說一邊躺到床上，「他一定會用得當的方式接納這件事，他是個好人——或許，有些弱，但確實是個好人。我可以確定，他會喜歡這個孩子。而這個孩子一定會比他自己生的要壯。因爲我不認爲他有什麼海格力斯的樣子。」

柏納對洛拉的喜歡使他不得不驚奇於艾杜瓦說話的冷漠；但他不表示出來。

「喝！」艾杜瓦一邊吹熄他的蠟燭一邊繼續說：「事情能夠有這麼一個圓滿的解決叫人高興，本來看起來只有一條絕望的路。誰都可能有錯誤的起步；重要的是不要堅持……」

「當然，」柏納打斷他；他想換一個話題。

「我必須承認，柏納，我怕我跟你也做了一個錯誤的起步。」

「錯誤的起步？」

「對；我怕是如此。雖然我那麼喜歡你，我這幾天却在想，我們不是互相了解的那種人，而且……（他猶豫了幾秒鐘，找尋適當的字眼）再跟我呆下去，會把你放在錯誤的途徑上。」

其實，柏納也有同樣的想法；但艾杜瓦把這話說出來，却比任何東西更把柏納向回拉。因爲那天柏納反抗的本能特別強。他辯道：

「你還不了解我，我也還不了解自己。你還沒有讓我有個接受考驗的機會。如果你對我没有什麽不高興的地方，我可不可以請你再等一段時間？我承認我們不一樣，但我的看法却認爲，正由於我們不一樣，我們才能夠相得益彰。我想，如果我要對你有幫助，那必須我跟你不同，可以帶給你新的東西。如果我有錯，總有足夠的時間告訴我。我不是那種滿腹牢騷的人。這樣吧——我的提議是這樣的——也許是很莫名其妙的……小柏利，我知道要去魏德爾－阿載斯學校。蘇芙倫尼斯卡不是跟你說她怕他在那裏會有點不適應嗎？設想我去那裏，由洛拉推介；我不能弄得職位嗎？——助理敎員之類的？我必須自己謀生。我不要求太多——只求食宿就可以……蘇芙倫尼斯卡似乎相信我，我跟小柏利也不錯。我可以照顧他，幫助他，敎他，做他的朋友和保護人。但同時我還可以聽你使喚，間歇的爲你工作，只要你一招手就來。你說這怎麽樣？」

就像要讓他的提議更有份量，他又補充說：

「這幾天我都在想這個。」

但這是假的。如果他不是情急生智，當時發明出來的，他會已經同洛拉講了。但有一件事倒是眞的，也是他一直没有講的，那就是，自從他突唐的看了艾杜瓦的日記以後，自從他遇到洛拉以後，他的念頭就常常轉到魏德爾的鐥宿學校去；他想認識阿芒——奧利維從沒有說起過的朋友；他更想認識洛拉的妹妹薩拉；但他的這種好奇心是秘密的；爲了爲洛拉着想，他甚至沒有對自己承認過。

艾杜瓦沒有說什麼；但柏納的計劃由於提出了一個去處，使他感到高興。他一點也不想自己帶着他。柏納吹熄了他的蠟燭。然後接着說：

「不要以爲我不了解你說的你的事，你想像中的無情的事實與……」

「並不是我想像的，」艾杜瓦說：「它實際上存在。」

「但既然這樣，我去給你挖掘一點事實出來豈不是好事，這樣可以讓你有點東西奮鬪。我可以爲你做觀察工作。」

「我們會好好考慮，」艾杜瓦說。

艾杜瓦疑心柏納有點在訕笑他。事實上他在柏納面前是有點自卑。柏納言論那麼確鑿……很長一段時候過去了。柏納想入睡。奧利維的信一直在折磨他。最後，他再也忍不住，而又聽到艾杜瓦在床上輾轉，他便低聲說：

「如果你還沒有睡着，我想再問你一件事。……你認爲巴薩望伯爵怎麼樣？」

「我認爲你很可以想像得出來，」艾杜瓦說。隔了一會兒又說：「你呢？」

「我？」柏納蠻橫的說：「……恨不得殺了他。」

7 作者評論他書中的角色

旅行的人在爬到山頂之後，在繼續前進之前，會坐下來環顧四周；再往前進，便是一路下坡了。他想在黑暗之中——因爲夜幕已垂——辨認他所選擇的小徑會把他帶到何方。現在這個辨別力遲鈍的作者也停一停脚步，喘一喘氣，擔心不知他的故事要把他帶到何處。

我怕艾杜瓦在把小柏利交托阿載斯照顧是不智之擧。每個人都照着他自己的法則行事，而艾杜瓦的法則則把他帶往不斷的試驗中。不用說，他的心是仁慈的，但爲了別人着想，我寧願他爲自己的利益，爲自己的興趣做事；因爲他那種慷慨的衝動往往只是好奇心的陪襯，往往容易變爲殘忍。他明白阿載斯的學校；他明白那裏在道德與宗教的外表之下所充斥的有毒氣息。他明白柏利是多麼柔嫩，多麼脆弱；他理當看出他會把他置於何等嚴重的磨擦中。但是他什麼都不考慮，而只考慮那老阿載斯的嚴厲會能供給那小男孩岌岌不可保的純潔的保護，幫助與支持。什麼樣的詭辯他不會伸一隻耳朵呢？目前這似是而非的理由必然是魔鬼之計，否則他一定不聽。

艾杜瓦已經不止一次讓我不高興（譬如說，當他談到杜維葉的時候）——甚至讓我憤怒；我希望我沒有表現得太過份；但現在，我可以允許自己這麼說一說。他對洛拉的態度，有時是慷慨的，有時則令人厭惡。

艾杜瓦使我不高興的地方在於他給自己找理由。爲什麼他要想讓自己相信他是爲柏利好呢？

那淹沒孩子的狂流豈可裝做是爲了給他解渴？我不否認世界上有些行爲是高貴的，慷慨的，甚至無私的；我只想說，在那善良的動機背後往往隱藏着魔鬼，這魔鬼的聰明足以叫人在自以爲跟魔鬼的奮鬪中爲魔鬼效了力。

這個夏天把我們的各個角色都分散到各處了，讓我們利用這個機會閒暇的察看他們一下吧。再者，我們的故事也到達了中點，步子似乎慢了下來，以便聚集新的衝力，更快的衝向終點。柏納顯然太年輕，不會走陰謀的道路。他確信他能够照顧柏利；但他最能够做的却是觀察他。我們已經看到柏納在改變了；日後的熱情與痛苦還會來臨，把他做更多的改變。我在一本筆記上發現**關於**他的一兩句話，是一段時間以前我對他的看法：

在開始故事的時候，柏納那種過份的行爲我必不可置信。從他後來的情況看來，我認爲他的行爲似乎把他原來的無政府主義態度耗盡了，而如果他繼續在他家庭的壓力下單調的過下去，這種態度會繼續滋長。從這個時期以後，可以說，他的生活變成了對於他這個原始行動的反動與抗議。他所養成的反叛習慣激使他反叛他自己的這種反叛。無疑，我的角色中沒有一個比他更令我失望，因爲沒有一個更使我抱着更大的希望。或許他過早的向他的傾向投降了。」

但是現在我覺得這段話也並不很正確。我認爲我們應該更信任他一些。他是非常慷慨、有男子氣慨又有力量的；也是一個會感到義憤的人；他太喜歡聽自己說話了一些，但他確實也說得很好。我不相信那太快就說得出來的情感。他的功課很好，但新的情感一時不易於裝進那背熟了的句子中。新發明的句子使他有點說不順口，他書已經讀得太多了，記得太多了，從書裏學來的比從生活裏學來還多得多。

由於偶然的機會他佔取了奧利維在艾杜瓦身邊的位置，使我一直不能釋懷。事情發展得不如人意。艾杜瓦愛的是奧利維。他會何等用心的使他成熟！他會用何等的敬愛引導他，扶持他，推舉他到自己的層面！巴薩望一定會毀了他。沒有任何事情比陷入這樣一種不純厚的氣氛中對他更有害的。我希望奧利維能够把自己保護得好些；但他性格温柔，易於接受阿諛。什麽事情都會沖昏他的頭。再者，從他給柏納的信中我也覺察到他有些虛榮。肉慾，嘔氣和虛榮——還有什麽樣的門是不對他敞開的呢？當艾杜瓦再找到他的時候，我怕已經太遲。但他還年輕，我們有權對他抱存希望。

巴薩望？……最好不說他，我想。沒有任何人——除非是葛利菲女士這樣的女人——比他散播的毒素更多，接受的喝彩更多。葛利菲，我必須承認，一開始實在有點迷住了我。但我立即看出了我的錯誤。像她這樣的人是由沒有厚度的布剪裁出來的。美國輸出了許多這樣的人，但並不是只有美國才養育出這樣的人。有錢，聰明，漂亮——他們似乎樣樣都有了，只是沒有靈魂。我們可以確定，文桑不久就會發現。他們的身上沒有往日壓着——沒有約束力；他們既沒有法律，也沒有宗師，也沒有道德上的顧慮；他們用他們的自由，自發性，讓小說家手足無措；小說家從他們身上除了見出沒有價值的反應以外什麽也得不到。我希望要再隔很久才看到葛利菲女士，我抱歉她把文桑攝了去；而這個文桑，使我更感興趣得多，但由於他常常去找她，必然越來越平凡。在她的尾波裏翻滾，他的稜角必然盡失。可惜；他的稜角本來是很鮮明的。

如果我有機會另寫一篇故事，我會只准火候很夠的人做角色——這些人，生活不但沒有把他們磨鈍，而且使他們更敏銳了。洛拉，杜維葉，拉·柏厚，阿載斯……像這一類的人又怎麼說呢？他們並不是我尋來的，而是當我追踪柏納與奧利維的時候在路上遇到的。眞是不巧；此後留意他們便變成我的責任了。

卷三 巴黎

當我們再多幾篇區域性的文章，才能——也唯有到了這個時候才能——由收集資料，詳細的排比對照，把整個主題重新加以考慮。如果採取其他方式，配帶着兩三個簡單而粗具規模的觀念，則只能做個走馬看花式的郊遊。這種方式，在大部份例子中，都會把一切個別的、不規則的事物忽略過去——也就是說，把一切有趣的忽略過去。

盧西安賁布赫：「土地與人類的進化」

1

艾杜瓦日記：奧斯卡•莫林涅

他的返回巴黎並未導致他一點快樂。

福婁拜：「感情教育」

九月二十二日——熱、厭煩。回巴黎早了一個星期。我的急切總是在我被召之前回應。說是熱切不如說是好奇；渴望提早事情的順序。我從未能跟自己的渴切協調過。

帶柏利去見他祖父。蘇芙倫尼斯卡昨天爲了給這件事鋪路，先到過老柏厚家，回來告訴我拉•柏厚太太已經去養老院去了。天啊！讓人大大放了一個心。

我把那孩子放在樓梯平臺上，拉了門鈴就走了，認爲在他們初次見面的情況下不在場比較得當；我怕那老人的感謝。事後問過那孩子，但什麼也問不出來。後來見到蘇芙倫尼斯卡，她說也是一樣。按照原先的約定，她在我把柏利送去一小時後去接他，開門的是女僕；她發現那老先生坐在一盤跳棋前面，而那孩子則繃着臉坐在屋子另一端的角落。

「奇怪，」拉•柏厚臉色非常難堪的說：「他本來好像覺得有趣的，但突然就煩了。我怕他是有點缺乏耐心吧。」

把他們兩個單獨放在一起那麽久是錯了。

九月二十七日——上午在奧廸昂拱廊遇見莫林涅。賓琳和喬治要到後天才會回來。莫林涅從昨天就開始獨自在巴黎；若說他像我一樣無聊，則他遇見我無疑是件讓他興奮的事了。我們到盧森公園坐一坐，直到午飯時間；我們同意一起進餐。

跟我在一起的時候，莫林涅裝得盡量幽默滑稽的樣子——甚至做出一副放蕩的味道來——這當然是因爲他認爲可以討好藝術家。還有一種想要顯白他仍然充滿精力的念頭。

「在心底裏，」他聲明道：「我是個熱情的人。」我了解他的意思其實是指他的色慾。我笑了笑，就像聽到女人宣布她的腿非常漂亮的時候一樣——而那笑容則表示「我是一點也不懷疑的。」在這個時候以前，我看到的他只是個法官；現在他終於把袍子拋掉了。

我一直等到已經坐到了弗瓦羅飯店的餐桌邊才跟他談到奧利維；我說我最近從他的一個同學那裏得到了他的消息，知道他跟巴薩望伯爵到科西嘉旅行去了。

「對，那是文桑的一個朋友：他提議要帶他去。由於奧利維剛剛考完畢業考，而且考得很好，他母親便認爲難以拒絕讓他去享受這份快樂。……巴薩望伯爵是個作家。我想你認識他。」

我沒有掩飾的表示，對他的人和作品我都沒有多大好感。

「同行之間的批評總是比較嚴格一點，」他回答道：「我試看過他最近一本小說；有些評論家對他的評價很高；我本人倒看不出什麽來；但這不在我本行，你知道……」接着我表示我怕巴薩望對奧利維有不良的影響。

「其實，」他含混不清的說：「我個人倒並不贊成他這次旅行。孩子們長到某個年齡就不再受我們控制，如果沒有了解到這一點是不好的。這是事情的自然發展，無法可施。寶琳是想永遠把他們留在身邊，這和所有的媽媽都一樣。我有時候對她說：『但是妳讓妳的兒子們煩死了。任他們去吧。是妳自己把妳的那些問題塡到他們腦子裏去的……』至於我嚒，我認爲看管他們的時間太久是不好的。重點在於把少數幾項好原則灌輸到他們早年的教育裏去。更重要的是要出身好。遺傳，我親愛的朋友，遺傳會勝過一切。有些壞傢伙是無法可想的——我們說他們是命中注定的。這些人必須用高壓手段。但對於那些敎養良好的人，你可以讓他們自由些。」

「但是你剛剛告訴我，」我緊抓不放的說：「你不贊成奧利維這樣被人帶走。」

「噢！贊成……贊成！」他鼻子塞在餐盤裏說：「根本用不着我贊成。有很多的家庭，你知道——而且是那些最同心一德的——決定事情的並不總是做丈夫的。但是你還沒有結婚；這種事情不會讓你感興趣……」

「噢，」我笑道：「但我是小說家呀。」

「那麼你一定已經留意到，一個人允許他的太太牽着他走，並不都是出於他性格的柔弱。」

「當然，」我一邊爲了阿諛他說：「有些堅強的、甚至有支配性的人，我們在他們的婚姻生活中都發現他們溫柔如綿羊。」

「你知道爲什麼嗎？」他接着說：「當丈夫向太太低頭的時候，十中有九是因爲他心裏有鬼。我親愛的朋友，一個在道德上站得住脚的女人是事事佔先的。如果男人把背駝起一秒鐘，你就看到他太太已經騎到他肩膀上去了。噢！我們這些可憐的丈夫有時候實在有資格叫人同情的。當我們年輕的時候，我們唯一的希望就是有一個貞潔的太太，全沒有想到她們的這個美德要我們負多少代價。」

我看着莫林涅，看他坐在那裏，肘子支在桌上，下巴托在手裏。這可憐的人一點也沒想到他多麽自然的駝成了他剛才所說的樣子；他不斷的抹前額，大吃大喝——不是像品嚐家，而是像餓鬼——又似乎特別喜歡我們叫的勃艮第葡萄酒。他因爲覺得他的話有人在聽，有人懂，也無疑以爲得到了讚賞，他便不勝其坦白起來。

「在我當法官的事業中，」他繼續說：「我曾經見到過一些女人，她們任她們的丈夫擺弄，只是心不甘情不願的……然而當那她們曾經厭拒的可憐蟲現在到別的地方找草料的時候，她們却怒不可遏。」

法官這段話開始的時候用的是過去式；結束的時候却是現在式，毫無疑問的是在指他自己。在兩大口東西之間他故做警語的說：

「當別人沒有你一樣的胃口的時候，他們總覺得你邋遢。」他喝了長長的一大口酒，然後說：「這就說明了爲什麽，我親愛的朋友，一個丈夫會失去他家中的指揮地位。」

不錯，我確實了解——在他不啣接的話之間這是很顯然的——他是多麽切望把他自己的缺點委過在他太太的美德上。我心裏說，像這個傀儡一般散骨頭的東西，必須要用盡每一個點的自我主義來把他們互不相啣接的各部份粘起來。一刻他們忘了自己，就立即瓦解爲碎片。他沉默。我想我必須反映一兩句話，就像爲工作了一同合的機器加油似的；爲了讓他再講下去，我說：

「幸虧寶琳聰明。」

他把他的「對」字拖得猶猶豫豫，最後變成了問句；然後說：

「但還是有些事情她不了解。女人不管多麼聰明，你知道……不過，我必須承認，在目前的情況下我做得不很聰明。我有一點小波動，當我認爲——當我絕對相信——它不會再有發展了的時候，我跟寶琳說了。但那件事却還是有了發展……而寶琳也猜疑到了。認爲她像人們所說的那麼『開通』，實在是錯誤之至。我不得不瞞她——對她說謊……這就是一開始的時候不知道閉嘴的好處。這不是我的錯。我自然信任……但寶琳的嫉妒確實叫人吃驚。你無法想像我務必多麼小心。」

「很久以前的事了嗎？」

「噢，繼續了大概五年了；我還自鳴得意的以爲我完全安下她的心來。但現在整個又完全翻了起來。你猜怎麼樣？前天當我回家的時候……我們是不是再叫一瓶朋瑪嗎，呃？」

「請不要叫我的份。」

「或許我可以叫個半瓶的吧。吃完以後我回家小睡一下。我覺得這個天氣熱得……好啦，我剛剛跟你說，前天，當我回家的時候，我到寫字桌去放一些文件。我拉開一個抽屜，這裏面我原先藏了……那當事人的信。想想看，我親愛的朋友，我呆成什麼樣子！我的抽屜是空的！天知道什麼鬼拿了去！我明白是怎麼回事了；兩個星期以前，寶琳帶着喬治回巴黎，參加我一個同事的女兒的婚禮。我自己則不能分身；我那時在荷蘭……再說，這種事就是女人的看家本事。好啦，她既回到了巴黎，無事可做，在空蕩蕩的公寓裏，在整理日用品的藉口下……你知道女人是什麼樣子——永遠都是好奇的……她開始東聞西嗅了……嗅！當然沒有惡意——我不是在責備她。但寶琳確實是喜歡打掃得不得了，好潔成癖……好吧，現在，既然她一切證據握在她手裏，我還又能講什麼呢？如果那小傻東西不叫我的小名就好了！這樣的裏應外合！當我想到我落到了這種陷阱裏……」

那可憐的人完全失去他的自信心了。他拍着頭——爲自己搧涼。我喝得比他少得多。我的心不聽指揮，不肯分泌出一點同情來；我只感到對他的厭惡。若說他是個父親（儘管想到他是奧利維的父親我就痛苦），是個可敬的、正直的、退休的布爾喬亞，我還可以接受，但若說他是個戀愛中人，我便不得不覺得荒誕可笑了。他的痴拙，他的語言的瑣屑，他的表意姿態，特別讓我不舒服；他的臉，他的聲音，都似乎跟他所說的那種情感牛頭不對馬嘴；那就好像低音大提琴想學中提琴的琴音一樣，除了發出刺耳的聲音之外，沒有別的。

「你說她帶喬治來……」

「對；她不要把他一個人留在海邊；但在巴黎，當然他並不是一天到晚在她口袋裏……怎麼呢，我親愛的朋友，二十六年的婚姻生活中，我沒有讓我們吵過一次，鬧過一次……想到就要發生的事，我實在……因爲，寶琳再過兩天就要回來了。……嗅！我看，我們還是談別的吧。好吧，你認爲文桑怎麼樣？摩納哥王子——讓他做一次巡航。……天啊！……什麼？你不知道？……對，他已經出海了，負責近海和亞速爾羣島一帶的遠洋的漁業研究。啊！不必爲他擔心，這一點我可以向你保證。他一定會闖出他的路來，不用任何人協助。」

「他的健康呢？」

「完全恢復了。有他這種聰明，我相信他已經走上了成名的大道。巴薩望伯爵毫不猶豫的說他認爲他是他見過的最傑出的人之一。他甚至說他是『最傑出的』……當然，我們必須假想他有點過獎。」

飯吃完了；他點了一根雪茄。

「我是不是可以問你，」他繼續說下去：「把奧利維的事告訴你的這位朋友是什麼人？我必須跟你說明，我對孩子們的交結是非常重視的。我認爲這種事不論你怎麼樣注意都不會過份。很幸運的，我的兒子們都有選擇最佳的人選交結朋友的自然傾向。文桑，你已經知道了，跟王子做朋友；奧利維跟巴薩望伯爵……至於喬治，他在烏爾門跟他的一個同學在一起——阿達曼蒂家的一個年輕人——下學期他也要到魏德爾—阿載斯學校上學；這是一個可以叫人完全放心的孩子；他的父親是代表科西嘉的參議員。可是，你看，人必須多麼小心！奧利維交了一個家庭背景似乎很好的朋友——一個叫柏納・普洛菲當杜的孩子。我必須告訴你，老普洛菲當杜是我的同事；一個非常傑出的人。我對他特別尊敬。但是……（不可爲外人道）……我最近剛剛聽說，他並不是這個揹着他的姓氏的孩子的父親！這你怎麼說？」

「告訴我奧利維的消息的正是這個柏納・普洛菲當杜，」我說。

莫林湼深抽了幾口雪茄，把眉毛抬得非常高，以致於滿額皺紋。

「我倒希望奧利維盡量少見這個年輕人。我聽到一些最遺憾的事——倒也並不那麼出我意料。我們必須承認，我們沒有理由希望在這樣不幸的狀況下生下來的孩子能夠有好行爲。我並不是說自然兒不會有優異的秉賦——甚至美德；但是由非法與反抗所產生的孩子，必須感染到無政府主義的病菌。不錯，我親愛的朋友，注定要發生的事已經發生了。小柏納已經離開了他本來就不該進去的那個家庭。他去『過他的日子』了，像艾彌兒・奧潔說的；在天知道的地方去過天知道的日子。可憐的普洛菲當杜，在跟我說到他這種過份的行爲時，似乎心情亂得很。我勸他，他大可不必那麼放在心上。其實呢，那孩子走掉，正是各得其所。」

我抗議道，我對柏納相當了解，可以保證他是個可愛的、行爲良好的人。（不用說，我當然不提手提箱的事。）但莫林湼卻越加有勁的說：

「好吧，好吧，我看我必須再跟你講些事情了。」

「我的同事普洛菲當杜最近調查一件很見不得人的，叫人很不愉快的事。這種事，一方面是因爲那事情的本身，另一方面是因爲那事情後面拖着的令人難堪的尾巴。那是一件荒誕絕倫的事，如果能够不信，那是最好不過……想想看，我親愛的朋友，差不多是個有組織的妓院，事實上，……好啦，我不想用難聽的字眼。讓我們這樣說，是個茶舖吧，卻有點很不像話的特點，就是它的主顧幾乎都是青一色的、年紀非常小的男學童。我告訴你，那簡直是叫人不敢相信的。孩子們當然沒有認清他們行爲的嚴重性，因爲他們幾乎連掩藏的企圖都沒有。事情都是發生在放學以後。他們喝茶、聊天。以有女人爲伴自娛；但是還有更進一步的，那就是喝茶的地方隔壁的房間。當然並不是人人都可以進去的。要參加，必須有人介紹。誰出錢供他們這樣狂歡作樂呢？誰出房租呢？要查出來不難；但這件事的調查必須要極爲謹愼，免得知道得太多，越過了自己無意要越過的界限，免得損及一些有聲望的家庭——因爲這件事情的主要人犯推定是這些家庭的孩子。因此，我盡可能沖淡普洛菲當杜辦案的熱情。他開始接辦這件案子的時候，勁足得像條牛一樣，沒有料想到他的犄角一頂就……（噢！抱歉，我不是有意要這樣說的：哈哈哈！眞好玩！這眞是脫口而出）……差點頂到他自己的兒子了。幸虧暑假到了，把一切都衝散了。學生們各自分散，我希望這件事大事化小，就算不能小事化無，找幾個人警告警告，做一點謹愼的處罰，也就算了。」

「你能確定柏納・普洛菲當杜也混在裏面嗎？」

「不絕對，但是……」

「你爲什麼會這樣想呢？」

「第一，他是個自然兒。你不會以爲像他這樣年齡的男孩沒有沉淪到最低的地步就會離家出走的吧？……其次，我覺得普洛菲當杜也有了一些疑心，因爲他突然冷了下來；再者，他好像變卦了，上次看到他的時候我問他事情調查的進度如何，他似乎很尷尬；『我想，大概不會有什麼結果吧』，他匆匆說了一句就改換了話題。可憐的普洛菲當杜！我必須說，他受的是無妄之災。

他是個誠誠實實的人，或許，難得的是，他還是個好人。想起來了，他的女兒剛剛結婚，嫁得好家庭。我沒能來參加婚禮，因爲我在荷蘭，但寶琳與喬治特地爲這個回來。我剛剛是不是已經告訴過你了？我該去午睡了……什麼？眞的？你付全部的帳？不，一定不要。單身漢們——老朋友們——都是各付各的……不用？好吧好吧！再見！不要忘了寶琳兩天之內回來。來看我們。不要管我叫莫林涅。叫奧斯卡好嘛？……很久以前我就想跟你這樣說了。」

晚上接到洛拉的妹妹拉琪兒的一張便條：

我有件非常重要的事要跟你說。如果你沒有不便的話，是不是可以在明天下午到學校來一趟？這對我很重要。

如果她要談的是洛拉的事，她不會等這麼久。這是她第一次寫信給我。

② 艾杜瓦日記：在魏德爾家

九月二十八日——我在一樓一間大敎室的門口見到拉琪兒站在那裏。兩個佣人在洗餐桌。她自己則圍着一條佣人的圍裙，拿着一塊抹布。

「我知道可以信賴你，」她說着，伸出手跟我握住，神情是温柔的，有着一種無可如何的憂愁，而又含着笑意，比純只是美還更爲動人。「如果你不很忙的話，最好是先到樓上看望外祖父一下，還有媽媽。如果他們聽說你來而沒有上去一下，他們會很難過。但是一定要爲我留一點時間；我非跟你說點事不行。你可以在這裏找到我；你看，我在監督女僕的工作。」

由於謙卑，她從來不說「我的工作」。拉琪兒一生都把自己抹除，而沒有任何東西比她的美德更隱沒更不顯目的。她的自我克制是如此的自然，以致於她家裏的人沒有一個爲了她終生的自我犧牲對她知道感謝的。她是我所知道的最具美德的女人。

我到二樓看老阿載斯。他現在幾乎已經離不開椅子了。他叫我在他旁邊坐下，幾乎立刻就談起拉・柏厚來。

「我聽說他現在完全一個人過日子，着急得很，我很想勸他來住在這裏。我們是老朋友，你知道。前幾天我去看他。他親愛的太太離開他到聖・波亨的養老院去他大概很受影響。他的女僕人告訴我，他差不多什麼都不吃。我想，我們這裏照例是吃得太多；但正確的道路是中庸之道，我們應該避免過與不及。他認爲只爲了自己一個人還要煮飯沒有必要；但是如果他跟我們一起吃飯，看到別人吃，他會受到鼓勵。再說，他還可以跟他可愛的小孫子在一起，否則他不容易看到他；因爲從瓦文街到福堡・聖昂諾距離相當遠。再說，我也不願意讓那孩子一個人跑到巴黎去。我認識安納托爾，杜・拉・柏厚很久了。他這個人一向就是怪。我並不是要責備他，但他天性就是有點傲，或許他不會接受我的款待而不希望有點回報。所以，我想我可以建議他負責預習課；

這個工作不煩重，再說，也可以讓他有點做事，分散一點他的心思。他是個好數學家，必要的話可以教代數和幾何。現在，他一個學生也沒有了，他的家俱和鋼琴對他來說都沒有用了；他應當貼張出租的條子了；由於到這裏來可以幫他省下租金，我想我們可以協議讓他付一點食宿費用，這可以讓他更自在一點，免得讓他感到欠我什麼。你應該去勸勸他——不要躭擱太久，因爲他那樣馬馬虎虎的過日子方式，我怕他很快會身體弱下去。再說，學生們兩天之內都回來了；因此能夠儘早知道事情的結果比較好，我們也可以決定要不要依靠他——而他也可以知道要不要依靠我們。」

我答應第二天去跟拉・柏厚說。就像放了個心似的，他立刻接着說：

「噢，順便說一說，那受你照顧的少年柏納是多麼好的一個孩子啊！他好心的要爲我們出力；他說他可以負責低年班的預習課程，但是我怕他自己還太年輕，還不大能夠維持秩序。我跟他說了很久的話，發現他很叫人喜歡。他是可以鑄造成最好的基督徒的金屬。很可惜他的早年教育把他的靈魂從眞正的道路上轉開了。他說他沒有宗教信仰；但是他的語氣却使我充滿了希望。我跟他說，我深信我在他的心裏可以發現一切締造好基督戰士的秉賦，高特賜給了他這些秉賦，他自己應當盡心盡力去培植它們。我們一起讀寓言❶，而我相信那種子沒有落入坏土裏。他似乎被我的話感動，答應好好想一想。」

他們這次見面的情況柏納已經跟我說過了，我知道他的想法，因此現在這段話有點讓我覺得

❶指耶蘇所說的種子落入沙土、岩石或沃土的寓言。

痛苦。我已經站起來要走了，但阿載斯把我伸給他的手握在他的兩隻手裏，繼續說：

「噢，順便說一聲。我見到洛拉了。我知道這親愛的孩子跟你在山中愉快的過了整整一個月；這似乎對她有不少益處。她又要回到她丈夫那裏，我很高興；他一定已經因爲她離開那麼久而難過了。他的工作讓他沒能跟你們同去眞是可惜。」

我把手抽出來要走了，同時覺得越來越尷尬，因爲我不知道洛拉究竟說了些什麼；但他突然用了一種命令的手式把我拉近他，他自己則俯身向前，對着我耳朵小聲說：

「洛拉把她的希望告訴我了；但是，噓！她不願意別人知道。我告訴你，只是因爲我知道你了解內情，我們兩個又是不隨便講話的人。這可憐的孩子在告訴我的時候，羞不勝羞，臉紅得不得了；她是那麼保守。由於她跪在我面前，我們便一起感謝高特，感謝祂祝福了他們的結合。」

我認爲洛拉還可以過一段時間再告白，因爲她現在的狀況還沒有那個必要。如果她跟我商量，我會叫她等跟杜維葉見面以後再說。阿載斯是個鼻尖以外的事都看不清的人，但家裏其他的份子就不那麼容易受騙了。

這老人又乘機講了一些宗教的道理；然後，他告訴我，他女兒如果看到我會很高興，我便下樓到魏德爾家那一層。

剛剛重看上面寫的這些。這樣寫阿載斯，我是使自己變得可厭了。我很了解這一點，並附上這幾行，好準備給柏納看，因爲他那迷人的輕率會讓他找到機會再翻我的日記。只要他再去看他幾次，他就會懂我是什麼意思。我很喜歡這老人，『再說』——這是他的口頭語——我尊敬他；

但是當我跟他在一起的時候，我極難控制自己；這使我不喜歡跟他在一起。

我喜歡他的女兒，牧師太太，很喜歡。魏德爾太太像拉馬丁筆下的艾芙兒——只不過是年紀大了的艾芙兒。她說起話來不是沒有迷人之處的。她有一種習慣，話沒說完就不說了，這使她的意思有一種詩意的模糊。她用不定來達到無限。凡是這一輩子所缺的，她都寄望來世；這讓她可以無限擴充她的希望。她那兩脚不着地的狹隘觀點，使她的衝力更大。由於她看到魏德爾的機會那麽少，她便自以爲愛他。這個可敬的人永遠都在趕東趕西，四面八方奔走，有一百零一件事情纏身——佈道，會議，探病，訪貧。他只能路過的時候跟你匆忙握手，但總是因此更爲熱忱。

「今天太忙了，改日再好好談談吧。」

「沒關係；我們會在天國裏再見，」我說；但是他沒有時間聽清楚我的話。

「沒有一分鐘留給他自己的，」魏德爾太太嘆道。「如果你知道他扛在肩膀上的東西有多少……人人都知道，他什麽事，什麽人也不拒絕……夜裏他回家的時候，他往往已經那麽疲倦了，以致於我差不多都不敢跟他講話，生怕……他把什麽都給了別人，以致於一點也沒留給自己家裏的人。」

當她這樣說的時候，我想起了當我在這裏膳宿的時候魏德爾回家的情況。有時我看到他兩手抱着頭，大聲喘氣，好能歇息一些。但即使這樣，我還是常想，他固然渴望歇息，但更爲懼怕，而令他最痛苦的則莫過於留下了一小段時間讓他有反省的可能。

「你要喝杯茶吧，是不是？」魏德爾太太在一個小女佣托着一個放了茶點的盤子進來的時候說。

「糖不够了，夫人。」

「我沒有跟妳說過這種事妳一定要去問拉琪兒小姐嗎？快去！……妳告訴過那兩位年輕的紳士茶準備好了嗎？」

「柏納先生和柏利先生出去了。」

「噢！還有阿芒先生？……快去。」

然後，沒等那女佣人走出門房就說：

「這可憐的女孩剛從斯特拉斯堡來。她什麼都不……一定要事事告訴她……嚇！妳還在那裏等什麼？」

那女僕像尾巴被踩到的蛇一樣轉身：

「那老師在樓下；他要上來。他說不拿錢就不走。」

魏德爾太太做出一副有理說不清的厭倦表情：

「我要跟妳講多少次，我跟出納的事沒有關係。告訴他去找拉琪兒小姐。馬上去……沒有一分鐘的清閒！拉琪兒能怎麼想呢？」

「我們不等她來喝嗎？」

「她從來不喝茶的……噢！學期開始是一段麻煩的時間。來應徵的老師要求高得出奇的薪水，不然就是薪水雖要求得不過份，却又沒有能力。爸爸對於上一個完全不滿意；可是他又對他太軟弱了；現在他却來威脅人了。你聽到佣人怎麼講了。這些人除了錢以外什麼也不想……就好像世界上除了這個以外沒有別的似的……可是，我那個時候却也不知道怎麼樣來替換他。普厚斯波老是認爲除了禱告高特之外什麼都不必做，一切交給高特就好了……」

女僕拿糖進來了。

「跟阿芒先生說了嗎？」

「說了，夫人；他馬上來。」

「薩拉呢？」我問。

「她還有兩天才能回來。她到英格蘭朋友家去住；就是暑假之前你在這裏看到的那個女孩的父母。他們非常慈祥，我高興薩拉能夠……洛拉嘛，我覺得她氣色好多了。從南部出來，在瑞士過這一段時間對她有很大的好處，你能勸她去，眞是你的好心。只有可憐的阿芒整個暑假都沒有離開巴黎。」

「拉琪兒呢？」

「噢，當然；拉琪兒也是。有很多人邀她，但是她寧留在巴黎。外祖父也需要她。再說，人在這一輩子也不是想做什麼都總是能做得到的——這個話我是一而再再而三跟孩子們講的。人必須爲別人着想。你想我自己不想到瑞士去鬆一口氣嗎？普厚斯波還不是一樣？他旅行的時候你以爲他是爲了享受嗎？阿芒，你知道我不喜歡看你到這裏來不加領子的。」看到她兒子進來時她這樣說。

「親愛的媽媽，妳熱心的教過我不要重視個人的外表，」他說着，伸手給我；「而且也有明明白白的理由，那洗衣婦要星期二才來，我其他的領子都破破爛爛了。」

我記得奧利維告訴過我的話，我認爲他說得似乎不錯：阿芒在表面裝出的輕蔑嘲諷的表情之下，隱藏着深深的焦慮。他的臉削瘦下來；鼻子萎縮了，鷹鈎樣的彎在變得薄而無血色的唇上。

他繼續說：

「妳有沒有告訴妳高貴的客人，我們已經增加了幾個演員，爲冬季開學請了幾個轟動的明星，出名的參議員、巴薩望伯爵的兒子，名作家的弟弟——還不用說你已經知道了的，因此更爲可敬的柏利王子和普洛菲當杜侯爵，以及一些名銜與業績猶待發掘的許多傑出之士。」

「你看他一點也沒有變，」那可憐的母親一邊笑着一邊說。

我那麼害怕他會說起洛拉，因此匆匆結束我的問候，快步下樓去找拉琪兒。

她已經把袖子捲起來，幫着整理教室；但是看到我來立刻拉下來。

「要向你求助實在讓我極端痛苦，」她說着把我拉進相鄰的一小間，這本是單獨授課用的。「我本來想向費利斯・杜維葉——他以前向我說過的；但是現在我看到洛拉了，我知道那不可能……」

她的臉色非常蒼白，在說最後幾句話的時候，下巴和嘴唇抖得如此厲害，以致片刻間她說不出話來。我把目光轉到別處，免得增加她的困窘。她進來時把門關上了，現在靠在門上。我試着去握她的手，但她抽回去。最後，她終於又開口，而聲音則由於極大的抑制而扭結：

「你能借我一萬法郎嗎？這學期情況不錯，我希望很快就可以還你。」

「什麼時候用？」

她沒有回答。

「我身上現在有一千多，」我說：「明天上午我可以湊齊——必要的話，今天傍晚。」

「不用；明天就可以了。但是如果你能現在借我一千而沒有不方便的話……」

我把皮夾子拿出來，交給她。

「妳看一千四好不好？」

她低下頭，說了一聲「好」，而聲音是那麼低微，以致我幾乎難以聽到；然後她脚步不穩的走到一條學生長條凳邊，把錢丟在上面，自己則手肘拄着面前的書桌，站了幾分鐘，手捧着臉。我以爲她在哭，但是當我把手放在她肩上，她却抬起頭來，眼是乾的。

「拉琪兒，」我說：「不要因爲這樣而覺得什麼；我高興能爲妳這樣做。」

她沉重的看着我：

「讓我痛苦的是我要（一幺）求你既不要跟外祖父講也不要跟媽媽講。因爲他們把學校的出納都交給我，我已經讓他們相信……好吧，他們不知道。什麼都不要說，我求你。外祖父年紀老了，媽媽又有那麼多事操心。」

「拉琪兒，操心的不是妳母親，……而是妳。」

「她已經操過了。現在她累了。輪到我了。我別無他法可想。」

她的理由就是這麽單純，說的態度又是那麽單純，就像理所當然的把這一切承擔下來似的。我覺得在她的捨己爲人中沒有苦澀的成份——相反的，倒是有一種明淨。

「但是不要認爲事情壞得很嚴重。只是一時的困難需要克服，因爲有幾個債主不耐煩了。」

「我剛剛聽到女僕說一個老師在要錢。」

「對；他來過；在外祖父面前大鬧一場，可惜我沒有能够阻止。他這個人粗陋無禮。我必須去給他錢了。」

「要不要我幫妳去給？」

她猶豫了一下，想強做出一個笑容來，却未能成功。

「謝謝你，不用了；我最好是自己去……但是你跟我一起去，好嗎？我倒是有點怕他。如果他看到你，他就不敢說什麽話了。」

校園從花圃開始由兩三階台階和一段欄杆分爲兩部份，那老師身向後仰，用手肘支着後面的欄杆。他戴着一頂巨大的軟毛皮帽，抽着煙斗。當拉琪兒在跟他交涉的時候，阿芒向我走來。

「拉琪兒向你搾取過了，」他嘲諷的說：「你來得正是時候，把她從怕人的煩惱中救出來。是亞歷山德——我的畜牲哥哥，在殖民地又欠了債。她想瞞着我父母。她已經把她的『陪嫁費』分了一半給洛拉，讓洛拉的多一點；但這一次，全部光了。我打賭，這事她一個字沒有跟你講。她的謙讓讓我氣死。這個下界世界上最罪惡的玩笑之一就是當某個人爲了別人而犧牲他自己一次，他就確確定定的自認爲自己比別人高貴一點……你只看看她爲洛拉做的事好了！而她又怎麽報答她的！那婊子……」

「阿芒！」我勃然叫道：「你没有權力批評你姐姐。」

但是他却急促的說下去，帶着嘶嘶聲：

「正好相反；就因爲我一點也不比她好，我才能夠批評她。我清楚得很。拉琪兒不批評我們。拉琪兒從來不批評任何人……正是，婊子！婊子！……我向你保證，我不會拐彎抹角的告訴她我對她的看法。而你呢！你却幫她掩藏，保護她！你這個什麽都知道的人！……外祖父瞎得像個蝙蝠。媽媽是想盡一切辦法不去了解任何事情。至於爸爸嗎，他依靠高特；這是最省事的辦法。只要一遇到困難，他就跪下禱告，等拉琪兒去解決。他求的只是蒙在黑暗裏。他東奔西跑，像個瘋子一樣；他在家裏幾乎都是脚不著地的。他覺得這裡窒悶，這個我一點也不奇怪。至於我嚒，我已經快悶死了。他盡量使自己痲木，天啊！媽媽呢，却寫詩。噢！我不是在責備她，我自己也寫。但不管怎麽樣，我却知道我不是東西，只是個混混兒；我也從來没有裝成自己是什麽的樣子。但是，我說，那不叫人作嘔嗎——外祖父明明是需要一個老師，裝做對拉·柏厚做慈善事業似的？……」然後，突然：「那裏是個什麽畜牲敢在那裏跟我姐姐講話？如果他走的時候敢不脫帽，我會把他血紅的眼睛敲黑。……」

他向那波希米亞人衝過去，我想他立刻就要打下去了。但由於阿芒的出現，那人把他的帽子戲劇性的、諷刺性的甩了一下，在拱廊裏消失了。這時通往街道的門開了，牧師走了進來。他穿着禮服大衣，戴煙囱帽，黑手套，就像從命名典禮或結婚典禮回來一樣。那離職的老師跟他互換了一個禮貌的鞠躬。

拉琪兒和阿芒向我走過來；當魏德爾也走過來時，「都安排好了，」拉琪兒對她父親說。

他吻她的前額。

「我不是跟妳講過嗎，我的孩子？凡是把自己寄託給高特的，祂永遠不會拋棄他。」然後，伸出手來給我：

「已經要走了嗎？……好吧，這幾天我們就會再見到你的，是不是？」

3 艾杜瓦日記：三訪拉・柏厚

九月二十九日——去看拉・柏厚。女僕在讓我進去之前猶豫了一下。「先生什麽人都不見。」我一再堅持，她才把我領到客廳。窗帘都放了下來，在那半黑暗的光線裏，我幾乎分辨不出我的老老師了，因為他在一把直背扶手椅中縮成一團。他沒有看我，只伸出一隻冷而無生氣的手，等我握過，又任它垂下去。我在他旁邊坐下，因此只能看到他的側影。他的五官是僵硬的，臉上毫無表情。他的唇有時候動一動，卻什麽也沒說出來。我眞的懷疑他到底認不認識我了。鐘敲四點；這時，就像他也被發條轉動似的，慢慢的扭轉他的頭。

「為什麽，」他問道，而聲音是又響又莊嚴的，但一點也沒有音調，好像從墳墓裏發出來似的，「爲什麽他們放你進來？我跟女僕說過，如果有人來，不管是誰，都說拉·柏厚先生已經死了。」

我心裏非常難過，倒不是由於他這幾句荒誕的話，而是由於他的音調——一種布告似的音調，無法說明的做作；我是絕不習慣我的這位老老師會用這種口吻說話的，因爲他一向對我都是何等親切，何等信賴啊。

「那女僕不肯說謊話，」我最後終於說。「不要爲了她讓我進來罵她。能看到你我很高興。」

他又呆鈍的重覆了一遍：「拉·柏厚先生已經死了，」隨着又沉入無言中。我一時頗感煩躁，站起來，意思是要離去，想換一天再尋找他這種憂鬱行爲的線索。但在這時，女僕回來；她端着一杯冒熱氣的巧克力：

「勉強吃一點，先生；你一整天都沒吃一口東西了。」

拉·柏厚做了一個不耐煩的手勢，就像一個演員的戲劇效果被一個拙笨的跑龍套的搞壞了一樣。

「等等。等這位先生走了再說。」

但那女僕剛剛關門他就說：

「我親愛的朋友，請幫個忙。給我拿一杯水來——白開水。我渴死了。」

我在吃飯間找到一個水瓶和一隻玻璃杯。他倒滿一杯，一口氣喝了下去，用他陳舊的羊駝外套的袖子擦嘴。

「你有沒有發燒？」我問。

這句話把他拉回他正在演出的角色。

「拉・柏厚先生沒有發燒。他什麼也沒有了。從星期三晚上，拉・柏厚先生就不再活着了。」我在想，順着他的戲路推下去，不知是不是更好一點。

「星期三不正是小柏利來見你的那一天嗎？」

他把頭轉向我；一絲笑容——每當他聽到柏利的名字時所出現的笑容的鬼影現在在他臉上晃現了，最後他終於同意放棄他的角色了。

「我的朋友，」他說：「至少我可以跟你講一講。那個星期三，是我一生中最後的一天。」然後他低聲說：「事實上，是我允許自己在……把一切做個結束之前的最後一天。」

聽到拉・柏厚又談起這不吉祥的話題，我感到極端痛苦。我了解到，我從沒有把他說的這話當眞，因爲我任它從記憶中溜失了；現在，我責備自己。現在，我一切都清清楚楚的記得了，但我吃了一驚，因爲他原先所提的日子不是這個時候，而是更晚一點；我跟他說了這個，他則回答說——他的聲音這時又恢復了自然，甚至有點嘲諷的意味了——他是故意騙我的，爲的是怕我想來阻止他，或提早了我從國外回來的日期；但是有好幾個夜裏，他確實在高特面前跪拜，求高特允許他在死以前看到柏利。

「我甚至跟祂協議，」他又說：「如果必要，我可以把我離開的日子延後幾天……因爲你答應了我要把他帶回來，你記得嗎？我確定你會做到。」

我握住他的手；手是冰冷的，我用兩隻手爲他搓熱。他用單調的聲音繼續說：

「後來，當我知道你不等到暑期結束就提早回來，而我可以不必拖延就能看到我的孩子時，我認爲……我認爲高特似乎聽取了我的祈求。我以爲祂贊成了。對，我是這樣認爲的。我一開始並不知道祂又像以前一樣嘲弄了我。」

他把手從我的手裏抽出去，聲音略有一點活力的接着說：

「這樣，我決定在星期三晚上結束我自己的生命；而你把柏利帶來則是星期三下午。我不得不承認，我見到他的快樂並沒有期望的那麽大。事後我想過。顯然我没有權利希望那孩子見到我會高興。他母親從來没有跟他說過我。」

他停下來；他的唇發抖，我以爲他會哭出來。

「柏利所求的只不過是愛你，」我進言道：「但要給他認識你的時間。」

「在那孩子離開我以後，」拉・柏厚没有聽我的話，繼續說下去：「當我發現我又獨自一個人的時候（因爲你知道拉・柏厚太太已經不在這裏了），我對自己說：『時候到了！現在來吧！』你一定知道我的弟弟——我失去的那弟弟——留給我一對手槍，我一向把它們裝在一個盒子裏，放在我床邊。於是我就去拿那盒子。我坐在一把扶手椅裏；就像我現在這個樣子。我把一隻槍裝上子彈……」

他轉頭向我，突兀的、粗獷的，就像我懷疑了他的話似的：

「對，我裝上了子彈。你自己可以打開看看。現在還裝在裏面。結果怎麼樣呢？我無法了解。我把槍對準前額。我用它頂住太陽穴頂了很久。我沒有開槍。我做不到……在最後的一分鐘——可恥……我沒有勇氣開槍。」

一邊說着，他一邊越有生氣了。他的眼睛更活動了，臉也微微的紅暈了。他看着我，點着頭。

「你怎麼解釋這個呢？一件我下了決心的事；一件我不停的想了幾個月的事情……或許原因正在這裏。或許我已事先耗盡了所有的勇氣。」

「正像在柏利來之前，你已經耗盡了你跟他見面時的歡喜，」我說；但是他繼續說下去：

「我用手槍頂住太陽穴頂了很久。我手指扣住扳機。我向下壓了一點；但壓得不夠。我對自己說：『等一下我再用力一點，我就什麼也不覺得了。但在這之前，我會聽到一聲可怕的槍聲。』……想想看！離我耳朵那麼近！……這是第一件讓我做不下去的事——怕那聲槍聲。……是荒唐，因爲等你死了………不錯，但是我所希望的死是像睡覺一樣；但一聲爆炸却不是把你送去睡覺——而是把你叫醒了……對，我怕的正是這個。我怕我不是去睡，而是突然間醒來。」

他似乎在整理自己的想法，有一段時間他又是嘴唇動却沒有說話。

「這些話，」他繼續說：「只是事後我才對自己說的。事實上，我所以沒有自殺，是因爲我不自由。我現在是說我害怕；但不是，不是這個。一種完全跟我的意志相反的東西把我拉住了。就像高特不要我走似的。設想有那麼一個提線木偶，在戲劇結束以前他想先下台……站住！終幕還要你。哈哈！你以爲你可以想什麼時候走就什麼時候走！……我了解了所謂的意志，不過是那讓提線木偶活動的線，而提線的則是高特。你了解嗎？好，我解釋給你聽。譬如說，我對自己說：『現在我要擧右手；』我把它擧起來。（他眞的擧了。）但那是因爲那線已經在拉了，是這線一拉才讓我想『我要把我的右手擧起來，』並且把這話說出來……而我的不自由之證據便是，如果我擧的是我的左手，我跟你講的必是『現在我要擧左手了。』……嗯，我看你還是不懂……你沒有懂這個的自由……噢！我現在明白了高特是在玩弄我們。讓我們自以爲我們不得不做的事是我們自己想要做的事，這讓祂覺得有趣味。這是祂可怕的遊戲……你以爲我要瘋了嗎？順便說一聲——拉·柏厚太太……你知道她已經到養老院去了吧？……好得很，你猜怎麼樣？她認定那是一家瘋人院，我把她關在裏面，好擺脫掉她——認爲我把她當瘋子看……你一定承認，一個跟你過了一輩子，一個你把一輩子都給了她的女人，對你的了解竟不如初次見面的路人，這確實是非常奇怪的事……一開始，我天天去看她。但是她一看到我，她就會叫起來：『哈！你又來了！又來刺探我了！……』我不再去了，因爲那只會激怒她。當一個人對任何人都不再有用處的時候，你還怎麼能期望他想活下去？」

他的聲音被啜泣噎住了。他垂下頭來，我以爲他又會沉入原先的頹喪中。但他突然說：

「你知道她去以前做了什麼事嗎？她把我的抽屜打破，把我弟弟的信統統燒光了。她向來就嫉妒我弟弟；尤其是他死了以後。夜裏，當她發現我在看他的信的時候，她總是會不完不休。她會喊道：『啊，你叫我上床睡覺！你却去做偷偷摸摸的事！』或者：『你非得上床睡覺不可了，你會把眼睛累壞了。』你可以說她體貼得很；但是我明白她；那是嫉妒。她不肯把我單獨留給他。」

「因她愛你。沒有嫉妒中沒有愛的。」

「好吧，你不得不承認，如果愛不但不能使人快樂，却變成了災難，那眞是件令人傷感的事了……無疑這就是高特愛我們的方式。」

他一邊說一邊興奮起來，而突然間大叫：

「我餓了。每次我要吃東西的時候，佣人就拿巧克力來。我猜拉·柏厚太太一定告訴過她，我除了巧克力什麽都不吃的。麻煩你到厨房裏去一下……在走廊右手的第二個門……看看那裏有沒有鷄蛋。我記得她說過還有幾個……」

「你要她給你煮一個荷包蛋嗎？」

「我想我要兩個。你肯走一趟嗎？我跟她說不通。」

「我親愛的朋友，」當我回來對我說：「你的蛋馬上就煮好了。如果你允許，我願意在這裏看你吃；對；那會讓我高興。剛才聽你說你對任何人都沒有用處，我非常難過。你似乎忘了你的孫子了。你的朋友，阿載斯先生，建議你到他那裏去住，在學校。他託我來對你說。他認爲現在拉·柏厚太太既然不在家了，也沒有什麽該把你留在這裏的了。」

我以爲會遭到一些抗拒，但他幾乎連新生活的條件也沒有問一下。

「雖然我没有殺了自己，我却是已經死了的。這裏或哪裏，對我來說没什麽不一樣。你可以把我帶走。」

我們議定後天來帶他；在來帶他之前，我要把我的旅行箱拿來給他用，好讓他把他的衣服和別的他想帶的東西裝在裏面。

「還有，」我說：「由於你這公寓一直租到這一期期滿，你可以隨時回來拿你需用的東西。」

女僕端蛋進來，他狼吞虎嚥的把它吃下去了。我叫女僕爲他做飯，因看到天性終於佔勝而大大的鬆了一口氣。

「我給你添了許多麻煩，」他一再的說。「你太好了。」

我很想叫他把手槍交給我；我跟他說他現在用不着它們了；但是他不肯答應。

「沒有什麼好怕的。我那天沒有做的，我知道我永遠不會做了。但這兩隻手槍是我兄弟唯一留下來的東西了——我需要留着，讓我記得我除了是高特手上的玩偶外什麼也不是。」

4 學期的第一天

那天非常熱。從魏德爾學校打開的窗子可以看到公園的樹頂。那樹頂上還浮動着到處瀰漫的、尚未耗盡的夏季。

學期的第一天是老阿載斯永遠不會放過的一個機會，用它來發表一次演說。他站在老師的桌脚邊，得當的、畢直的對着學童們。桌邊坐的則是老拉·柏厚。當學生們進來的時候，他曾站起來；但阿戴斯用友善的手勢又讓他坐下了。他焦急的眼睛立刻直接盯住了柏利，這本來已經讓柏利十分困窘了，更何況阿戴斯在他的演說中介紹新老師給學生的時候，還自以爲得當的提到他跟一個學生的關係。拉·柏厚，却因爲沒有得到柏利回看而沮喪——他認爲柏利是無情的、冷漠的。

「噢！」柏利想：「他爲什麽非要看我不行？他爲什麽非要把我當成他們的『靶子』？」他的同學讓他害怕。從公立學校出來的時候，他不得不跟他們一起，在他從公立學校到魏德爾舘宿學校時，聽到他們的談話。他很想加入，因爲他極需同情，但他的天性太挑剔了，太敏感了；他無法克服他的厭拒感；話在他嘴邊凍結了。他責備自己的愚蠢，盡力不讓它表現出來，甚至盡力想笑出聲來，免得被他們輕視；但沒有用；他在他們之間看起來就像一個孤單單的女孩子一樣，而又痛苦的感覺到這一點。

他們幾乎立刻分成了小組。一個名叫雷昂·吉赫丹尼索的學生是一個中心人物，已經開始發揮領導作用了。他的年紀比其餘的大了不少，班級也比他們高，黑皮膚，黑頭髮，黑眼睛，既不高也不特別壯——但他有他們所謂的「厚臉皮」，有個像地獄一般的嘴！就連年輕的喬治·莫林涅也承認「服了」吉赫丹尼索；「而你知道，要想叫我服一個人，是很不容易的！」就在那天早晨他不是親眼看到他表演了一招嗎？——有一個年輕的女人抱着小孩，吉赫丹尼索向她走過去，說：

「這小鬼是你的嗎，太太？（他一邊深深的鞠了個躬）我不得不說，醜得很。不過，不用擔心。他活不成的。」

喬治仍舊在捧腹。

「活不成？名譽擔保？」當喬治把這個故事告訴他的朋友菲利浦·阿達曼蒂的時候，後者說。

這件厚顏無禮的事讓他們樂不可支；再也想不出比這更好玩更可笑的事情來了。其實陳腐得很。雷昂是從他表兄斯屈洛維洛那裏學來的；但這不干喬治的事。

在學校，莫林涅和阿達曼蒂坐在吉赫丹尼索坐的那張凳子上去——第五排，以便離學監遠一點。莫林涅的左邊是阿達曼蒂，右邊是吉赫丹尼索（簡稱吉赫）；凳子的末端是柏利；他後面是巴薩望。

剛泉·杜·巴薩望的生活自他父親去世後就是沉鬱的——之前也並不明朗活潑。很久以前他就明瞭，他不可能得到他哥哥的同情與支持。他暑假在布列塔尼渡過，跟他的老保姆，忠誠的塞拉芬一起；是塞拉芬把他帶到她的老家去的。他一切的秉賦都是內斂的；他把全副力量用在功課上。他有一種秘密的願望，要向他哥哥證明他比他更好。他住到膳宿學校來，是自己選擇的；這有一部份原因也是不希望跟他哥哥共住在巴比倫街的大房子裏，因爲這棟房子除了悲傷的回憶以外不能供給他別的。塞拉芬在巴黎租了棟房子，免得他一個人孤單；她所以能夠租房子，是由老伯爵的遺囑中給她留下的一小筆年金，另外還有她自己兩個兒子的奉養。她的屋子有一間給剛泉用，剛泉的校外時間就在這裏渡過。他把這間房依照自己的喜好佈置一番。一個星期他跟塞拉芬吃兩頓飯；她照顧他，讓他不缺什麼。剛泉跟她在一起的時候、自由自在的跟她說着話——儘管他最關心的一些事他一種也無法跟她談。在學校裏，他獨來獨往；他心不在焉地聽着同學的胡說八道，也常常拒絕參加他們的遊戲。他對讀書的興趣比任何戶外活動都大。他喜歡運動——各種都喜歡——但偏愛那些一個人的。因爲他驕傲，不喜歡跟別人爲伴。星期天，他或滑雪，或游泳，或划船，或在鄉野長距離散步，依季節而定。他有厭拒感，並且不想去克服；他也不擴充心智，以便增強它的力量。或許他並不像他自以爲的——也是想讓自己變成的——那樣單純；他爲他父親守靈的情況我們已經看過了；但是他不喜歡神秘的東西，不管什麼時候，他一旦偏離了自己，就對自己厭惡。如果說他一直在班上名列前矛，那是由於用功，而不是由於靈巧。柏利如果向他投靠，會發現他是個好保護人，但吸引他的却是他鄰座的喬治。至於喬治呢，眼睛裏却除了吉赫之外沒有別人，而吉赫眼睛裏則什麼人也沒有。

喬治有重要的消息要告訴菲利浦・阿達曼蒂；他認爲用口傳比較聰明。

那天早晨他在公立學校開門之前一刻鐘到達校門口，他在那裏等阿達曼蒂，沒有等到。就是在這個時候他聽到雷昂・吉赫丹尼索對那年輕女人放肆而精彩的一段話，之後這兩個頑皮鬼聊起天來，驚喜的發現他們要成爲同學了。

公校放學以後，喬治和菲菲終於見到面。他們跟其他的同學一同走向阿載斯的膳宿學校，但跟別人保持了一段距離，以便可以自由的談話。

「你最好把這個藏起來，」喬治指着菲菲還繫在扣眼上的黃緞帶說。

「爲什麼？」菲利浦問道，看了看喬治的，已經不在了。

「可能被逮。我今天上課以前就在校門口等你，想告訴你老兄，爲什麼你不早點到？」

「但是我不知道啊，」菲菲回答。

「我不知道，我不知道，」喬治嘲弄的學他。「當你在烏爾門沒看到我的時候就應該猜到我有話要告訴你了。」

這些孩子們永不改變的目標就是佔到對方的上風。菲菲的父親的地位與財產使他佔着某些優勢，但喬治在妄膽而玩世不恭却高出他許多。菲菲必須努力才能尾隨。他不是個壞孩子；只是缺少脊樑骨。

「好哇，那說出來吧！」他說。

雷昂・吉赫丹尼索正好走過來，聽着他們說話。對於他的旁聽，喬治並非不高興；吉赫既然不久前做了讓他讚嘆的事，現在他也要給他一點小小的驚奇了；因此，他十分平靜的告訴菲菲：

「普拉琳那女人被拘留了。」

「普拉琳！」菲菲叫道，被喬治的冷漠弄得呆住了。雷昂表示出有趣的樣子。菲菲對喬治說：

「可以跟他講嗎？」

「隨你，」喬治聳着肩說。於是，菲菲指着喬治說：

「那是他的婊子。」然後轉向喬治：

「你怎麽知道的？」

「我遇到了潔蔓，她告訴我的。」

接着他告訴菲菲，兩個星期以前，當他暫回巴黎的時候，他曾經到那檢察官莫林涅稱爲「狂歡的地點」的公寓去，可是他發現門關起來了；不久以後，當他在附近亂逛，碰到了潔蔓（菲菲的婊子），她告訴了他這個消息；那個地方在暑假開始後不久被警察搜了。那裏的女人和男孩子們都不知道的是，普洛菲當杜非常小心的等那些少年犯都離開了巴黎之後才採取這個行動，以便免得他們的父母因爲他們被捕而出醜。

「噢，主啊！……主啊……」菲菲反覆的說，却說不出其他的話來。他想，他跟喬治都是好險啊。

「叫你骨髓發冷，呃？」喬治獰笑一下。他自己也是嚇軟了，但是，他想用不着坦白——尤其是在吉赫丹尼索面前。

從這裏錄下來的談話，我們會認爲這些孩子們很敗壞；其實並沒有那麽嚴重。我相信，他們所以這樣說話，主要是爲了顯一顯。他們這件案子裏虛張聲勢的地方不少。沒關係，因爲，吉赫丹尼索在聽。他不但聽，而且引着他們說。這天傍晚，當他的表兄斯屈洛維洛聽他報告這段經過的時候，會非常高興。

也就是這天傍晚，柏納去見艾杜瓦。

「怎麽樣？第一天如何？」

「好得很。」接着，由於他沒再說什麼，奧利維便開口了：

「柏納老師，如果你不想自願說話，我是絕不會激你的。我最不喜歡的莫過於這個。不過請允許我提醒你，你自己說要爲我盡點力的，因此我有權力期望你講一兩個故事……」

「你想知道什麼？」柏納回答，但並沒有好氣。「老阿載斯發表了一篇演說，鼓勵大家『以共同的努力和年輕人的熱忱前進……』聽過這個嗎？這幾句話我記得很清楚，因爲他反覆說了三次。阿芒說，這老頭子每次說教師千篇一律的會用上這幾句話。他跟我坐在教室裏最後一條長凳子上，看着孩子們走進學校來——就像諾亞看着動物們走進方舟來一樣。什麼動物都有——反芻動物，厚皮動物，軟體動物和其他無脊椎動物。演講以後，當他們開始互相說話的時候，我跟阿芒計算，他們十句裏有四句是這樣開始的：『我打賭你不……』」

「其他五句呢？」

「『至於我嗎，我……』」

「觀察得不錯，嗯——別的呢？」

「我看起來，他們有些人的人格好像是『僞造的』。」

「怎麼講？」艾杜瓦問。

「我想到的特別是坐在小巴薩望旁邊的一個(巴薩望本人我倒覺得很好)。他旁邊這個男孩，我觀察了很久，他好像選用古人的 Ne quid nimis (不可過多) 做他的生活規則一樣。在他這個年齡，你覺得這不是荒謬的做作嗎？他的衣服寒酸，他的領帶短小，就連他的鞋帶也只够繫起來而已。我跟他講了幾分鐘的話，就在這麼短的時間裏他就找到空隙表達他的觀點了；他說，他處處看到力量的浪費，然後，又像疊句似的說：『讓我們不要做無用的努力吧！』」

「節儉成病！」艾杜瓦說。「在藝術上却會又臭又長。」

「爲什麼？」

「因爲他們什麼都捨不得丟。別的呢？你還沒有說到阿芒。」

「他是個怪傢伙。說眞的，我不很喜歡他。我不喜歡演雜耍兒的。他當然不笨；但是他却只把他的聰明做破壞的事。而他破壞得最猛烈的就是他自己；他一切善良的、慷慨的、高貴的、溫柔的部份，他都引以爲恥。他必須運動運動了——呼吸一點新鮮空氣。整天關在屋子裏讓他越來越深。他好像喜歡跟我在一起。我不避他；但是對他那種看事情的態度，我不習慣。」

「你會不會覺得——他的冷嘲熱諷只是過度敏感——甚至極大痛苦的掩飾？奧利維就是這麼認爲的。」

「可能。我有時候也這麼想。我還不十分了解他，不敢就這麼說。我其他的想法還不成熟。我必須再想一想。我會告訴你——以後。今天，原諒我告辭了。我兩天之內要考試；再說，我最好是承認吧……我心裏不好過。」

5 奧利維與柏納見面

如果不是我的諒解，惟有萬物之花才是可取的……

Fénelon

頭一天已經回到巴黎的奧利維，今早在好好休息過後活力充沛的起床了。空氣是溫和的，天氣是純淨的。在刮了臉，沖過淋浴之後，穿上優雅的衣服，走了出去；他意識到自己的力量，年輕，美。巴薩望還在睡覺。

奧利維匆忙走向巴黎大學。這是柏納參加考試的日子。奧利維怎麼知道的？但是他可能並不知道。他想去看看。

他加緊脚步。自從柏納在他屋裏投宿那一夜以後，他就沒有再見過他了。從那以後，發生了多麼大的變化！誰知道他究竟是想見他的朋友，還是更想向他炫耀呢。可惜的是柏納對於優雅的穿着那麼不放在眼裏。但有時候這是一種風格的養成。奧利維由自己的經驗知道了這一點，而這得謝謝巴薩望伯爵。

這一天上午柏納參加筆試。十二點鐘以前他不會出來。奧利維在四方院子裏等他。他見到幾個同學，握了握手。他有點由於自己的衣服而不好意思。當柏納終於自由了，出來，在四方院裏向他走過來時，他更覺不好意思；柏納老遠把手伸得長長的，叫道：

「噢，天啊！他多漂亮啊！」

這個曾經以爲自己再也不會臉紅的奧利維臉紅了。柏納的話雖然說得那麼眞誠，他却無法不感覺到裏面有嘲諷的意味。至於柏納呢，他還是穿着他離家出走的那晚的衣服。他沒有料到會遇見奧利維。他把他的胳膊挿在奧利維的裏面，把他拉着走，一邊走一邊問話。看到他有一種突然的歡喜。如果一開始他因爲奧利維的衣服笑了出來，那也是不懷惡意的；他的心是善良的；他沒有苛薄的意思。

「你跟我一起吃午飯，沒問題，啊！對；我一點半要去考拉丁文。今天上午是法文。」

「好嗎？」

「自認爲還不錯；但不知道主考人認爲怎麼樣。叫我們討論拉·芳丹的幾行詩：

Papillon du Parnasse, et semblable aux ableilles
À qui le bon Platon compare nos merveilles,
Je suis chose légére et vole á tout sujet,
Je vais de fleur en fleur et d'objet en ob

〔藝術神山的蝴蝶，猶如蜜蜂
那好柏拉圖比之於吾人的神蹟，

我體軀輕盈，飄然於一切之上
我去花中之花，物中之物。」

「如果讓你寫，你怎麽說？」

奧利維不打算放棄顯一顯的機會：

「我要說，拉·芳丹，在描繪他自己的時候，描繪了一個藝術家——一個只吸取事物外表，花朶的人。然後我要用學者、追尋者，潛入事物深處的人的畫像跟他相比；我要說，追尋的雖然是學者，找到的却是藝術家；那潛入深處的人會陷在裏面，而陷在裏面，則會沉沒——漫過了他的眼睛；眞相就在表面，事物的秘密就是它們的形式，人最深的地方就是他的皮膚。」

最後這句話是奧維利從巴薩望那裏偷來的，而後者又是某一天在某女士家中說話時從保羅—安布魯瓦的嘴上竊取的——凡是沒有印刷出來的東西，一概是巴薩望網裏的魚，是他所謂的「飄在空中的觀念」，也就是，別人的觀念。

奧維利在語氣中有着什麽東西使柏納感覺到那句話不是他自己的。奧維利的聲音好像不舒貼。柏納差點問是「誰的？」但除了怕傷害他的朋友外，他也怕聽到巴薩望的名字，而這個名字到這時爲止還沒有說出來過。柏納只是詢問的看了他朋友一眼；但奧利維却又臉紅了起來。

柏納聽到那多情善感的奧利維說出他從不會說出的這種話，立即就抑止不住一陣憤怒；他心裏有一股力量像旋風一樣不可抗拒的衝上來，使他自己也感到愕然驚奇。而他氣憤的倒並不完全是那觀點的本身——儘管這觀點本身在他認爲是荒謬的。而甚至，這觀點或許並不荒謬。他既然在收集觀念，他就可以在自己的觀點的對頁把他們寫下來。如果這本是奧利維的觀點，他就不會生這些觀點的氣，也不會生奧利維的氣；但他覺得有一個人藏在那觀點背後；他生氣的是巴薩望。

「法蘭西受到荼毒的就是這類觀念！」他壓抑而又激烈的說。他採取了一個高姿式。他想比巴薩望飛得更高。而他自己說的話却頗讓他自己吃驚——就好像他來不及思考，話就衝口而出似的；然而，他今天上午在作文中所闡述的却正是這些觀點；但是，當他把他所稱爲的「微妙的情感」說出來時，尤其是說給奧利維聽的時候，他感到不好意思。這些觀點一旦說出口來，他就覺得好像不那麼眞誠了似的。因此，奧利維從沒有聽他的朋友說過「法蘭西」的利益；這次輪到他吃驚了。他眼睜得大大的，連笑都沒有想到。這眞是柏納嗎？他呆呆的覆述一次：

「法蘭西？……」然後，由於想推卸責任——因爲柏納絕不是在開玩笑——他說：

「可是，老兄，有這種想法的不是我，而是拉•芳丹。」

柏納幾乎是不由分辨的說：

「老天，我怎麼不知道那不是你的想法。但親愛的老兄，那也不是拉•芳丹的。拉•芳丹在晚年的時候爲了他的輕浮而懊悔、抱歉，但他絕不止輕浮，否則絕成不了我們讚美的藝術家。今天上午我的作文裏說的正是這個，我還用了很多引句來證明我的理論——你知道我的記性很好。但是我馬上就把拉•芳丹放掉，好好的攻擊了一頓某些膚淺份子，攻擊他們的隨便、輕薄、冷嘲熱諷，以及所謂的「法國幽默」；有些人以爲這些東西就是法蘭西精神，也使我們在外國人眼裏留下了那麽可悲的印象。我說，這些東西甚至連法蘭西的笑容也算不上，而只能算是法蘭西的鬼臉；法蘭西的眞精神是探討、邏輯、奉獻、貫澈始終；而拉·芳丹如果不是受到這種精神的主宰，那麽，他可能會寫出他的短篇故事來，但絕寫不出他的寓言，也絕寫不出那麽好的書信（我表明我看過這些書信），而做爲我們討論的主題的那段文字，就是從書信裏引出來的。不錯，老兄，我攻擊得很猛烈——或許我會被剷掉。但是我一毛錢都不在乎；我非這樣說不行。」

剛剛奧利維說那幾句話的時候，並沒有什麽特別的意思。他只是想顯白顯白，裝做一副若無其事的樣子，說一句他認爲一定會讓他的朋友大爲震撼的話。可是，柏納現在竟然產生了這樣的反應，眞是他始料不及，他除了撤退之外沒有其他辦法。但他最大的弱點在於他需要柏納的喜歡遠甚於柏納需要他的喜歡。柏納的話屈辱了他，傷害了他。他因爲自己出口太快而生自己的氣。現在要想收回已經太晚了——而如果他讓柏納先說，他必然會同意柏納的話的。可是，他怎麽會想到，這麽頑強叛逆的柏納怎麽會起而捍衞這些情感與觀念來呢？——這些情感與觀念，巴薩望認爲是只會引人笑話的！但現在，他確實是一點也不想笑了；他覺得羞愧。柏納眞誠的情感是他感到尊敬的；現在，他既不能撤退，又不能反對柏納的觀點，唯一的一條路就是保護自己了——就是溜出這個困境。

「噢！好哇，如果你把這些寫在你的作文裏，那你說這個的時候不是對着我說的……這我很高興。」

他說這個話的時候就好像他生氣了——完全不是他想要表現出來的樣子。

「但是，我現在在說的時候，却是對着你說的。」柏納駁斥道。

這句話直截戳入奧利維的心。柏納說這話時，當然是毫無敵意的，但接受的人又如何能感覺到他沒有敵意呢？奧利維沉默。在柏納與他之間有一道鴻溝在裂開。他想尋出一個問題，可以讓鴻溝的這一邊拋到那一邊，使兩邊重新接觸。他試了，却沒有帶着成功的希望。「他不了解我多麽難過嗎？」他心裏想，就更難過了。或許，他並沒有到達必須忍淚的程度，但他對自己說，那畢竟可以叫人哭了。是自己的錯，如果他不抱着那麽大的期望，他跟柏納的見面也不致於那麽傷心。兩個月以前，當他匆匆去見艾杜瓦的時候，情況也是這樣。永遠都是這樣，他心裏說。他想走開——隨便到哪裏——只自己一個人——拋開柏納——忘掉巴薩望。艾杜瓦……一件出乎意料的事突然打斷了他這悲傷的念頭。

在他們幾步之前，在他們走着的聖米契爾大道上，奧維利看到他弟弟喬治。他抓住柏納的胳膊，自己一個急轉身，也把柏納一起拉走了。

「你想他看到了我們嗎？……我家人還不知道我回來了。」

小喬治不是一個人。雷昂・吉赫丹尼索和菲利浦・阿達曼蒂跟他在一起。這三個男孩正談得起勁，但是喬治的興趣却沒有阻止他所謂的「眼睛剝皮」。爲了聽這三個的談話，我們暫時離開奧利維和柏納一會兒；尤其是我們這兩個朋友已經走進飯店去了，目前大部份注意力用在吃飯上，而不是用在談論上——這倒讓奧利維大大鬆了口氣。

「好，那，你來幹，」菲菲對喬治說。

「噢，他在手脚發軟！他在手脚發軟！」喬治回嘴道，聲音能多輕蔑有多輕蔑，以便激菲菲上陣。可是吉赫尼索却完全一派冷冷的、居高臨下的口吻說：

「聽着，小綿羊們，如果你們不玩，最好早說。我不怕找不到比你們更有點骨頭的。好！拿回來！」

他轉臉對着喬治，喬治的手裏則緊抓着一個小小的硬幣。

「我幹！」喬治突然一陣勇氣叫道。「只我一個嗎？走啊！」（他們在一家菸草店對面。）

「不，」雷昂說；「我們在轉角等你。走，菲菲。」

片刻以後，喬治以舖子裏走出來；他手上拿着一包所謂的「上等」香煙，他把煙遞給他的朋友。

「怎麽樣？」菲菲擔心的問。

「什麽怎麽樣？」喬治裝做蠻不在乎的樣子說，就好像他做的事突然變得那麽自然，不值一提。

但菲菲堅持：

「給了？」

「主啊！難道我沒給？」

「沒人說什麽？」

喬治聳肩：

「有什麽鬼好說？」

「找你錢了？」

這一次喬治連回答也不屑了。但菲菲有點懷疑與害怕，追問：「給我們看。」喬治於是從口袋抽出錢來。菲菲數了數——七個法朗好好的。他想問：「你保證『這些』不也是假的嗎？」但是他嚥了下去。

喬治用了一法朗的代價取得這個偽製硬幣。他們協議，得到的錢三人平分。他拿了三法朗給吉赫丹尼索。但菲菲，他却一毛不給；充其量一根香煙；這對他是個教訓。

受到這初次成功的鼓舞，菲菲現在急着想試試了。他要雷昂賣他一個硬幣。但雷昂認爲菲菲是個笨蛋，又爲了把他的發條上緊一點，故意裝做不齒他原先的懦弱，不肯給他。他要下決心就得快一點；他們沒有他照樣搞得好。再者，雷昂認爲在這麽近的範圍內再做一次有欠聰明。更且，時間也太晚了。他的表兄斯屈洛維洛在等他吃午飯。

吉赫丹尼索並不是不敢自己用偽幣的膽小鬼，但他的表兄指示他要找共犯。現在他把完成使命的情況向他提出報告。

「你要的那些小鬼，你知道，須是從有地位的家庭裏找來的，如果謠言傳開，他們的父母會想盡辦法掩蓋。」（他們在一起吃午飯，講這個話的是表兄斯屈洛維洛。）「不過，像這樣一個一個用出去，硬幣散得太慢。我一共有五十二盒，每盒裏二十個。一盒必須賣二十法朗；但並不是要賣給某一個人的，你明白。最好的辦法是形成一個組織，凡沒有抵押的，一律不准參加。要參加的小鬼一定要服從，要交一些東西出來，使我們可以控制住他們的父母。在讓他們拿到硬幣之前，你一定要讓他們明白這一點——噢！當然，不能先嚇他們。我們一定不能嚇孩子。你說過莫林涅的爸爸是法官？好。阿達曼蒂的呢？」

「參議員。」

「那更好，你已經長大了。足可以明白每個家庭都有一些不可告人的事，如果這種事被揭發出來，當事人就會無地自容。要這些小鬼去搜這一類的東西；這會讓他們有點事做。家庭生活向來就是無聊的！再者，這也是敎他們學習觀察，注意周圍的事。原則簡單得很，凡是不能提供什麼的，就什麼也得不到。當某些家庭了解了他們落在我們手中，那時候要讓我們保持沉默就要花很高的代價了。記住，我們並不是要誣栽他們；我們是老實人。我們只是要掌握他們。要他們對於我們的事不吭氣，那麼我們也就不吭氣。爲他們乾杯！」

斯屈洛維洛倒了兩杯。二人互飲。

「在人與人之間創造出相互依存的關係，是件好事；甚至是不可缺少的；因爲這樣，社會的團結就鞏固的建立起來。我們統統抓在一起了，主啊！『我們』抓住了孩子們，孩子們抓住了他們的父母，他們的父母又抓住了我們。完美的安排。明白嗎？」

雷昂明白得很。他吃吃笑起來。

「那小喬治……」他說。

「怎麼樣?那小喬治怎麼樣?」

「莫林涅。我認爲他已經很上勁了。他已經掌握了一個奧林比亞歌劇院合唱隊女演員給他父親的一些信。」

「你看過了?」

「他向我晃了晃。他跟阿達曼蒂說的時候我聽到了。我認爲他們喜歡我聽;至少他們沒有要廻避我的樣子;我已經採取步驟,照你的辦法讓他們吃了一點甜頭,讓他們產生了一點信心。喬治對菲菲說(爲了讓他癮一癮):『我爸爸搞了一個情婦。』可是菲菲卻不認輸,回答道:『我」爸爸搞了兩個。』這根本是淡出鳥來的事,根本沒什麼好大驚小怪的;可是我故意激喬治,對他說:『你怎麼知道?』。『我看到了信,』他回答道。我裝做不信說:『狗屎!』……好啦,我就這麼激他,到最後他說他已經把信弄到手上了;他從一個大信袋裏拉出來,讓我看。」

「你看到了?」

「沒來得及。我只看到筆跡統統是一個人的;其中一封開始說:『我親愛的老心肝。』」

「署名呢!」

「『你的小白老鼠。』我問喬治他怎麼弄到的。他咧嘴笑一笑,從褲袋裏掏出一大串鑰匙來……『天下抽屜屢試不爽,』他說。」

『菲菲少爺說什麼?』

「什麽也沒說。他猜他嫉妒。」

「喬治會把信給你嗎？」

「如果必要，我會讓他給我。我沒有向他要。如果菲菲加入，他就會拿出來。他們兩個互相慫恿。」

「競爭就是會有這種效果。你在學校沒有見到別的了嗎？」

「我會注意。」

「還有一件事我要說……我想膳宿生裏一定有一個叫柏利的小男孩。你現在還不要碰他；」他停了一會兒，然後小聲道：「以後再說。」

奧利維和柏納坐在大道邊一家飯店裏。在朋友温暖的笑容下，奧利維的不幸就像白霜一樣融化了。柏納避免提到巴薩望的名字；奧利維感覺到了；一種隱密的本能警告了他；但那名字却沾在他舌尖上；他必須把它說出來，而不計後果如何。

「不錯；我沒有讓家裏的人知道我這麽快就回來了。今天晚上『阿爾古』❶請吃晚飯。巴薩望特別要我出席。他希望我們的新雜誌跟它的老前輩關係搞好，而不是站在對立的立場。……你一定要來；我告訴你爲什麽……你應當把艾杜瓦帶來……或許不是在飯前，而是在飯後馬上到，因爲吃飯需要受到邀請。預定是在萬神飯店的樓上房間。『阿爾古』的編輯部的主要人員都會去

❶ Argoaut(s) 希臘神話中，隨伊阿宋到海外覓取金羊的英雄。此處係一雜誌名。

，還有我們『前衛』的許多投稿人。我們第一期幾乎已經準備好了；但是，我說，你怎麼什麼東西也沒給我呢？」

「因爲我什麼也沒寫好。」柏納不愛答那個碴兒的說。

奧利維聲音幾乎帶着懇求的說：

「我在目錄上把你的名字排在我的旁邊。我們可以等等，如果必要的話……隨便你寫什麼；什麼都好……你本來幾乎已經答應了的。」

傷了朋友，讓柏納難過；但是他硬下心來：

「我說，老兄，我最好是馬上跟你講明白——我怕我並不怎麼喜歡這個巴薩望。」

「但是，編輯是我呀。他全權交給我。」

「其次嘛，我不喜歡你那個『隨便寫什麼』的念頭；我不要『隨便寫什麼。』」

「我說『隨便你寫什麼』是因爲我知道不管你寫什麼都會寫得好……那絕不是『隨便』的。」

他不知道該說什麼了。他完全錯亂了。如果他不能感覺到他的朋友在他旁邊，他對這雜誌就會了然無趣。這種一同首次與社會見面的願望曾是他那麼愉快的夢想。

「再說，老兄，如果說我才開始知道什麼是我不要做的，則什麼是我『要』做的，我還不知道。我甚至不知道我將來要不要寫作。」

這一番聲明讓奧利維大吃了一驚。但柏納接着說：

「凡是我能輕輕易易寫出來的，就不會讓我覺得有意思。就是因爲我很容易使用我的句子，所以我對於那婉轉流暢的句子有一種厭惡。並不是我對艱深的句子本身有什麼偏好，而是我覺得現在的作家們說起話來太順口了，太隨便了。我對於別人的生活知道得不够多，還不足以寫小說；而我自己又還沒有過自己的生活。詩讓我厭倦。亞歷山大格式的詩已經陳舊不堪了；vers libre〔自由詩〕又不成格局。近來唯一能够讓我覺得滿意的詩人只有藍波一個。」

「這正是我在我們的宣言裏說的話。」

「那就用不着我在這裏重覆了。眞的，老兄，眞的，我不知道將來我會不會寫作。有時候我覺得寫作阻礙了生活，而人用行動比用語言文字更能表現自己。」

「文藝作品是可以久留的行動。」奧利維怯怯的說，但柏納並沒有聽。

「這就是我最欽佩藍波的一點——喜歡生活，甚於喜歡寫作。」

「他自己把生活搞成一團。」

「你怎麼知道？」

「噢！眞的，老兄！……」

「人不能從外表去評判別人的生活。但是，就算我們承認他生活失敗吧；他窮，霉運，生病……即使是如此，我還是羨慕他的生活——包括那悲慘的結局——我對他的羨慕遠勝於對……」

柏納沒有把他的話說完；他本來想說出一個當代的名人來，但這類的人太多了，反而使他猶豫，不知挑哪一個。他聳聳肩，繼續說：

「我心裏有一大堆雜亂的感覺在那裏起伏澎湃，究竟是什麼，我自己也搞不清楚——甚至我並不想搞清楚，不想去觀察，怕打斷了它們。不久以前，我一直在跟自己說話。現在呢，就是我想要，也做不到了。那是一種瘋狂，會在連我自己也還不知道的時候突然中止。我相信，這種我們老師說的內在的獨白，是需要人格分裂的狀況才能做到的，而現在我不再有這個能力——這是從我愛一個人甚於愛我自己的那天開始的。」

「你是指洛拉，」奧利維說。「你現在還是像以前那樣愛她嗎？」

「不，」柏納說：「我更愛她。我認爲愛情的特質是它不能停留在固定的強度，在退減的痛苦下，愛情又必會增強；這就是它跟友情不同的地方。」

「友情，也是會淡薄的。」奧利維悽然的說。

「我認爲友情的範圍沒有這麼大。」

「我說……如果我問你一件事，你不要生氣。」

「說說看嘛。」

「我不想叫你生氣。」

「如果你不說，我就會更生氣。」

「我想知道，你對洛拉……有沒有慾望。」

柏納突然非常沉重起來。

「如果不是你……」他開始說：「好吧，老傢伙，那是件奇怪的事；從我認識她以後，我的慾望完全不見了；一點也不剩了。你知道，以前，當我在街上看到那麼多女人的時候，我可以一下子對二十個女人動念（而這也就是爲什麼我一個也不能選擇；可是現在呢，除了她的美以外，我却不能被任何其他形式的美所觸及了；只有她的唇，她的眼睛才能感動我。但是我對她感到的却是敬；當我跟她在一起的時候，我覺得任何肉體的念頭都似乎是不虔敬的。我想我以前對自己有所誤解，事實上我天生是非常貞潔的。謝謝洛拉，我的本能因她而得以昇華。我覺得我裏面充斥着未用的力量。我希望能把它們付諸實用。我羨慕那些卡爾特派的修士，他們貶抑他們的驕傲，向他們的修會規則屈服；我羨慕那有人對他說：『我依靠你了』的人，我羨慕軍人……或者，更正確的說，我誰都不羨慕；但是我內在感到的騷動壓迫我；當它噴出去的時候，會發出哨音（這就是詩），推動輪子與活塞；或者甚至於爆破引擎。你知道有時候哪一種行爲最能表達我自己嗎？是……噢！我知道我是不會自殺；但當德米屈里・卡拉馬助夫問他的兄弟是否了解人會因熱情而自殺，會只由於生命的豐盛而自殺的時候，我非常了解……那是緣於『爆炸』。」

他整個的人都發散着一種奇特的光芒。他把自己的意思表達得多麼好！奧利維狂喜出神的看着他。

「我也是這樣，」他怯怯的說：「我也了解自殺；但那是在享有過極大的喜悅之後，自己往後的生命與之相比，都變得黯然失色；這樣大的喜悅，以致於你會覺得『我够了；我滿足了；我永不會……』」

但柏納沒有聽。奧利維停下來。對着空中說話有什麼意思呢？他的天空整個又陰沈下來。柏納取出錶來：

「我得走了。好哇，今天晚上，我說……九點？」

「噢，我想十點足可以趕上了。你來嗎？」

「來。我會想辦法也把艾杜瓦帶來。但是你知道他不怎麼喜歡巴薩望；文學聚會也讓他覺得無聊。他只是爲了來看你。我說，在我考完拉丁文以後，不能找個別的地方見面嗎？」奧利維沒有立刻回答。他絕望的想到他跟巴薩望約好了，今天下午要在印刷廠見面，討論「前衛」的校樣。爲了能取得這段時間的自由，他是多麼願意放棄一切！

「我是很願意，但已經約好了。」

一絲不快樂的表情也沒有露出來；柏納回答：

「噢，沒關係。」

這樣，兩個朋友分手了。

奧利維想說的、希望說的，都沒有能說給柏納聽。他怕柏納不喜歡他了。他自己也不喜歡自己了。那天上午還那樣漂亮，那樣興高采烈的他，現在走路低着頭。那原先使他感到如此自傲的巴薩望的友誼，現在使他感到惱惱了；因爲他感到柏納的責備壓在他身上。今天晚上，即使能夠見到他的朋友，在那麼多人面前他也不可能跟他說話。而如果事先他們未能取得諒解，他也不可能享受那頓晚餐。而他想把艾杜瓦舅舅也請來，這又是出於多麼虛榮的念頭！在那裏，在巴薩望的面前，被年紀較大的一羣人圍繞，被「前衞」未來的投稿者們圍繞，他注定要誇耀一番，艾杜瓦會更誤會他——無疑那種誤會會到達不可解除的程度……如果在晚飯之前他能見到他就好了！……立刻看到他；他要抱住他的脖子；或許他還會哭；他會告訴他一切的煩惱……從現在到四點鐘，他還有足够的時間。快！計程車。

他把地址告訴車夫。他砰跳着心，走到門口；拉鈴……艾杜瓦不在。可憐的奧利維！他竟然瞞着父母——爲什麼他不直截囘家呢？他會發現艾杜瓦舅舅坐在他家裏，跟他母親說話。

6 艾杜瓦日記：莫林涅太太

那些只描述了個人的發展而未能顧及環境的壓力的小說家是騙人的。森林左右了樹木。每一棵樹木所能得到的地方是多麽狹小！有多少是枯萎而死的！能向什麽方向伸枝就向什麽方向伸枝吧。那神秘主義的枝條往往以窒息爲肇因。唯一的逃路是向上。我不明白寶琳何以能够不讓自己長出一根神秘主義的枝條來，也不明白她究竟還需要什麽更進一步的壓力。她跟我又做了一次談話，比以往更表露了她隱藏在心裏的事。我必須說，我未料到在她使自己表現着的幸福下她掩藏着多少的失望與棄讓。但是我以前就想到，如果她竟然不對莫林涅感到失望，她的質地必然會是何等粗鄙。在我前天跟他的談話中，我得以探測到他的限度。寶琳，究竟爲什麽鬼會嫁給他呢？

……可嘆！一切的缺乏中最可悲的缺乏却是隱而不顯的——那就是性格的缺乏；而這只有由時間與實際的生活才慢慢揭露出來。

寶琳把所有的心力都用在掩飾奧斯卡的虧缺與柔弱上，她爲他向每個人掩飾，尤其是他的孩子們。她最大的精明巧慧都用在使她的孩子們尊敬他們的父親；而她也眞是盡了全副的力量；她做得是如此澈底，以致於連我也被騙了。當她說到她丈夫時，她的言談表情中沒有一絲輕視，却明顯的有着一種縱容；她哀嘆他對兒子們沒有權威；而當我表示悔恨讓奧利維跟巴薩望在一起時，我才了解到，事情如果是由她來決定，科西嘉的旅行就不會成行。

「我不贊成，」她說，「說眞話，我並不怎麼喜歡巴薩望先生。但我又能怎麼樣呢？當我明白一件事情我不能阻擋的時候，我寧可欣然同意。奧斯卡嘛，他總是屈服；對我也是屈服。但是當我認爲我有義務反對孩子們某個計劃時，他却從來不會給我一點點的支持。這次的事，文桑也揷脚進來。在這種情況之下，如果我反對奧利維的計劃，怎麼能不會失去他對我的信任呢？而這一點却是我認爲最重要的。」

她在織補舊襪子——這舊襪子，我心裏說，已經再也不合奧利維穿了。她停下來。穿針，然後用更低的聲音，更信任的、又更悲切的說：

「他的信任……其實我已經不能確定他對我還有沒有了。沒有了；我已經失掉了他的……」

我試着提出的辯駁——其實自己也覺得沒有說服力的——使她微笑了一下。她停了手上的工作，接下去說：

「譬如說，我知道他在巴黎。今天上午喬治遇見他；他隨便提了一句，而我裝做沒有聽見，因爲我不願意他說他哥哥什麼。但我仍然是知道了。奧利維有事情隱瞞我。當我跟他再見面的時候，他會覺得他非得對我說謊不可，而我則要裝着相信吧，就像他父親每次要瞞我什麼事情的時候，我都裝着相信一樣。」

「他是爲了怕妳痛苦。」

「他這樣讓我痛苦得更多得多。我不是不能容忍的。有許許多多的小缺點我都容忍了，我都閉起眼睛來不看。」

「妳現在說的是誰呢？」

「噢！父親，和兒子們。」

「當妳裝做沒看到的時候，『妳』也是在撒謊。」

「但我又能有什麼辦法？不抱怨已經不錯了。我眞的不能贊成！可是，我告訴自己，早晚妳會抓不住他們，而最眞摯的溫柔的情感都是沒有用的。不止這樣。它還在擋路；它變成了討厭的東西。我已經到了連我的愛都要隱藏的時候了。」

「現在妳說的是妳的兒子們了。」

「你爲什麼這樣說呢？你是說我再也不能愛奧斯卡了？有時候我會這樣想，但我同樣也認爲是爲了我不要太痛苦，我才不更去愛他。而且……不錯，就奧利維的事來說，我寧願自己痛苦，也不願說穿。」

「文桑呢？」

「現在我跟奧利維的情況向前推幾年就是我跟文桑的。」

「我可憐的朋友……不久妳就要說喬治也是一樣了。」

「但是人會慢慢把什麼都放下。你對生活並不要求那麼多。你學習到要求越來越少……越來越少。」然後，她溫和的又補充了一句：「要求自己的，越來越多。」

「帶着這種想法，幾乎是個基督徒了，」這時微笑的是我了，我說：「有時候我也這麼想。但有這種想法並不足以使人成為基督徒。」

「正像做一個基督徒並不足以讓人有這種想法一樣。」

「我常常想——你可以讓我這樣說嗎？——『你』可以跟孩子們談談他們父親的缺點。」

「文桑不在這裏。」

「對他來說已經太晚了。我想的是奧利維。我願意把他帶去的人是你。」

聽到這句話，我突然產生了一陣想像，而這種想像却由於我任隨偶然發生的一件事把我推移，因而使它未能成為事實；由此一陣可怕的情感在我心中擰絞，一時說不出話來；接着，淚盈眼眶；為了給我的騷動找個藉口，我嘆道：

「就是對他，我怕也太晚了。」

寶琳抓住了我的手：

「你多好啊！」她叫道。

見她這樣錯會我，我感到尷尬，而又由於不能跟她說明眞相，我就只有把話題轉開，因爲原先的太讓我不自在。

「喬治呢？」我問。

「他比另外兩個加起來還讓我擔心，」她回答說。「我不能說我失去了對他的掌握，因爲他從來就沒有坦誠過也沒有順從過。」

她猶豫了一會兒。顯然是經過了很大的努力，他才把下面的話說出來。

「這個夏天，發生了一件非常嚴重的事，」她終於說：「跟你說，讓我覺得有點痛苦，尤其是我還不十分確定……有一張一百法郎的鈔票，放在我本來放錢的櫃子裏，不見了。由於我怕猜錯人，我不敢向任何人提出詢問；我們在旅社伺候我們的佣人是個非常年輕的女孩，對我似乎很誠實。我在喬治面前說過我掉了錢；我承認，我疑心是他。他却像沒怎麼樣的樣子；臉也不紅……我因爲懷疑他而自己覺得罪過；我勸自己說，我猜錯了。我又把錢數了數；確實是有一張一百法郎的少了。我不敢問他；終於也沒問。我怕他除了偷之外，又加上一層說謊，因此不敢問。我錯了吧？……對，現在我因爲當時沒有堅持追問而責備自己；或許是由於我怕我會太嚴厲——或怕自己不夠嚴厲。又是一樣，我又演了一次裝不知道的角色，但我可以向你保證，我的心是非常擔憂的。我又讓時間過去了，而我對自己說，現在太晚了，處罰的時間離犯錯的時間太遠了。而又怎麼處罰他呢？我什麼都沒做；我爲這件事責備自己……但我又能做什麼？」

「我曾經想把他送到英格蘭；我甚至想過要請教你的意見，但我不知道你在哪裏……不過，我沒有在他面前隱藏我的心亂——我的擔憂；我認爲他一定感覺到了，因爲，你知道，他有一顆善良的心。我寧願靠他的良心，而不願靠我說什麼。我確定的感覺到，他不會再做了。他常常跟一個很有錢的孩子在海邊玩，一定是被帶着花錢了。我呢，一定是忘了把櫃子關起來；再說，我也不完全確定一定是他。旅館裏來來往往的人很多……」

她種種爲孩子開罪的設想叫我驚嘆。

「我倒希望他把錢放了回來，」我說：「我也希望。而由於他沒有放回來，就證明了他是純潔的。後來我又認爲他怕放回來。」

「你告訴了他父親嗎？」

她猶豫了一下：

「沒有，」她終於說，「我不希望他知道這件事。」

她一定是好像聽到隔間有什麼聲音；她過去看；確定沒有人在；然後她再過來坐在我旁邊。

「奧斯卡告訴我你們那天一起吃飯。他誇獎你誇獎得那麼厲害，使我猜想你大概大部份都是在聽他說話。」（說這話時她悲傷的笑一笑。）「如果他向你坦白了什麼，我沒有想要不尊重他的秘密的念頭……儘管實際上我對他的私生活知道得比他想像的多得多。可是自從我回來以後，我眞不知道他怎麼回事了。他變得那麼溫和——我幾乎要說——那麼卑躬屈膝了……幾乎讓人難堪。他那個樣子好像怕我似的。他不用。已經有很久一段時間，我就知道他有……我甚至連對方是誰都知道。他以爲我什麼都不知道，用盡了力氣來掩蓋；但是他的小心太顯眼了，以致於越掩蓋越明顯。每次他裝着有事情忙、着急、擔憂的要出去，我都知道他是要去投奔他的享樂了。我很想對他說：『可是，我親愛的朋友，我沒有拴住你呀；你怕我吃醋嗎？』如果我有那個心去吃醋那才好笑呢。我唯一害怕的是孩子們會發現到什麼；他是那麼不小心——那麼笨出油來！有時候，在他不知不覺中，我還得幫助他，就好像我也陪他玩把戲似的。我向你說眞的，有時候我都覺得好玩了起來；我爲他發明藉口，當他把信隨便放的時候，我幫他塞回他的外套口袋。」

「就是這個，」我說：「他怕你發現了他的一些信。」

「他跟你這樣說了？」

「他就是爲了這個那麼神經緊張。」

「你以爲我想看它們？」

一種受了傷的驕傲使她收住了；我不得不說：

「不是某些他隨便錯放的信；而是他以前放在抽屜裏的，現在他找不到了。他以爲是妳拿了去。」

寶琳的臉蒼白下來，她心裏竄起的可怖的猜疑立刻也傳染到我心裏。我後悔說了這話，但爲時已晚。她把頭轉開，低嗚道：

「如果是我就謝天謝地了！」

她不知所措。

「我該怎麼辦？」她反覆說：「我該怎麼辦？」，然後又看着我說：「你呢？你能去跟他說嗎？」

盡管她和我一樣避免提喬治的名字，但她指的是他，再清楚不過。

「我會試試看。我會好好想想該怎麼辦，」我說着，站起來。當她送我到前門時，說：

「一句也不要告訴奧斯卡，請你。讓他繼續猜疑我好了——他愛怎麼想怎麼想……這樣想反而好。再來看我。」

7 奧利維與阿芒

奧利維呢，由於沒有找到艾杜瓦舅舅，深爲失望，在不能忍受孤獨之餘，帶着痛楚的心，轉念到阿芒身上。他跑去魏德爾膳宿學校。

阿芒在臥室接待他。那間房子又小又窄，由後樓梯通上來。它的窗子對着封閉的天井，跟鄰居一家的廁所與廚房的門共享天井幽暗的光線。那光線是用瓦棱鋅板反射鏡反射進來的，反射鏡斜斜的從天空抓住光線，變成蒼白而沉鬱的鉛光投下來。屋子裏通風很差，瀰漫着一股令人不舒服的氣味。

「但是，你後來會習慣，」阿芒說：「你知道，我父母把最好的屋子都留給那些給錢最多的住宿生。本來就是這麼回事。我去年的屋子讓給一個伯爵了——就是你那有名氣的朋友巴薩望的弟弟。房間是濶氣得很，但是從拉琪兒的房間却可以看得一清二楚。這裏有一大堆屋子，但並不是每一間都有獨立門戶。譬如說，那可憐的薩拉，今天下午她剛從英格蘭回來，每次要進出她現在的屋子就不得不穿過我們父母的房間（這實在是很不適合她的），不然嘛，就得穿過我的。她那房間嘛，說眞的，其實差不多是個更衣室或票房。我這間呢，至少還有獨自進出的自由，也沒有被人家看來看去的顧慮。跟僕人住的頂樓比起來，我寧要這間。說眞的，我倒喜歡住得不如意點；我父親會管這個叫做『對折磨的愛』，會說對身體有害的，而能導致靈魂的拯救。至於實際嘛，他是從來沒有進過這間房子的。他有別的事情要做，你知道，不會關心到他兒子的住處上來。我爸爸是個奇怪的人。他裝了一肚子安慰人的話，分門別類，遇到什麼掏什麼。聽他說這一套是人生一大樂事。可惜的是他永遠沒有時間聊聊天……你在看我的畫廊；上午看更好。那一張是鮑羅・尤西羅的學生的彩色印刷，是給獸醫用的。這個藝術家用他了不起的綜合能力把老天用來折磨馬的靈魂的所有的病痛都集中在一匹馬上；你可以看出那神情的精神性來……那是一個生靈從搖籃到墳墓種種階段的象徵畫。就以畫的技巧來說，沒什麼特別；它主要的價值在於它的意向。再過去你可以看到一張照得非常好的泰坦的妓女圖，我把它掛在臥室裏是爲了讓我有點色念。那是到薩拉房間去的門。」

這個地方幾近骯髒的景象讓奧利維抑鬱難當；床還沒有收拾，盆架上盆子裏的水還沒有倒掉。

「不錯，我是自己整理房間的，」阿芒對着奧利維顧慮的眼光說：「你看，這是我的寫字枱。你不會想到這裏的氣氛會激發我什麼樣的靈感……『L'atmosphère d'un cher réduit〔親愛的陋居氣氛……」』我的上一首詩，甚至也是它給我的靈感——『夜壺』。」

奧利維來找阿芒的時候想着要跟他要稿，但現在他不敢了。但阿芒的話却自動繞到這個題目上來了。

「『夜壺』——呃？好個精彩的名字！……外加波特萊爾的題詞：

喪壺，什麼眼淚在等你？❶

「古人（萬古長新的）把創造者比喻爲陶匠，我現在也借用這個比喻；我說創世者創造每個人的時候就像捏造壺或瓶子一樣，是要來盛——啊！盛什麼呢？我用詩體文把自己比之於前面所說的壺——這個念頭，我剛剛已經告訴過你，是由我在這個屋子裏所聞的味道激發的。開頭第一行特別讓我高興：

人到四十誰敢誇言肛門無痔……

「爲了讓讀者信服，我本來想寫『人到五十』的，可是我怕聲韻不對。至於『痔』這個字嘛，實在是法語裏最美妙的字——完全可以獨立於它的意義之外，」接着是一陣魔鬼般的笑。

❶法文爲 Es-tu vase funébre attendan quelques pleurs?

「除了那個以外你沒有寫別的了嗎？」奧利維終於絕望的說。

「我打算把我的『夜壺』投給你們偉大光輝燦爛的雜誌，但是從你剛剛說『那個』的口吻，我看出來那不會怎麼討你喜歡了。碰到這種情形，詩人總有他的辯證：『我寫來不是討你喜歡的，』並且自己說服自己，相信寫的是傑作。但是，我瞞不了你，我認為我寫的東西是臭爛貨。話說回來，我也才不過寫了一行；其實呢，所謂『寫了』，也只是時態語法這麼說說而已，因為就是承蒙你的光臨，我才在此時此刻有了這麼一句靈感……眞的？你眞的想說要發表我的什麼東西？你眞的要我的合作？那麼，你眞的認爲我並不是寫不出成體統的東西來？你在我蒼白的眉頭上看不出天才的聖傷嗎？我知道這裏的光線不甚適合照鏡子，但是——就像另一個納息斯一樣——我凝神着我的影子，但是，除了失敗的特點之外，什麼也看不到。也許，這是光線昏暗的效果……沒有，我親愛的奧利維，這個夏天我什麼也沒有寫，而如果你想叫我給你稿子，你非氣炸不行。但是，够了，不要再說我了……科西嘉一切都好嗎？旅途快樂嗎？對你有好處嗎？辛苦過後休息過來了嗎？你……」

奧利維終於忍不下去了：

「噢！你閉嘴好不好？不要再裝驢了。如果你以爲這樣我就覺得好玩……」

「我又以爲好玩嗎？」阿芒叫道：「我親愛老兄，我也是一樣；我也不致於傻到這個程度。我還有足够的聰明讓我明白我所說的一切都不過是痴話。」

「你能不能認眞一點？」

「好哇；既然認眞是你喜歡的調調，我們就認眞。我姐姐拉琪兒要瞎了。最近她的視力越來越壞。過去兩年，沒有眼鏡她不能看書。我起先以爲換了眼鏡她會好。但問題不是這樣。在我的又催又求之下，她去給眼科醫生看了，好像是視網膜的感光力減退了。你知道眼睛有兩種完全不同的毛病——一種是水晶體的調節不良，這可以用鏡片補救。但是，即使鏡片可以把視象適當的傳到視網膜上，視象却可能不能在視網膜上造成充分的印象，而只能模模糊糊的傳到腦子裏。我的話清楚嗎？你對於拉琪兒幾乎還不認識，所以不要以爲我在要你憐憫拉琪兒。那麼又爲什麼我告訴你這個呢？……因爲，反觀我自己，我了解到，不僅是視象可以在腦子裏有清楚不清楚之分，觀念也有。一個頭腦魯鈍的人只能接收到模糊紊亂的知覺意象；但就由於這個原因，他不能清楚的認識到他自己是魯鈍的；只有他意識到自己的愚蠢時，他才因自己的愚蠢而痛苦；但若要意識到它，他却必須先變得聰明。現在，你試想像一下有那麼一個怪物——一個低能兒，可是他却聰明到足以了解他的低能。」

「可是，這他就不是低能兒了啊！」

「不對，我親愛的朋友；你盡可以相信我，因爲，我，正是那個低能兒。」

奥利維聳聳肩。阿芒繼續說：

「眞正的低能兒是不能意識到他自己的觀念以外的任何觀念的。我，却意識到『以外』的。但我還是個低能兒，因爲我知道我永不可能達到那『以外』……」

「可是，老兄，」奥利維無法抑止同情的說：「我們都是被創造成這個樣子的，以便我們可以更好一點，而我認爲最大的智慧正是那因它自己的限界而至爲受苦的智慧。」

阿芒把奧利維充滿着情感放在他胳膊上的手攤開。

「別人嘛，」他說：「感覺到的是他們有什麽；我感覺到的却只是我沒有什麽。沒有錢，沒有力量，沒有智慧，沒有愛——永遠都是匱乏。我永遠都是不及格的，此外沒有別的。」

他走到梳粧臺邊，把髮刷在盆子的污水裏沾一沾，把頭髮梳到前額上，弄成可惡的形狀。

「我告訴你我什麽都沒有寫；但幾天以前，我想到了一篇文章，我打算題名叫做『論無能』。但當然我無法把它寫出來。我該說……但是我讓你煩了吧？」

「沒有；說下去；當你亂開玩笑的時候我才煩；你現在叫我感興趣得很。」

「我該在整個自然界尋找出分界線來，在這界線以下沒有東西存在。舉個例子說明我的意思。有一天，報紙上登了一件事，一個工人被電死了。他不小心拿通了電的電線；電壓並不高；但他好像在出汗。他的死，是由他全身的水氣使得電流流遍他全身。如果他身上乾一點，這件意外就不會發生。但現在讓我們想像一下，那汗一滴加一滴……而再加一滴——好啦，事情發生了！」

「我不懂，」奧利維說：「因爲我的例子總是擧得不好。我總是擧得不好。再擧一個：船難，六個落水的人被一條小船救起來。他們在暴風雨中已經漂浮了十天。三個死了；兩個得救。第六個生命垂危。別人料想他有起死回生的希望；但是他的機能已經到了極限。」

「好了，我懂了，」奧利維說：「早一個鐘頭他就可以得救了。」

「一個鐘頭！不必那麼多！我算的是極端。還可能。仍舊還可能……再也不可能了！我的念頭走在狹窄的稜線上。存在與不存在之間的界線是我在一切地方想要尋找出來的。抗拒——好吧，像我父親說的，抗拒他所謂的誘惑——它的界線在哪裏？你堅持，堅持，那魔鬼拉着的弦已經張緊了，張緊了，到了要斷的地步。……再拉一點點，弦斷了——你入罪了。現在你懂了麼？再少一點點——就不存在。高特可能不會創造世界。什麼也不會存在。像巴斯卡說的，『如果克麗佩特拉的鼻子短一點，世界會有所不同。』但是對我而言，『如果克麗佩特拉的鼻子短一點』是不夠的。我再堅持下去；我要問，短一點，但那是短多少呢？因爲可能缺得還太少，對不對？漸漸的，漸漸的，然後，突然一步…… **Natura non fecit saltus**。多麼荒唐的胡說八道！至於我嗎，我像沙漠裏要渴死的阿拉伯人。我正在這個關鍵點，你看，一滴水仍舊可以救活我的那一點……或者一滴淚也可以……」

他的聲音游移了；在那聲音裏有一種愴痛讓奧利維吃驚，也使他騷亂。阿芒繼續說下去，聲音比原先更溫柔——幾乎是柔情的：

「你記得那句話：『我這滴淚正是爲你而洒……』。」

奧利維記得是巴斯卡的話；他甚至因爲他的朋友引用有誤而生氣了。他禁不住更正他：「『我這滴血正是爲你而洒……』」

阿芒的情緒立刻墜下去。他聳聳肩，說：

「我們又有什麼辦法呢？有的人就是弄得比他需要的還多……你現在了解總是在『界線上』的感覺了嗎？至於我嘛，我會總是有點不足。」

他又開始笑了。奥利維則認爲那是免得哭出來。奥利維本想告訴阿芒他的話讓他多麼戚戚於懷，在他的苛烈嘲諷背後他的心又是多麼痛苦。但他跟巴薩望約定的時間已經馬上就到了，他掏出錶來：

「我必須走了。你今天晚上有空嗎？」

「幹什麼？」

「到萬神飯店來見面。『亞爾古』請吃飯。你可以飯後來。會有不少人在——有些多少有點名氣——大部份是酒鬼。柏納・普洛菲當杜也答應去。可能會很有趣。」

「我沒有刮臉，」阿芒快快的說：「再說，在那一大堆名人裏我幹什麼？不過，我說——你何不去問問薩拉？她今天上午才從英格蘭回來。我可以保證她會很感興趣。我幫你約她好嗎？柏納可以帶他去。」

「好吧，老傢伙，」奥利維說。

8 亞爾古餐會

說好了的，柏納和艾杜瓦一起吃過晚飯後，在十點以前來接薩拉。當阿芒向她轉達這個邀請的時候，她答應得很高興。約在九點半的時候，她已經由她母親的陪伴到她房間來了；要到她的房間，她不得不經過她父母的；但是她屋子的另一扇門則跟阿芒的房間相通而阿芒的房間又有門開向後梯；這個，我們已經說過了。

薩拉，在她母親面前裝做是要睡覺了的樣子，但等她母親一走，她立刻到梳粧臺把自己的臉和唇敷得更艷麗些。化粧臺是頂着那關上的門放的，但並不太重，可以任她無聲的把它抬起來，挪開。她開門。

薩拉怕遇見她的弟弟，因爲她怕他的譏嘲。不錯，阿芒總是慫恿她做最妄膽的嚐試，就好像這種事情讓他很愜意似的……但他也只是暫時的縱容，好在事後他可以更嚴厲的嘲諷。因此薩拉搞不清楚他的稱許是不是計謀的一部份。

阿芒的屋子是空的。薩拉坐在一隻小矮椅子上，一邊等，一邊靜思起來。對於女德，她已經養成了一種輕易的輕視，以做爲一種防衛與抗議。家庭生活的拘束益發加強了她叛逆的熱力，激發了她反叛的本能。在她住在英格蘭的那段時候，她把自己的勇氣培養到白熱化的程度。她就像那個英國的膳宿的女孩阿蓓婷一樣，決心取得自由，放任自己，要幹什麽就幹什麽。她已經準備面對一切輕蔑、責備與卑視了，也能夠對一切力量抗逆。在她向奧利維的身上貼近，她其實已經克服了天生的謙退，壓下了許多本能的不願。她的兩個姐姐做了榜樣，讓她明白了某些教訓：拉琪兒虔誠的忍讓與自我否定，在她看來是受愚弄者的自欺之夢，洛拉的婚姻在她看來不過是可悲的交易，結果是奴役生活。她所接受的和她自己給自己的教育，使她很不屑她所謂的「婚姻的虔誠」。她看不出她會能嫁什麼人而讓她自感不如的。她不是像男人一樣通過考試了嗎?她不是不論什麼題目都可以有她自己的觀念與見解了嗎?尤其是男女平等的問題……而甚至認爲，在生活行爲上——因之也就在事務的處理上，甚至於，如果必要的話，在政治上，女人都證明比男人更有腦筋……

樓梯脚步聲。她聽聽，然後輕輕開門。

柏納與薩拉從沒有見過面。走道上沒有燈。在黑暗裏他們幾乎看不到對方。

「薩拉・魏德爾小姐?」柏納低聲說。沒再多說一句，就逕自握住了她的胳膊。

「艾杜瓦在街角的計程車裏等我們。他不下來，怕遇到妳父母。我沒關係，因爲我本來就住這裏。」

柏納原先已經小心的把向街的門開着了，免得引起門房的注意。幾分鐘以後，計程車把他們三個載到了萬神酒店門口。當艾杜瓦付車錢的時候，他們聽到鐘敲十下。

晚飯已經結束。桌子收清了，但還散放着咖啡杯，酒瓶和酒杯。人人都在抽菸，空氣窒人。亞爾古的編輯杜・布洛斯的太太在尖聲大叫要新鮮空氣，那聲音之高，遠遠蓋過衆人的嘈雜聲。有人打開了一扇窗子。但那要發表演說的朱斯丁尼安，却爲「音響學的效果起見」幾乎立刻把它關上了。他霍的站起來，用湯匙敲玻璃杯，但沒有引起一個人的注意。最後，那被人稱之爲杜・布洛斯老闆的亞爾古的編輯插嘴了，在把嘈雜聲略爲鎭壓之後，朱斯丁尼安的言詞就像一條腐敗的河一般源源不斷的流出來了。把一大堆一大堆的比喻引到他陳腔爛調的觀念上。他用強調來取代幽默，再輪流對在坐的每個人施以空洞的恭維來堵他們的嘴。當艾杜瓦、柏納和薩拉進來的時候，正是他第一段說完的時候，席間爲了禮貌，正在給他大聲喝彩。有個人故意把喝彩拖長，無疑是帶着諷刺的，想叫他鞠躬下臺……但他的話是任何人打不斷的。這時，他滔滔不絕的花朵噴撒的對象轉到巴薩望伯爵身上。他把「單槓」恭維得就像「依里亞德」一樣。爲巴薩望乾杯了。艾杜瓦沒有杯子，柏納和薩拉也是一樣，因此他們便可以免除這場造作。

朱斯丁尼安的話說到最後了，最後是對這新雜誌的幾樣衷心期許，預祝他們成功；然後，然後是對新編輯的幾句優美的讚揚——「年輕有才的莫林涅——美神的愛人，他那純潔高貴的眉宇再也不必爲桂寇而等待了。」

爲了歡迎朋友的到來，奧利維站在靠近門口的地方。朱斯丁尼安過份的誇獎顯然使他無地自容，但跟着來的一小陣鼓掌聲却使他不得表示一點回謝。

三個新到的人吃飯吃得很清醒，無法攀上其他人的調子。在這類的聚會上，後來的人總是不能——或說太能吧——了解其他人的興奮。由於他們別無他事可做，他們心裏便不自覺的，而又毫不通融的批評起其他的人來了；艾杜瓦與柏納正是如此；至於薩拉，則這裏的一切對她都是新鮮的；她唯一的念頭就是能學多少就學多少，唯一的擔心的是不要落伍。

柏納一個人也不認識。他的胳膊被奧利維抓住，要把他介紹給巴薩望和杜・布洛斯。他拒絕但巴薩望却使他不得不接受，因爲他走了過來，伸出手，這他總不能不理吧。

「我常聽說過你，以致於我覺得好像已經認識你了似的。」

「彼此。」柏納的聲音是那麼淡漠，以致巴薩望的親善被凍結了。他轉向艾杜瓦。

艾杜瓦雖然常常旅行，在巴黎時又不大與人交往，他却仍舊看到這裏有幾個人是他認識的。因此也覺得比較自在。他的「同行」們並不怎麼喜歡他，却又對他有點恭敬，而他呢，也不反對被人認做驕傲，儘管實際上他只是與人有距離。他寧願聽而不願講。

「從你外甥那裏我知道今晚可以盼望你的光臨，」巴薩望溫和的，幾乎是耳語的說：「我很高興，因爲……」

艾杜瓦嘲諷的眼神把他的句子斬斷了。擅長討好也慣於被人討好的巴薩望，爲了要發光，必須面前有面反光鏡。不過，他很快就又自持下來，因爲他是個不會讓自己長久失去對自己的控制的人，也不是容易讓人制服的人。他抬頭，眼睛裏充滿了輕慢。如果艾杜瓦不肯欣然的跟着他跑，那麼，他可以找到讓他不欣然的辦法。

「我正想問你……」他接下來說，就像他只是在接剛才的話：「你知不知道你的外甥文桑的消息？——他是我一個特別的朋友。」

「不知道。」艾杜瓦乾乾的說。

這句「不知道」又騷亂了巴薩望；他不曉得這句話是表示不願意理他呢，還是只是答話。但他的騷亂只延續了一秒鐘；艾杜瓦接下來的話無意間又使他平衡過來：「我只聽他父親說他在跟摩納哥王子旅行。」

「不錯，我請一位女士——我的朋友——把他介紹給摩納哥王子。我高興能想出這個主意，讓他在跟杜維葉夫人不幸的戀愛之後去鬧散鬧散。……杜維葉夫人你是認識的，奧利維告訴過我。他差點一輩子都毀在上面。」

巴薩望的輕蔑與不屑在他語風裏運用得駕輕就熟；但是，在打個平手之後，跟艾杜瓦保持劍拔弩張的態勢已經够了。而艾杜瓦呢，也眞的是在絞腦汁找出什麼鋒利的對答來。但他就是不够機巧；而他之不喜歡社交活動，無疑這也是原因之一——他沒有那種可以讓他顯白的本事。不過，他的眉頭却開始皺起來了。巴薩望是個敏於察顏觀色的人；當任何不愉快的事情向他衝來，他都可以事先在空氣裏聞到，然後轉舵。因此，他幾乎連一口氣也沒換，就突然改換了語風：

「跟你在一起的那個可愛女孩是什麼人？」他笑着問。

「薩拉・魏德爾小姐，就是剛剛你提到的我的朋友杜維葉夫人的妹妹。」

由於他缺乏任何更有力的回答，便把「我的朋友」四字削得尖尖的，像一支箭一樣射出去，但那箭沒到目標就掉下來，巴薩望則任它躺在地上，接着說：

「如果你能為我介紹，我會非常感謝。」

他說這句話的聲音足以叫薩拉聽得清清楚楚，而由於她又轉過頭來看他們，艾杜瓦除了介紹之外便別無他途了。

「薩拉，巴薩望伯爵希望有認識妳的榮幸。」他強做笑容的說。

巴薩望叫人送了三隻玻璃杯來，現在他倒上香草酒。他們四個共同為奧利維舉杯。酒瓶幾乎空了，由於薩拉驚奇於瓶底有一些結晶體，巴薩望就用草桿把它們鈎出來。這時走過來一個奇怪的小丑，粉白臉，黑豆眼，頭髮貼着向前梳，像一頂頭蓋骨形的帽子。

「你做不到，」他說，把每個字都在牙縫裏咬一咬，顯然是極力要裝出個什麼滋味來：「瓶子給我，我把它打爛。」

他抓起瓶子，在窗檽上砸爛，把瓶底給薩拉看：

「有這麼幾個有棱有角的小東西，少姐的肚子就可以穿孔了。」

「這小丑是誰？」當巴薩望請她坐下，又坐在她身邊之後，她這樣問。

「阿夫里德·雅利，『烏布王』的作者。亞爾古封了他一頂天才帽子，因爲他的劇本被觀衆臭駡。不過嘛，也確實是很久沒有那麼有趣的東西上臺了。」

「我很喜歡『烏布王』，」薩拉說：「也高興看到雅利。聽說他隨時都是喝醉的。」

「今天晚上至少是吧。吃飯的時候我看到他喝了兩杯艾酒。他好像喝了也沒怎麼樣。抽根煙嗎？爲了不被別人的煙嗆死，自己非得抽不行。」

他俯身爲她點煙。她把幾塊小晶體放在嘴裏咬一咬。

「什麼！蔗糖而已！」說着，有點失望：「我以爲什麼硬東西。」

她跟巴薩望說話的時候，却一直對站在旁邊的柏納笑着，她那舞動的眼睛極爲閃亮。原先由於黑暗而未能看清楚她的柏納，現在則因爲她跟洛拉的長相相像而吃驚。同樣的額，同樣的唇……不錯，她容貌中天使般的優雅略少一些，她的眼神翻攪他不知深在何處的心境。由於有點不自在，他轉過去對奧利維說：

「幫我介紹一下你的朋友柏蓋爾吧。」

他在盧森堡公園曾經見過柏蓋爾，却從沒有跟他說過話。柏蓋爾在奧利維把他帶進來的這個場合裏頗覺不自在，他這種怯懦的人不可能在這種地方覺得如魚得水的，而每次奧利維向人介紹時說他是『前衛』的主要撰稿人之一時，他都會臉紅一次。事實上，在我們的故事開始時他跟奧利維說到的那首諷喻詩，將在新雜誌的首頁，緊跟在宣言之後出現。

「在我本來爲你留的位置上，」奧利維對柏納說：「我保證你會喜歡它。那是本期最好的一篇。而且，很有原創力！」

奧利維讚揚起朋友來比自己被別人讚揚要快樂得多。看到柏納來，柏蓋爾站起來。他端咖啡的端得如此之笨，以致於在激動中洒了一半在背心上。這時，雅利機械似的聲音在近處發出來：

「小柏蓋爾會中毒，我在他杯子裏下了毒。」

柏蓋爾的膽怯讓雅利感到有趣，他喜歡讓別人爲難。但是柏蓋爾却不怕雅利。他聳聳肩，若無其事把咖啡喝下去。

「那是什麼人？」柏納問。

「什麼？你不知道他是『烏布王』的作者吧？」

「不可能！是那個雅利？我還以爲他是佣人呢！」

「噢，一樣，」奧利維說，有一點惱，因爲他以這位大人物爲傲：「好好看看他。你不覺得他有點特別嗎？」

「他盡量裝得特別。」這個只尊重自然的柏納說；不過，他對「烏布王」倒還評價不錯。這扮做傳統馬戲班小丑的雅利的一切都是裝做的——尤其是他的言談；「亞爾古」的幾個人還盡力模仿他，把音節弄得急急促促，發明怪言怪語，夾雜混淆；但只有雅利才能發出他那沒有音色的聲音——一種沒有冷暖、沒有調子，沒有音節與抑揚頓挫的句子。

「認識了他，就會覺得他可愛，眞的。」奧利維說。

「我寧可不認識他。他看起來可惡。」

「噢，只是看起來那個樣子。其實巴薩望認爲他是世界上最和善的人。但是今天晚上他喝得可怕；沒有一滴水，我保證——甚至不是普通的酒，而是艾酒和酒精。巴薩望怕他會鬧出什麼事來。」

奧利維不想說出巴薩望的名字，那名字却一直冒出來，他越是想避免，那名字的出現就越頑固。

由於憤恨這樣不能控制自己，又像要逃避自己對自己的追逐似的，他轉變了話題：

「你該去跟杜美聊一聊。我怕他因爲我佔了他在『前衞』的位置而對我很不痛快；但這並不是我的錯；我只是接受而已。你可以去讓他明瞭事實的眞相，讓他平靜下來。巴薩……我聽說他氣我氣得半死。」

他又被絆了一下，但這次沒有絆倒。

「我猜他把他的稿子帶來了。我不喜歡他寫的東西，」柏蓋兒說；然後轉過頭對柏納：「可是，你呢，普洛菲當杜先生，我想你……」

「噢，請不要叫我先生……我知道我頂了一個很荒唐的姓……我想，如果我寫的話，我要用筆名。」

「爲什麼你什麼都不投？」

「因爲我還什麼也沒寫。」

奧利維離開他兩個聊天的朋友，走到艾杜瓦那裏。

「你肯來是多麼好啊！我一直渴望着要見你。但是我眞願意是在別處，而不是在這裏……今天下午，我去拉你的門鈴。他們告訴了你嚒？沒有找到你，我很難過；如果我知道你到哪裏去了……」

他竟然那麼容易的就把話說了出來，實在讓他高興，因爲他以前在艾杜瓦面前是多麼啞口無言啊！然而，可嘆！他這次的流暢却只是因爲喝多了酒，也因爲他說出來的是陳腐的言詞。艾杜瓦黯然。

「我在你母親那裏。」（他第一次沒有用「汝」稱呼奧利維，而用「你」。）

「眞的？」奧利維說，暗驚於艾杜瓦對他的稱謂，又猶豫着不知要不要說出來。

「你的將來是想在這種環境裏過下去嗎？」艾杜瓦定定的看着他問。

「噢，我不會讓它侵蝕我。」

「你能保證得了?」

這句話說得是如此沉重，如此溫柔，如此善意……以致奧利維的自信完全破碎了。

「你認爲我常跟這些人在一起錯了?」

「並不是指他們每一個，而是有些。」

奧利維把這句話認爲是直指巴薩望，而在他內在的天際，自從今天上午就開始凝聚的烏雲突然發出了令人目盲的、痛苦的閃電。他愛柏納，他愛艾杜瓦，愛得是如此之深，以致於無法忍受失去他們的尊重。在艾杜瓦的身邊，他心裏一切最好的品質都提昇起來；在巴薩望的身邊，讓他顯露的却是他的一切壞品質；現在，他知道了，承認了；而其實，他不是一向就知道嗎?他對巴薩望的視而不見不是有意的嗎?原先巴薩望做的那些使他感謝的事，現在都轉而使他感到厭惡了。他整個的靈魂都對他擯棄了。而現在他看到的景象更讓他的厭惡無以復加。

巴薩望，身子傾向着薩拉，胳膊繞過她的腰，摟得越來越緊。由於巴薩望察覺到他跟奧利維的關係已經造成了不愉快的流言，他便想用某種行動表明一下，而爲了這行動更引起衆人的注意，他乾脆把薩拉抱在他腿上坐。到這時爲止，薩拉都沒做什麼抗拒，但她的眼睛一直尋索柏納的，當他們四目相遇的時候，她的笑容似乎在說：

「你看看別人能跟我到什麼程度!」

但巴薩望害怕過了份；他缺乏經驗。

「如果我能讓她再多喝一點，我就敢試。」他心裏說，把另外一隻空着的手去拿庫拉索酒。

那在看着他們的奧利維却搶先把那瓶酒拿起來，只爲了不讓巴薩望拿到；但等他拿到手的時候，他似乎覺得喝點酒會恢復他的勇氣——他感到正在退下去的勇氣——讓他大聲的、足可讓艾杜瓦聽到的、業已在他唇上顫抖着的怨言：

「如果當時你選的是我……」

奧利維倒滿一杯，一口喝盡。正在這時，那從一羣人到另一羣人晃來晃去的雅利，走到了柏蓋爾的身邊，奧利維聽到他半耳語說：

「現在嘜，我們要槍——槍斃小柏蓋爾了。」

柏蓋爾刺刺的轉過身對他說：

「你再拉大嗓門兒說一遍。」

雅利已經走過去了。等到他已經繞過了桌子，才用假聲說：

「現在嘜，我們要槍——槍斃小柏蓋爾了」；然後，從口袋裏掏出一隻「亞爾古」那批人常常看他玩弄的大手槍，擧槍平肩。

雅利一向有神槍手的譽稱。有人抗議了。在他這種喝得爛醉的情況下，沒有誰敢保證他不會做出他自己也控制不了的事。但小柏蓋兒下定決心表現他不怕；他站到一把椅子上，胳膊在背後交疊，扮出拿破侖的姿態。他的樣子是有點可笑；有人在竊笑，但立刻被喝彩聲淹沒。

巴薩望很快的對薩拉說：

「可能造成不愉快的結局。他醉得半死。到桌子下面去。」

杜・布洛斯想抓住雅利，但他甩脫了他，也爬到一把椅子上去（柏納注意到他穿的是漆皮淺口無帶皮鞋）。正正對着柏蓋爾站着；他伸手，瞄準。

這時仍舊站在門口的艾杜瓦把開關關掉。

「關燈！關燈！」杜・布洛斯叫道。

薩拉不雇巴薩望的禁令站了起來，燈一黑，她貼到柏納身上，把他拉到桌子下面。

槍響。手槍裝的只是空炮彈。但一聲痛叫却傳出來。是朱斯丁尼安。塡料的小碎片打到了他的眼睛。

當燈光重亮，柏蓋爾却仍舊站在原來的位置，姿態未變，一動不動，略顯蒼白；人人都稱羨了。

而杜・布洛斯太太却歇斯底里的叫道。她的朋友們圍成一圈。

「搞這種事眞是白痴！」

桌子上没有水。從椅子上爬下來的雅利，把手帕浸在白蘭地裏，擦她的太陽穴，藉表道歉。

柏納在桌子下面只呆了一秒鐘——正足以讓他感到薩拉兩片焚熱的唇情慾的壓在他的唇上。

奥利維是隨着他們一起鑽到桌子下面的，那是出於友情，出於嫉妒……那種他那麽清楚的可怕的情感，而現在他却被排除在外，嫉妒之情便因酒性而格外強烈了。當他從桌子下面出來，他的頭是暈眩的。他聽到杜美叫道：

「看莫林涅！他像個女孩子一樣膽小！」

太過份了。奧利維，幾乎不知道自己在做什麼的，舉着拳頭衝向杜美。他好像在夢裏一樣。杜美躲過他的拳頭，奧利維又像在夢裏一樣，除了撲空之外，什麼都沒碰到。

全場大亂；有些人在圍着尖叫的、手脚亂舞的「老闆娘」，有些人則過來圍住杜美；杜美叫道：「他沒碰到我！他沒碰到我！」……還有一些人圍着奧利維，而奧利維紫紅着臉，又要向他衝過去，被人費了不少力氣才擋下來。

不管碰到沒碰到，杜美都必須認爲他被打了耳光了；那一邊擦眼睛的朱斯丁尼安這樣對他說。那根本是尊嚴的問題。但杜美一點也沒有意思要接受朱斯丁尼安的尊嚴理論。他頑梗的繼續說：「他沒有碰到我！……他沒有碰到我！」

「你們可以不要鬧他嗎？」杜·布洛斯說：「不想打架的人你們不能強迫他去打。」

然而，奧利維宣布，如果杜美還覺得不够，他準備再給他一個耳光；由於他決心來一次決鬪，他要求柏納和柏蓋爾做他的助手。他們兩個誰也不曉得所謂「名譽之事」究竟是怎麼回事；但奧利維又不敢請艾杜瓦。他的領帶鬆了；他的頭髮披到前額來，而前額浸在汗裏；他的手抽搐的抖動着。

艾杜瓦抓住他的胳膊：

「過來去洗洗臉。你看起來像瘋子。」

他把他帶到盥洗室。

一離開那間屋子，奧利維立刻明白自己醉成了什麼樣子。當他感覺到艾杜瓦的手落在他胳膊上，他以為自己要暈倒了，未加反抗的任自己被帶走。艾杜瓦對他講的話裏，他只聽懂他又用「汝」來稱呼他了。烏雲瀉為大雨，他覺得他的心突然化作淚。艾杜瓦敷在他額上的濕毛巾終於又使他恢復了神智。發生的是什麼事？他模糊的意識到自己做了幼稚、魯莽的行動。他感到自己荒唐，低卑……然後因沮喪與柔情而顫抖，他投向艾杜瓦，緊貼住他，啜泣着說：

「帶我走！」艾杜瓦自己也是極端惻惻於心了：

「你父母呢？」他問。

「他們還不知道我回來。」

當他們通過咖啡間下樓要出去的時候，奧利維說他寫一張便條。

「如果今晚寄，明天上午可到。」

他在咖啡間的一張桌邊坐下，寫了如下一張短箋：

我親愛的喬治——沒錯，這封信是我寫的，我要求你幫我做點事，我想你已經知道我回巴黎了，因為今天上午我相信在巴黎大學附近你看到了我。我跟巴薩望伯爵住（巴比倫街）；我的東西還在那裡。但是我不想回去了；理由太長，你也不會感興趣，暫且不說。你是我唯一能夠求你去把它們——我是說我的東西——拿回來的人。你會幫我做，是不是？當你有事要我做的時候我會報答你。那裡有一個鎖着的行李箱。至於屋子裡其他的東西，你自己把它們塞進我的手提箱，送到艾杜瓦舅舅這裡。我出計程車錢。幸虧明天是星期天；你可以看到這信就去。我可以靠你，是不是？

你親愛的哥哥　奧利維

又及：我知道你聰明得很，可以把一切安排好。但提醒你一下，如果你跟巴薩望有任何直接交涉，務必跟他保持距離。

那沒有聽到杜美的汚辱言詞的人不曉得爲什麽奧利維突然向他進攻。他好像瘋了似的。如果他保持冷靜，柏納會贊許他；柏納並不喜歡杜美；但他却不得不承認奧利維這次擧動像瘋子，使自己處於錯誤的立場。聽到別人對奧利維嚴厲的批評，柏納覺得痛苦。他走到柏蓋爾旁邊，跟他約了見面的時候。事情不管多麽荒唐，他們都想把它做正確的處理。他們商量好第二天上午九點去看奧利維。

柏納的兩個朋友走了以後，他便旣沒有理由也沒有意思再留下去了。他環顧屋子找薩拉，當他看到她坐在巴薩望的膝上時，心中湧起一陣憤怒。他們兩個似乎都喝醉了；不過，當薩拉看到柏納過來，她却站了起來。

「我們走。」她說，握住他的胳膊。

她要走路回家。距離不遠。路上他們一句話都沒有說。膳宿學校的燈全都熄了。由於怕驚動人，他們摸索着到後樓梯，在那裏劃了一根火柴。阿芒在等他們。當他聽到他們上來，他出房到樓梯平臺，端着燈籠。

「拿燈，」他對柏納說：「給薩拉照；她屋子裏沒蠟燭……把你的火柴給我，我可以照我的房子。」柏納陪薩拉走進她的內間。剛剛進去，阿芒就從他們上端俯身一口氣吹熄了燈，吃吃笑着說：

「晚安！但是不要出聲。爸爸媽媽在隔壁。」

然後，突然退出去，把門關起來，栓上。

9 奥利維與艾杜瓦

阿芒是和衣躺下的。他知道他不可能睡着。他等待黑夜結束。他沉思着。他聽着。房子是靜息的，城，整個自然界，是靜息的；一絲聲音都没有。

當狹窄的天井上端的反光板投下黎明的幽光，使他重又能辨識他那小屋可惡的邋遢貧賤時，他便起來。他走到他昨晚栓起來的門前，輕輕的把它打開……

薩拉屋子的窗帘没有拉起來。逐漸明亮的晨光照白了窗櫺。阿芒走到他姐姐和柏納睡着的床邊。他們四肢糾纏，一條床單只蓋了半身。他們多麽好看啊！阿芒定定的看着又看着。他寧願化做他們的睡眠，化做他們的吻。他先是微笑着，然後，在床脚前，在他們亂抛的衣物裏他跪了下來。當他這樣合十的時候，他對之祈禱的能是什麽神呢？一種無以說明的情感在他之內騷動。他的唇發抖……他站起來……

但走到門口，他又回轉身，他要叫醒柏納，以便讓他在他家還没有醒來的時候回到他自己的房間。只一點點聲音，柏納就睜開了眼睛。阿芒匆匆出去，把門開着。他離開了他的屋子，下樓；他可以隨便藏在什麼地方；他在，會讓柏納不好意思；他不要柏納見到他。

幾分鐘以後，從一間教室的窗口，他看到他走過去，沿着牆邊，像個小偷……

柏納睡得不多。但這個晚上他嚐味到了一種遺忘，比睡眠更爲使人獲得歇息——自我的飛昇與消滅俱時發生。一種他自己覺得陌生的、飄飛的、浮揚的、沉靜而又緊緊的，如神的感覺，就在這種感覺中，他滑向另一日。他沒有驚動薩拉——輕輕的把自己的身體從她的胳膊中分解出來。什麼！不再吻一下？不再含情看一眼？不再至高的擁抱一下？他豈是在她不知不覺中這樣離開她？我不知道。他自己也不知道。他什麼也不要想；要把這未曾料及的夜晚納入他往日所有的夜晚是件困難的事。不，它是一篇附錄，是在他的書本本文中無處棲身的一篇——而無疑，在他那本文中，他的生活史將繼續寫下來，將重拾原先的線索，就像什麼事也沒有發生似的。

他上樓，到他與小柏利共住的房間。怎麼樣的一個孩子啊！他還睡得熟熟的。柏納把自己的床攤開，把被褥揉皺，使它看起來像睡過的樣子。他把自己洗沖了一番。但看着柏利，使他想起薩斯—費。他想起洛拉有一次告訴他的：「我只能接受你的忠誠。其他的，會有它的時機，會在別處得到滿足。」這句話曾使他厭拒。現在他似乎又聽到了它。他其實已經不再想這件事，但今天早上，他的記憶特別活躍。他的頭腦自顧自的活動着，敏捷得驚人。柏納把洛拉的影子拋開，想要窒息這些回憶；又爲了阻斷自己的念頭，他抓起一本書來，強迫自己讀考試的課程。但屋裏窒悶。他下樓，到庭院。他想到街上去，走，跑，到開濶之處，呼吸新鮮空氣。他看着通到街上的校門；門房一打開，他立刻出去。

他拿着書，走進盧森堡公園，坐在長凳上。他像紡絲一樣紡他的心思；但多麼脆啊！如果他抽一抽，那線索就會斷。只要他一準備看書，那不該來的囘憶就在他與書之中繞來繞去；而在那裏繞動的却不是他最歡樂時刻的囘憶，而是許多瑣瑣碎碎的小事情——那麼多的刺，刮住了，刺傷了他的虛榮心。下一次，他不會讓自己顯得那麼初出茅廬了。

大約九點鐘，他站起來，去找魯西安·柏蓋爾。他們一同到艾杜瓦那裏。

艾杜瓦住在巴塞的一座公寓的頂層。他自己的臥房對着一間很寬敞的書房。天剛黎明，奧利維起身的時候，艾杜瓦一開始並沒有感覺到什麼不對。

「我到沙發上去躺一躺，」奧利維說。艾杜瓦怕他着涼，叫他拿了毯子去。再過一會，艾杜瓦也起來了。他一定是又睡着了，而自己並未覺察，因爲他發現天已大亮，略感吃驚。他去看奧利維睡得好不好；他要再看到他；或許某種模糊的預感在引導他……

書房是空的。毯子散在躺椅脚下。可怕的煤氣味讓他吃了一驚。跟書房相通的有一個小房間，當做浴室用，氣味無疑從那裏發出來。他跑到門口；但一開始他推不開；有東西擋住了——是奧利維的身體，在澡盆邊癱成一團，沒有穿衣服，冰冷的，鉛灰的，沾滿了可怕的嘔吐物。

艾杜瓦把噴口裏噴出來的煤氣關掉。是什麼事？意外？心臟病？……他不能相信。澡盆是空的。他把那垂死的孩子抱起來，抱到書房，讓他躺在地毯上一扇打開的窗戶前面，他跪下，輕輕的俯身，把耳朵貼在他的胸上。奧利維還在呼吸，但十分微弱。於是，艾杜瓦呼天搶地的開始用盡他一切力量爲重新點燃這即將熄滅的生之火花而努力；他有規律的把已麻痺的胳膊上下舉動，壓他的側腹，揉他的胸，試盡他聽說過在窒息的情況下一切該做的事，而又絕望於不能同時做這一切。奧利維的眼睛仍舊閉着。艾杜瓦用手指把他的眼皮翻開，但立刻又蓋到那無生氣的眼睛上。然而他的心臟還在跳。他想找白蘭地，找不到，找嗅塩，也找不到。他燒了一點水，用熱水給他擦上身和臉。然後他把那沒有活氣的身體放在躺椅上，用毯子蓋起來。他想去叫醫生，但自己又不敢離開。打雜女工非到九點不會來。他一聽到她的聲音，立刻叫她去叫醫生；但立刻又叫她回來，因爲他怕這樣自己會遭到詢問。

同時，奧利維也慢慢的復甦過來。艾杜瓦坐在躺椅邊。他看着那合起來的書一般的臉，感到困惑。爲什麼？爲什麼？在酩酊大醉的夜裏，在思想不清的時候，人可能會這樣做，但清晨起來所下的決心却負荷着沉重的德性。他暫時不打算去做了解，只等着奧利維能夠說話時再說。他把奧利維的一隻手握在自己手裏，把他的疑問、思想與整個的生命都融在這一握裏。最後，他似乎終於覺得奧利維的手在他的緊握中起了微微的反應……於是他俯身下來，唇貼在他的額上——無量而神秘的痛苦在上面留着痕跡。

門鈴響。艾杜瓦起來去開。是柏納和魯西安・柏蓋爾。艾杜瓦把他們留在門廳，告訴他們發生的事；然後，把柏納拉到一邊，問他知不知道奧利維有沒有頭暈的毛病，或什麼別的會隨時發作的症候……柏納突然想起他們頭一天的談話，尤其是奧利維幾句他當時幾乎沒有聽進去的話；但現在，却統統回來了，就像他又重新聽到一樣。

「是我先說起自殺，」他對艾杜瓦說：「我問他了不了解人會純粹出於生命的洋溢而自殺，『出於熱情』，就像德米屈里•卡拉馬助夫說的。當時我沉在自己的思想裏，沒有注意到他說什麼；但我現在想起來他的回答。」

「他怎麼回答？」艾杜瓦追問道——因爲柏納停下來，好像不打算講下去了的樣子。

「他說他了解自殺，但那是只有在到達歡樂的頂峰，而此後的一切將只是下坡的時候。」

他們兩個互相看着，沒有再加一句。他們開始明白了。艾杜瓦最後終於把目光轉開；柏納則因自己說出來而對自己憤然。他們走到柏蓋爾旁邊。

「麻煩的是，」他說：「別人可能會以爲他自殺是爲了逃避決鬬。」

艾杜瓦把決鬬的事全忘了。

「裝做什麼都沒有發生的樣子，」他說：「去找杜美，問他的助手是什麼人。如果這件蠢事沒有不了了之的話，你們就跟他的助手把情況講清楚。杜美似乎並不怎麼熱衷。」

「我們什麼也不告訴他，」魯西安說：「讓他自己去打退堂鼓。他一定不敢接受的，我保證。」

柏納問可不可以看看奧利維。但艾杜瓦認爲最好是讓他保持安靜。

柏納和魯西安剛要走，小喬治就來了。他從巴薩望那裏來，但沒有帶他哥哥的東西。

「伯爵先生不在家，」人家告訴他：「他也沒有留下什麼指示。」

那僕人就衝着他的臉把門關上了。

艾杜瓦的聲音有些沉重，再加上另外兩個人的表情，喬治吃了一驚。他感覺出有什麼不對——就問。艾杜瓦不得不告訴他。

「但什麼也不要對你父母說。」

喬治由於他們讓他分享了秘密而高興。

「人是會保密的。」他說。由於那天上午他沒事可做，便自動要陪柏納和魯西安一起去找杜美。

三個人一走，艾杜瓦就去叫打雜女工。在他臥房的旁邊還有一間空房；他叫她收拾好，好把奧利維抱進去。然後，他輕輕的走回書房。奧利維在靜息。艾杜瓦在他旁邊坐下，拿過一本書來，但沒有打開，又立即把它丟下，而看着他的朋友的睡容。

10

奧利維的復甦

觸及靈魂或發自靈魂者，決非簡單的事物。

巴斯卡

「我想他會高興見到你，」第二天上午艾杜瓦對柏納說：「他今天早上問我你昨天有沒有來。他一定在我以爲他還沒有知覺的時候聽到了你的聲音……他眼睛一直閉着，但是他不說話。他常常把手放在額上，像在頭痛。每次我跟他說話，他就皺眉；但是如果我走開，他就把我叫回來，要我坐在他旁邊……不是，他不是在客廳。我把他抱到我那間旁邊的一間原先空着的房間，這樣我可以見客人而不致於吵到他。」

他們走了進去。

「我來看你，」柏納溫和的說。

「我在等你。」

「如果你累，我就走。」

「留在這裏。」

但說了這話，奧利維就把手指比在嘴唇上。他不要人跟他說話。三天以後就要參加口試的柏納，現在不管走到哪裏，口袋裏都裝着一本難題彙編之類的東西。他坐到床邊就讀起來。艾杜瓦到他自己的房間去了；兩間之間的門是開着的，不時的他會探頭過來看看。每兩個鐘頭他叫奧利維喝一杯牛奶，但也只是從今天早晨才開始。昨天一整天，奧利維什麼也吃不下。

過了很久的時候，柏納站起來要走了。奧利維轉過頭來，伸出手，想發出一個笑容的說：

「你明天來嗎？」

最後，他又把他的朋友叫回來，用手勢叫他俯身下來，好像怕他聽不到似的，小聲說：

「你見過這樣的白痴嗎?」

然後，又像預先防止柏納的抗議似的，又把手指放在唇上。

「不要，不要；我以後再解釋。」

第二天上午，艾杜瓦接到洛拉的一封信；當柏納來的時候，他拿給他看：

我親愛的朋友——我急着寫信給你想阻止一件荒唐的災難。我相信，只要這封信及時到你手中，你一定會幫助我。

費利斯剛剛啓程去巴黎，他要去見你。他是想從你那裡問到我不肯告訴他的事；他要你告訴他那個人的名字，然後找他決鬥。我盡了一切力量要阻止他，但一點用也沒有，我的話只是使他的決心更堅定。你是唯一可以勸開他的人，他相信你，我希望他或許會聽你的話。請記得，他這輩子從來沒有摸過手槍，也沒有摸過劍。想到他可能會為了我而喪失了他的生命，我真是無法忍受。但是，我——我幾乎不敢承認——我更怕的其實是他成為笑柄。

自從我回來，費利斯就一直溫柔照顧；但我無法讓自己表現出比我真正感到的還多的愛。為此，他痛苦；而我相信是由於他想贏得我的尊重與讚賞才出此下策；這件事，在你看來當然會是考慮欠周的，但他卻日以繼夜的想來想去，已經變成了他的固定觀念了。他確實是原諒了我；但是他……心裡有化不開的怨恨。

我求你，像歡迎我那樣熱誠歡迎他；再沒有比你這樣更能感動我的了。原諒我沒有立卽寫信感謝你在瑞士對我的厚待。那段生活的記憶將溫暖我的一生，幫助我忍受我的生活。

你永遠盼望着永遠信賴着的

洛　拉

「你打算怎麼做？」柏納一邊把信還給艾杜瓦一邊說。

「我又能做什麼呢？」艾杜瓦回答，微微的惱怒；倒不是被柏納的問題激怒，而是被那件事情。「如果他來，我盡我的能力接待他。如果他問我的意見，我也盡力提供；我會勸他，最好的辦法就是不要有任何表示。像可憐的杜維葉這種人永遠都是冒冒失失。如果你了解他，你會跟我的想法一樣。另一方面看，洛拉却天生是個要做主角的料子。我們每個人都認爲這齣戲適合他，他演這齣悲劇也是命中注定。我們又怎麼做呢？洛拉的戲就是要嫁個跑龍套的。我們幫不上忙。」

「杜維葉的戲則是要娶一個套住他的人，隨他怎麼做都逃不了這命運。」

「隨他怎麼做……」艾杜瓦重復道：「也隨洛拉怎麼做。妙的是，洛拉爲了追悔她的過錯，爲了歉疚，想要在他面前謙卑；他呢，却立刻趴得更低；因此，他們做來做去，仍舊只有一個結果，那就是把『他』弄得更渺小，把『她』弄得更偉大。」

「我非常同情他，」柏納說：「但爲什麼你不承認，由於他把自己匍匐得那麼低，也同樣使他自己更偉大了些呢？」

「因爲他缺乏奔放的精神。」艾杜瓦無可辯駁的說。

「這怎麽講？」

「他從來不會忘形，因此也從來不會感覺到任何偉大的東西。不要一直追問。我有我自己的想法；但這些想法不是可以用尺碼去量的，我也不喜歡去量它們。保羅－安布洛常說，凡是不能用數字計算的，他就不列入計算；我想他是在玩弄『計算』這兩個字眼；因爲，如果眞是那樣，他就不能把高特『列入計算』了。當然，他的意思正是這樣，他正是想不要把高特列入計算……好啦，說我的吧。我用『奔放』二字的意思是指一種狀態，在那種狀態下，人可以任許高特把他征服。」

「這是不是正是『熱情』的意思？」

「或許是『靈感』的意思。對，我的意思正是這樣：杜維葉是個不能有靈感的人。當保羅－安布洛說靈感是藝術中最有害的因素之一時，我承認他的說法是對的；我也願意相信，人除非能够主宰他的奔放狀態，他就不能成爲藝術家；但爲了能够主宰它，却必須先去經驗它。」

「你會不會認爲，這種靈感的來臨可以由生理上做解釋……」

「可以得很！」艾杜瓦沒等他說完就打斷他說：「這種解釋法儘管是對的，也只能困住儍子。當然，任何神秘的活動都不可能沒有相應的物質表現。可是那又怎麽樣呢？心，沒有物，就不能有所展現。精神化入肉體的奇妙就是這個樣子。」

「反過來說，物質沒有心靈却也可以有奇妙的表現。」

「那！這個我們誰又能知道呢？」艾杜瓦說着，笑起來。

聽他這樣講話，柏納覺得十分有趣。艾杜瓦一向是有保留的。他今天的這種狀態是因為奧利維在。柏納了解。

「他現在對我談話的樣子就像他已經在跟奧利維在談話了似的，」他想：「做他的秘書的應當是奧利維。等他好了，我馬上告退。我的地方不在這裏。」

他這樣想的時候心裏並沒有苦澀，因為他現在已經完全被薩拉佔據了；昨夜他跟她共渡，今夜也要再相見。

「我們把杜維葉忘得好遠了，」他說，這次是他笑出來了。「你要告訴他是文桑嗎？」

「天哪！當然不！為什麼？」

「你不覺得，不讓杜維葉知道該懷疑誰，對他是荼毒嗎？」

「或許你說得不錯。但這個話一定要對洛拉說。我不能告訴他，否則便是出賣洛拉……再說，我連他在什麼地方也不知道。」

「文桑？……巴薩望一定知道。」

門鈴的響聲打斷了他們的談話。莫林涅太太來看她的兒子。艾杜瓦同她一起去書房。

11 艾杜瓦日記：寶琳

寶琳來。我有點不知道如何告訴她，然而我又不能不讓她知道她兒子生病了。我想，跟她講那不可理解的自殺企圖是沒有益處的，因此只說他肝臟不舒服，而事實上，這也是前面這段過程留下來最明顯的結果。

「由於我知道奧利維跟你在一起，」寶琳說：「我已經安心了。我自己對他的看護也不可能更好，因爲我感覺到你像我一樣愛他。」

她說這話的時候，用着一種奇怪的眼神堅持的看着我。她的眼神中所帶着的含意難道只是我想像出來的嗎？我感覺到其中有一種一般所謂的「於心有愧」的神情，而我只能結結巴巴的說些不相關的話。我也必須說，由於頭兩天我那過份飽和的情感，我現在全然失去了對自己的控制；我的騷亂必然是十分顯然的，因爲她說：

「你的臉紅很有意思！……我可憐的朋友，不要以爲我會責備你。如果你不愛他，我會責備你……我可以看看他嗎？」

我帶她去看奧利維。柏納聽到我們進來時已經出去了。

「他多麼好看啊！」她俯身在床上端，低低的說。然後，轉過來向我：「你過後爲我親他吧，我怕把他驚醒。」

寶琳眞是個特異的女人。今天並不是我第一次這樣想。但我沒有期望到她能够對人的心意領會到如此之遠。然而，在她的親切的背後，在她語音的甜美的背後，我可以分辨出一絲控制與緊張來（或許是由於我爲了掩飾自己的尷尬而做的努力）；我回想起上次見面的一句話——這句話，旣使在當時我並不想認爲它有智慧的情況下，仍舊覺得它含有智慧：「凡是我不能阻止的，我寧願欣然答應。」顯然寶琳是在想力求欣然；又像在回應我秘密的心念似的，當我們走回書房時，她立刻說：

「剛剛由於我自己並沒有吃驚，我怕倒是我讓你吃驚了。然而，我眞是不能假裝責備你；我只能感覺到多少表示多少。生活也讓我明白一些事情。我知道男孩子的純潔是多麼不容易保持，即使表面上看起來是最沒有過什麼接觸的。再說，我並不認爲少年時最貞潔的人將來就能成爲最好的丈夫——甚至於並不就會是最忠實的！」她淒然的笑了一下：「他們的父親的例子又讓我希望我的兒子們不要走那一條路。但是我怕他們沉緬於女色或不名譽的私通中。奧利維很容易被帶入岐途。他心裏一定會時時想着要走正路。我認爲你能對他有好處。我只有你才放心……」

這些話讓我心裏紊亂。

「妳把我想得比我實際的好。」

這是我唯一能够找出來的話，而說得又是那般愚蠢，僵硬。她又極爲巧妙的說：

「是奧利維會讓你更好。由愛的幫助，人什麼不能從自己求得呢？」

「奧斯卡知道他跟我在一起嗎？」我問；這是爲了在我們之間留出一點廻轉的餘地來。

「甚至連他在巴黎他都不知道。我告訴你，他對他的兒子很少關心。這就是爲什麼我要依靠你對喬治說。你說了吆？」

「還——沒有。」

寶琳的眉頭突然沉鬱起來。

「我越來越擔心了。他有一種自以爲是的樣子，看起來好像魯莽、嘲諷與恣肆的混合。他功課做得很好。他們老師都喜歡他；我的擔憂好像是沒有根據的……」

接着，突然，拋開了她的鎭靜，用着一種讓我幾乎認不出來的激動說：

「你看出我的生活是什麼來嗎？」她呼道：「我削減我的快樂；一年接一年，我都不得不把它拉得更低；一個接一個的，我把我的希望剪斷。我一再的讓步，一再的容忍；我裝做什麼都不知道，什麼都沒看到……但人，總是要有點東西讓你抓住，即使再小的也好；而當你連這個也做不到了的時候！……晚上，他回家來，在我旁邊的燈下做功課；有時候，當他從書上抬起頭來，我從他的眼光裏看到的不是親愛，而是——忤逆！我憑什麼要得這個？……有時候我突然會覺得，我對他一切的愛都變成了恨；我但願我從來沒有過孩子。」

她的聲音顫抖了。我握住她的手。

「奧利維會報妳的恩，我可以保證。」

她努力着想使自己平靜下來。

「眞的，我說這樣的話眞是瘋了；就好像我沒有三個兒子似的。當我想到其中的一個，就把其他的忘了……你一定會認爲我很沒理智，但有時候，一個人只是理智眞的是不够的。」

「然而我最敬佩妳的却是妳的理智，」我不巧妙的說，想讓她平服下來：「前幾天，妳談奧斯卡的時候是那麼明智……」

寶琳突然一振。她看着我，聳聳肩。

「女人總是當她最心灰意冷的時候顯得最爲明智。」她叫道，幾乎是復仇的。

這段話，正由於它的正確刺惱了我。爲了不顯露出來，我問：

「信的事情有什麼新發展嗎？」

「新？新？……在我跟奧斯卡之間還能有什麼新的呢？」

「他想要有個解釋。」

「我也是一樣。我也想要有個解釋。人一輩子都在等待解釋。」

「好嘛，可是，」我接下去說，已經相當惱了。「奧斯卡覺得他被誤會了。」

「可是，我親愛的朋友，你非常明白，沒有任何東西是比誤會更能永遠持續下去的。只有你們小說家才會想要去解決它們。在眞實的生活裏沒有任何東西是解決了的；一切都延續下去。我們一直是不定的，而且也將留在這不定裏，一直到最後一天，而不知道什麼是什麼。生活却一天一天過下去，像往日一樣。而這個，人也同樣忍受下來；就像對其他所有事情一樣……對所有的事情一樣。好啦好啦，再見。」

她語氣中的一種新的成份讓我感到痛苦，這種成份是我以前沒有聽到過的；那是一種劍根出鞘的心態，這心態逼着我想到（或許並不是在當時，而是當我回想起我們的談話時），寶琳接受我跟奧利維的關係並不像她所說的那麼輕易；絕不比其他的輕易。我很願意相信她並不斥責我跟奧利維的關係，從某些觀點來說，她因這關係而高興，正像她向我明言的那樣；但是，或許在未向她自己承認的情況下，她正像對其他的一樣嫉妒這個。

這是我能找到的唯一的理由來說明她突發的叛逆；那就好像，在她應允了將她更爲珍惜的東西出讓之後，她已用盡了她的和藹，突然發現她再也無剩餘了。因此便愕然爆發出激烈的、幾乎放肆的言詞；當她一回想，必然使她自己吃驚了；在這其中，她的嫉妒無意中把她的本心暴露出來。

事實上，我問自己，一個不讓步的女人的心態究竟又是什麼樣子呢？我指的是，「誠實的女人」——而我說這句話竟好像認爲所謂「誠實的女人」並不是常讓步的女人似的！❶

今天晚上奧利維很見好轉。但恢復生機也同時帶來憂慮，我用我一切的能力來使他安心。

「他的決鬥呢？」——杜美跑到鄉下去了。你總不能追過去吧。

「雜誌呢？」——柏蓋爾負責。

「他留在巴薩望那裏的東西呢？」這是最棘手的一點。我不得不坦白說，喬治拿不到；但我答應明天親自去拿。從我看出來的跡象，我猜他怕巴薩望會把那些東西留着當把柄；這是一刻也

❶譯註：誠實，在這裡應作「事實是怎麼樣就是怎麼樣，照着它的本樣來看，來對待」解。

不可以的！

昨天，當我寫完這些，我在書房坐到很晚，然後我聽到奧利維叫我。我立即到他床邊。

「我應當自己過去，但是我太弱了，」他說：「我想起床，但是一站，我的頭就轉，我怕會倒下去。沒有沒有，沒有更壞，正好相反。但是我一定要跟你說話。

「你一定要答應我一件事……永遠不要想弄清楚我那天晚上爲什麼想自殺。我想我自己也不知道。我記不起來。即使我想告訴你，請相信我，我也辦不到……但你一定不要以爲那是由於我的什麼秘密，什麼你不知道的事。」然後，小聲的：「也不要以爲是因爲我羞於……」

雖然我們是在黑暗裏，他還是把臉藏在我肩裏了。

「如果我覺得羞耻的話，那是耻於那天晚餐，耻於喝醉了，發脾氣，叫喊；還有今年的暑假……用這麼不好的方式來等待你。」

接着他說，過去的他的那一部份已經不再是他的了；他想要殺死的正是那一部份——他已經殺了它們——他已經把它們從生命裏掃了出去。

就在他那激動中，我感覺到他仍舊是多麼虛弱，便把他抱在我的懷裏搖來搖去，像搖孩子一樣，而並沒有說什麼。他需要休息；他的沉默使我以爲他已如我希望的睡着了；但最後我却聽他低低的說：

「跟你在一起，我太快樂了，睡不着覺。」

一直到天亮以後他才讓我走。

12 艾杜瓦與斯屈洛維洛分訪巴薩望

那天上午柏納來了。奧利維在熟睡。像頭一天一樣，柏納拿着書坐到他朋友的床邊；艾杜瓦則由於柏納的來，可以暫時離開，因爲他已經答應要去巴薩望那裡爲奧利維拿東西。由於天尚早，他確定他會在家。

太陽閃亮；尖銳的風在把最後幾片樹葉從枝上刮下去；一切都是平靜的，沐浴在清光中。艾杜瓦已經三天没有出門了，他的心因充滿歡悅而膨脹着：甚至於他整個的生命，都像打開了的，空了的包裝紙，漂蕩在無岸的海上，那神聖的慈愛之海。愛與美好的天氣，具有這種讓我們的輪廓無限擴延的力量。

艾杜瓦知道，爲要拿回奧利維的東西，他需要一輛計程車；但他並不急着雇；他覺得走路很享受。他覺得他跟全世界都很好，而這種狀態確實不大適合他去跟巴薩望見面。他對自己說，他應當厭惡他；他把所有的不快在心裡回想了一遍——但它們都不再刺痛他了。這個昨天還使他如此厭惡的情敵，現在竟已經不再能使他厭惡了——他已經完全驅逐了他。至少，今天上午他是無法感覺到厭惡他的。另一方面說，他認爲這種與平日相反的情感不應流露出來，因爲他怕會被對方知道了他的快樂，爲此，他很想不去跟巴薩望見面。也眞的，他究竟是在搞什麽把戲？他！艾杜瓦！到巴比倫街去，去拿奧利維的東西——用什麼做藉口？他一邊走一邊想，他接受這個任務實是太不加思慮了；這表示奧利維選擇了跟他去住——而這正是他想隱藏的……然而，已經收不回來了；奧利維已經得到了他的許諾。不管怎麼樣，他對巴薩望必須非常冷，非常堅定。一輛計程車經過，他招住它。

艾杜瓦不了解巴薩望。他不知道他的性格上有一個主要的特徵。從沒有任何人可以抓住他什麼錯誤的；他不能忍受被人佔上風。爲了不向自己承認失敗，他總是裝做那是他想要的，而不管是什麼發生在他身上，他都裝成那是他希望的樣子。當他一旦了解奧利維在逃避他，他唯一處心積慮的就是掩飾自己的憤怒。他不但不想去追逐他——因爲這使他冒着自處於荒唐地位的危險——而且強迫自己嘴硬，聳肩不屑。他的情感從來就沒有猛然到不能控制的程度。有些人以此自得，而不肯承認他們之所以能够控制自己並不是由於他們的性格堅強，而是由於性情的貧弱。我並不是說所有能够自制的人都是如此；讓我們假定我這段話只適用於巴薩望吧。他的性格既然如此，便不難讓自己相信他對奧利維已經够了，在過去兩個月的暑假中，他已經竭盡了這件事的樂趣，而再下去可能會妨礙他的生活；再者，他誇張了這男孩的美，優雅及心智；他其實正該睜開眼睛看看，把雜誌交給這樣年輕而沒有經驗的人來處理是多麼不妥當。把各方面做了一番考慮之後，他認爲斯屈洛維洛更爲適當（這是說，只就雜誌而言）。他已經寫信給他，要他今天上午來。

讓我們補充一下，巴薩望誤會了奧利維離去的原因。他以爲他是嫉妬他跟薩拉的親熱；這個解釋是他願意接受的，因爲阿諛了他的自負；他的惱怒因之很快就平息了。

他在等斯屈洛維洛；他跟僕人說過，他來立刻就讓他直接進來；艾杜瓦却得了這個方便，沒有先通報就由僕人帶進去了。

巴薩望一點沒有露出吃驚的樣子。可以說是他的幸運，他不得不扮的角色正好跟他的性情相合，他對自己的心又易於左右。艾杜瓦說明來意之後，他立即回答：

「聽你這樣說眞高興。那是眞的囉？你願意照顧他嗎？不會太麻煩你嗎？……奧利維是個可人的孩子，但他開始很礙我的事了。我不想讓他感覺到——他那麼好……我也知道他不想同他父母那裡……人一旦離開父母，你知道……唉！現在我才想起來，他母親跟你是同父異母的姐弟，是不是？……或類似的關係？我想，一定是奧利維告訴過我。既然這樣，他跟你去眞是再自然不過了。誰也不能笑」（儘管他沒有忘記自己在這時笑一笑）。「跟我，你了解，就不那麼能够光明正大。事實上，這也是我急着想讓他走的原因之一……儘管我從來就不在乎別人怎麼說。不是；基本上是爲了他着想……」

談話開始得並不差，但巴薩望忍不住要在艾杜瓦的快樂裡滴幾點毒藥。這種東西他手頭上總是有的；誰也不知道那毒藥會發生什麼後果。

艾杜瓦覺得他的耐性不見了。但他突然想起文桑；巴薩望或許知道他最近的消息。他決心不告訴杜維葉，但他想如果自己對事實清楚一點比較好，這可以避免他的追問，可以加強他對杜維葉的抵抗力。他便把話題轉到這個方向。

「文桑沒有寫信給我。」巴薩望說：「但葛利菲女士給了我一封——這位女士，你知道，就是他的繼任女友——信裡她說了很多他的事。哎，在這裡——其實，我眞不知道你爲什麼不看一看呢？」

他把信遞過來，艾杜瓦看下去：

八月廿五日

親愛的❶——王子的遊艇離開達卡，我們沒有在船上。誰知道當你接到遊艇帶去的這封信時我們在哪裡！或許在卡薩曼斯的岸上，因為文桑想到那裡去做植物研究，我則想去打獵。我不知道究竟是他去還是我帶他去，或我們兩個都被好冒險的魔鬼抓着去了。這魔鬼是由另一個魔鬼為我們介紹的，那就是無聊，而我們結識無聊，則是在航行期間……啊，親愛的！要想懂得什麼叫無聊，你必須在遊艇上過一段時期。天氣惡劣的時候生活還可以忍受，因為你必須分擔驚濤駭浪。但當風神不呼吸的時候，海面平靜無波。

……grand miror
De mon désespoir

❶原著此句用英文。

「……那照見我絕望的巨鏡」

而你知道從那時以後我從事於什麼事情嗎？從事於恨文桑。對，我親愛的，愛似乎太沒有味道了，因此我們開始互相厭恨。事實上，這早就開始了；其實一上船就開始；一開始只是惱怨，悶在心裡的敵對，這還沒有妨害我們的接近。遇到好天氣，厭恨就猛烈難捱了。噢！現在我知道什麼是對一個人的渴念了……

信這樣說下去還有蠻長的一段。

「我不用讀下去了，」艾杜瓦說，還給巴薩望：「他什麼時候回來？」

艾杜瓦對這封信竟表示不感興趣，使巴薩望感到受辱。由於他允許他看了，這種不感興趣便只能認做是侮辱。他喜歡回絕別人，但被人回絕，却是他不能忍受的。莉蓮的信叫他心裡充滿了歡喜。他對她和文桑有點情感；甚至自感滿意的表現了能夠對他們好，能夠幫忙他們；但是，當他們一旦沒有他的好，他的幫忙也上了路時，他的情感便萎縮了。當他的朋友們離開他以後沒有一路順風的時候，他就要想：「活該！」

至於艾杜瓦，他清晨的幸福是那麼眞實，以致於他無法不因那種可厭的情感景象而感到不快。他把信還給巴薩望純粹是毫無做作的。

巴薩望覺得必需立即同到上風：

「噢！我也要這樣說──你知道我本想叫奧利維做編輯。當然，現在不再有這個問題了。」

「當然沒有，」艾杜瓦同答說：「巴薩望很不聰明的解除了他好大的一個掛慮。」從艾杜瓦的語氣中他明白自己失策，但連給自己咬唇的時間也沒有，他說：

「奧利維的東西在他住的那間。你雇了計程車，我想？我叫人幫你拿下去。順便問一聲，他怎麼樣？」

「很好。」

巴薩望站了起來。艾杜瓦也是。他們在最冷淡的點頭下分手。巴薩望伯爵由於艾杜瓦的來訪大大的憋了一口氣。當斯屈洛維洛進到他房間的時候他好好嘆了出來。

斯屈洛維洛雖然也很有他自己那股氣，巴薩望跟他在一起卻自得多──或者，說得更正確一些，他待他更無所謂得多。不用說，斯屈洛維洛不是他可以不放在眼裡的，但他認為自己可以跟他並駕齊驅，同時刻意使自己證明這一點。

「我親愛的斯屈洛維洛，坐下來吧，」推了一把扶手椅給他，他說：「又看到你眞是高興。」

「伯爵先生叫我來。現在我來準備效犬馬之勞了。」

斯屈洛維洛喜歡用一種奴才的無禮態度來耍弄巴薩望，但巴薩望老早就知道他這一套了。

「讓我們說正經的吧；該是跟人見面的時候了。你已經試過了很多行業……我想今天給你個眞正當獨裁者的機會——不過是在文學的領域——我們得追加一句。」

「可惜！」然後，由於巴薩望把煙盒伸出來，他說：「如果你肯惠允的話，我寧願……」

「我不允許這種事。你那走私的雪茄會讓屋子裡臭氣薰天。我眞不懂爲什麼會有人喜歡抽這種東西。」

「噢！我並不想把它捧到那裡去，但旁邊的人實在是吃不消。」

「還是像以前那樣遊戲人間？」

「總不是個呆子就是，你知道。」

斯屈洛維洛對巴薩望的建議先不做答覆，他要把他的觀點說一說，再看情況。

「我一向對博愛主義就不怎麼以爲然。」

「我知道，我知道，」巴薩望說。

「自我主義也是一樣。這就是你不知道的了……歷來的說詞是，人唯一逃脫自我主義的路是博愛主義——可是這條路却更是可厭！在我來說嗎，單獨一個人固然是可鄙可厭的，但若要找一個比他更可鄙可厭的東西，那就是一堆人了。沒有任何理由可以相信把各個可厭的個體叠在一起就會變成可愛的東西。沒有一次上電車或火車的時候我不希望好好發生一件意外，把這些活生生的垃圾壓成一團肉醬，不錯，老天！我自己也奉陪。沒有一次我進戲院不會希望吊燈掉下來或來個炸彈爆炸的；甚至我自己炸在裡面也在所不惜；如果我不是還想做點什麼有點意思的事，我眞想自己口袋裡裝一個去。你說話了嗎？」

「沒有，沒什麼；說下去。我在聽。你不是那種需要反對來刺激才能繼續下去的演說家。」

「其實我想我是聽到你說要給我一些你那天下無雙的葡萄酒的。」

巴薩望笑了笑。

「把酒瓶放在你旁邊。」他說着把酒瓶遞過去。「盡量喝，喝光它，但說下去。」

「斯屈洛維洛倒滿一杯。舒舒服服的靠在他的大扶手椅裡，說：

「我不知道我是不是像別人說的那種硬心腸；我覺得，我的性情裡有太多的憤恨，太多的厭惡——這不是我關懷的所在。確實，過去有很長一段時間，我壓制一切可以把這些情緒緩和的東西。但我並不是不會有羨慕之情，不會有那種荒謬的奉獻之情的人；因為，既然我是人，我對自己的厭恨便像對別人一樣。我到處聽人說，文學、藝術與科學聯合起來，最後是於人類有益的；只就這一點就足以叫人厭惡它們了。但我有一種把說法倒轉過來的辦法，這是什麼也阻止不了的。對，我喜歡顛倒過來這樣想：奴性的人類聚合在一起，來搞出一些殘忍的傑作；是一個把妻子兒女燒死好讓他的瓷器有好色澤的柏納·帕利塞❶。（對這個人他們是多麼大驚小怪啊！）我喜歡把問題顛倒過來；這一點，我拿自己也沒辦法，我的頭腦就是這麼構造的，當我倒立的時候，站得比較穩一些。如果我受不了基督為我每天攻擊的可恨的人類徒勞無益的拯救而犧牲他自己，我就另外想像一種情況，叫我滿足一點，甚至讓我心平氣和一點，那就是，可惡的烏合之衆為了製造一個基督而腐爛……儘管事實上這也不是我最喜歡的，因為，他的教訓唯一的功用就是把我們投入

❶Bernard Palissy, 約 1510-1589，法蘭西陶瓷家與搪瓷家。

更深的泥坑中。問題在凶惡的生物的自私。想想看，凶惡的東西如果不自私，會搞出多麼了不起的事情來！我們照顧貧窮的人，弱者，佝僂者，受傷的人，是錯誤的；這也就是爲什麼我恨宗敎——因爲它敎我們那樣做。博愛主義者自以爲從對大自然、對動物與植物的沉思中見出深沉的平和；這個，完全是欺人之談。因爲在野蠻階段，能够繁殖下來的是最強壯的生物；所有其他的都被拼拒，充做肥料。但人們不看這一點，不肯承認這一點。」

「不錯不錯，我願意承認。說下去。」

「告訴我，你覺得可耻不可耻，可憐不可憐——人類用了那麼多功夫繁殖優良品種的馬、牛、家禽、五穀、花卉，可是他們自己呢，却仍舊在醫藥上尋求減痛，在慈悲上尋求姑息，在宗敎上尋求安慰，在酒裡尋求遺忘。我們該做的是人類品種的改良。但任何改良都意謂要壓制缺點，而這却是我們這個基督敎化的社會的呆子們不肯同意的。這個社會甚至不肯閹割智力不足的人——而大量繁殖的正是這些人。我們需要的不是醫院，而是育種場。」

「憑良心說，斯屈洛維洛，你說起話來讓我喜歡。」

「我怕，伯爵先生，你誤解了我。你以爲我是個懷疑論者，而事實上我是個理想主義者，神秘主義者。懷疑主義一無用處。它把人帶到什麼地方去呢？容忍！我認爲懷疑主義者沒有想像力，沒有理想——呆子一羣……我並不是不了解，強壯的人類品種會把一切微妙的纖細的人類情感剷除；但到了那時候，也不會有任何人再因這些東西被壓制而覺得可惜了，因爲凡是能够欣賞這些的人也都已經被剷除了。不要誤解我——我並不是沒有所謂的文化的人，我也知道希臘人有些曾經瞥見過我的理想；不管怎麼說吧，我喜歡做這種想像，而且，我記得色列斯的女兒寇兒的故事❶；她到陰間去的時候對幽魂們充滿了憐憫，可是等她變成了陰間的王后，普路托的太太時，荷馬除了管她叫『不容情的普洛絲芬』以外，從沒有管她叫過別的。見『奧德賽』卷六。『不容情』——這是每個自以爲大公無私的人都以此自奉的。」

「高興你又回到文學上來了——當然，我們其實根本就沒有離開過它。好啦，那麼，大公無私的斯屈洛維洛，我想知道你是不是同意成爲不容情的編輯了。」

「說眞的，我親愛的伯爵，在人類的一切發洩物中，文學是我最厭惡的一種。除了妥協與阿諛以外，我在裡面什麼也看不出來。我甚至懷疑除了這些之外它又還能有什麼——至少這四個字可以把往日的文學一網打盡。我們賴以維生只是那些老早認爲理所當然的情感，而讀者們則自以爲親自經驗到這類情感，但那是因爲任何白紙印上黑字的東西他們都相信。作者們把他們約定俗成的東西當做他們要求的基礎；然而這些却是僞造的，虛假的，可是它們却到處通行。人人都知道『劣幣驅逐良幣』，同樣，一個把眞幣給人的人，會被人以爲是在欺騙他們。在一個騙人的世界裡，誠實的人反而會被人當騙子看待。我先老老實實的警告你——如果要我來編雜誌，那它的工作就是刺膀胱——是要把那些漂亮的情感貶得一毛不值，讓那些只靠嘴吧流通的期票再也沒有價值。」

「憑着我的良心說，我非常願意知道你怎麼執行這個計劃。」

❶ Ceres 布臘神話中的穀神。Plotu 冥王。

「任我去做，你不久就會看出結果來……我常常反覆想這個。」

「沒有人會了解你的目的何在；沒有人會跟隨你。」

「噢，現在最聰明的年輕人已經在防範詩意的膨脹了。即使是用科學的嚴緊尺度僞裝起來，用陳腐的、高調的詩詞打扮起來，他們還是一眼看穿它只是個氣囊而已。你永遠都可以找得到做破壞工作的人手。我們豈不是可以成立一個學派，唯一的目標就是把一切拉倒嗎？……你會不會害怕？」

「不……只要不踐踏我的花園就可以。」

「別的地方多得是可以做的…… en attendant〔同時〕，現在還是好時候。我知道有很多年輕人都是在等待振臂一呼；很年輕的人……噢，眞的，我知道！這正投你的胃口；但是我警告你，他們是不要任何……我常常懷疑，繪畫究竟是憑什麼奇蹟跑到了那麼前面，而文學又怎麼會任自己被人家遠遠丟在那麼後面。在今天的繪畫上，平常所謂的『主題』，已經變成了貽笑大方的東西。『好個主題』！聽到的人哈哈大笑。畫畫的人畫人相的時候除非能確定沒有一筆像他畫的那個人的樣子，就連畫都不敢畫了。如果我們把事情安排得好，而且放手讓我去做，不出兩年，我的詩人寫出來的詩如果有一句話被人看懂，就自認爲是恥辱。對，伯爵先生，你要不要打賭？所有的意義，任何意義，都會被人認爲是反詩的。非邏輯性，要變成我們的引路星。好一個雜誌名稱：『清道夫』！」

巴薩望絲毫未動的聽到這裡。

「你有沒有把你的小姪子算做你的助手之一？」停了一會兒他說。

「小雷昂是選民之一；他也是不肯讓蒼蠅停在他鼻尖上的人。眞的，得英才而敎育之，一樂也！上學期，他想打垮那些死讀書的傢伙是件樂事，便打垮了他們，囊括全部獎品。暑假回來以後呢，則把他的功課一丟了之；他在搞什麼把戲我眞不知道；但是我非常相信他，而且絕不干涉。」

「你要帶他來見我嗎？」

「伯爵先生眞是在開玩笑……好啊，那麼，雜誌怎麼樣呢？」

「這個我們以後再看。我必須有時間讓你的計劃在我腦子裡醞釀醞釀。不過，你倒先可以給我找個秘書。我不滿意我原先那個。」

「明天我給你帶科布一拉夫樂來。今天下午我會見到他，我可以保證他合你的胃口。」

「清道夫型的？」

「有點。」

「Ex uno〔從一個〕……」

「噢，不不；不要從一個來評判所有的。他是比較温和的。正合你的胃口。」

斯屈洛維洛站起來。

「想起來了，」巴薩望說，「我忘了送你我的書，我想。我抱歉第一版的已經沒有了……」

「既然我不打算賣它，那是一點關係也沒有。」

「只是第一版印得比較好。」

「噢！我連看也不打算的……再見。如果那精神讓你動心，我願効勞。祝你早上快樂。」

13 艾杜瓦日記：杜維葉與普洛菲當杜

從巴薩望那裏拿了奧利維的東西回來。一回到家，立刻寫起「僞幣製造者」。我心情的提昇是清靜而明澈的。我的喜悅是前所未有的狀態。一口氣寫了三十頁，沒有猶豫也沒有刪改。整個的戲，就像裏夜幕籠罩的風景，突然由閃電照亮，從黑暗中突現出來，跟我原先一直想籌思的全然不同。前此我所寫的書在我看來都似乎是公園裏的裝飾用水池——它們的輪廓都是再清楚不過的——也許是形狀完美的，但其中的水却是死水，沒有生命。現在，我希望它自由的奔流，隨順其性，有時快，有時慢；我不要預先看到它如何蜿蜒。

X認爲一個好小說家在開始寫一本小說之前就當先看到如何結束。至於我嚒，我却任其流轉；生活中沒有任何處所是不能使我們把它做爲起點的，也沒有任何處所是不能讓我們把它當做終點的。「可續」——這是我希望我的「僞幣製造者」用以結束的兩個字。

杜維葉來過。他真是個不錯的人。

由於我誇張了我對他的同情，我便不得不領受他大量的情感流露，而這個，確實相當令人無措的。在我聽他說話的時候，我心裏一直反覆出現拉・洛謝夫高的話：「我是很不容易產生憐憫的；而我寧願根本沒有……我認爲人應當表露一些，但要小心的不要感覺到它。」然而，我的同情却仍是眞的，不可否認的，而且我感動得落淚了。說眞的，我的淚似乎比我的話更安慰了他。我幾乎相信，當他看到我哭泣的時候，他已經不再不幸了。

我堅持的下定決心不告訴他誘惑者的名字；但讓我驚奇的是，他連問也不問了。我相信，當他一旦沒有感到洛拉的眼神落在他身上時，他便不再感到嫉妒了。至少，由於他來看我，那嫉妒的力量已經削減了。

他的心裏有一種超乎常情的東西；他憤怒於竟然有人遺棄洛拉。我對他說，如果不是那人遺棄洛拉，她就不會回到他那裏了。他決心愛那孩子如同己出。誰又知道呢，如果不是有這麼個誘惑者，說不定他一輩子也嚐不到做父親的歡喜。我小心着不把這點透露，因爲他若想到他的不及，嫉妒將會更增。但到了這個階段，那就是屬於虛榮範圍內的事了，不再讓我感到興趣。

奧瑟羅會嫉妒，是我們可以理解的；想到他太太的恣情，他便無法忍受。但杜維葉這種人之所以嫉妒，只是因爲他認爲自己應當嫉妒。

無疑，他培育這種嫉妒之情是起於一種秘密的需要，就是讓他自己這個人有點實質感。對他而言，快樂當是自然而然的；但能夠使他對自己羨慕、使自己尊重的，却是後天獲得的東西，而不是天生自然的。因此，我盡了力量去說服他，單純的快樂比折磨和十分難於達成的東西更值得稱讚。直到他平靜下來，我才讓他走。

不一致性。小說或戲劇裏的角色完全依照人們可以預料的行徑去行爲……他們的這種一致性，雖然可以獲得我們的稱讚，却正使我們知道他們是僞造的。

我並不是說不一致就是自然。因爲我們常常會遇見矯揉造作出來的不一致——尤其是女人；反過來說，有些少數的例子中也眞有叫我們欽慕的 esprite de suite〔一致性〕；但這種一致性照例是由虛榮而固執的堅持得來的，並且犧牲了自然。人的內在越是豐盛，可能性越是多樣，他就越是易於改變，越是不願讓他的未來被過去所決定。那 justum et tenacem propositivirum，那被人捧做我們的模範的人，所提供的往往是石化的土地，無法墾植文化。

我還見到過另一型人：他們兢兢業業的爲自己編織一種有自我意識的原創性，在選擇了某種實行的方法後，他們的主要注意力便永遠不離這些東西，永遠固守着，防護着，不讓自己有一刻的輕鬆。（我想到X，有一次，我要給他倒一九〇四年的蒙特拉謝，他說：「除了波爾多之外，我什麼都不喜歡。」等我假裝說那正是波爾多時，他又覺得那蒙特拉謝好喝了。）

當我年輕一些的時候，我常常下決心，我認爲這個很高尚。我關心的是我要成爲我希望的樣子，而不是我是什麼樣子。現在呢，我離這種想法業已不遠：不變老的秘訣在於不對以後做決定。

奧利維問我在寫什麼。我就任自己談起我的書來，甚至於——他似乎是那麼感興趣——把我剛剛寫的唸給他聽了。我怕他不知會說什麼，因爲我知道年輕人的評論是不容情的，也知道他們是多麽難於同意跟他們不同的意見。但他怯怯的表示的幾點我却覺得是那麽得當，因之我立刻把它們列入考慮。

我的呼吸，我的生命，從他而來——透過他而來。

他仍舊在擔心他原先要編的雜誌，尤其是那篇他在巴薩望的要求下寫的、而現在已經讓他厭惡的短篇小說。我告訴他，巴薩望的新安排已經使他必須把第一期的文章重新排版了；他會拿得回他的稿子。

剛剛出乎意料的 M. Le juge d'instrution〔檢察官先生〕普洛菲當杜來訪。他抹着額角，呼吸沉重，我想，倒不是由於爬了六層樓梯，而是由於困窘。他帽子抓在手上，一直到我按着他坐下，才坐下來。他英俊，體型好，有相當的風采。

「我想你是莫林湼庭長的內弟，」他說：「我冒昧來訪是爲了他兒子喬治的事。我確信你可以原諒我這個魯莽，因爲這完全是出於我對我這個同事的敬愛。」

他停了一會兒。我站起來，把一扇帘放下，因爲我那個打雜女工非常好管閒事，而正好她這時又在鄰間。魯洛菲當杜微笑表示讚許。

「在我執行檢察官的任務中，接辦了一件讓我非常棘手的案子。你的外甥已經非常不智的混入一種……這一定不能跟任何人說起，我求你……名譽難聽的事件裏。我很願意相信，由於他這麽年少，完全是出於冒失，因爲他還那麽單純——那麽純潔；但在我這方面，爲了使這件事不致波連下去而又不失法律的尊嚴，我……啊……確實需要一點技巧。由於另有一件節外生枝的事

──我得馬上補充，跟第一件很不同類──我很不能保證那年輕的喬治可以過關。我甚至懷疑，為了這孩子本身的利益着想，想辦法去為他開脫究竟是不是好；當然，就你姐夫的名譽來說，我是全心全意要維護的。不過我還是會盡力；但是，你知道，我手下有警官，他們却是熱心的，而我又並不總是能夠控制他們。或者，換個說法，今天，我可以控制他們，明天却未必能。所以我想你可以跟你的小外甥談談，警告他不要再冒險。」

普洛菲當杜的來訪（我最好是承認）一開始很讓我驚恐；但是當我了解他旣不是以敵人的身份又不是以法官的身份來的時候，我開始覺得有趣了。當他再說下去的時候，更是如此：

「過去一段時間，有些偽造硬幣流入市場，這是我得到的情報。但我還未能查出來源。不過，我知道，你的外甥喬治──當然是全然無知的，我願意相信──却是散播者之一。有幾個像你的外甥一樣年齡的少年做了這無恥行徑的幫手。我相信他們的純潔是被濫用了，而這些傻孩子做了一兩個年紀較大的無恥之徒的工具。要抓住這幾個小幫凶問出他們偽幣的來源不難；但我却太清楚，事情發展到某個階段，可以這樣說，就會逃出我們的控制。這就是說，我們無法重新返回違警罰法就算了，而有時候我們發現我們不得不知道一些我們寧願不知道的事情。在現在這件案子裏，我相信我可以不用藉助小角色的供詞就能發現主犯是什麼人；因此，我下令不准驚動他們。但我的命令只是暫時性的。我不要你的外甥逼我撤回成命。最好是有人告訴他，當局的眼睛是睜得開開的。吓他一下並不是壞事；他已經在走墮落的路了……」

我說我會盡我的力量去警告他，但普洛菲當杜似乎沒有聽到我的話。他的眼睛模糊起來。他反覆兩次：「已經走上了所謂的墮落之路，」然後，他沉默下來。

我不知道他沉默了多久。在他的思想還沒有尋出確當的表達法之前，我似乎已經看到它們如何在他腦子裏成形，而在他說出來以前，我已經聽到他的話了：

「我自己也是做父親的人，先生……」

原先說的一切都消失不見了；在他跟我之間除了柏納之外再沒有別的了。所有其他的都只是藉口；他來，是爲了談柏納。

若說情感的流瀉使我不舒服，誇張的情感使我刺惱，那麽，讓我感動的就莫過於這種控制了的情感了。他盡了力來約束自己，但用的力是如此之大，以致於他的唇與手都發抖起來了。他說不下去。他突然捧住臉，他的上身因抽泣而顫動着。

「你看，」他斷斷續續的說：「你看孩子能使我們多麽不幸。」

假裝又有什麽意思呢？我自己也極度感動起來。「如果柏納看到了你這樣，」我哭着說：「他的心會熔化了，我可以保證。」

而同時，我又覺得處境尷尬。柏納幾乎從沒有跟我提過他父親。在道德上我已經認可了他的離家出走，我認爲這是自然的，並且先入爲主的只考慮到它對孩子的益處。在柏納的個案中，還有他的私生子因素。……但現在，他的假父親卻呈露了無以控制的情感，而由於他完全沒有義務這樣做，這情感就益顯得強烈，益顯得眞誠。在這樣的愛、這樣的悲傷面前，我不得不自問，柏納離家是對是不對？我再沒有心去稱許他了。

「你認為能叫我做什麽，就儘管叫我做吧，」我說：「如果你認為我該跟他談談的話。他的心是善良的。」

「我知道，我知道……對，你能幫我很大的忙。我知道這個夏天他跟你在一起。我的警察工作做得很好……我也知道今天他在參加他的口試。我特別選我知道他在巴黎大學的時候來拜望你。我怕遇見他。」

有幾分鐘我的情緒已經衰退下來，因為我幾乎在他每句話裏都聽到「我知道」這三個字。我立即對他話的內容興趣少起來，而對這種口語興趣多起來；這口語或許是職業性的。

他告訴我，他也「知道」柏納的筆試考得很好。一位懇切的考試員正巧是他的朋友，使他得以看到他兒子的法文作文，非常好的一篇文章。他說到柏納時，口吻是讚美而又有約束的，這使我猜想他是否畢竟仍認為自己是他眞正的父親。

「天啊！」他補充道：「無論如何，你可不能告訴他我剛剛說的這件事。他天生驕傲，非常容易觸怒！……如果他猜到我從他離開以後一直在想他，一直到跟踪他……但是，你可以告訴他你見到了我。」（他每說一句話都沉重的喘息。）「你可以告訴他——這是別人無法跟他說的——我沒有生他的氣」；然後，他的聲音變模糊了一些，說：「我對他的愛……他的父愛從來沒有停止。眞的，我知道你知道……你這也可以告訴他……」然後，沒有看我，困難的、極為心亂的說：「他的母親離開了我……是的，永遠，這個夏天；而如果他……能夠回來，我……」

他無法說完。

當一個個子大、身體壯、腳踏實地的、事業搞得頗為成功的人突然把一切外表的東西都拋開，把他的心在一個陌生人面前完全敞開、他給他的實在是個奇觀。我像以前一樣，再次證明了陌生人的情感奔瀉，比我熟識的人更易於使我感動。（它的原因以後再探查。）

普洛菲當杜坦率的表示，一開始由於不了解——其實現在也不了解——為什麼柏納離家出走而跟我在一起，對我有偏見。就是由於這個緣故，他一直沒有來看我。我不敢跟他說手提箱的事，只想到他跟奧利維的友誼，而這友誼使他很快便跟我熟悉起來。

「這些年輕人，」普洛菲當杜接下去說：「冒冒失失的起步，全不知道自己冒着什麼危險。確實，他們的無知是讓他們更有力量，但是我們這些人，我們這些當他們父親的人，却知道，因此也就為他們發抖。我們的擔憂使他們惱怒，最好的辦法是少讓他們看出來。我知道，有時候這種事實在是非常煩人的。與其跟小孩說火是燒人的，不如讓他去燒痛手指。經驗比勸告更能夠教訓人。我一向就給柏納盡量大的自由——給他的自由是那麼大，以致於他以為——這眞讓我說起來傷心——我對他冷淡。我怕這就是他錯誤的想法，也是他這次出走的原因。儘管是這樣，我還是認為任他走是好的；不過我一直在沒有引起他的懷疑的狀態下看着他。感謝高特，我有這個方便！」（顯然警察組織是普洛菲當杜特別自得的一點——這是他第三次提到它。）「我想我必須小心不要把這孩子首次的冒險行為在他眼中輕估了。我是不是可以跟你這樣講——這孩子的叛逆行為，儘管讓我痛苦，却讓更喜歡他，因為在我看來，這似乎是勇敢的表示……」

現在，這好人一旦覺得可以推心置腹，似乎要沒完沒散了。我則想把話題拉回我更為感興趣的方面，打斷了他的話，問他有沒有看過他說的那種僞造硬幣。我很想知道它們是不是跟柏納拿給我看的那種玻璃相似。一聽我提到這個，普洛菲當杜整個變了一個人；他的眼睛半閉，眼中燃燒着一種奇異的光芒；太陽穴上暴出了青筋，嘴唇拉緊了，他的五官統統因爲注意而向上拉了。原先的那些話題統統拋到九霄雲外去了。法官現在蓋過了父親，除了他的專業以外現在他心中沒有任何東西了。他問了我一大堆問題，記下來，說要派警察到薩斯－費，把旅館客人的名單抄下來。

「儘管很可能你看到的那僞幣是由一個只從那些偶然經過的冒險份子給小店老闆的，」他說。

我答道，薩斯－費在一條死路的末端，要想當天來回是不大可能的。對這一點資料他顯得特別高興，溫切的謝了我，帶着聚精會神的、高興的表情告別了，再沒有一點要提到喬治與柏納的意思。

14 柏納與天使

那天上午，天性慷慨的柏納了解到一種心境，就是沒有比使別人歡喜更大的歡喜。但這種歡喜卻是他被拒於門外的。他剛剛聽到他以優異的績成交過了考試，卻發現身邊沒有一個人讓他可以把這個消息講給他聽，於是這消息便失去了一切的芬芳。柏納知道，最會因爲這個消息而歡喜的就是他的父親。他甚至猶豫片刻，是否要立即回家去告訴他；但他的驕傲阻止了他。艾杜瓦？奧利維？眞的是把一張文憑看得太重要了。他通過了他的「渡船」。有什麽可大驚小怪的！困難是從現在才開始出現的。

在巴黎大學的方場中，他看到一個同學，這人也過關了；但他却跟別人離得開開的，在哭。這可憐的孩子在服喪。柏納知道他剛剛失去了他的母親。一陣同情的浪濤驅使他向那孤兒走過去；然後又感到一陣荒謬的羞怯，這種感覺使他從那同學身邊走了過去。那個孩子，却因看到他走過來又走過去，而羞於自己的眼淚了；他尊敬柏納，以爲柏納看不起他的軟弱，因而感到受傷。

柏納走進盧森堡公園。他走到向奧利維借宿的那天跟奧利維見面的地點。空氣幾乎是溫暖的，藍天從業已無葉的大樹上端向下嘲笑他。你幾乎難以相信冬天已經走近；那咕咕叫的鳥也是懵然不知的。但柏納並沒有看公園；他看到的是生活的海洋展現在面前。有人說，海上有路徑，但這路徑却是還未踩出來的，而柏納也不知道哪一條是他的。

他沉思了一些時候，然後，他看到了一個——脚尖輕輕點着的，好像踩在水上的——天使；他過來了。柏納從沒有看過天使，但他一刻都不曾懷疑的知道那是天使；當那天使說：「來！」的時候，他就順從的跟着他去了。他並不很吃驚，就像在夢裏似的。後來他想回憶一下天使是否拉着他的手走；但事實上他們並沒有碰到，甚至還離開了一點呢。他們回到校園方場，柏納剛剛離開那孤兒的地點，他決心要跟他講話，但方場是空的。

柏納隨在天使身邊，走向巴黎大學的教堂，天使先進去，而柏納則是有生以來第一次到這個地方：那裏還有其他的天使來來去去，但柏納沒有那種可以見到他們的眼睛。一種不熟悉的平靜包圍了他。天使走上高高的祭壇，在柏納看到他跪下之後，自己也跪到了他旁邊。他什麼神也不信，因此他也無法祈禱，但他的心則充滿了戀愛者奉獻與犧牲的熱忱；他獻出自己。他的情緒是如此紊亂，以致於無言足以表達；但管風琴的聲音突然發出。

「你像對洛拉一樣獻出你自己，」那天使說；柏納感到淚水從面頰上流下去。「來，跟隨我。」

當天使拖他前行的時候，柏納差點跟他一個老同學撞在一起，這個人，也剛剛通過了口試。柏納認爲他是個笨驢，驚奇於他竟然也通過。那笨驢沒有看到柏納，他看到他塞了一點蠟燭錢到敎士助手的手裏。柏納聳聳肩，走出去。

當他又走到街上，他看到天使已經離開他。他走進一家菸草舖——正是一個星期前喬治第一次冒險用僞幣的那一家。從那次以後他又發散了很多了。柏納買了一包香煙，抽。天使爲什麼走呢？柏納和他那時互相沒有話可說嗎？……正午。柏納餓了。他該囘膳宿學校嗎？他該跟奧利維一起分享艾杜瓦的午飯？……他確定口袋裏的錢足夠吃一頓，便走進一家飯店。當他吃完，一個溫和的聲音在他耳朵響起：

「算帳的時間到了。」

柏納轉身。天使又站在他旁邊了。

「你必須做個決定了，」他說：「你到現在為止都在隨隨便便的過日子。你是打算讓偶然的機會來支配你嗎？你想獻身——但是你希望獻身於什麼呢？這是問題的所在。」

「敎我吧；引導我吧。」柏納說。

天使領柏納到一間充滿了人的大廳。大廳的地面上有一個壇，壇上有一張枱子。蓋着暗紅的布。一個仍算年輕的人坐在枱子後面，在說話。

「自以為我們可以有什麼新發現，」他說：「是極大的愚蠢。我們所有的一切哪一樣不是受之於往日？我們有義務在年紀尚輕的時候了解我們是取自往日，我們對往日有種種義務約束，而我們整個的未來都受往日決定。」

當他把這個主題發揮淨盡之後，另一個演說者上臺；他先把前面的演說者稱讚一番，然後提高聲音反對自以為可以不靠敎條而能生活的人，或自以為可以用自己的光輝為自己引路的人，他認為這是放肆。

「敎條早已頒給了我們，」他說：「它已經世世代代傳下來。它千眞萬確是最好的——也是唯一的。我們個人的任務乃是去證明它的眞確性。它是由宗師們代代傳遞上來的。它是屬於我們國家的，而每次她棄絕它，就必然為這錯誤揹負沉重的代價。沒有一個人能不秉持它而可以做善良的法蘭西人的，凡是不順從它的人，也絕不能成就任何善良的事。」

第三個演說者又繼之上臺，他稱謝前面兩位，因為他說他們兩個把他所謂的計劃中的理論表達得如此之好；然後他說，他們的計劃就是使法蘭西新生，而要使法蘭西新生，必須各個份子聯合努力。他宣布道，他本人是個行動的人；他確信每一種理論的目的與證據都是實行，而每個善良的法蘭西人的義務都是成爲戰鬥者。

「但是，可嘆！」他補充道：「多少人個自的努力都是徒然枉費掉了！如果每一種努力都互相合作，如果每一種行爲都奉獻於法律與秩序，如果每一個人都願意加入軍伍的行列，則我們的國家將會多麼更爲偉大，我們的活動將會多麼更爲遠播，而我們一切最好的成績都將會出現。」

當他這樣說的時候，一羣年輕人在聽衆間散發的印好會員表，只要簽名就可。

「你想奉獻自己，」那天使說：「那還等什麼呢？」

柏納拿下他們遞給他的一張單子；單子上開頭這樣寫：「我莊重宣誓效忠於……」他看了誓詞，看看天使；天使在微笑；然後他看看羣衆，在年輕人裏看到他原先在教堂遇見的那個同學，現在點着一枝蠟燭爲通過考試而感謝神；突然，再遠處，他看到了他自從離家以後就再未見到的大哥。柏納不喜歡他，又有點嫉妒他父親對他大哥的照顧。他把手上那張單子揉成一團。

「你認爲我應當簽署嗎？」

「對，」天使說：「當然要簽——如果你對自己懷疑的話。」

「我不再懷疑了，」柏納說，把那張紙丟掉。

這時那演說者還在演說。當柏納又開始注意聽的時候，他正在傳授一種永不會犯錯的方法，那就是不再自己做判斷，而永遠尊從上級的判斷。

「上級又是誰呢？」柏納問；一陣憤怒湧上來。

「如果你到壇上去，」他對天使說：「跟他摔角，你一定會摔倒他……」

「我要摔角的是『你』。今天晚上。你答應嗎……？」

「答應，」柏納說。

他們出去；到了大馬路。在那裏蜂湧的人似乎都是富有的人；他們似乎每個人都頗爲自是，漠然於他人，但又焦慮。

「這是快樂的形象嗎？」柏納問，他感到淚湧胸口。

然後天使把柏納帶到貧民區，那裏的悲慘是柏納永遠沒有想到過的。夜幕漸垂。他們在又高又骯髒的房屋之間徘徊了許久，其中住着殘傷疾病，妓女，羞恥，罪惡與飢餓。只有到了這時候，柏納才握住天使的手，而天使則轉面掩泣。

那天晚上柏納沒有吃飯；當他回到膳宿學校，他並沒有像前幾個晚上那樣想去與薩拉會合，却直去他與柏利共住的房間。

柏利已經躺在床上了，但還沒有睡。他藉着燭光在重讀當天上午接到的布朗尼雅的信。

「我怕，」他的朋友寫道：「我永遠再見不到你了。當我回到波蘭的時候我受了寒。我咳嗽；雖然醫生瞞我，我却覺得自己活不長了。」

當他聽到柏納的脚步聲，便把信藏在枕頭上，匆匆吹熄了蠟燭。

柏納摸黑走進來，天使跟他一同，但是，天雖然並不非常黑，柏利却只看到柏納。

「睡着了嗎？」柏納小聲問。由於柏利不回答，他就認定他睡着了。

「那現在，」柏納對天使說：「我們開始吧。」

整整那一夜，一直到天亮，他們都在摔角。

柏利模模糊糊的感覺到柏納在掙扎。他想那是柏納的祈禱方式，因此小心的不打擾他。然而他仍是願意跟他說話的，因爲他是那麼不快樂。他起來，在床脚跪下。他但願能够祈禱，但他只能啜泣：

「噢，布朗尼雅！妳這能够看見天使、那本來要讓我的眼睛睜開的人，妳要離開我了！沒有妳，布朗尼雅，我怎麼辦呢？我怎麼樣辦呢？」

柏納和天使太忙了，無暇聽到他的話。他的角力直到天亮。天使走了，誰也沒有把對方消滅。

不久以後，當柏納自己離開那房間的時候，在走廊上遇見拉琪爾。

「我有話要跟你說。」她說。她的聲音是那麼悲沉，以致柏納立刻就明白她要跟他講什麼。他什麼也沒回答，只低着頭，在他對拉琪兒的極度心疼之間，他突然恨起薩拉來，並厭惡他跟她的尋歡作樂。

柏納訪艾杜瓦

約十點鐘，柏納來到艾杜瓦的住處；他提着一個袋子，裝了他那幾件衣服和幾本書。他向阿載斯和魏德爾太太告柏別過，但沒有去見薩拉。

柏納心情沉重。他跟天使的鬪爭使他成熟了。他不再像那偷拿人家手提箱的莽撞少年，不再是以爲生活在這個世界上只要妄膽就可以的了。他開始了解，妄膽往往是以別人的幸福爲代價的。

「我來求一個臨時的住處，」他對艾杜瓦說：「我又沒有落脚處了。」

「你爲什麽離開魏德爾那裏呢？」

「私人的原因……原諒我不能告訴你。」

在晚餐那天，艾杜瓦對柏納與薩拉的觀察足以讓他猜到這緘默的意義了。

「好吧，」他微笑着說。「我書房的躺椅可以給你用。但我一定先要告訴你，你父親昨天來跟我談過。」他把昨天談話中最值得感動柏納的部份說了一遍。「你該過夜的不是我這裏，而是他那裏。他在等你。」

但柏納却沉默着。

「我會想一想，」他終於說。「不過請允許我把東西放在這裏。我可以看看奧利維嗎？」

「天氣太好，所以我勸他出去走走了。我本來要跟他一起，因爲他還太弱，但是他不讓。但他出去有一個多鐘頭了，應該馬上就會回來。你最好等等他……但是，我剛剛還在想到……你的考試？」

「通過了；不過那沒什麼重要；重要的是想知道我現在該做什麼。你知道擋住我不回到我父親那裏去的主要原因是什麼嗎？是我不想用他的錢。你會認爲我把這麼好的機會丟掉荒唐；但我發誓我可以不用它，自己走出一條路來。我覺得我必須對自己證明我是個說話算話的人——一個我可以信靠的人。」

「我倒覺得這主要是出於自傲。」

「隨便你喜歡用什麼名稱——驕傲，放肆，自負……那是一種你沒有辦法在我心目中貶價的東西。但就目前來說，我想知道的是這個——爲了引導一個人的一生，是不是必須把眼睛盯在某個固定的目標上？」

「說清楚一點。」

「昨天晚上我整整跟它鬪爭了一夜。我應當用我感覺到我具有的力量來做什麼呢？我該把它施展在什麼地方？我如何讓我裏面最好的東西發揮出來？是指向一個目標嗎？但如何選擇這樣一個目標呢？在達到這目標之前，又如何知道它是什麼呢？」

「沒有目標的生活，是向機會投降。」

「我怕你還沒有了解我的意思。當哥倫布發現美洲的時候，他知道他航向何處嗎？他的目標只是前進，直向前進。他自己就是他的目標，逼着他向前走……」

「我常常想，」艾杜瓦打斷他說：「在藝術中，尤其是在文學中，唯一可以算點什麼的人就是那種向未知的海啓程的人。除非你肯長期不見海岸，就不會發現新陸地。但我們的作家們都是怕空曠的；他們只是沿岸游走的人。」

「昨天，當我從考試場出來，」柏納接上去說，而實則並沒有聽進艾杜瓦的話，「有個魔鬼促使我到一個大廳，裏面正有羣衆聚會。談論的都是國家的榮譽，對國家的效忠，還有一大堆叫我心跳的東西。我差點簽署一張單子，宣誓把我的力量都奉獻於某種主義，而這種主義我當時也覺得又好又高貴。」

「我高興你沒有簽，但是什麼阻止了你呢？」

「一定是某種神秘的本能……」柏納想了一刻，然後笑着補充道：「我想主要是那些聽衆的表情——從我哥哥開始；我在人羣中看到他的。我似乎覺得我在那裏看到的年輕人都充滿着最好的情感，他們放棄他們的初創權（因爲他們還會被引導走得更遠），他們的判斷（因爲是不得當的）和他們心靈的獨立（因爲是死胎），這些，我認爲都做得很對。我也對自己說，國家有這些有服從意志的、善意的人可以依靠也是好的，但我的意志却從來不是這一種。這時，我才開始自問我如何建立起一條規則來，因爲我不能接受沒有規則的生活，而又不能接受別人施加給我的規則。」

「在我看起來答案倒是簡單的：在自己心裏找出一條規則；以發展自己爲目標。」

「對……事實上，這就是我對自己說的話。不過，我未能再推上去。如果我能夠確定我會喜歡我裏面最好的東西，我就可以去發展它。但是我甚至連什麼是我裏面最好的也還未能發現。……我跟它拼了一夜命，我告訴你。到天亮的時候我是那麼累，以致於我想在徵召之前就去當兵了。」

「逃避問題並不是解決問題。」

「這也是我對自己說的；即使我現在把問題擺開，在我當兵以後還是會出現，而且更嚴重。所以我現在來向你求教。」

「我沒有什麼可以對你說的。你只能向自己求教；你只能從生活裏去學習如何生活。」

「如果在我等待決定如何的時候，生活得不對呢？」

「這本身就會給你教育。只要傾向能夠帶你向上走，順從自己的傾向就是好的。」

「你在開玩笑？……不，我想我了解你的意思，我也接受你的公式。但是，就像你說的，在我發展我自己的時候，我還要謀生。你認爲報紙上那種誘人的廣告怎麼樣：『有前途的青年需要工作。任何工作都可從事』？」

艾杜瓦笑起來。

「最難找的莫過於『任何工作』。你最好解釋清楚一點。」

「或許大報社裏隨便找個小職員可以嗎？噢，什麼小職位都可以——校對員——印刷廠學徒——什麼都可以。我的花費很小。」

他說話的語氣却是猶豫的。事實上，他想做的是秘書工作；但他不敢對艾杜瓦說，因爲他們相互的不滿就是從這個工作引起。畢竟他們可悲的失敗也不是柏納的錯誤。

「或許我可以，」艾杜瓦說：「介紹你去『大報』；我認識那裏的編輯。」

當柏納與艾杜瓦談這些話時，薩拉則在極痛苦的對拉琪兒做着解釋。她突然了解，柏納的突兀離開是由於拉琪兒的告誡。她因之憤恨她的姐姐，說她是屠殺快樂的劊子手。她沒有權利把她的道德強加在別人身上，因爲她自己實行的結果已經足以讓人痛恨了。

那一向犧牲自己的拉琪兒被這指控弄得大爲錯亂，她的臉極蒼白起來，嘴唇發抖的抗議道：

「我不能讓妳去沉淪。」

但薩拉哭道：

「我不相信妳的天國。我不要得救。」

她當時就決定回英格蘭，跟她的朋友一起住。因爲在那裏她愛怎麽過就怎麽過。這一場傷人的爭吵讓拉琪兒碎裂了。

16 艾杜瓦警告喬治

艾杜瓦特別在學生們從公立學校回到膳宿學校之前到達。他從學期開始就沒有再見過拉·柏厚了，他現在是要來先看看他。這老音樂教師把新職務能執行得多好就多好——也就是說，壞得很。他一開始想讓學生們喜歡他，但他没有威望；孩子們向他得寸進尺；他的縱容被他們認爲是軟弱，於是大家開始無法無天。拉・柏厚嚴厲起來，但爲時已晚；他的責備、威脅與懲罰最後使學生們跟他對立起來。如果他把聲音提高，他們就大笑；如果他的拳頭在桌子上捶得咚咚響，他們就假裝恐懼的尖叫；他們學他；他們用荒謬的外號叫他；畫他的漫畫從一個凳子傳到另一個凳子；他——這個那麼仁慈、那麼有禮的人——被畫成拿着手槍（有一天，吉赫丹尼索，喬治和菲菲偷搜他的屋子搜到的一隻），無情的屠殺學童；或者，把他畫成向學生下跪，兩手緊握一起，像他剛開學的時候那樣，哀求學生「爲了可憐他，略爲安靜一點」。他像一隻衰老的鹿被圍在一羣惡犬之間。艾杜瓦對這些全不知情。

艾杜瓦日記

拉・柏厚在底樓的一間小教室裏接見我，我知道這是學校裏最不舒服的一間。裏面唯一的東西是四條板凳，四張課桌，一塊黑板和一把草墊的椅子；他強迫我坐在上面，而他則歪坐在一條板凳上，費了很大的事想把他的長腿塞在課桌下却做不到。

「不用不用，我舒服得很，眞的，」他宣布着，而他的音調和表情却說：

「我不舒服得要死，我希望你看得清清楚楚；但我寧願這樣；而我越是不舒服，你越是聽不到我抱怨。」

我開了個玩笑，却無法使他露出笑容。他又有禮貌又僵硬，就像想把我推拒在一段距離之外似的，又好像在說：「我到這裏來是你的功勞。」

而同時，他一面規避我的問題，似乎因爲堅持問下去而惱怒，却又宣布他完全滿意現狀，樣樣滿意。不過，我問到他的房間在哪裏時。

他却突然叫起來：「離厨房太遠！」

由於我表示驚奇，他便說：「夜裏，有時候我想吃點東西……我睡不着。」

我離他很近；這時我挪得更近一些，手温和的放在他胳膊上。他聲音更自然的說：

「我不得不告訴你，我睡得非常不好。當我睡着了的時候，從沒有失去我睡着了的感覺。這還不算睡着，對不對？眞正睡着的人是不會感覺到他睡着了的。他醒來的時候才曉得他剛剛睡着了。」然後，彎過身來向着我，用一種過份講究的堅持說：

「有時候我會覺得那是一種幻覺，覺得在我以爲我沒有眞正睡着時，畢竟還是眞正睡着了。但我沒有眞正睡着的證據是只要我想睜開眼睛，我就能睜開。但照例我是不要睜的。你懂，不是嗎？那根本沒有必要。證明我沒有睡着有什麼用？我總是用讓自己相信已經睡着了，來希望自己能够睡着……」

他彎得更近，幾乎是耳語的說：

「可是，有一種東西在騷擾我。什麼人都不要告訴……我没有抱怨，因爲無法可施；而如果一件事情你不能改變，抱怨又有什麼用呢，對不對？……好啦，你想想看，牆上，正對着我的床的地方，就正在我的頭的高度，有個什麼東西老是弄聲音出來。」

他一邊說着一邊激動起來。我建議他帶我去看看。

「對對！」他突然站起來。「你或許可以告訴我那是什麼東西……我聽不出來。過來。」我們爬了兩層樓的樓梯，然後走下一條長長的走廊。這一帶我從沒有來過。

拉・柏厚的屋子對着街。小，但乾淨整齊。在床邊的桌子上，一本禱文的旁邊，放着那盒他堅持要帶着的手槍。他抓住我的胳膊，把床推到旁邊一點：

「那裏！聽……把耳朵貼在牆上……你能聽到嗎？」

我極注意的聽了很久。但不管我怎麼注意聽，却什麼也聽不出來。拉・柏厚惱起來了。正在這時，一輛運貨車駛過，震得屋子搖動，窗子咯咯響。

「白天這種時候，」我爲了平息他說：「讓你惱怒的小聲音會被街上的聲音掩蓋……」

「只是對你掩蓋了，因爲你不能把它跟別的聲音分別，」他激烈的說：「至於我，我總是聽得清清楚楚。不管什麼時候，我都可以聽得到它。有時候我眞是被它折磨得忍無可忍，以致於我下定決心要跟阿載斯或房東講……噢，我不相信我能停得住它……但是，至少，我想知道它是什麼東西。」

他似乎想了片刻，然後接着說：「好像是在啃東西的聲音。我想盡了一切辦法不要聽到它。我把床拉得離牆遠一點。我用棉花塞耳朵。我把手錶（你看，我在那裏釘了個小釘子）掛在那管子(我猜是管子)經過的地方,想讓它的嘀答聲蓋過另外那個聲音……但這却讓我格外勞累,因爲我必須費力去分辨。荒唐是不是?但其實我願聽到它,而不用任何東西沖淡它,因爲我知道不管怎麼樣它都是在那裏的。……噢!我眞不應該跟你講這一些。你看,我現在徹底是老了。」

他坐在床緣,那樣呆了片刻,就像落入一種沉悶的不幸中。隨年老而來的可憐的衰退對拉・柏厚的智力的影響倒沒有對他天性最深處的影響那麼嚴重。當我看他向那孩子式的絕望投降,又回想到他以前的樣子,那麼堅毅,那麼驕傲自信時,我相信那蟲子是已經啃食到了果實的核心去了。我跟他提柏利,想藉此提高他的興緻。

「對,他的房間離我的很近,」他說,抬起頭。「我指給你看,來,」

他在我前面沿着走廊走了幾步,打開了隣近一間房間的門。

「另一張床是年輕的柏納・普洛菲當杜的。」(我想用不着告訴他柏納就在那天已經走了,不會再回來睡這張床。)他繼續說:「柏利喜歡跟他做伴,我想他跟他處得不錯。但是你知道,他並不怎麼喜歡跟我說話。他非常的保留……我怕這孩子相當的無情。」

他的語氣是如此悲傷,以致我不得不抗辯道,我可以保證他孫子是熱心腸的。

「如果這樣,他會表露得更多一點,」拉・柏厚說。

「比如說,早晨當他跟別的孩子去公立學校的時候,我探出窗口看他走過。他知道我在看他……可是,他從沒有轉過頭來過。」

我想向他解釋,柏利一定是怕在同學面前表演,怕同學笑他;但正在這時,下面院子裏傳來噪鬧的聲音。

拉・柏厚抓住了我的胳膊，用一種變了的、騷動的聲音說：

「聽！聽！」他叫道：「他們囘來了！」

我看他。他開始全身發抖。

「這些小鬼讓你害怕？」我問。

「沒有，沒有，」他紊亂的說：「你怎麼會想到有這種事呢？……」然後，很快的說：「我得下去了。課外活動時間只有幾分鐘，你知道我負責他們的預習課。再見，再見。」

他衝進走廊，連手也沒跟我握一下。片刻以後，我聽到他在樓下跌跌撞撞的聲音。我在樓上呆了一會兒，聽，因爲我不想跟學生們碰面。我可以聽到他們叫，笑，唱。然後是鈴聲，沉靜又突然恢復。

我去看阿載斯，得到他的允許讓喬治請假一會兒，好讓我跟他談談。不久他就到拉・柏厚剛才接見我的小敎室裏來見我。

喬治一到我前面，就裝出一付蠻不在乎的樣子，他以爲這樣可以掩藏他的困窘。但我並不敢說最窘的究竟是他還是我。他在防衛；他一定以爲我會說敎一番。他似乎急忙要找一個對付我的武器，因爲，在我還沒有開口之前，他就問起奧利維來，而口吻是那樣嘲弄，以致於我覺得打他的耳光才痛快。他佔了我的上風。他那譏諷的眼神，那嘲弄的嘴唇，似乎都在說：「我不把你放在眼裏，你知道。」我立刻騷亂起來，而我唯一急着要做的，就是掩飾騷亂。我原先準備的話突然間顯得不適當了。我没有做監察者的威望。在心底裏，喬治的表現則讓我大感興趣。

「我不是來責備你的，」我終於說：「我只是來警告你。」（奇怪的是，我整個的臉都是笑的）。

「先告訴我是不是媽媽叫你來的？」

「也是也不是。我跟你母親談過你；但那是好幾天以前了。昨天我跟一個非常重要的人談了一些有關你的非常重要的話，這個人，你並不認得。他特地來跟我談你的事。一個檢察官。是他叫我來的。你知道檢察官是什麼嗎？」

喬治突然非常灰白下來，他的心一定一時停止了跳動。眞的，他還是聳聳肩，不過聲音是有點發抖的：

「噢！好哇！那麼說明白吧！老普菲當杜說什麼？」

這小鬼的冷淡讓我倒吃一驚。無疑，再簡單不過的方式就是直截了當；但這却跟我的性情不合，因爲我總是喜歡拐彎抹角。我的做法在事後想來相當荒謬，但在當時却是十分自然的；我之所以如此，必然是寶琳上次與我的談話對我有着甚大的影響。她的談話在經過我反芻之後，立即被我嵌入我的小說中了，用的是對話的形式，而它的性質正好合於我的某個角色。我直接把生活的材料納入小說是極少的，但這次却正好可以讓我用來應付喬治；就好像我的書正在等這件事，來得這麼巧；我幾乎用不着變動什麼就可以了。

但我並不直寫這件事（我指他的偷竊）。我只在談話中略略暗示一下它的後果。有些地方我寫在筆記本上了，而正好筆記本在我口袋。另一方面呢，普洛菲當杜所說的那僞幣的故事似乎不能夠記載下來。因此，我雖然正是爲了這個目的而來，我却不能直說。

「我要你先看看我寫的這一部份，」我說。「你會看出來爲什麼讓你看。」我就把我的筆記本拿給他，並在我認爲他會感興趣的一頁翻開。

我要再說一遍——我的這個行爲在我現在看來實屬荒唐。但在我的小說裏，爲了給我年紀最小的一個角色警告，我用的還是讓他讀類似的文章的做法。我想知道喬治的反應是什麼樣子；我希望這能給我點啓發……甚至於可以讓我對自己寫的這段故事的價値有所估量。

我把要他看的那一段拿給他看：

那男孩的性格中有整個一片晦暗不明的區域吸引奧狄柏友愛的好奇；對他來說，只知道尤道夫偷過東西是不錯的；他想叫尤道夫告訴他是什麼原因讓他這樣做，當他第一次偷東西的時候有什麼感覺。但那孩子，即使願意向他坦白，却無疑解釋不出來。奧狄柏也不敢問他，因爲怕他爲了自衞而說謊。

一天晚上，奧狄柏跟希爾德布蘭吃飯的時候，他跟他說到尤道夫——但沒有提到他的名字，並且把環境換過了，讓希爾德布蘭想不到是尤道夫。

「你有沒有留意到，」希爾德布蘭說：「我們生活中最有決定性的行爲——我是指那些可能對我們整個的將來最有決定力的——往往是那些最沒有經過考慮的?」

「我很容易接受你的看法,」奧狄柏說。「那就像未加考慮就跳上去的火車一樣,沒有問問自己它開向什麼地方。而且,往往有時候甚至沒有察覺到火車把自己帶走了,等到後來發覺,要下來已經太遲。」

「但你說的那個孩子或許並沒有要下來的意思?」

「到目前爲止,確實是這個樣子。目前他毫不抗拒的被帶着走。沿途風景讓他覺得有趣,他也很少在乎他在走向什麼地方。」

「你是想對他說敎嗎?」

「那一點也沒有!沒有用的。他聽的說敎已經太多了,多得讓他反胃。」

「爲什麼他要偷呢?」

「我知道得也不確切。當然不是由於眞的缺錢。而是由於別的——不被他那些有錢的同伴們比下去——天知道都是什麼!天生的癖好——只是爲了偷的樂趣。」

「這是最糟的一種。」

「當然!因爲他還會做。」

「他聰明嗎?」

「很久一段時間我都認爲他比不上他的哥哥們。但現在我懷疑我是不是錯了,而我對他不良的印象是不是由於他到目前爲止還未能了解他自己的能力所在。他的好奇心出了軌——或者,不如說還處在胚胎狀態，處在不知好歹的狀態。」

「你要跟他談談嗎？」

「我打算讓他自己權衡一下利弊，一方面是偷竊的行爲給他帶來的一點點小利益，另一方面則是他因不誠實的行爲所損失的東西：他親人、朋友們的信任，尊重——其中包括我的……這些是無價的，它們的價值只有到後來他想要重新獲取時必須花費的巨大努力才能估價出來。有些人，爲了這個，終生都花在上面。我還會告訴他一件他由於太年輕而未能料到的事，那就是，以後鄰居們不管有什麼不愉快的或可疑的事，都會栽到他頭上。他可能會發現自己被人指控做了種種嚴重的惡行，他想爭辯，却發現沒有人會相信他。他往日的行爲在他身上烙了印。最後我想跟他說……不過，我怕他會抗議。」

「你想說什麼？……」

「說，他做的事已經爲他開了先例，如果第一次偷東西需要決心、則以後的就不需要什麼，只隨波逐流就好了。後面跟着來的就 laisser aller〔讓它來吧〕……我想跟他說，我們往往未加思索而走的第一步，常常無可挽回的留下了痕跡，塑造了自己，事後想塗改已不可能。我想跟他說……可是，我眞不知道怎麼跟他開口。」

「爲什麼你不把我們現在講的話記下來？你可以拿給他看。」

「這倒是個想法，」奧狄柏說。「何不試試看？」

在喬治讀的時候，我眼睛一直沒有離開他；但他的臉上沒有透出任何他在想什麽的表情。

「我要再看下去嗎？」他問道，準備翻頁。

「不需要。談話就到這裏結束。」

「可惜。」

他把筆記本還我，用着幾乎玩笑的口吻說：

「我倒很想知道尤道夫看到這一段會怎麽想。」

「正是，我也想知道。」

「尤道夫是個很好笑的名字。你不能給他另取一個嗎？」

「那不重要。」

「他回答什麽也是一樣。後來他會變成什麽樣的人呢？」

「我也還不知道。那要看你了。我們等着瞧。」

「那麽，如果我了解得不錯的話，是『我』幫你寫這本書了？眞的，你必須承認……」

他停下來，就像他不大會表達他的想法似的。

「承認什麽？」我鼓勵他說。

「你必須承認，你這本書，如果不是尤道夫……」

他又停下來。我想我了解了他的意思，便爲他把這句話說完。

「如果不是他不誠實的話？……不，我親愛的。」突然我淚水盈眶。我扶住他的肩膀，但他把我攆開：

「畢竟，如果他不是個小偷，你就寫不出這些來。」

到了這時我才知道我弄錯了。事實上，喬治因爲佔據了我這麼久的注意力而覺得意。他覺得有趣。我已經把普洛菲當杜忘記了；是喬治提醒了我。

「你那檢察官對你說什麼？」

「他要我警告你，他知道你在散播僞幣……」

喬治的臉色又變了。他知道否認也無用，但口齒不清的低聲道：

「並不只是我一個。」

「……如果你跟你們那一夥不馬上洗手，他就非抓你們不行。」

原先喬治變得非常蒼白的臉，現在變得燒起來。他直直的瞪着前方，緊皺的眉在前額上擠出兩道深深的紋來。

「再見，」我說，伸出手來。「我勸你也警告一下你的夥伴們。至於你，你只剩下這一次回頭的機會。」

他默默的跟我握了握手，頭也沒回的走出屋子。

重讀我拿給喬治看的一段，覺得寫得很不好。我已經把這段抄到「僞幣製造者」上去了，但這章必須重寫。直截了當的向那孩子明說要好得多。我必須找到可以感動他的方法。當然，在尤道夫（喬治說得對，他的名字必須改）已經走到這種階段之後，要想讓他走回誠實的路是困難的。但我是想把他拉回來；而不管喬治怎麽想，這仍舊是最有趣的，因爲那是最難的。（我這種邏輯頗像杜維葉的了！）那種繼續沉淪者的故事，留給寫實主義的小說家們去寫吧。

喬治一回到教室，立刻把艾杜瓦的警告告訴他的兩個朋友。關於他偷竊的行爲，他舅舅講的話完全被他抛到九霄雲外去了，没有引起他一絲感應；但是關於偽幣的事，由於會給他們惹上麻煩，他認爲盡快脫身才是。這三個孩子每個身上都裝着一些僞幣，準備第二天下午發散。吉赫丹尼索把它們統統收集起來，抛到陰溝裏。那天晚上他去警告斯屈洛維洛，後者也立即小心將事。

17 阿芒和奥利維

就在那天晚上，當艾杜瓦跟他的外甥談話時，阿芒來看奥利維，那時柏納離去不久。

阿芒・魏德爾已經叫人認不出來了；臉刮得乾乾淨淨，面帶微笑，頭抬得高高的；他穿的是一套新裝，看起來太漂亮了一點，或許也還有點滑稽；他感覺到這個，並且表示自己感覺到。

「我本來老早要來看你，但我最近有那麽多事情要做！……你知道我不折不扣的當了巴薩望的秘書嗎?或者,換個說法,就是他的新雜誌的編輯。我不要求你投稿,因爲巴薩望好像很惱火你。再說,這個雜誌也越來越偏左;柏蓋爾和他的田園詩也就是爲了這個原因被打了下來……」

「我爲那雜誌難過,」奧利維說。

「我的『夜壺』呢,也正是由於這個原因被錄用了——對,順便說一聲,這首詩是獻給你的,只是事先我並沒有得到你的允許。」

「我爲自己難過。」

「巴薩望甚至希望我這天才之作做創刊號的第一篇;但是,我天生的謙卑——這一點被他的過獎整得很慘——却使我反對這樣做。如果我不是怕讓你這個正在養病的聽得太累,我倒很想說說我跟這著名的『單槓』的作者第一次見面的情況——你知道,直到那時候爲止,我還只是聽你說過他而已。」

「除了聽以外我沒有什麽事要做。」

「你不在乎我抽煙吧?」

「我可以自己抽給你看。」

「你必須告訴你,」阿芒一邊點煙一邊說:「你這一走,似乎讓我們可愛的伯爵手脚無措。不是瞎捧的,眞不容易找一個人來替代像你這麽有種種長處、種種天賦……」

「說下去啊,」奧利維打斷他的話,被這笨拙的嘲諷弄得氣岔。

「好哇,說下去——巴薩望需要個秘書。他碰巧認識個斯屈洛維洛,而這個人我也認識,因爲他有個姪子住在膳宿學校，他這個姪子認識傑恩·科布—拉夫樂，這個人是你認識的。」

「我不認識。」奧利維說。

「好吧，老兄，反正你該認識他就是了。他是個不同凡響的人；是個老嘎嘎的，凋謝了的、虛僞的嬰兒，他靠鷄尾酒過日子，醉了的時候寫漂亮的詩。你在我們的第一期裏可以看到幾首。我斯屈洛維洛想把他送到巴薩望那裏接替你的位置。你可以想像他走入巴比倫街的大厦的樣子。我得先告訴你，科布—拉夫樂的衣服骯髒不堪，他亞麻色的頭髮粘成一捲一捲的，長達肩膀；看起來就像一個星期沒有洗澡似的。那一向就想不論什麼場合都罩得住的巴薩望宣布他很欣賞科布—拉夫樂。科布—拉夫樂呢，却現出溫和、微笑、膽怯的樣子來。如果他想的話，他可以裝出班維爾那副「葛林果」的表情。總之，巴薩望被他攝住了，打算要聘他。我還必須跟你說，拉夫樂身上一毛錢也沒有……這樣，他站起來，要告辭了——：『在告辭以前，伯爵先生，我覺得我務必告訴你，我有幾個缺點。』——『我們誰又沒有呢？』——『還有幾個邪癖。我吸鴉片。』——『只是這樣？』巴薩望說，他這個人是不會被這種小事嚇住的；『我倒有點非常好的貨可以供你用。』——『不錯，可是我吸起鴉片來就什麼理也不講了。』巴薩望把這話當玩笑，勉強笑出聲來，伸手要跟拉夫樂握。拉夫樂則接下去說：——『我還抽大麻煙。』——『我自己有時候也抽抽的，』巴薩望說。——『不錯，但是在大麻煙的影響下，我禁不住會偷東西。』這時巴薩望才開始明白他被愚弄了；而拉夫樂呢，現在却收不住口似的一路說下去：——『還有，我喝乙醚，喝了就撕東西，砸東西——見到什麼撕什麼，見到什麼砸什麼，』他抓起一個玻璃花瓶，做出要丟進火裏的姿式，巴薩望只來得及從他手上搶下來。——「多謝你預先警告我。』」

「他把他請出去了嗎？」

「對；他一直從窗子裏看着拉夫樂走出去，看他有沒有在他地窖裏丟一個炸彈。」

「拉夫樂爲什麼要這樣？——因爲從你說的看來，他很需要這個職位。」

「一樣；我親愛的老兄，你不得不承認，有些人就是有一種衝動要違背着自己的利益做事。再說呢，如果你想知道的話嘛，拉夫樂……好吧，巴薩望的奢侈讓他厭惡——他那優雅，華貴，親切，居高臨下，故做優越的樣子，對，讓他反胃。我補充一句，我完全了解他的感覺……說到底，你的巴薩望叫人作嘔。」

「爲什麼你說『你的巴薩望』？你根本就很清楚我放掉他了。還有，如果你覺得他那麼可厭，你爲什麼要接這個位置？」

「正是因爲我喜歡讓我厭惡的東西……從我對我可愛的——或可厭的——自己就是這個樣子。再說嘛，事實上，科布—拉夫樂害羞，如果他不是覺得不自在，他是不致於說這些話的。」

「噢！算了！」

「眞的。他確實覺得不自在，他又憤恨竟然被一個他看不起的人弄得不自在。他講那些嚇人的話是爲了掩飾他的羞怯。」

「我却認爲那是愚蠢。」

「親愛的老兄，並不是人人都像你那麼聰明的。」

「上次你說過了。」

「眞會記！」

奧利維決心堅守立場。

「我想過要把你的玩笑忘掉，」他說：「但上次你却終於說起嚴肅的話來。你說的那些話我忘不了。」

阿芒的眼睛有點閃避了。他裝出笑聲來。

「噢，老兄，上次我跟你說的是你要我跟你說的話。你想聽一點小調式的東西，我呢，爲了讓你高興，就奏奏我的哀歌，用着像巴斯卡一樣曲折而悲愴的靈魂……我眞的是拿自己沒辦法，你知道。只有在我開玩笑的時候我講出來的才是眞心話。」

「你別想叫我以爲你那天說的不是眞心話。裝假的是你現在。」

「噢，呆子！你那靈魂多麼天眞啊！就好像我們每個人不都是多多少少眞心的、有意識的裝假似的。親愛的老兄，生活，不過是一場笑劇。不過你跟我的不同是我知道我在演戲，而……」

「而……」奧利維逼人的說。

「而譬如，且不說你吧，我父親，却在他演牧師角色的時候忘記了他在演戲。不論我說什麼或做什麼，總有一部份的我留在背後，看着另一部份演它的戲，笑它，噓它或喝彩它。當一個人這樣分裂的時候，他又怎麼能夠眞誠呢？我已經到了不能了解這兩個字的意義的程度。這我也無法可想；當我悲傷的時候，我覺得自己這麼古怪，以致於我會笑出來；當我快樂的時候，我會開那麼白痴的玩笑，以致於我想哭出來。」

「你讓我也想哭出來，親愛的老兄。我並不覺得你那麼糟。」

阿芒聳聳肩，聲音完全一變的說：

「安慰你一下吧！你想不想知道我們第一期的內容？好，有我的『夜壺』，科布－拉夫樂的四首歌；雅利的一篇對話；我們膳宿學校的吉赫丹尼索的幾首散文詩；然後就是『熨斗』，這是一大篇評論，把雜誌的性質多多少少做了相當的表現。這篇傑作是我們好幾個一起寫的。」

奧利維不知說什麼好，便拙笨的反對道：

「從沒有幾個人合寫可以寫出傑作的。」

阿芒大笑出來：

「可是，親愛的老兄，我說它是傑作，在開玩笑。那根本不是什麼傑作；那根本不是東西。再說呢，所謂『傑作』又究竟是什麼意思？這正是『熨斗』想要打破沙鍋問到底的。有大堆大堆的作品我們都老老實實的在讚美，爲什麼呢？只因爲人人都讚美它們，也因爲一直到現在，沒有人想到要說——或敢說——它們是愚蠢的。譬如說，我們這一期的第一頁，印了一張『蒙娜麗莎』，給她加了兩撇鬍子，好啦，那效果簡直是邪門兒！」

「這表示你們認爲『蒙娜麗莎』愚蠢？」

「完全不是，我親愛的老兄。（不過我也不認爲它那麼了不起。）你還沒了解我的意思。愚蠢的是人們對它的讚美，是當他們說到所謂的『傑作』的時候那副連氣都不敢出大聲一點的習慣。『熨斗』（雜誌也就叫這個名字）的目的就是要讓這種畢恭畢敬顯得荒唐古怪——把一些完全莫名其妙的作者寫的完全白痴的文章（譬如我的『夜壺』）拿來胡吹亂捧一番。」

「巴薩望贊成這些？」

「他樂得很。」

「我退休得好。」

「退休！……早晚的事，老兄，無可奈何的，人總以退休告終。這種聰明的反省自然也叫我要告辭了。」

「等一下，你這老小丑……你你剛剛說你父親演牧師的角色是什麼意思？你認爲他不眞誠？」

「我可敬的父親把他的一輩子安排成這種樣子，以致於現在他沒有權利——甚至也沒有那個力量——不眞誠了。對，他的職業就是要眞誠。他是眞誠專家。他反來覆去就是在講他的信仰；那是他的『生存理由』；那是他選的角色，他必須演到底。但至於所謂他的『內在意識』裏究竟是什麼……那是不好去問的。我認爲連他自己都沒有問過。他把自己的生活安排成那個樣子，使他根本沒有時間去問。他把一大堆一大堆的義務塡到自己的生活裏去，而如果他的信仰動搖的話，所有這些義務會完全失去意義；因此，這些義務非得要他有這信仰不可，同時也維持了他的信仰。他自以爲他信仰，因爲他一直像眞的信仰似的去東忙西忙。我的老兄，如果他的信仰出了問題，那麼，好，那就慘了，崩潰得慘！而且呢，我們全家會連飯都沒得吃。這是必須列入考慮的，老兄。爸爸的宗教信仰是我們全家的生計。所以，問我爸爸的信仰眞誠不眞誠，你必須承認，實在是不大技巧。」

「我還以爲你會全靠學校的收入維生。」

「對；這也不錯。但是，你這樣把我詩意的翱翔打斷，還是很不技巧的。」

「你又怎麼樣呢？你又信仰什麼東西嗎？」奧利維悲傷的問，因爲他喜歡阿芒，而阿芒的胡亂讓他痛苦。

「Jubes renovare dolorem……你好像忘了，我親愛的朋友，我的父親有心要叫我當牧師的。他們用他的虔誠的觀念餵着我——把我餵飽了，把我餵大了，可以那麼說……但他們終會不得不承認，我不是那個料子。可惜！我可以做第一等的傳教士。但我的天職却是寫『夜壺』。」

「可憐的老小子！你不知道我多麼爲你心痛！」

「你一向就有我父親所謂的『純金的心』。……我不再冒犯它了。」

他拿起帽子來。當他已經要走出門檻的時候，又突然轉身：

「你還沒有問問薩拉？」

「因爲你能告訴我的柏納已經都說了。」

「他告訴你他離開膳宿學校了？」

「他說你姐姐拉琪兒要他離開。」

阿芒一手握住門把；一手用手杖把窗帘挑起來。手杖揷到窗帘的一個洞中，把它弄得更大了。

「你怎麼想都可以，」他說，表情非常嚴肅。「我相信拉琪兒是世上我唯一愛和尊敬的人。我尊敬她，因爲她有品德。而我呢，却總是要做出一些冒犯她的品德的事來。至於柏納跟薩拉嘛，她連猜也沒猜到。是我向她告密的……而那眼科醫生呢，却說她不能哭！好笑！」

「我能說你現在認眞了嗎？」

「對，認眞了！我覺得我最認眞的一件事就是一種恐怖——一種恨，恨一切所謂的道德之事。不要想了解我的意思。你根本不能明白清教徒的教養會把人搞成什麼樣子。那讓人的心裏留下永不可治癒的憤恨……我就是個例子，」他刺耳的笑着。

他把帽子放下，走向窗臺。「看看這裏，嘴唇裏面？」

他俯身向奧利維，用手指翻着嘴唇。

「看不出什麼來。」

「看得出：那裏；嘴角上。」

奧利維在嘴唇附近看到一個略白的點。心裏有點不自在，安慰的說：

「齒齦膿腫。」

阿芒聳聳肩。

「用不着瞎說——像你這樣認眞的人！齒齦膿腫是軟的，會消。這個却是硬的，每個星期都大一點。讓我嘴裏味道很不好。」

「多久了?」

「我知道已經一個多月了。但就像『傑作』裏說的一樣：Mon mal vient de plus loin〔我的病走得還更遠呢〕……』」

「好哇，老傢伙，如果你擔心，最好是找醫生看看。」

「你不會以爲這個要你來講。」

「那他怎麼說?」

「我是說看不看醫生不用你來講。不過，我是不會找醫生的，因爲，如果它正是我猜的那個東西，我寧願不知道它。」

「白痴。」

「笨是不是?但又是那麼人之常情，我的朋友，那麼人之常情……」

「笨的是不治。」

「好等到治的時候你總是可以說『太晚了!』——這個話正是科布—拉夫樂在他的一首詩裏寫得很妙的；你可以在這一期裏看到：

事實如此；
因為，在這下界，往往
歌先於舞。

「人眞是什麽都可以寫成文學。」

「不錯；正是什麽都可以寫成文學。不過，我親愛的朋友，那也並不是那麽簡單的。好啦，再見吧……噢！還有一件事我必須告訴你。我從亞歷山德聽來的……眞的，你知道——我的大哥，他跑到非洲去了。他一開始的時候生意弄得很不好，拉琪兒寄給他的錢他全都賠光了。現在他在卡薩曼斯河邊住下來；他寫信來說現在搞得不錯，不久就可以把帳還清。」

「什麽生意？」

「天知道！橡膠，象牙，或許還有黑奴……一大堆奇怪的買賣……他要我去找他。」

「去嗎？」

「如果不是爲了軍役，我明天就去。亞歷山德有點驢，和我一樣。我相信我可以跟他處得很好……你看，我還帶着他的信，你要看看嗎？」

他從口袋掏出一個信封來，又從信封掏出幾張筆記本的紙；他挑了一張，遞給奧利維。

「用不着全看。從這裏開始。」

奧利維便從那裏看起：

「過去兩個星期，我跟一個相當特別的人住在一起；這個人是我帶到我小屋來的。這一帶的太陽似乎刺到了他的腦袋。我一開始以為那只是熱昏了，但後來看看確實是不折不扣的發瘋。這個奇怪的年輕人約三十歲，高、壯、好看，也必然是『紳士』——這從他的擧止言談上可以看出來，從他的手也可以看出來；那雙手，是那麼秀氣，可以斷定沒有做過任何粗活。奇怪的是，他以為他被魔鬼附着了——更正確的說，他以為他『就是』魔鬼。他一定有過什麼經歷，因為，當他做夢或打瞌睡的時候（他常常這樣），他就會自言自語，好像我不在他旁邊，而他每次都說到什麼被砍斷的指頭，有時候又如此激動，眼睛驚懼的翻滾，我則小心的不讓附近有武器。別的時候，他卻是個很好相處的人，很好的伴——而這一點，是我很珍惜的，因為，你知道，我孤獨了那麼久了。再說，他對我的工作很有幫助。他從不說他的過去，因此我弄不清楚他的身份。他對植物和昆蟲很感興趣，有時候他的話裏顯出他受過很好的教育。他好像喜歡跟我住，沒有說過要離開；我決定讓他想住多久就住多久。我需要幫手；從各方面綜合考慮起來，他來得正是時候。

「有一個可惡的黑人跟他一起來到卡薩曼斯；我跟這個人談過一些話，他說到有一個女人跟他一起來，而這個女人，我猜，是有一天在河裏翻舟淹死了的。如果以後我聽說我的這個同伴在這件事上有份，我不會驚奇。在這個地帶，如果一個人想把什麼人除掉，可用的辦法有很多，而從沒有人會過問的。如果有一天我聽到的更多一點，我會寫信告訴你——或不如你來了以後告訴你。不錯，我知道你還有兵役……好吧，我可以等。因為你可以確定，如果你想看到我，你就必須下定決心出來。我嘛，是越來越不想回去了。在這裏，我過着我願意過的生活，合意得無以復加。我的生意興旺起來了，而那文明的標誌——那漿硬的領子——在我看起來就如讓人不能彎腰的背心一樣，是我永遠不能再忍受的。

「附寄滙票一張，隨你的意思運用。上一張是給拉琪兒的。這一張留着你用。……」

「其他的沒有意思了。」阿芒說。

奧利維把信還給阿芒，什麼都沒有說。他絕沒有想到信中說的那謀殺者會是他哥哥。文桑已經很久沒有來信；他的父母以為他在美國。說眞的，奧利維也不大把他放在心上。

18

「強人」

一直到一個月以後，柏利才聽到了布朗尼雅的死訊——是蘇芙倫斯卡太太來膳宿學校看他時告訴他的。柏利從上次得到他朋友那封哀傷的信以後，就再無任何她的消息。有一天，課外活動的時候，他習慣的坐在魏德爾太太的客廳裏，蘇芙倫尼斯卡太太進來了；在她還連一句話都沒有說的時候他就知道是怎麼回事了，因為她穿着全喪服。客廳裏只有他們兩個。蘇芙倫尼斯卡抱住柏利，兩人哭成一團。她只能反覆的說：「我可憐的小東西……我可憐的小東西……」就像該可憐的是柏利，就像在這小男孩無盡的悲傷中她已忘了她為母的悲哀。

魏德爾太太聽說蘇芙倫尼斯卡太太來，也到客廳見面，那仍舊抽噎的柏利退到一邊去，讓兩個婦人談話。他寧願她們不要談到布朗尼雅。那從沒見過布朗尼雅的魏德爾太太把她當一般孩子那樣問起她來。而她的那些問題，在柏利覺得都凡俗不堪。他希望蘇芙倫尼斯卡不要回答，而當她表露她的悲傷時，他感到受傷。他把自己的悲哀掩藏起來，像寶藏一樣。

布朗尼雅在去世以前幾天，對她母親這樣說的時候，她心裏想的顯然是柏利：

「告訴我，媽媽……『田園詩』究竟是什麼意思？」

這幾個字刺到了柏利的心，他寧願聽到的只有自己。

魏德爾太太端茶給客人。也給了柏利；由於課外活動時間已要結束，他匆匆吞下；他向蘇芙倫尼斯卡道別；她第二天就因有事要去波蘭。

整個世界似乎都遺棄了他。他的母親離他太遠了，總是不在他身邊；他的祖父太老了；即使他已漸感習慣做伴的柏納也走了……他的靈魂是柔情的靈魂；他需有一個人可讓他把他的高貴、他的純潔當做獻禮奉獻在他的腳前。他不够驕傲到以驕傲自娛。他太愛布朗尼雅，他無法再希望在別人的身上找到他在她那裏找到活下去的理由。沒有她，他如何能相信他渴望着要看到的天使呢？天國已經空了。

柏利走回他的教室，就像那把自己投入地獄的人一樣。無疑，他可以跟剛泉・杜・巴薩望做朋友；剛泉是善良仁慈的孩子，他們兩個又正是同齡；但剛泉全心全意放在功課上，不對任何事情分心。菲利浦・阿達曼蒂也不是有害的孩子，他也會很喜歡柏利；但他過於受吉赫丹尼索擺佈，不敢有一點點他自己的喜好；他跟着吉赫丹尼索跑，而吉赫丹尼索又總是讓他加快脚步；吉赫受不了柏利。他音樂的聲音，他的優雅，他女孩子般的神情——柏利的一切都讓他冒煙。只要看到柏利，似乎就會引起他那種本能的厭惡，就是那種在動物中使強者無情的撲向弱者的本能厭惡。也可能是他聽了他表兄的敎訓，他的恨惡是有點理論性的，因爲這恨惡在他心裏是以譴責的面目出現的。他爲他的恨惡找到了足以自傲的理由。他的這種輕視，柏利很敏感；他察覺到這一點，更爲覺得有趣；於是他故意裝做跟喬和菲菲議計什麽的樣子，只爲了看柏利睜大眼睛，急着想探知的樣子。

「噢，他這個人多麽饞啊！」喬治於是這樣說：「我們告訴他嗎？」

「不懂。他不懂。」

「他不懂。」「他不敢。」「他不會明白。」他們不斷的把這種話往他身上投。他因爲被排除在外而痛苦異常。眞的，他不懂爲什麽他們給他個「没種」的外號，他覺後屈辱；等他懂了，又覺得憤怒。如果能够向他們證明他並不是他們所以爲的那種懦夫，他是什麽都肯做的。

「我受不了柏利，」有一天他對斯屈洛維洛這樣講：「爲什麽你叫我不要甩他呢?他可並不要我不甩他。他老是向我這邊看……有一天他把我們笑死了——他以爲『穿熊皮的女人』意思就是穿皮大衣的女人。喬治逗他，最後當他搞清楚了的時候，我想他要嚎哭起來了。」

吉赫丹尼索一直用問題逼它表兄，最後斯屈洛維洛把柏利的「護身符」拿給他，並向他解釋了它的用途。

幾天以後，當柏利走進敎室，看到了這張紙在課桌上——他本來幾乎已經把它忘記了，也把跟他的童年有關的那「魔術」忘記了，而現在，他感到羞恥。第一眼他幾乎没有認出來，因爲吉赫丹尼索用了很多功夫把那張紙條的邊緣畫了許多咒符。

這幾個字外加黑紅相間的寬邊，繪着淫穢的小魔鬼。說眞的，這些東見畫得眞不壞。這些裝飾使那張字條帶有一種狂亂的——地獄的意味；吉赫丹尼索是這麽想，而他之所以畫這些東西，也是立刻想要使柏利意亂情迷。

或許吉赫丹尼索這樣做只是玩玩的，但它的效果却出乎意料的成功。柏利臉色紫紅，但什麽都没有說，左右看看，却没有看到吉赫丹尼索，因爲他躲在門後在觀察他。柏利並没有任何理由猜疑他，可是他不明白爲什麽這護身符會跑到這裏來；眞好像從天上掉下來一般——或者，更像是從地獄裏冒出來。當然，柏利對這類學童的鬼把戲已經學會了聳肩不屑了，但它却騷亂了他的渾水。柏利把那字條抓起來，塞進口袋。整個那一天，以前行「魔術」的囘憶都在他腦子裏纏來纏去。他跟那卑下的誘惑掙扎到晚上，然後，由於没有任何東西再支持他，他投降了。

他覺得他在走向毀滅，沉淪中他感到快樂——他發現那沉淪的本身裏竟有他享受的東西。然而，儘管他是這般的不幸，這般的沉淪，在他的深處却含藏着柔情，因之他同伴的輕視讓他痛苦非凡。因此，爲了讓同伴們有一點點看得起，不論是多麽危險的事，多麽愚勇的事他都敢去做。

不久，機會來了。

既然必須放棄散播僞幣的遊戲，吉赫丹尼索，喬治和菲菲就無所事事起來。一開始幾天的惡作劇只是臨時的替代品，不久就無趣起來。吉赫丹尼索的腦袋馬上又開始發明新花樣。「強人兄弟會」的重點，一開始只是想以不讓柏利參加來取樂。但不久吉赫丹尼索就想到，要他加入才會有樂趣。他們可以設法讓他加入時答應某些條件，而憑這些條件，他們可以慢慢的讓他做出什麼嚇人的事來。從這一刻開始，吉赫丹尼索的腦筋完全被這個念頭佔據了；而往往就像所有的事情一樣，他想的主要不是那目標，而是如果使它發生；這似乎無關緊要，但許許多多的罪惡或許就是這樣發生的。從這方面來講，吉赫丹尼索是殘忍的；但他認爲隱藏他的殘忍是上策，至少要向菲菲隱藏。菲菲的性格中沒有殘忍的成份；一直到最後一分鐘，他都以爲那只不過是開開玩笑。

兄弟會的人都必須有格言。吉赫丹尼索早有打算，便選了西塞羅的一句話：「強人不怕死。」喬治則建議把這幾個字刺在他們的右臂上，做爲會員的標記；但菲菲怕痛，他說好刺工只有港口才有。吉赫丹尼索也反對，因爲他說刺了身就永遠塗不掉，以後會很不方便。畢竟標記也不是頂必要的；會員只要莊重發誓就夠了。

在他們開始散播僞幣的時候，曾說到要繳抵押品，那時喬治要把他父親的信繳出來。但這個念頭後來又放下了。非常幸運的，像他們這樣的孩子並不大講求前後一致。事實上，他們什麼規章也沒有訂下來，既沒有訂「會員條件」，也沒有訂「必要資格」。因爲，既然他們三個都理所當然的是「裏邊的人」，而柏利是「外邊的人」那麼訂這些又還有什麼用呢？不過，他們却誓言，「凡畏縮不前者，視爲叛徒，永除會籍。」吉赫丹尼索旣着意要柏利就範，便大大強調這一點。

必須承認，如果沒有柏利，遊戲便顯得索然無味，而兄弟會便也失去了它存在的目標。而鼓動柏利參加，喬治比吉赫丹尼索資格好得多，因爲後者容易引起柏利的戒心；至於菲菲，他不够技巧，而且也不願意委屈自己。

在整個這段可惡的故事中，我看來最可惡的可能是喬治從頭到尾僞裝的友情。他裝出突然對柏利友愛起來的樣子；在這以前，他幾乎連看都不看柏利一眼。我甚至懷疑，他是不是假戲眞做起來，他僞裝的情感在柏利起了回應的時候是不是當眞起來。喬治裝成温柔的樣子去接近他；他遵照吉赫丹尼索的指示，開始跟他說話……才說了沒幾句，那渴望着一點點敬與愛的柏利就被征服了。

吉赫丹尼索把他的計劃更加詳細訂製，並向喬治和菲菲透露。他的構想是用一種「測驗」來考驗抽到籤的會員；爲了讓菲菲安心，他讓他們明白，他把籤安排得必然是柏利抽到。測驗的目的是要證明他的勇氣。

測驗的眞正性質吉赫丹尼索並沒有立即透露。他怕菲菲會反對。

事實上也眞是如此，當不久以後吉赫丹尼索表示老拉・柏厚的手槍要派上用場的時候，「不行，不行！」他便叫起來：「這種事我不同意。」

「你這個人多麼驢！只是開玩笑，」那已經被說服了的喬治這樣說。

「再說嘛，你知道，」吉赫補充：「如果你不願意幹，盡可以早說。沒有人非要你不行。」

吉赫丹尼索知道這種論證用到菲菲身上，每試必靈；他已經準備好了紙，讓每個會員都把名字簽在上面，他接下去說：「不過你要說就馬上說，因爲一旦你簽了名，就來不及了。」

「好嘛。用不着生氣，」菲菲說。「把紙遞過來。」他簽了。

「關於我嘛，老傢伙，我倒高興你參加，」喬治胳膊親熱的繞過柏利的脖子；「不讓你參加的是吉赫丹尼索。」

「爲什麼？」

「因爲他怕。他說你會臨陣逃脫。」

「他怎麼知道？」

「你第一次測驗就會跑掉。」

「等着瞧。」

「你眞敢抽籤？」

「我不敢！」

「但是你知道你冒着什麼險嗎？」

柏利不知道，但是他想知道。喬治跟他解釋了。「強人不怕死。」這句話的意思以後會顯露出來。

柏利猛覺頭暈；但他鼓舞自己，隱藏心裏的騷動，「你眞的簽了名？」他問。

「在這裏！你可以自己看。」喬治把那張紙拿給他，讓他可以看到上面簽的名字。

「你們已經？……」他怯怯的說。

「我們已經怎麼？……」喬治打斷他，口氣如此粗蠻，以致柏利不敢再說下去。他想要問的，喬治非常明白，乃是別的人是不是也像他一樣受誓言的約束，是不是可以確定他們也不會臨陣脫逃。

「沒有，沒什麼，」他說；但從這時開始，他懷疑他們了；他開始懷疑他們自己不去冒險，懷疑他們要耍不公平的把戲。「好嘛！」然後他想；「如果他們臨陣脫逃又有什麼關係呢？我會讓他們看到我比他們更有勇氣。」然後他直直的看着喬治的眼睛，說：

「告訴吉赫，可以信得過我。」

「那你要簽？」

噢！根本用不着——他已經答應過。他只說：「隨便你。」於是，在三個「強人」的名字下，他費力的，大大的簽上了他的名字。

喬治得意的把簽名拿給另外兩個看。他們都認爲柏利表現得很有勇氣。他們共同商議。

當然，手槍是不裝子彈的！再說他們根本沒有子彈。可是菲菲仍舊害怕，因爲他聽說有時候強烈的情緒騷動也可以致死。他說，他的父親便知道一件假處死的案子……但喬治把他頂了回去：

「你爸爸是猪八戒！」

不用，吉赫丹尼索不用装子彈。用不着。拉·柏厚那天裝在裏面的還没有起出來，這一點是吉赫丹尼索檢查過了的，不過，他很小心的不讓其他的人知道。

他們把名字各自寫在相同的小紙條上，縐成小團，丟在帽子裏。那負責抽籤的吉赫丹尼索把柏利的名字又另寫在一張小紙條上，老早抓在手掌心中了；於是，似乎偶然的，抽出來的便是柏利了。柏利猜到他們或許在欺騙他；但他什麼也没說。抗議有什麼用呢？他知道他完了。他連一根指頭也不會伸出來防衛自己；甚至於，如果命運落在別人身上，他都會代替他們——因爲他的絕望是如此深重。

「可憐的老兄！你運氣不佳，」喬治自以爲有義務的這樣說。他的聲音是這般虛假，以致柏利悲哀的看着他。

「注定要發生的。」他說。

然後，他們同意排演一次。但是由於有被抓到的危險，他們決定不用手槍。只有到了「眞正」實行的時候，他們才把槍從盒子裏取出來。爲了不驚動人，必須事事小心。

因此，那一天他們只確定時間、地點——這地點，他們用粉筆在地上畫了標記。那是在教室裏老師的教桌右邊，一扇原先通向門廳而現在不用了的門所形成的角落裏。時間則選在預習課，當着所有同學的面；那會讓他們統統呆住。

他們選在敎室沒人的時候排演；三個共謀是唯一的在場者。但實際上排演並沒有什麼意思。他們只是確定了從柏利坐的位置到粉筆畫的地方整整十二步。

「如果你不慌，就不會多走一步。」喬治說。

「我不會慌，」柏利說；他已被那不斷的懷疑弄得惱火了。那小男孩的堅定開始使其他的三個人動心。菲菲則爲他們應當不要再繼續下去。但吉赫丹尼索決心把玩笑開到底。

「明天！」他說，帶着一種特別的微笑，只是一邊唇角微微的翹起。

「我們親一親他怎麼樣！」菲菲熱切的叫起來。他想到的是古時代騎士爵位的授予禮；他突然飛臂抱住柏利的脖子。當菲菲在他的臉上印上兩個全心全意的、孩子氣的吻時，柏利唯一能做的只是噙住眼淚，不讓它流下來。喬治和吉赫丹尼索都沒有跟隨菲菲那樣做；喬治認爲菲菲的行動很不男人氣。至於吉赫，他在乎什麼鬼！……

19 柏利

第二天下午，鈴聲把男孩們都召集敎室來。

柏利，吉赫丹尼索，喬治和菲利浦都坐在同一條長凳上。吉赫丹尼索把他的懷錶掏出來，放在自己和柏利中間。指針在五點三十五。預習課從五點開始，直到六點。按規定柏利結束他自己的時刻是六點差五分，正好在學生們分散以前；這個時間訂得最好，因爲容易立即逃脫。不久，吉赫丹尼索半耳語的、頭沒有回地說，因爲，他認爲如此更能顯現出語氣的嚴重，

「老弟，你還剩下一刻鐘了。」

柏利想起很久以前看過的一本故事書，故事裡的強盜在殺一個女人以前先讓她祈禱，好讓她確實相信她要死了。柏利像一個正要離境的外國人尋找自己的文件一樣，在心裡和腦子裡尋索禱詞，但什麼也找不到；但他已那麼疲倦，又那麼緊張，以致於他也不再在乎了。他想想點什麼，却也不能够。手槍沉甸甸的在他口袋裡；他用不着去摸就可以感覺到了。

「還剩十分。」

坐在吉赫丹尼索左手的喬治，用眼角看看這一幕，却裝做什麼都沒有看到。他拼命的在寫功課。班上從沒有這麼安靜過。拉・柏原從不曉得他的小流氓們還有這麼安靜的一面，也是第一次能够舒一口氣。不過，菲菲却不安；吉赫丹尼索嚇到了他；他並不很相信這遊戲不會搞出什麼亂子來；他的心臟在爆裂，他覺得痛，不時的聽到自己在深重的吸氣。最後，他再也忍受不了，從本子上撕了一張紙（他在準備一科考試。但字在他眼前跳，時間和事件則在他腦子裡跳），匆匆寫上：「你確定手槍裡沒有子彈？」然後傳給喬治，喬治傳給吉赫。但吉赫聳了聳肩，連看都沒有看菲菲一眼；然後，把紙揉成一個球，用手指一彈，滾出去，就正好滾到粉筆畫了記號的地方。然後，由於滿足於自己瞄準的能力，淺淺的笑了笑。這笑，一開始就是有意的，接着也一直維持下來，一直延續到這一幕的終場，好像印在他臉上似的。

「還剩五分鐘。」

他幾乎是放聲的說。就連菲菲也聽到了。菲菲的焦急達到了讓他肝腸俱焚的程度，他再也無法忍受了，儘管預習課馬上就要結束，他還是裝做有急需而離開了教室——也或許是由於眞正的肚子絞痛。他按平常要求老師准許出去的規定，擧手，捻指頭，却沒有等拉・柏厚的回答，就從凳子上衝開了。要到門口，他必須經過老師的敎桌前；這點路，他幾乎用跑的，一邊跑，一邊跌跌撞撞。

幾乎就在菲利浦剛剛離開敎室的一刹那，柏利站起來。坐在他後面用心做功課的小巴薩望，抬起頭來。事後他對塞拉芬說，柏利當時蒼白得怕人；但這也是這種情況下常見的話。事實上，他幾乎立即又低下頭去做功課了，並沒有細看柏利。後來他爲此嚴厲的責備自己。如果他知道會發生什麽事情，他一定會阻止；後來他一邊哭着一邊說。但是他沒有想到會有這種事。

這樣，柏利向前，走到指定的位置；他走得很慢，像機器人——或說，像夢遊者。他右手抓着手槍，但槍還放在外套的口袋裡；只有到了最後一刻他才掏出來。那指定的地點，我已經說過，是在一扇不用的門擋住的隱避處，老師必須探身向前才能看到。

拉・柏厚向前探身了。一開始他不了解他的孫子要做什麽，但他那動作的嚴肅却讓他產生警懼。他盡量大聲又盡量權威的說：

「柏利少爺，請你立刻回到座位上去……」

但他突然看到了手槍；柏利正在這時擧向太陽穴。拉・柏厚了解了，他的血液在他的血管裡立刻好像凍結了。他想站起來，跑向柏利——叫住他——阻止他……沙啞的嗄嗄聲從他喉嚨裡發出來；但他好像生根一樣的在原地不動，癱瘓的，通身猛烈的發抖。

槍響。柏利並沒有立刻倒下去。他的身體直直的站了片刻，就像被那隱避處的角落卡住了；然後，他的頭垂向肩膀，把肩膀向下墜；身體倒下去了。

不久以後，當警察來調查的時候，吃驚的竟在屍體旁邊找不到手槍——我的意思是說，在他倒下的位置附近，因爲他立即被抬到床上去了。在槍響以後的混亂中，吉赫丹尼索一動不動的坐在原位，喬治則跳過凳子，沒有引起任何人的注意把手槍拿去了：他用脚把槍向後勾，迅速的拿起來，藏在外套裡，偷偷的傳給吉赫丹尼索；這時大家的注意力全部落在柏利身上，因之他可以在大家都未曾留意的狀況下跑到利拉·柏厚的屋裡，把槍放囘他拿的地方。後來的調查，警察發現手槍竟在拉·柏厚的盒子裡；若不是吉赫丹尼索忘了把彈壳退下，眞會令人懷疑這把手槍究竟有沒有離開過槍盒，有沒有用過。他確實慌了一點——只是臨時的一個小弱點；而我不得不遺憾的說，他對這小小的弱點的自責要比那罪惡的本身更重。然而，救了他的正是他這弱點。因爲，當他從樓上下來，跟別人混在一起看柏利的屍體被抬走的時候，他突然全身發抖，人人都看得很清楚——一種神經質的發作——而匆匆趕往出事地點的魏德爾太太和拉瑪爾把這現象誤以爲是出自極大的同情。人對這樣一個年輕的人，種種事情都易於設想，就是不容易設想他會這麼沒有人性；當吉赫丹尼索聲明自己無知的時候，他獲得了相信。菲菲寫的，喬治傳給他而他彈開的那張字條，在一條凳子下面找到了，也對他有了幫助。不錯，他和喬治與菲菲仍舊被判了罪，因爲他們玩這樣殘忍的把戲，但是他說，如果他知道槍裡有子彈，他是不會做的。知道責任完全在他的，只有喬治一人。

喬治並沒有連根腐爛，但他對吉赫丹尼索的崇拜使他茍同了這種殘酷可怖的事。那天晚上，當他回到家裡，他投進母親的懷抱；寶琳則感謝上蒼，因爲這可怕的悲劇把她的兒子還給了她。

20 艾杜瓦日記

我並不裝做能解釋一切，而凡沒有充分的動機足以做解說的事，我也不記載。爲了這個原因，我的「偽幣製造者」中將不用小柏利的自殺爲材料；這裡面有着太多的困難使我不能了解。再者，我不喜歡警事法庭的資料。這種資料裡有着一種專橫的、不可駁斥的，不通人情的東西……我喜歡事實隨我的想法之後發生，做爲我的想法之證明，却不喜歡事實先於我的想法。我不喜歡被突襲。柏利的自殺，在我看來似乎「無禮」，因爲我沒有料到。

任何自殺都有一點點懦弱的成份，拉・柏厚也不例外；而他呢，則無疑認爲他的孫子比他勇敢。如果那孩子能預料：他可怕的行爲給魏德爾一家人帶來的後患，他這樣做便是無論如何說不過去的。阿載斯不得不把膳宿學校解散——暫時的，他說；但拉琪兒却怕就此一蹶不振。已經有四個家庭把他們的孩子帶走了。寶琳也是一樣；她帶走喬治，以便讓他留在身邊；尤其是她的兒子深受同學之死的震撼，似乎有意改過自新的樣子；在這種情況下，我雖勸她不要帶走他，她也不肯。這次的災難是多麼令人震驚！連奧利維都被感動了。那一向冷嘲熱諷的阿芒，也深爲它家計的破產而極其擔憂起來，把爲巴薩望工作剩餘的時間都用在學校裡，因爲老拉·柏厚顯然已經不能履行他的任務了。

我怕再看到他。他接見我是在膳宿學校二樓他的小房間裡。他立刻抓住我的胳膊，帶着神秘的、幾乎是微笑的神情——這讓我大爲吃驚，因爲我原先預料他會啼淚縱橫的：

「那聲音，」他說，「你知道……有一天我跟你說過的那聲音……」

「怎麼樣？」

「停了——沒了。不論我怎麼樣聽，也聽不到了。」

就像哄小孩子似的，我說：「那你現在一定覺得有點惋惜吧？」

「噢！沒有的事，沒有的事……這樣的清靜。我太需沉默了。你知道我在想什麼嗎？我在想，在這一世我們不知道什麼是眞正的沉默。就連我們血液也在不斷的發出聲音；我們沒有留意到它，因爲從我們最早年就習慣了它……但是我想，在這一世有一些東西是我們聽不到的——協和音……因爲噪音把它們淹沒了。是的，我想死後我們會能眞正聽到。」

「你告訴過我你不相信……」

「靈魂的不死？我跟你說過？……對，我想是說過。但是相反的一面我也同樣不相信，你知道。」

由於我沉默着，他就說下去，一邊點着頭，故做莊重的樣子：

「你有沒有注意到，在這個世界上，高特總是保持沉默的？只有魔鬼在說話。或者，至少是，至少是……」他繼續說：「……不論我們怎麼用心聽，我們能夠聽到的只是魔鬼的聲音。我們沒有耳朵可以聽到高特的聲音。高特的道：你曾經想過那會是什麼樣子嗎？噢！我不是指已經轉換成人類的語言的道……你記得福音書上說：『太初是道。』我常常想，高特的道便是整個的造物。但魔鬼抓住了它。他的噪音淹沒了高特的聲音。噢！告訴我，你認爲最後說話的終究還會是高特嗎？……而如果在死亡以後，時間既已不存在，如果我們立刻進入永恒，那麼，你認爲我們會能夠聽到高特的聲音嗎……直接的？」

他通身產生了震動，就像要痙攣的倒下去一樣，然而，他突然的抽拉起來。

「不，不！」他錯亂的哭道；「魔鬼與高特是二而一的；祂們合作無間。我們想要相信世界上一切壞的都是來自魔鬼，但那是因爲，如果我們不這樣想，我們就永遠找不到力量來原諒高特。祂玩弄我們像貓玩耗子……然後呢，祂還要我們對祂感恩。感什麼恩？什麼恩？……」

然後，他俯身向我：

「你知道，在祂做的事情裡，最可怕的是什麼嗎？……爲我們犧牲了祂的親生子。祂的親生子！他的親生子！……殘忍！這乃是高特的主要特質。」

他投到床上，轉面向牆。有一段時候，全身痙攣似的顫抖着；後來，由於他似乎睡着了，我便離去。

他連一個字也沒有提柏利；但是我認爲在這神秘的絕望中，表露着一種悲淒，那悲淒太刺目了，不能逼視。

我聽奧利維說，柏納回到他父親那裡；眞的，這也是他最好的做法。當他偶而與卡洛見面，而得知老法官身體不適的時候，他便順着心的衝動去做了。我們明天晚上會見面，因爲普洛菲當杜邀我跟莫林涅·寶琳和他們的兩個孩子晚餐。我很想看看卡洛是什麼樣子。

桂冠世界文學名著

新文學主義蔓延中

①羅蘭之歌

楊憲益／譯
蘇其康／導讀

300元

耳熟能詳的中古史詩，膾炙人口的英豪事蹟。即使是驚心動魄的戰爭場面，也掩不住羅蘭不爲所動的尊貴。請珍視這麼一個典範。

②熙德之歌

趙金平／譯
蘇其康／導讀

300元

與法國歷險史詩系統（Chanson de Geste）同屬一型，但卻是較新和先進的一型。熙德在行爲上的表現，可說是對歐洲建制革命性的詮釋。值得一讀再讀。

③坎特伯利故事集

400元

喬叟／著・方重／譯・蘇其康／導讀

遊藝性的故事集，喬叟高超的幽默筆法使故事在遊戲中充滿了反諷。這裡頭只記載一種東西——即是最有內涵又最具趣致的故事。

④魯濱遜飄流記

狄福／著
戴維揚／導讀

150元

⑤莫里哀喜劇六種

400元

莫里哀／著・李健吾／譯・阮若缺／導讀

莫里哀是位獨來獨往的人，他的戰鬥風格和鮮明意圖常受到統治集團知識分子的曲解，但是請注意，莫里哀比任何一位作家都要更靠近法國的普遍大衆。

⑥天路歷程

約翰・班揚／著
西海／譯・蘇其康／導讀

300元

夢者從意識層面的剪接敘述，將廣義的基督教民間傳統以及聖經上宗教想像加以統合，使意識世界與潛意識世界渾然結合在一部獨特的小說鋪陳當中。

⑦憨第德

伏爾泰／著
孟祥森／譯

150元

⑧少年維特的煩惱

150元

歌德／著・侯浚吉／譯・鄭芳雄／導讀

⑨達達蘭三部曲

400元

都德／著・成鈺亭／李孟安・譯／導讀

達達蘭，他幾乎是上帝在法國南方所造就的一個經典：他們即使沒撒過謊，卻從來也沒說過一句實話。「我只要一張嘴，南方的力量就到我身上來了」。——達達蘭即使一點都不「巴黎」，卻仍舊是道地「法國」的。

⑩紅與黑

斯湯達爾／著
黎烈文／譯・邱貴芬／導讀

300元

⑪普希金詩選

普希金／著
馮春／等譯・呂正惠／導讀

450元

「他像一部辭典一樣，包含著俄羅斯語言的全部寶藏、力量和靈活性。……在他身上，俄羅斯的大自然、俄羅斯的靈魂、俄羅斯的語言及性格都反映得那樣純淨、那樣美。」

⑫黛絲姑娘

哈代／著
宋碧雲／譯・劉紀蕙／導讀

200元

⑬**拜倫詩選**　拜倫／著　查良錚／譯・林燿德／導讀　500元

⑭**雪萊抒情詩選**　300元
雪萊／著・楊熙齡／譯・林燿德／導讀

⑮**包法利夫人**　福婁拜／著　李健吾／譯・彭小妍／導讀　200元

⑯**酒店**　左拉／著　鍾文／譯・林春明／導讀　200元

⑰**娜娜**　左拉／著　鍾文／譯・彭小妍／導讀　250元

⑱**僞幣製造者**　紀德／著　孟祥森／譯・阮若缺／導讀　200元

⑲**窄門**　紀德／著　楊澤／譯・阮若缺／導讀　150元

⑳**審判**　卡夫卡／著　李魁賢／譯・導讀　200元

㉑**湖濱散記**　梭羅／著　孟祥森／譯・單德興／導讀　150元

㉒**大亨小傳**　費滋傑羅／著　喬治高／譯・林以亮／導讀　150元

㉓**熊**　福克納／著　黎登鑫／譯・鄭明哲／導讀　100元

㉔**太陽石**　帕斯／著　朱景冬／等譯・林盛彬／導讀　400元

愛情與死亡，快樂與悲傷，現實與夢幻，地獄與天堂，歷史的追憶，未來的嚮往，諸般如此永恆的對立，在帕斯的詩中「象徵」得如此鮮活而又「偉大」。這一定又是一位「不死」的詩人。

㉕一九八四
歐威爾／著
邱素慧／譯・范國生／導讀
150元

㉖地下室手記
杜斯妥也夫斯基／著
孟祥森／譯・呂正惠／導讀
150元

㉗復活
托爾斯泰／著
鍾斯／譯・呂正惠／導讀
250元

㉘里爾克詩集（I）
里爾克／著
李魁賢／譯・導讀
250元

里爾克在《杜英諾悲歌》中所處理的題材是：人的困局及其提昇超越之道，由閉塞的世界導向開放世界之過程。到了《給奧費斯的十四行詩》；則已攀登至世界內部空間而遙遠地立於彼岸。

㉙里爾克詩集（II）
里爾克／著
李魁賢／譯・導讀
350元

《新詩集》是里爾克親炙羅丹工作倫理的教益後，學習如何觀察事物，並探究其內在生命的一連串思潮轉化的創作記錄。《新詩集別卷》則是那之後一種欲罷不能的淬煉。詩人將此詩集題獻給「偉大的友人：奧克斯特羅丹」。

㉚里爾克詩集（III）
里爾克／著
李魁賢／譯・導讀
250元

諧和的韻律是里爾克一向不忘顯露的才華，在物象的取向上預示了即物主義的先兆。《形象之書》可說是從原始性、泛神論性之自然感情的表現，轉化到巴黎時代外在清澈觀照之運作過程的記錄。

㉛權力與榮耀
葛林／著
張伯權／譯・王儀君／導讀
150元

桂冠世界文學名著 18

總策劃／吳潛誠

僞幣製造者

LES FAUX-MONNAYEUR

原著〉紀德
(André Gide)
譯者〉孟祥森
導讀〉阮若缺
總策劃〉吳潛誠
執行編輯〉湯皓全
出版〉書華出版事業有限公司
台北縣中和市中正路800號
電話：2231327・局版台業字第2146號
行銷〉桂冠圖書股份有限公司
地址〉台北市新生南路三段96之4號
電話〉(02)3681118・3631407
電傳〉886-2-3681119
郵撥帳號〉0104579-2
登記證〉局版台業字第1166號
印刷〉海王印刷廠
初版一刷〉1994年1月

ISBN 957-551-632-X
定價〉新台幣

國立中央圖書館出版品預行編目資料

偽幣製造者／紀德 (André Gide) 原著；孟祥森譯；阮若缺導讀. --初版. --臺北市：桂冠, 1993〔民82〕

面；　公分. --(桂冠世界文學名著；18)

譯自：Les Faux－monnayeurs

ISBN 957－551－632－X(平裝)

876.57　　　82001683